www.bbulmedia.com

www.bbulmedia.com

내게 와준다면

내게와준다면

유아나 장편 소설

DAHYANG ROMANCE STORY

C o n t e n t s

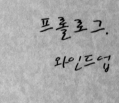

프롤로그.

와인드업

　얼어붙은 더그아웃(야구장 선수 대기석)에 앉아 있는데 솔솔 졸음이 쏟아졌다. 이렇게 추운 날씨에 그늘진 곳에서도 졸 수 있다는 건 그만큼 몸이 피곤하다는 증거일 것이다. 어젯밤 호텔에서 부커스 파티(기업 예약 담당자를 초대해 여는 파티)가 끝날 때까지 온전한 정신으로 남아 있던 사람은 기업판촉팀의 세영 자신뿐이었다.

　다들 갑이 따라 주는 와인을 마시고 볼썽사납게 취해서는 이리 비틀, 저리 비틀거리는 것을 겨우 집으로 돌려보내거나, 호텔 숙소에 집어넣었다. 1부 행사를 마치고 자신의 집무실로 올라간 총지배인이 그 모습을 봤더라면, 호텔이 발칵 뒤집혔을지도 모를 일이었다.

　본래 술 마시는 것을 즐기지도 않을뿐더러, 다음 날 경기가 있을 때는 입에도 대지 않는 세영이었기에 술에 취해 미쳐 돌아가는 세상을 맨정신으로 보고 수습해야 했다. 그런 더러운 꼴 안 보려면 같이 취해야 하는데, 공교롭게도 다음 날은 세영이 속해 있는 사회인 야구단의 경기가 있는 날이었다.

야구를 사랑하는 방법은 첫째, 야구를 보는 것이고, 둘째, 야구장에 가는 것이고, 셋째, 사회인 야구단에 가입하는 거라고 누군가 그랬다지? 대학 졸업 후, 가입한 이곳에서 팀 매니저 활동을 한 지도 벌써 5년이 다 되어 간다.

말이 좋아 팀 매니저지, 운동장 부킹에서 회원 관리, 코치, 회계, 총무 등 온갖 잡다한 일은 다 맡고 있었다. 일이 바쁠 때, 야구단 일까지 겹치면 그야말로 미쳐 돌아 버릴 지경이 되지만, 그래도 주말마다 야구 좋아하는 사람들끼리 모여서 같이 야구도 보고, 가끔 이렇게 운동도 같이하는 게 세영에게는 유일한 낙이었다.

이 낙을 즐기느라 못 한 게 있다면 뭐, 연애 정도? 까짓 연애는 결혼 전에 하면 되는 거잖아? 뭐, 결혼 생각이 있는 것도 아니고. 세영은 연애 전적이 없는 자신의 인생사를 전혀 후회스럽게 생각하지 않았다.

이 나이에 처음 연애 하면 얼마나 설레겠어? 내 나이에 그런 설렘 느낄 수 있는 여자가 어디 흔하겠어? 오덕오덕한 야구 사랑이 빚어낸 자기애로 똘똘 뭉친 세영은 한숨을 폭 내쉬었다.

퍽이나 설레겠다. 이십 대 초중반에 자신의 주변에 몰려들었던 남자들에게 콧대 높게 굴었던 게 생각나며, 안 그래도 추운 겨울 세영은 가슴이 한없이 시려 왔다.

이제 여고 동창회에 나가면 블링블링한 결혼반지를 끼고 나오는 친구들이 제법 늘었다. 물론 아직 결혼하지 않은 친구들도 많았지만, 세영처럼 연애 한 번 안 하고 29년을 살아온 친구는 거의 드물었다. 어, 없나?

멀쩡히 4년제 대학 나와서, 대학 졸업도 전에 호텔에 취직해서, 열심히 일하고 능력 인정받아 특진도 했는데, 뭐가 부족해서 연애 한 번을 못 하느냐는 엄마의 잔소리가 듣기 싫어 올 초 아예 집에서 독립을 해 버렸다.

독립하고 나면, 무언가 굉장히 후련하고, 멋지고, 세련된 싱글라이프를 즐길 수 있을 줄 알았는데, 지난여름 오피스텔 그 작은 베란다에 음식물 쓰레기를 딱 이틀 내버려 뒀다가 유충이 생긴 것을 보고는 엉엉 울어 버렸다. 베란다를 봉쇄해야 할까? 오피스텔을 통째로 갖다 버려야 하나? 잔소리가 심하긴 해도 엄마 품이 좋았던 거였을까?

아, 그래도. 선봐라, 먼저 시집간 네 동생이 부럽지도 않으냐, 아이고, 나 죽네, 하는 엄마의 3단 콤보 잔소리를 다시 듣고 싶은 생각은 없었다. 내 나이가 그렇게 서러운 나이였던가? 스물아홉은 그렇게 많은 나이가 아닌데.

문제는 세 살 어린 여동생, 지영이 스물셋에 지역 유지 막내아들에게 시집가서 한 방에 아들, 딸 쌍둥이를 낳더니, 시댁에서 건물 하나를 떡하니 받아서는 꼬박꼬박 들어오는 월세로 엄마 해외여행도 보내 드리고, 마사지권도 끊어 드리고, 왕방울만 한 진주반지도 안겨 드리기까지 하는데, 스물아홉 세영은 연애 한 번 한 적 없다는 것이었다. 엄마에게는 아주 신통방통한 막내딸이었지만, 세영에게는 아주 가끔 얄미운 동생이었다.

언니, 너 성 정체성에 문제가 있는 거 아니냐는 둥, 이제 이십 대를 넘기고 삼십 대가 되면 초혼자리는 다 놓칠 거라는 둥, 이제 언니 나이에 찾는 괜찮은 남자는 유부남이거나 게이이거나 그래도 남아 있는 괜찮은 싱글이라면, 언니같이 똑똑한 척하는 여자보다 적당히 순하고 예쁜 어린 여자 좋아할 거라는 둥.

같은 엄마 배 속에서 나온 게 맞나 싶은 의구심이 들 정도의 구 시대적 언행을 일삼는 여동생의 입을 찢어 버리거나, 아니면 그냥 상종을 하지 않는 게 방법이었다. 그래도 하나밖에 없는 여동생의 입을 찢어 놓을 수는 없으니, 그냥 얼굴 안 보고 사는 게 답이겠 지. 아닌가? 티 안 나게 만날 때마다 1mm씩 찢어 줄까?

세영은 1mm씩 입을 찢으려면 어떻게 해야 하나 생각을 하며, 실소를 터뜨렸다. 그래, 내가 못 하는 효도 대신하고 있는 기특한 동생이잖아. 입을 왜 찢어, 예뻐해 줘야지. 어휴.

세영은 어깨가 들썩이도록 한숨을 푹 내쉬며 더그아웃에 붙어 있는 A4용지에 시선을 옮겼다.

선데이 히어로즈.

그 이름도 찬란한 선데이 히어로즈. 주 6일 고된 생업의 현장에 서 시달리다가, 경기가 있는 일요일에는 야구장에서 영웅이 되자 며 초대 회장이 붙여 놓은 이름이라고 했다. 뭐, 오늘은 팀명과 어 울리지 않는 토요일이긴 하지만, 아흠. 근데 왜 이렇게 안 오셔들. 뭐, 오셔야 영웅이 되든, 영구가 되든 할 거 아냐?

12월 중순, 강산 대학 운동장의 날씨는 벌써 한겨울을 방불케 했 다. 어느 학교든 그렇듯 산을 깎아서 만든 이곳에는 한국에는 없다 는 토네이도라도 만들어진 듯 매서운 바람이 휘몰아치고 있었다.

이 운동장 잡으려고, 업무시간에 부킹 오픈 되자마자 광클릭하느라 얼마나 고생을 했는데, 그 노력을 아는지 모르는지 단원들은 코빼기도 보이질 않는다.

그에 비해 상대팀 단원들은 속속 운동장에 도착해 몸을 풀고 있었다. 털모자에 목도리를 칭칭 감고 마치 아랍여인들이 히잡을 뒤집어쓴 모양으로 눈만 내놓고 있는 세영의 모습에 다들 흠칫 놀란 듯하다가 이내 누군지 알아채고 인사를 건넸다.

"안녕하세요? 또 제일 먼저 오셨나 봐요?"

"아, 네. 다른 분들이 좀 늦으시네요."

내, 이 인간들을 그냥! 세영은 신경질적으로 그룹 채팅방에 메시지를 입력했다. 매서운 칼바람이 휘— 하고 불어오자, 손가락이 덜덜덜 떨리며 계속 오타가 났다. 아, 내일 꼭 스마트폰용 털장갑 주문해야지.

[세영: 어디들 오니고 계신가요?]
[종현: 이게 거의 다 와 갑니다.]

1루수(1루와 그 주변을 수비하는 내야수)인 성격 좋은 종현이 제일 먼저 대답했다. 아, 역시 종현 씨는 1루수감이야!

[준수: 아, 나 늦겠는데?]
[세영: 얼마나 늦으네요?]
[준수: 경기 시작 시간 10분은 지나야 도착하겠다.]

미안한 기색이 전혀 없는 저자는 투수 준수였다. 준수한 외모에 준수한 투구 실력에 이름도 준수인데, 아주 매 경기 준수하도록 아슬아슬하게 도착하는 통에 열불이 났다. 하지만 준수한 팀, 선데이 히어로즈 내에서 공을 제대로 던지는 사람은 안타깝게도 준수밖에 없었다.

[네영: 넹, 길이 좀 미끄러워요. 조심해서 오세요.^^]

꽁꽁 언 손에 입김을 불어 가며 메시지를 마저 입력하고 있는데, 누군가 세영의 어깨를 툭툭 두드렸다. 세영은 털모자와 목도리 때문에 묵직한 고개를 겨우 돌려 보았다.

"어? 안녕하세요? 정말 오랜만에 나오셨네요?"

"음, 잘 지냈어요? 세영 씨?"

"아니요. 잘 못 지냈어요. 코치님이 너무 안 나오셔서, 제가 다 했잖아요. 아흑."

흐르지도 않는 눈물을 닦아 내는 척하며 고개를 푹 숙이는 세영의 어깨를 백발이 멋스러운 동규가 정겹게 툭툭 두드렸다.

"고생이 많아. 우리 세영 씨가."

"왜 이렇게 안 나오셨어요? 무슨 일 있으셨어요?"

"출장도 다녀오고. 좀 바빴어. 나 그래도 회비는 안 밀렸어."

"알아요. 꼬박꼬박 들어오는 회비도 반갑지만, 코치님 뵙는 게 더 반가운 거 아시죠? 이제 잘 나오실 거죠?"

입가를 가리는 목도리를 아래로 끄집어 내리며 배시시 웃는 세영의 모습에 동규가 흐뭇한 미소를 지으며 바라봤다. 아들 하나 있었더라면, 딱 며느리 삼고 싶을 정도로 세영은 싹싹하고 맑은 아가씨였다.

"그럼. 내 미안해서 오늘은 특급 코치도 불렀어."

"특급 코치요?"

"응, 바빠서 당장 못 온다는 걸 경기 중에 와도 좋으니까 막 오라고 졸랐다니까."

"뭐 하시는 분이신데요?"

세영의 물음에 동규는 빙그레 웃으며 어깨를 으쓱했다. 사회인 야구단에 속해 있는 사람들은 대부분 다른 직업을 가지고 있었다. 가장 야구와 가까운 직업을 가지고 있는 사람을 고르라면 뭐, 스포츠용품점을 운영하는 포수 상엽 씨 정도?

"글쎄, 뭐 하는 분이실까?"

의미심장하게 눈을 껌뻑이며 되묻는 동규는 수완 좋은 오퍼상, 무역중개업자였다. 그 옛날, 선데이 히어로즈 초대 멤버였다는 그가 마운드에 설 때면, 다른 구단 선수들이 벌벌 떨었다고 했었다.

혹자는 그가 야구 판타지 속에만 존재한다는 자이로 볼을 구사했던 아마추어 투수라고도 했다. 이건 뭐 드래곤볼 아홉 개 모아서 소원을 빈 적이 있다는 말보다 신빙성이 떨어지기는 했지만, 어쨌든.

"이거 한 잔 드세요."

"이게 뭐야?"

세영은 보온병에 담아 온 엷게 우려낸 생강차를 동규에게 건넸다.

"날씨가 갑자기 추워져서 감기 걸리실까 봐서요."

어깨를 으쓱해 보이며 종이컵을 건네는 세영의 뒤를 바라보니 커다란 보온병 열댓 개가 놓여 있었다. 아이고, 이 아가씨 시집가면 우리 구단 선수들은 누가 챙겨 주나? 동규는 오지랖 가득한 걱정을 해 대며 생강차를 호로록 마셨다.

경기 시작 직전, 겨우 선데이 히어로즈의 선수 모두가 운동장에 모였다. 준수한 준수 씨도 다행히 늦지 않게 도착했는데, 상대 팀 선수 구성에 문제가 생긴 건지 경기 시작이 미뤄지고 있었다.

꽁꽁 언 발을 동동 구르고 있는데, 누군가 휘황찬란한 아우라를 뽐내며 더그아웃에 들어섰다.

"어이구 왔는가, 우리 아우."

"아이고, 형님. 이렇게 급하게 부르시면 어떡합니까?"

형님, 아우 하는 모양새가 친형제 같기도 한데…… 앗! 저 사람, 전 국가대표 야구팀 한동수 감독이잖아? 한동수, 한동규? 두 분이 형제셔?

세영은 휘둥그런 눈으로 두 사람을 바라보다가, 얼른 허리를 숙여 인사했다.

"안녕하세요? 감독님."

"어, 안녕하세요?"

허리를 격하게 굽히며 우렁차게 인사를 해 오는 세영의 모습에 동수는 살짝 당황한 듯 형 동규의 눈치를 살폈다.

"우리 팀 매니저, 세영 씨. 여긴 내 아우 한동수. 누군지는 알지?"

"아, 그래요? 반가워요."

"만나 뵙게 되어 영광입니다. 선수 시절부터 제가 정말 존경하는 분인데…….”

얼굴이 발그레해져서는 털모자까지 벗고, 다시 한 번 머리를 숙이는 세영을 보며 동수는 흐뭇한 미소를 지었다.

“나이가 어려 뵈는데, 내가 경기 했던 걸 기억하나?”

“어릴 때 아빠 따라서 경기장에 자주 갔었거든요. 다 기억나요.”

해맑게 웃는 세영과 그런 세영을 흐뭇한 표정으로 바라보는 동수 사이에 동규가 끼어들었다.

“어이구, 아우님. 우리 세영 씨가 어려 보여도 나이는 먹을 만큼 먹었어.”

“어우, 코치님! 그런 거 말씀하시면 어떡해요.”

장난스럽게 웃어 보이며, 눈을 흘기는 모양새가 둘이 꽤 친해 보였다.

은퇴 후, 야구장을 떠나 지루한 나날을 보내고 있는 동수에게 형, 동규는 구장에 한번 나와 보라고 여러 번 제안했지만 매번 거절했었다. 끈질긴 형의 제안에 못 이긴 척 나와 보니 즐거울 거라는 형의 말이 들어맞는 듯, 하얀 종이컵에 생강차를 담아 건네는 세영의 미소만으로도 괜히 흐뭇해지는 것 같았다.

뒤이어 야구 선수이자 감독이었던 자신의 존재를 의식한 듯 아마추어 선수들이 와서 깍듯하게 인사를 하고 돌아갔다. 오랜만에 뭔가 대접받는 것 같아 동수는 우쭐한 기분마저 들었다.

10분 가까이 지연된 경기가 선데이 히어로즈의 투구로 시작되었다. 공을 던지는 준수는 동수가 보기에도 꽤 노련한 아마추어 선수 같았다.

“오, 저 양반 공 잘 던지네.”

"그렇죠? 저희 팀 왕자님이에요."

"왕자님?"

동수의 되물음에 세영은 비밀이라도 알려 준다는 듯 목소리를 낮추고는 속삭였다.

"공 잘 던지는 대신, 받들어 모셔야 하거든요."

세영의 장난스러운 말투에 동수의 얼굴에도 즐거운 웃음이 떠올랐다. 동수는 오랜만에 들이마시는 더그아웃의 기분 좋은 공기를 느끼며 구장으로 시선을 돌렸다.

뎅, 순간 준수가 던진 공을 타자가 가볍게 쳐내는가 싶더니, 그 공이 그대로 준수의 등허리에 맞았다. 속도가 빠른 공은 아니었고, 의도치 않은 타격 같았지만, 상당히 아파 보였다. 게다가 자신이 던진 공을 몸으로 되받아 쳤으니, 투수의 기분이 좋을 리 없었다.

급기야 준수는 거친 성격을 다 드러내며, 모자를 집어 던지고 홈으로 달려갔다. 그 모습에 더그아웃을 뛰쳐나간 세영이 준수의 앞을 막아섰다.

"준수 씨, 괜찮아요? 많이 아프지? 어디 부딪쳤어요?"

가슴팍까지 얼굴을 가져다 대고는 눈물이 그렁그렁한 모양으로 자신을 올려다보는 세영의 얼굴에 준수는 걸음을 멈췄다.

"뭐, 괜찮⋯⋯아."

"우리 준수 씨가 공을 너어무 잘 던져서, 배트가 샘났나 보다. 내가 심판한테 잘 이야기할게요. 나 인제 한 번 올라왔으니까, 다신 못 올라와요. 잘 해 줘요, 알겠죠?"

눈을 찡긋해 보이며, 심판에게 걸어가는 세영의 뒷모습을 바라보며, 준수는 피식 웃음을 흘렸다.

당장 폭발할 것 같았던 투수가 세영의 다독임에 몸을 돌려 다시 마운드로 향하는 모습을 보고 동수가 오오! 하는 입 모양을 만들어 냈다.

"저 아가씨 제법이지?"

"그러게요, 형님. 뭐 하는 아가씨야?"

"뭐, 호텔에서 일한대."

"나이는?"

"스물아홉?"

"흠."

동수는 무언가 생각에 빠진 듯 고개를 살짝 끄덕였다.

"5년을 지켜봤는데, 한결같이 싹싹하고 맑은 아가씨야. 내가 아들 하나 있었으면 며느리 삼겠다고 나섰을 거야. 어때?"

슬하에 딸만 둘 있는 동규는 아쉬운 듯 어깨를 으쓱해 보이며 동수를 바라봤다.

"뭐, 짝을 그렇게 정해 준다고 애들이 좋아하나? 그리고 오늘 처음 봤는데 며느리는 무슨."

"어이구, 아우, 재수 씨랑 엮어 준 게 이 형님이잖아. 내가 중매 하나는 끝내주게 한다니까."

잔뜩 거드름을 피우는 동규의 말에 동수는 피식 웃음을 흘렸다. 체대에 재학 중이던 동수에게 경상대에 다니고 있던 부인 자희를 소개해 준 이는 동규였다. 자희가 미스코리아에 나가자마자 아무런 외부활동도 하지 못하도록 식을 올린 것도 동규와 동수의 합작이었다.

"그러는 우리 조카 따님들은 왜 아직도 시집을 안 가실까?"

"내가 아직 사윗감을 못 찾아서. 허허허."

동수의 물음에 어색하게 웃어 보인 동규가 계속해서 동생을 부추겼다.

"진짜 괜찮은 아가씨야."

"뭐, 우리가 괜찮다고 해서 되냐는 말이지요, 형님. 또 우리가 보는 눈이랑 애들이 보는 눈은 달라요."

"뭐, 아들이 넷이나 되는데, 경우의 수가 많잖아?"

"그럼, 아들 넷한테 다 보이란 말씀이우?"

화들짝 놀라며 요사스럽다는 표정을 지어 보이는 동수를 보고 동규가 너털웃음을 터뜨렸다.

"찬물도 위아래가 있으니, 큰애부터 봬 주는 게 어때, 아우?"

동수가 눈치를 주며 헛기침을 해 보이자, 동규가 더그아웃으로 돌아오는 세영을 바라보며 말했다.

"어이구, 우리 매니저 한 건 했네. 우리 세영 씨는 연기를 했어야 했어."

"코치님이 달려 나가셔야 하는 건데, 제가 나갔잖아요."

애교 섞인 목소리로 불평을 쏟아 내는 듯 보였지만, 세영이 달려 나간 건 거의 본능에 가까운 움직임이었다. 준수한 그의 성질을 고의든 실수든 상대팀에서 아주 제대로 건드려 주신 것이다.

투수가 심리 싸움에서 말리면, 그 선수는 경기를 포기해야 하는 거나 다름없었다. 강판(투수가 타점을 많이 내주거나, 부상 등으로 마운드에서 내려오는 일)시키고 다른 선수로 교체를 할 수도 있지만, 사회인 야구단에 그런 두꺼운 선수층을 갖추고 있는 팀은 많지 않았다.

게다가 선데이 히어로즈에는 준수가 내려오게 되면, 교체할 선수도 없을뿐더러, 그냥 경기를 내어 주어야 하는 최악의 상황까지 가야 했기에, 세영이 준수를 다독이러 나간 것이었다.

"뭐, 잘하더구먼."

동수의 말에 세영은 풀어진 목도리를 다시 칭칭 동여매며 말했다.

"오늘 밥 사세요. 코치님이."

"오늘 이기면 내가 사지."

"꼭 이겨야겠네요."

불끈 주먹을 쥐어 보이는 세영을 보며 동규가 호탕하게 웃음을 터뜨렸다.

5회 말까지 갔을 때, 상대팀 외야수 중 한 명이 다리에 쥐가 났다며 구장을 나뒹굴기 시작했다. 곧 상대 팀에서는 교체 선수가 없다며, 경기 포기를 알려 왔다. 여차여차해서 경기는 선데이 히어로즈가 이긴 것처럼 되어 버렸다.

강산 대학 운동장을 나선 선데이 히어로즈 단원들은 김치 맛이 좋다는 블루베리에 절인 오겹살 집에 모여 앉았다.

산악회는 하산 후 마시는 하산주 때문에 하는 거고, 골프 동호회는 내기 턱 얻어먹으려고 하는 거고, 낚시 동호회는 잡은 고기로 매운탕 끓여 먹으려고 하는 거고, 야구 동호회는 경기 끝나고 지친 체력 보충하는 보양식 때문에 하는 거라는 3루수 준형이 이끈 곳이었다.

고기를 굽던 세영이 화장실에 가려는지 잠시 자리를 비우자, 제일 먼저 입을 연 이는 최근에 입단해 아직 분위기 파악이 덜 된 타자 윤수였다.

"근데 우리 선마스는 진짜 연애 안 해요?"

선마스? 동수의 물음에 동규가 조용조용 속삭였다.

"선데이 히어로즈 마스코트, 세영 양. 근데 그렇게 부르는 거 되게 싫어해."

윤수의 다부진 물음에 다들 혀를 끌끌 차 대며, 그를 안타까운 눈으로 바라봤다.

"왜? 우리 썬마스 괜찮지?"

입안 가득 고기를 욱여넣고 묻는 준형의 말에 윤수는 피식 웃어 보이며, 머리를 긁적였다.

"어우, 괜찮다 뿐이에요?"

"가장 최근에 까인 게 누구지?"

"2년 전에 탈퇴한 영범이?"

"맞다, 맞다."

저마다 소주잔을 기울이고, 삼겹살을 집어 먹으며, 세영에게 고백했다가 퇴짜 맞은 이야기를 풀어 놓기 시작했다.

"뭐, 자기 낙이 이 동호회인데, 여기서 누구 만나서 헤어지고 그렇게 복잡해지는 거 싫다고."

"와, 야구 좋아하는 사람한테 우리 세영 씨는 진짜 1등 신붓감인데."

상엽의 말에 윤수가 왜요 하고 물었다.

"사회인 야구를 하려면, 무엇보다 주말에 야구하러 나간다고 해도 바가지 안 긁는 마누라가 필수 조건이거든."

큰 비밀이라도 말해 주는 듯 눈을 가늘게 뜨는 상엽에게 윤수는 아 하는 입 모양을 만들어 내며 고개를 끄덕끄덕했다. 윤수가 뭐라 덧붙이려는 사이 세영이 방으로 들어왔다. 순간 이야기가 뚝 끊겨 버렸다.

"뭐야? 내 욕했죠?"

세영이 눈을 흘기며 주변을 살피자, 눈치 빠르고 성격 좋은 1루 수 종현이 입을 열었다.

"아오, 세영 씨. 우리 회비 모인 걸로 선수 출신 코치 한 명 불 러서 트레이닝 좀 받으면 안 돼?"

"아, 뭐 그렇게까지 해요?"

실력 준수한 준수 씨가 눈치 없이 발끈해서는 종현의 말에 대꾸 하자, 동규가 동수를 툭 치며 말했다.

"아, 뭐 돈을 내고 누구를 불러? 여기 우리 아우님한테 부탁하 면 되지."

그저 종현은 말을 돌리려 꺼낸 이야기였는데, 동규의 뜻밖의 발 언에 순간 방에 모여 있던 이들의 시선이 반짝거리며 동수에게로 향했다.

"아이고, 감독님. 요즘 안 바쁘시죠? 뭐하시고 지내세요?"

곁으로는 가지도 못하고 쭈뼛거리던 인간들이 추운 겨울 굶주린 승냥이마냥 토끼같이 동그란 눈을 뜨고 있는 동수의 곁으로 소주 잔과 소주병을 들고 몰려들었다.

"세영 씨, 소주가 뭐냐? 복분자 시켜!"

"네엥!"

먹고 토하면 정말 피를 토한 것 같은 모양새를 보여 주는 복분

자주를 세영을 뺀 나머지 15명 남자들이 피를 토할 기세로 열심히 마셔 댔다. 오늘은 자신이 계산하겠다고 나선 동규는 그나마 정신이 멀쩡해 보였다.

배, 백 병? 계산서에 찍혀 있는 복분자의 병수는 총 백 병이었다. 어제는 서양에서 건너온 와인이 힘을 써 주시더니, 오늘은 코리안 와인 복분자주구나.

세영은 여기저기서 비틀거리는 이들을 잡아다 또다시 택시에 태우고, 대리운전을 불러서 집에 보내고 난 뒤, 식당 앞 의자에 앉아 있는 동규와 동수의 곁으로 다가갔다.

"이제 가셔야죠."

"으, 응."

동규는 동수를 툭 치며 무언가 계속 눈치를 주고 있었다.

"아이고, 우리 휴대전화 배터리가 둘 다 나가 버렸네. 집에서 데리러 온다는데."

"여기요."

세영은 동규에게 자신의 휴대전화를 내밀었다. 게시시한 눈을 희번덕거리며 동규는 어디론가 전화를 거는 것 같았다. 어오, 추워. 빨리 집에 가십시다. 벌써 새벽 1시가 다 되어 가요. 세영은 발을 동동 구르다가, 뜨끈한 자판기 커피라도 뽑기 위해 다시 식당 안으로 들어갔다.

"어, 큰애비다. 이 번호? 아, 우리 동호회원. 잤냐? ……네 아부지가 약주를 많이 했는데…… 응, 여기가 어디냐면…… 어, 그러니까. 잠깐만."

커피를 두 잔째 내리고 있는데, 밖에서 동규가 자신을 부르는 소리가 들렸다.

"세영 씨, 여기 어딘지 설명 좀 해 줘."

세영은 동규가 건네는 휴대전화를 귀에 가져다 댔다.

"여보세요?"

— 네, 말씀하세요. 거기 어디죠?

남자는 잠에서 깼는지, 허스키한 목소리로 물었다. 식당 앞의 소란스러움에 비하면 그가 있는 곳은 절간처럼 조용한 듯했다. 자체 에코 기능이라도 있는 듯 나지막이 울리는 남자의 목소리에 세영은 괜히 심장이 콩닥거렸다.

세영은 그의 목소리에 귀를 기울이며, 차근차근 식당의 위치를 설명했다.

— 제가 갈 때까지 계실 수 있나요? 두 분 다 약주 많이 하신 것 같은데…….

"네, 당연히 그래야죠."

— 그럼, 부탁할게요.

"얼마나 걸리세요?"

— 한 15분쯤 걸릴 것 같네요.

전화를 끊은 세영은 고개를 갸웃하며 생각에 잠겼다. 목소리가 어딘지 귀에 익은데, 누군지를 모르겠다. 호텔 손님으로 자주 오는 사람인가? 혹시 갑질 하기 좋아하시는 담당자 아니야? 으윽. 세영은 한숨을 폭 내쉬며 어깨에 멘 배낭끈을 그러쥐었다.

날이 추운데도 술기운 때문인지 굳이 밖에 계시겠다는 두 분 곁에 서 있느라, 술 한 잔 하지 않은 세영은 온몸이 꽁꽁 얼어붙는 기분이었다.

그렇게 10분쯤 지났을까, 얼어 죽기 직전 검은색 벤츠 한 대가 식당 주차장으로 들어서더니, 세영의 앞에 멈춰 섰다.

멈춰 선 차를 향해 고개를 돌리니, 차창이 스르륵 내려갔다.

"전화 주신 분 맞죠?"

"아, 네. 맞아요."

"잠시만요, 차 먼저 돌릴게요."

어두운 밤 모자를 푹 눌러쓴 남자는 주차장을 넓게 돌아서는 보조석 분이 세영의 앞에 오도록 차를 세우고 운전석에서 내렸다.

"아이고. 두 분 또 왜 이렇게 많이 드셨어요?"

긴 다리로 성큼성큼 자동차 뒤를 돌아서 두 사람 앞에 선 남자는 한숨을 폭 내쉬며 물었다.

"왔어, 아들!"

그의 물음에 혀가 잔뜩 꼬인 동수가 입을 열었다. 아들? 아, 아들? 세영은 깁스라도 한 듯 칭칭 감아 놓은 목도리 때문에 어색하게 고개를 돌려 옆에 서 있는 남자의 모자 밑으로 보이는 얼굴을 올려다봤다.

맙소사! 한동수 감독 큰아들 한도윤?

세영은 자신의 손에 쥔 휴대전화를 물끄러미 바라봤다. 지금 이거 한도윤 번호야?

세영이 하는 행동을 물끄러미 바라보고 있던 동규가 피식 웃음 지었다.

1. 하얀 털 뭉치의 존재감

오랜만에 밤늦도록 책을 들여다보고 있는데, 휴대전화가 울렸다. 모르는 번호라 받지 않으려 했는데, 큰아버지를 만나시러 나가셨다는 아버지께서 아직 집에 들어오시지 않았다.

'벌써 새벽 1시인데.'

언제나처럼 우애 좋은 두 분이 만나시면 술독에 빠졌다가 나오신 모양새로 술자리를 마무리하시기에 종종 일행에게서 전화가 오곤 했었다. 그럴 때마다 어머니가 직접 나가시거나, 도윤을 포함한 네 형제 중 집에 있는 이가 두 분을 모시러 나가곤 했었다.

역시나 전화를 받으니 여지없이 혀가 잔뜩 꼬인 큰아버지의 목소리가 들려왔다.

"여보세요?"

— 어, 큰애비다.

"잘 지내셨어요? 이건 누구 번호예요?"

— 이 번호? 아, 우리 동호회원.

'아, 큰아버지. 전 내일 또 휴대전화 번호를 바꿔야겠네요?'

도윤이 한숨을 폭 내쉬자, 큰아버지가 피식 웃으시는 소리가 들려왔다.

— 잤냐?

"아니요. 아버지 아직 안 들어오셔서 기다리고 있었어요."

— 네 아부지가 약주를 많이 했는데…….

이 밤중에 어머니가 나가시게 둘 수도 없고, 어제 일본에서 돌아온 둘째 호윤을 깨울 수도 없고, 오전에 인터뷰가 있다는 기윤을 깨울 수도 없고, 여동생 혜윤을 내보낼 수도 없고, 군대에 있는 막내 지윤을 불러들일 수도 없으니, 방법은 도윤이 두 분을 모시러 가는 것뿐이었다.

"어디 계세요?"

— 응, 여기가 어디냐면…… 어, 그러니까, 잠깐만.

전화기 너머 큰 소리로 누군가를 부르는 큰아버지의 목소리가 들려왔다.

— 세영 씨, 여기 어딘지 설명 좀 해 줘.

곧이어 누군가 전화를 건네받았다.

— 여보세요?

뭐야? 여자야? 두 분 설마 여자 나오고 그러는 이상한 데 가셔서 술 드신 거야? 아, 동호회원 번호라고 했지. 뭔 동호회기에 이렇게 목소리가 젊은 여자가 있어? 도윤은 의심 가득한 목소리를 감추려 노력하며 물었다.

"네, 말씀하세요. 거기가 어디죠?"

상냥한 어투에 따스한 목소리를 지닌 여자는 차근차근 식당의 위치를 설명하기 시작했다. 차가 지나다니는 소리와 함께 행인들의 목소리도 들려왔지만, 아름다운 음률이 흘러나오듯 부드럽고 또렷한 그녀의 목소리는 깊은 밤 굉장한 집중력을 가져다주었다. 마치 그 목소리만 계속 듣고 싶어지게 만드는.

— 여보세요? 듣고 계세요?

목소리에도 향기가 있다면, 이 여자의 목소리는 연보랏빛 스위트피의 매력적인 향을 담고 있는 듯했다. 그 향에 매혹된 듯 멍하니 휴대전화를 통해 흘러나오는 목소리에 취해 있던 도윤은 고개를 살짝 흔들며 통화 내용에 집중하려 노력했다.

"아, 네……. 듣고 있어요. 제가 갈 때까지 계실 수 있나요? 두 분 다 약주 많이 하신 것 같은데……."

목소리가 예쁘면 얼굴이 못생겼다는 속설은 거의 들어맞지 않던가? 하는 생각을 하면서도 도윤은 목소리의 주인공이 어떻게 생겼을지 호기심이 생겨났다. 또 대체 무슨 동호회기에 큰아버님 연배와 이렇게 젊은 아가씨가 어울리는지에 대해서도. 뭐, 퇴폐 동호회아냐?

— 네, 당연히 그래야죠.

"그럼, 부탁할게요."

— 얼마나 걸리세요?

"한 15분쯤 걸릴 것 같네요."

— 네, 그럼.

"예."

통화를 마친 도윤은 읽고 있던 책을 덮어서 베개 옆에 두고 침대에서 몸을 일으켰다.

그냥 입고 있는 트레이닝복 차림 그대로 나갈까 하다가 그래도 보는 눈들이 있을 텐데 하는 생각을 하며 청바지에 회색 니트를 입고 검은색 가죽 재킷을 집어 들었다. 신발장 앞에 서서 캥거루 모양이 수놓아진 헌팅캡을 눌러쓰고 매무새를 만지고 있는데, 어머니 목소리가 들려왔다.

"이 시간에 어딜 가?"

"아버지 모시러요."

"아이고, 이 양반. 오늘 또 약주 많이 하셨대?"

어머니 김자희 여사는 한숨을 푹 내쉬며 부엌으로 향했다. 아버지께서 약주를 하고 들어오시는 날이면, 절대 빼놓지 않으시는 헛개차와 향설고를 만드시려는 것 같았다. 아, 우리 아부지는 전생에 무슨 덕을 쌓아서 우리 어머니 같은 여자랑 결혼하셨을까?

도윤은 한숨을 한 번 내쉬고는 신발장 문을 열고, 차 열쇠를 넣어 놓는 서랍을 살폈다. 2인승인 자신의 페라리를 몰고 갈 수는 없어서 도윤은 아버지의 차 키를 집어 들었다. 차도 집에 놓고 가신 것을 보니 오늘 작정하고 드실 생각으로 나서셨나 보다. 어효. 또 딱 한 잔만 더하고 가자고 조르시지나 않으셨으면.

한밤중 신호등 대부분이 제 색을 잃고 노란 불만 껌뻑거리고 있었고, 차들도 많지 않았다. 한산했던 도로 덕분인지 예상한 시각보다 조금 이르게 주차장으로 보이는 식당 마당에 들어서는데, 입구 의자에 앉아 계신 아버지와 큰아버지 그리고 그 앞에 서 있는 덩치가 커다란 사람의 뒷모습이 보였다.

에이, 뭐야? 저 여자야?

도윤은 천천히 차를 세운 뒤, 스르륵 차창을 열고 말을 붙였다.

"전화 주신 분 맞죠?"

"아, 네. 맞아요."

고개를 돌린 여자를 보고 도윤은 흠칫 놀랐다. 하얀 털모자를 푹 눌러쓰고 그와 재질이 비슷한 하얀 목도리를 목에 칭칭 휘감은 채 눈만 내놓고 있는 하얀 털 뭉치 같은 모양새가 우습기도 했다. 무릎까지 내려오는 두꺼운 다운 점퍼를 입고 양털 부츠를 신어서 덩치가 커 보이는 것 같기도 하고.

"잠시만요. 차 먼저 돌릴게요."

"네, 그러세요."

아까부터 이상한 집중력이 생기게 하는 매력적인 그녀의 목소리에 도윤은 고개를 갸웃했다. 목소리와 말투에서 그 사람의 지성과 성품을 느낄 수 있다는 글을 어디선가 읽은 적 있었다. 단지 몇 마디 나누었을 뿐인데, 도윤의 상상력은 연보랏빛 스위트피를 닮았을 것만 같은 그녀의 모습을 또렷이 그려내려고 애쓰고 있었다.

도윤은 마당을 크게 돌아서 세 사람 가까이에 차를 똑바로 세우고, 운전석에서 내려 그들 곁으로 다가갔다. 아이코, 술 냄새.

"아이고. 두 분 또 왜 이렇게 많이 드셨어요?"

"왔어, 아들!"

도윤의 물음에 동수는 잔뜩 혀가 꼬인 목소리로 대꾸했다. 그와 동시에 '아들'이라는 단어 때문인지, 하얀 털 뭉치가 깜짝 놀라 자신을 올려다보는 게 느껴졌다. 그래, 나 한도윤이야. 우리 아버지 모시러 오는 사람이 누굴 줄 알았어, 그럼?

하얀 털 뭉치는 도윤을 뚫어져라 보는 듯싶더니 손에 쥔 휴대전화로 시선을 옮겼다. 아, 번호는 내일 바꿀 거니 얻다 팔아먹고 그럴 수는 없을 거야.

도윤은 상체를 숙여 두 분 어르신께 말했다.

"이제 집에 가셔야죠."

도윤의 말에 동규가 툴툴 자리를 털고 일어나더니 동수를 부축하라며 도윤에게 손짓했다. 도윤은 알았다며 고개를 끄덕이고는 단번에 동수를 들쳐 업고 뒷좌석으로 옮겼다. 어느새 동규는 동수의 옆자리에 올라 있었다. 뒷좌석 문을 닫으려는데, 도윤의 귓가에 하얀 털 뭉치의 향기로운 목소리가 들려왔다.

"그럼, 조심히 가세요."

"어이구, 무슨 소리야? 아가씨 혼자 이 시간에 어떻게 집에 가려고, 타 어서."

동규의 말에 하얀 털 뭉치는 고개를 저었다.

"아니에요. 택시 부르면 금방이에요."

"요즘 세상이 얼마나 무서운데, 지금 이 시간에 택시를 타고 가? 어서 타."

머뭇거리는 여자에게 도윤은 보조석 문을 열어 보였다. 뭐, 단지 목소리가 불러일으킨 묘한 집중력 때문에? 그런 집중력이 생기게 하는 여자는 어떻게 생겼는지 궁금해서? 차에 타면 저 목도리는 좀 내리려나?

"타세요. 태워다 드릴게요."

"얼른 타. 추워."

큰아버지의 호통에 정신 쏙 빠진 모양인 여자는 어느새 보조석에 올라 있었다. 도윤은 운전석에 올라타 회심의 미소를 지으며 물었다.

"댁이 어디세요?"

"중구 하동 강산 구장 옆에 있는 R오피스텔이요."

"내비 찍고 가야겠네요."

내비게이션 화면을 툭툭 건드리는데, 뒷좌석의 움직임이 심상치 않았다.

"아들, 집부터 먼저 가자. 애비 주꺼따."

"그래그래, 세영 씨, 괜찮지?"

"아, 네."

운전을 하며 룸미러를 통해 흘깃 보니 두 분은 어느새 꾸벅꾸벅 졸고 계셨다. 뿐만 아니라 하얀 털 뭉치도 옆에서 꾸벅꾸벅 졸고 있다.

이 여자, 참 긴장감 없네? 그래, 뭐, 야구에 관심 없는 여자면 한도윤 아니라 한도윤 할아비라도 눈도 끔뻑 안 하겠지. 그리 생각하면서도 도윤은 여자의 무신경한 태도에 괜한 서운함이 몰려오고, 은근슬쩍 신경이 쓰였다.

야구계뿐 아니라 사회적으로 도윤은 요즘 가장 핫한 인물임에 틀림없었다. 하루가 멀다고 뉴스며, 인터넷 기사를 장식하고 있으니까. 메이저리그 소속팀에서 1년 평균 3천만 달러의 연봉을 받았고, 지난 시즌 월드시리즈 우승으로 도윤의 인기가 하늘을 찌르고 있다고 해도 과언이 아니었다.

광고며, 인터뷰며 바빠야 하지만, 도윤은 월드시리즈 우승 후,

한국으로 돌아와 폭풍 전야처럼 나름의 은둔 생활을 즐기고 있었다. 그런데 이렇게 귀하디귀한 망중한(忙中閑)에 기사를 자처해서 나왔는데, 이 여자는 내가 운전하는 차에 앉아서 졸. 고. 있. 다.

이게 얼마나 비싼 인력이 모는 차인데! 내 손값이 얼마인 줄 알아, 하얀 털 뭉치야!

마치 도윤의 마음속 외침을 듣기라도 한 듯 여자가 소스라치게 놀라서는 눈을 번쩍 떴다. 본인이 졸고 있던 게 민망했는지 자세를 급히 고쳐 앉으며 꼬물거리는 모양새가 정말 딱 털 뭉치다.

도윤은 갑자기 툭 튀어나온 서운한 감정을 누그러뜨리려 노력하며, 그저 한숨을 집어삼키고는 집으로 차를 몰았다. 털 뭉치는 계속 졸음이 쏟아지는지 고개를 이리 흔들고, 저리 흔들었다. 그녀가 고개를 백만 번쯤 흔들었을까 싶을 때, 차는 지하 주차장을 들어서고 있었다.

도윤은 비상등을 켜고, 운전석에서 내려 고주망태가 되신 아버지가 내리실 수 있도록 부축한 후, 다시 운전석에 올랐다.

큰아버지는 오늘 댁으로 가시지 않으시려는 듯 아버지와 함께 엘리베이터에 오르셨다. 두 발로 걸으실 수 있는 큰아버지와 두 손으로 바닥을 짚으시며 직립보행을 거부하시려는 아버지가 함께 올라가신다고 하자, 전화 속 어머니의 목소리가 어둡게 울려 댔다.

— 넌 왜 안 올라오고?

"일행이 더 있어서요. 모셔다 드리고 올게요."

— 알았어. 운전 조심해.

"네."

일부러 모. 셔. 다. 세 음절을 강조해서 발음했더니 여자가 흠칫 놀라서는 어깨를 움찔하는 모습이 눈에 들어왔다.

아, 미안하기는 한가? 하긴 뭐, 이 털 뭉치가 무슨 죄야? 오지 랖 넓으신 큰아버지랑 약주 때문에 코알라가 되신 아버지 때문이 지. 어휴. 만에 하나, 이 털 뭉치에게 죄가 있다면, 나에게 뜻 모를 서운함을 안겨 준 거?

'넌 나란 남자에게 모욕감을 줬어.' 라는 유행가 가사가 머릿속 을 스쳐 갔다. 도윤의 얼굴에 자괴감 어린 미소가 떠올랐다. 난 대 체 무슨 생각을 하고 있는 걸까?

"가죠."

"네."

하얀 털 뭉치는 이 상황에 그. 래. 도. 졸음이 쏟아지는지 또다 시 이리저리 고개를 흔들어 댔다. 도윤은 한껏 자상한 목소리를 내 기 위해 노력하며 말했다.

"피곤하면 좀 자요. 오피스텔까지 20분 찍히네요."

"아, 아니에요."

좀 길게 대답할 수는 없을까? 도윤은 짧게 끊기는 하얀 털 뭉치 의 대답에 괜한 조바심이 나는 것만 같았다. 또 저 모자와 목도리 는 왜 끝까지 칭칭 감고 있는 걸까? 도윤은 일부러 히터를 세게 틀었다. 안 그래도 따뜻했던 차 안 공기가 이제는 조금 덥다 싶을 지경이었다.

아니라고 고개를 절레절레 내젓던 하얀 털 뭉치는 다시 고개를 푹 숙이고는 졸기 시작했다. 하, 나 진짜. 저러다 숨 막혀 죽겠네.

도윤은 다시 히터 온도를 낮추고 바람 세기를 조절한 뒤, 보조 석 시트의 온열 버튼을 눌렀다. 그 추운 데서 한참 떨었겠네. 술도 안 마신 것 같은데. 대체 뭐 하는 동호회야?

한산한 도로 위, 적막한 차 안 공기의 어색함과 뜻 모를 떨림을 온몸으로 맞으며 운전에만 집중했더니 역시 내비게이션 도착 예정 시각보다 5분이나 빨리 오피스텔 주차장에 도착했다. 도윤은 잠들어 있는 털 뭉치를 바라보며 입을 열었다.

"저기요. 저기요? 이봐요."

털 뭉치는 깊게 잠이 들었는지 미동조차 없다.

"저기요."

아무런 대답이 없자, 도윤은 엄청난 충동에 휩싸이고 말았다. 아, 내가 지금 무슨 짓을 하고 있는 걸까? 라는 질문을 던지기도 전에 도윤은 여자의 눈 바로 아래까지 가려져 있는 하얀색 목도리를 밑으로 끄집어 내리려 커다란 손을 뻗고 있었다. 여자 속옷을 벗기는 것도 아닌데, 도윤의 심장은 미친 듯이 쿵쾅거리고, 손끝엔 찌릿한 전기마저 이는 듯했다.

"앗, 따거!"

진짜 전기가 올랐다. 하얀 목도리에 도윤의 손이 닿는 순간 탁 하고 전기가 올랐고, 그 바람에 소스라치게 놀란 털 뭉치가 꺅 하고 소리를 지르며 잠에서 깨어났다.

"뭐 하시는 거예요?"

"아니, 다 왔다고요."

빽 소리를 질러 대는 하얀 털 뭉치의 목소리에 더 놀란 도윤은 털 뭉치보다 더 큰 목소리로 소리쳤다. 하마터면 심장이 입 밖으로 튀어나올 뻔했네.

"아, 죄송해요."

주위를 두리번거린 털 뭉치는 꾸벅 인사를 해 보이더니, 차에서 내렸다.

"그럼, 안녕히 가세요."

차를 향해 크게 소리를 친 털 뭉치가 주차장을 내달렸다. 그 모습은 마치 어두운 밤 하얀 털 뭉치가 공중을 동동 떠 가는 모습과 같았다.

순식간에 사라지는 털 뭉치의 모습을 멍하니 바라보며, 어이없는 상황에 도윤은 실소를 터뜨렸다.

차를 출발시키려던 도윤의 눈에 정체 모를 무언가가 들어왔다. 실내등을 켜 보니 하얀 털 뭉치가 앉아 있던 보조석 밑에는 커다란 배낭이 하나 놓여 있었다. 아까 그 털 뭉치가 등에 메고 있었던 것 같은데, 아버지 가방인가?

도윤은 털 뭉치가 사라진 어두운 공간을 물끄러미 바라보며 괜한 아쉬움이 가득 들어찬 마음으로 차를 돌렸다.

새벽 두 시가 넘어서 집에 들어온 도윤은 생전 처음 늦잠을 잤다. 아무리 늦게 자도 정해진 시간에 발딱 몸을 일으키곤 했는데, 오늘따라 몸이 찌뿌둥했다. 마치 하얀 털 뭉치의 간질간질한 기운이 온몸을 훑고 간 기분이었다.

부엌에 가 보니 큰아버지와 아버지도 늦잠을 주무셨는지, 식탁 앞에 쾡한 얼굴로 앉아 계셨다. 도윤도 젖은 머리칼의 물기를 털어 내며 식탁 앞에 앉았다. 보아하니 동생들은 벌써 집을 나선 것 같았다.

"안녕히 주무셨어요?"

"응, 잘 잤어, 조카? 네 아부지는 말씀도 못 하신다."

껄껄거리는 동규를 향해 동수가 힘없이 눈을 흘겼다.

"이제 나이들도 생각하셔야죠. 이팔청춘도 아니고."

자희 여사는 고운 말씨로 한소리 하고는 식탁 위에 말씨만큼이나 고운 향설고와 헛개차를 올려 주었다.

"고마워요, 제수씨."

"형님이 새벽부터 전화하셨어요. 아주버님 어쩌시려고 그러세요."

"그, 그래?"

집에서 전화가 왔다는 말에 동규의 얼굴 위로 그림자가 드리웠다. 나이를 먹을수록 점점 두려워지는 건 노년기로 접어들 자신의 인생이 아닌 마누라였다.

"저희 집에서 약주 하시고, 오랜만에 애들 모여서 이야기하시다 잠드셨다고 했어요."

자희 여사의 말에 이내 표정이 밝아진 동규가 고맙다며 헛개차를 호로록 들이켰다.

아침 식사를 마치고 현관을 나서는 동규에게 자희 여사가 잠깐만 기다리시라며, 커다란 배낭을 내밀었다.

"안에 보온병이 가득하더라고요. 깨끗이 닦아 놨어요. 회원들 때문에 일부러 준비하신 거예요?"

"이거 내 가방 아닌데?"

"어제 차에서 제가 갖고 올라왔는데요?"

도윤의 물음에 동규가 음흉한 미소를 지어 보였다.

"이거 세영 씨 거야. 우리 팀 매니저."

"팀 매니저?"

도윤이 고개를 갸웃하며 되묻자 동규가 이내 흐뭇한 미소로 화답했다.

"어제 보조석에 앉아 있던 아가씨."

아, 그 하얀 털 뭉치 가방이야?

"도윤이 연락처 알지? 이것 좀 전해 줘. 우리 선수들 챙기겠다고 이렇게 바리바리 싸 들고 온 것 같은데 어제 정신이 없어서 두고 내렸나 보네. 난 그럼 바빠서 가 볼게."

교회도 안 다니시는 분이 일요일 오전에 바쁠 게 뭐가 있담? 도윤은 자신의 품에 배낭을 던져 버리고 사라지시는 큰아버지의 뒷모습을 물끄러미 바라봤다.

"아가씨, 어떤 아가씨? 웬 아가씨를 다 태워다 줬어? 어제 모. 셔. 다. 드려야 했다는 그분?"

이때다 싶었는지 먹이를 낚아챈 자희 여사는 초롱초롱한 눈빛을 빛내며, 도윤을 올려다봤다.

"저도 누군지 몰라요, 어머니. 얼굴도 못 봤어요."

하! 실수했다. 얼굴도 못 봤다는 실망 가득한 도윤의 목소리에 자희 여사의 눈빛이 더 초롱초롱해졌다.

"형이 하는 사회인 야구단 팀 매니저래. 나이는 스물아홉. 호텔에서 일한대. 이름은 세영 씨, 세영 씨, 하던데 성은 모르겠네."

기어들어 가는 목소리로 여자의 프로필을 읊는 아버지의 말이 들려왔다.

아, 퇴폐 동호회가 아니라, 사회인 야구단이었어? 거기에 매니저?

도윤은 괜히 피식하고 터져 나오려는 웃음을 참으려 애쓰며, 헛기침을 해 댔다. 여기서 더 빌미를 제공했다가는 자희 여사에게 맛있게 회 쳐질 게 뻔했으니까.

"어머, 어린 아가씨가 어쩜 생강차 우리는 솜씨가 보통이 아니니? 아들, 잘 전해 줘."

자희 여사는 도윤의 어깨를 툭툭 두드리며 주방으로 향했고, 도윤은 자신이 들기에도 묵직한 배낭을 들고 방으로 향했다.

이건가?

도윤은 휴대전화에서 가장 위에 자리한 수신 번호를 툭 건드렸다. 하얀 털 뭉치에게 참으로 잘 어울리는 통화 연결음이 흘러나온다. Let it snow.

— 여보세요?

뭐야? 이 공격성 다분한 응대는? 어제 털 뭉치의 전화 목소리와 톤은 비슷했지만, 말투는 사뭇 달랐다.

"여보세요? 세영 씨?"

— 언니 지금 아파서 자요.

아파? 하얀 털 뭉치 어디가 아파? 그래서 어제 그렇게 정신없이 뛰어 들어갔나?

— 어제 혹시 우리 언니랑 같이 있었어요?

"네."

같이 안 있었던 건 아니잖아?

— 아니, 사람을 혹사해도 유분수지! 이 지경이 될 때까지 굴려 먹으면서 댁들은 그 야구인지 공놀이인지를 그렇게 하고 싶어요? 야구 좀 작작해요!

동생인 듯한 여자가 빽 소리를 지르더니 전화를 뚝 끊어 버렸다.

야구를 작작하라니? 지금 메이저리거한테 야구를 작작하라는 거야?

"너 누구한테 소리 질러?"

골골거리는 목소리가 들리는 쪽으로 지영은 매섭게 시선을 옮겼다.

"어제 같이 있었다는 남자. 아니 뭐, 전화번호도 저장을 안 해놓냐?"

신경질적으로 휴대전화를 내미는 지영에게 세영은 눈을 흘길 힘조차 없었다. 휴대전화 기록을 살피니 전화를 한 이는 한도윤이었다.

"너 뭐라고 했냐?"

"야구 좀 작작하라고."

"뭐?"

힘없는 웃음이 미친 사람처럼 푸시시 흘러나왔다. 야구를 업으로 삼은 남자에게 야구 좀 작작하라는 독설을 퍼부을 수 있는 여자는 아마 저 계집애밖에 없을 것이다.

"앉아, 죽이나 먹어."

"쌍둥이는?"

"강 서방이 보고 있어."

"착하네."

"그러니까 언니도 좀."

뭐라 말을 덧붙이려다 죽을 깨작거리는 세영을 보고 지영은 이
내 한숨을 내쉬었다.

　어딜 가든 똑똑하단 소릴 듣는 언니였고, 어딜 가든 예쁘단 소
릴 듣는 언니였다. 그래서 어릴 적부터 언니는 항상 자신이 범접할
수 없는 곳에 올라가 있는 느낌이었다.

　딱딱하고 매서운 성격의 자신과 달리 언니는 항상 부드럽고 상
냥했다. 그런 언니 주변엔 항상 사람이 많았다. 하지만 언니는 눈
에 보이지 않는 결계라도 쳐 놓은 듯 누군가가 필요한 순간엔 늘
저렇게 혼자였다.

　추운 겨울 밖에서 오들오들 떤 탓인지 언니는 장염에 몸살이 겹
쳤다고 했다. 아프다기에 죽 재료 사 들고 쏜살같이 달려왔는데 언
니는 또 괜찮다며 고개를 내젓는다. 헛똑똑이야, 암튼. 자신보다
훨씬 더 좋은 대학을 나온 언니였고, 자신보다 훨씬 좋은 직장에
다니는 언니가 늘 부러웠다.

　결혼을 일찍 해서 가정을 먼저 꾸리기는 했지만, 혼자 있는 언
니가 안쓰러워서 나오는 말들은 늘 가시투성이였다. 좀 곱게 말해
야지 하면서도 지영은 어느새 타는 속을 고스란히 내뱉고 있었다.

　아무리 심하게 말을 해도 저 멍청이는 그저 싱긋 웃어 보인다.
그런 언니의 미소에 지영의 마음은 더 깊이 패고 멍이 드는 기분
이었다. 아직도 못 내려놓은 걸까? 이제 잊었을까? 아니면, 평생
언니는 내려놓지 못하고 살게 될까?

　겉으론 저렇게 힘든 내색 안 해도 속은 어떨지, 이제 괜찮은지,
아직 안 괜찮은지. 저렇게 웃고는 있는데 정말 행복해서 웃는 건
지, 아니면 습관처럼 웃는 건지. 이제 행복했으면 좋겠는데, 그리

고 그 야구에도 인제 그만 매달렸으면 좋겠는데…….

걱정이 되어서 미쳐 버릴 것 같은데 순간 눈물이 왈칵 쏟아질 것만 같아서 지영은 또다시 딱딱거렸다.

"죽 남은 거 냉장고에 넣어 둘 거니까 데워 먹어. 송이버섯 들어간 거야, 아까우니까 버리지 말고 다 먹어. 등신같이 그 지경이 될 때까지 사람들 챙긴다고 밖에 있고 싶냐?"

"애 엄마가 말하는 거하고는."

"애들 앞에선 이렇게 말 안 해."

동생 지영이 또 잔뜩 잔소리를 퍼붓고 돌아갔다. 저 계집애의 사명감은 오늘도 하늘을 찌르는구나. 주말이면 각종 행사를 치르는 데 더 바쁘신 세영의 어머니, 주경 여사는 몸 관리 잘하라는 간단한 메시지를 보내오셨다. 늙어서 혼자 병들면 더 서러울 거라는 독설과 함께.

세영이 주경 여사에게 문자 메시지를 보내려는데, 새로운 메시지가 들어왔다는 알림이 깜빡거렸다.

[참 여러모로 재미있는 분이시네요. 제가 그쪽 가방을 갖고 있거든요. 어떻게 해야 할까요?]

번호를 보니 한도윤이었다. 열댓 개가 넘는 보온병을 버리라고 할 수도 없고, 세영은 한참을 고민하다 도윤에게 전화를 걸었다. 신호음이 대여섯 번 울리고 난 뒤, 그의 목소리가 들려왔다.

어련히 알아서 연락할까, 메시지까지 보내 놓고도 자신도 모르게 반응이 없는 휴대전화를 수시로 살피던 찰나, 기다리던 전화가 왔다.

"여보세요?"

— 여보세요? 한도윤 씨?

많이 아팠는지 세영은 목소리가 살짝 쉬어 있었다. 상냥하고 부드러운 목소리도 좋았지만, 긁는 소리가 더해진 허스키한 세영의 목소리는 야릇한 상상을 불러일으킬 만큼 자극적이기까지 했다. 아, 나 이제 보니 목소리 페티시 있었나?

"네. 가방은 어쩔까요?"

— 죄송해요. 어젯밤에 제가 정신없이 내렸네요. 제가 가지러 갈게요.

"아프다면서요?"

어디가 아파요? 많이 아파요? 이렇게 물으면 너무 이상하잖아?

— 아, 그래서 내일 저녁에나 갈 수 있을 것 같은데…… 괜찮으세요?

"내일 저녁에 바빠요."

아, 돼요. 내일 저녁에 어디서 볼까요? 이렇게 반가워하면 너무 가벼워 보이잖아?

— 그럼, 어쩌죠? 제가 내일 출근해야 해서 지금 아니면, 내일 저녁에나 시간이 되거든요.

"호텔에서 일한다고 하지 않았어요? 내가 내일 거기로 갈게요."

지금 당장 집 앞으로 갈 테니 그 하얀 털 뭉치 속 얼굴이 어떻게 생겼는지 좀 보여 달라고 하면 너무 쉬워 보이잖아?

— 아, 그럼. 편하게 오실 방법 찾아서 연락드릴게요. 내일 오전 중으로 연락드려도 괜찮을까요? 제가 신세 진 것도 있고, 점심 어 떠세요?

섹시한 목소리로 상냥하게 말을 걸어오는 하얀 털 뭉치의 제안 에 도윤은 속으로 콧노래를 불러 젖혔다.

드디어 이 여자 얼굴이 어떻게 생겼는지 구경할 수 있는 건가?

❉ ✱ ❉

어젯밤 꿈에 하얀 털 뭉치가 공중을 둥둥 떠다녔다. 목소리는 애간장을 녹일 듯하고, 사근사근한 말투는 뭐든 다 들어 주고 싶을 만큼 달콤했다. 수많은 털 뭉치 속을 밤새도록 헤집고 다녔더니, 밥그릇 안에 들어 있는 하얀 밥알도 털 뭉치로 보였다.

아, 그냥 얼굴 보고 확 깨라. 목소리만 듣고 이러는 거 너무 이 상하지 않나? 싶은 생각을 하며 밥그릇을 쑤석이고 있는데, 자희 여사가 말을 걸어왔다.

"오늘 뭐 해, 아들?"

"저거 주러 갈 거예요."

"보온병 아가씨?"

자희 여사는 동수에게 무슨 말을 들었는지 어깨를 들썩이며, 환 한 얼굴로 되물었다.

"네."

"그래, 잘 다녀와."

잘 다녀오라는 저 말이 왜 저렇게 심오하게 들리는 걸까? 도윤은 이내 고개를 내저으며 아침 식사를 마쳤다.

세영이 알려 준 임직원 전용 주차장에 주차를 마치고, 도윤은 강산 호텔 임직원 전용 엘리베이터에 올랐다. 도윤은 확인차 그녀가 보낸 메시지를 다시 들여다봤다.

[강산 호텔 8층, K Bar로 오시면 저희 직원이 안내해 드릴 겁니다.]

털 뭉치가 어떻게 생겼든 무언가 관심을 끌어 보고 싶은 오기가 발동한 걸까? 엘리베이터 거울 속에 비친 자신의 모습을 보고 도윤은 실소를 터뜨렸다. 누가 보면 선보러 온 줄 알겠다.

도윤은 진회색 슈트에 남색 타이까지 매고 그보다 색이 더 진한 코트를 입었다. 매일 모자만 쓰고 다니느라, 머리 모양엔 신경도 쓰지 않았었는데, 오늘은 아침부터 미용실에 가서 머리도 만지고 왔다. 미용사가 어디 가느냐고 묻기에 인터뷰 간다고 둘러댔다. 아. 한도윤 애쓴다.

아니 근데, 아무리 그래도 날 보고 사인해 달라는 말도 안 해? 야구 좋아한다며? 다른 팀 팬이야, 혹시?

거울을 보며 요리조리 얼굴을 살피는 동안, 엘리베이터가 8층에 도착했다.

스르륵 문이 열리자, 그 앞에 서 있던 여자가 화들짝 놀라서는 도윤을 올려다봤다. 쌍꺼풀 진한 눈이 동그랗고, 코도 동그랗고, 작은 입술도 동그랗고, 얼굴도 동그랗다. 꼭 단팥빵같이 생긴 여자다.

이 빵이 하얀 털 뭉치인가?

"한도윤 씨?"

"네."

목소리를 듣는 순간 도윤의 얼굴에 살포시 미소가 떠올랐다. 이 빵은 아니네?

"이쪽으로 안내해 드리겠습니다."

마치 도윤이 올라오는 것을 보고 있었다는 듯, 까만 치마 정장을 입은 빵은, 아니 여자는 도윤을 강산시 시내가 내려다보이는 개인 식사실로 안내했다.

식사실 안에는 까만 치마에 흰 블라우스를 입고 방 안 조도를 조절 중인 여자가 서 있었다. 얼굴이 길쭉하고, 눈도 길쭉하고, 코도 길쭉하고, 오이같이 생겼다.

이 오인가?

"실례하겠습니다."

오이 같은 느낌의 차가운 목소리가 흘러나왔다. 이 오이도 아니구나.

"하세영 과장님은 지금 회의 중이십니다. 오전 회의가 예정보다 길어져서 약속하신 정오에 맞춰 도착하실 예정이십니다."

"아, 네."

빵같이 생긴 여자의 설명에 도윤은 싱긋 웃어 보이며 상냥하게 고개를 끄덕여 주었다. 넋이 나간 듯한 빵이 잠시 벌어져 있던 입을 꾹 다물고는 이내 사라졌다. 그래, 보통의 여자라면 자신을 보고 저런 반응이 나와야 한다.

도윤은 만족스러운 반응에 고개를 주억거리며, 그녀의 이름을 머릿속으로 떠올려 보았다.

아, 풀 네임이 하세영이셔? 남의 이름 듣고 웃으면 안 되는데, 하세영, 하세영, 하세영…….

하얀 털 뭉치의 이름을 되뇔수록 웃음이 새어 나왔다. 정말 여러모로 재미있는 여자다.

무심코 시선을 돌린 창밖엔 하얀 털 뭉치 같은 눈발이 흩날리고 있었다. 첫눈인가? 회색빛 허공으로 바람에 이리저리 흩날리는 눈송이를 넋 놓고 바라보고 있는데, 등 뒤에서 노크 소리와 함께 문이 열렸다.

"실례합니다."

이 목소리는 분명 그 하얀 털 뭉치다. 도윤이 자리에서 일어나는 순간, 털 뭉치는 테이블을 돌아 도윤의 맞은편에 섰다.

"제가 먼저 와 있었어야 했는데, 죄송해요. 일찍 오셨네요?"

"……!"

드디어 세영을 마주한 도윤은 진공관에 갇히기라도 한 듯 멍해지는 것 같았다.

환하게 웃고 있는 세영의 얼굴이 제일 먼저 도윤의 눈에 박혔다. 정말 하얀 털 뭉치처럼 새하얀 피부에 손을 대 보고 싶은 충동마저 일었다. 가는 속 쌍꺼풀이 있는 기다란 눈이 웃을 때면 부드러운 선을 그리며 고운 모양새로 휘어졌다.

오똑한 콧날 아래 자리한 입술이 호선를 그릴 때마다 부드럽게 솟아오르는 두 뺨은 한입 베어 물고 싶은 복숭아 같았다. 거기에다가 분홍색 립스틱을 바른 입술이 방 안 조명에 의해 반짝이자, 도윤은 심장이 벌컥거리는 것 같았다.

도윤의 시선은 적나라하게 그녀의 몸을 훑어서 내려갔다. 커다란 다운 점퍼로 가리고 있던 그날의 덩치 큰 여자는 온데간데없었다.

회색 H라인 스커트는 그녀의 매혹적인 엉덩이 라인과 허벅지 라인을 오롯이 보여 주고 있었고, 스커트 아래로 슬쩍 보이는 무릎과 종아리의 옆선은 알파벳 S가 가늘게 뻗어 내리듯 유려했다. 단추 두 개를 꼭 채운 와인색 투 버튼 재킷은 그녀의 여린 어깨선과 봉곳 솟아오른 가슴, 잘록한 허리에 멋지게 휘감겨 있었다.

"그때 인사 제대로 못 드려서 죄송해요. 하세영이에요."

손을 내밀어 악수를 청하는 그녀의 손을 덥석 잡았다. 악수를 해야 하는데 그만 두 손으로 꼭 잡아 버렸다.

세영은 빙그레 웃으며 도윤의 손을 두 손으로 꼭 잡아 주었다.

"반갑다는 의미죠? 저도 반가워요."

멍청한 짓을 했는데도 털 뭉치는 도윤이 한 것처럼 똑같이 손을 잡아 보이며 생긋 웃었다.

"아, 네."

참으로 멍청한 대답이 도윤의 입에서 흘러나왔다.

"어디 가시는 길이세요?"

"아, 네?"

세영은 도윤의 복장을 가리키며 고개를 갸웃했다.

"그냥."

"아, 중요한 약속 있으신가 봐요?"

실실 쪼개는 기분 나쁜 웃음이 아닌 진정성이 느껴지는 세영의 미소에 도윤의 얼굴에도 겨우 미소가 떠올랐다.

"네, 중요한 약속이 있어서요."

하얀 털 뭉치 얼굴 구경하러 왔어요, 아주 중요하죠.

생글거리는 세영의 얼굴은 겨우 도윤의 주먹만 해 보였다. 안
그래도 작은 얼굴에 호텔 규정인지 머리를 묶어 올린 모습이 참으
로 단아해 보였다.

"바쁘신데 여기까지 나오시라고 해서 죄송해요."

세영은 눈꼬리가 아래로 예쁘게 처지는 웃음을 지어 보였다. 도
윤은 선하게 굽어지는 그녀의 눈가를 바라보며 마음도 신선해지는
것 같았다.

"아니에요. 마침 지나던 길이었어요."

하얀 털 뭉치 얼굴 보려고 지나던 길이었죠.

도윤이 코트와 함께 슈트 재킷을 벗어 보이자 세영이 얼른 자리
에서 일어났다.

"이리 주세요."

세영은 도윤의 손에서 외투를 받아 들어 옷장에 곱게 넣어 놓고
는 다시 자리로 돌아왔다. 그녀는 시종일관 깍듯하고, 상냥하고,
친절했다. 뭐야? 이 거리감은? 나 그냥 뭐 여기 고객 같잖아?

순간 세영의 가슴에 달린 금빛 명찰이 눈에 들어왔다.

《기업판촉팀 지배인 하세영》

어쩐지 사람 다루는 솜씨가 예사롭지 않다 싶더니만.

"근데, 가방은요?"

응? 가방?

"아, 네?"

진짜 바보 아냐? 만남의 목적이었던 가방을 차 안에 두고 올라오다니.

도윤의 되물음에 세영이 피식 웃음을 터뜨렸다. 도윤은 혀뿌리에 탁 걸린 듯 튀어나오지 않는 말들을 끄집어내려 노력했지만, 허사였다. 그의 두 눈은 예쁘게 휘어지는 그녀의 눈을 바라보며 심박동 수를 올리는 데 일조할 뿐이었다.

"제 배낭이요. 보온병 잔뜩 들어 있는."

"아, 네."

우리말을 처음 배우는 외국인도 아니고, 도윤은 멍하게 튀어나오는 대꾸를 수습하려고 했지만, 그의 입가엔 그저 희미한 미소만 흐르고 있었다.

"혹시 안 가져오셨어요?"

"차에, 차에 있어요."

허. 인제 말까지 더듬는다. 혀가 입 아래에 박힌 듯 제 맘대로 움직이지 않는 것 같았다. 한도윤의 퀄리티 스타트(Quality Start: 선발 투수가 상대 타선을 6이닝 3자책점 이하로 저지하는 것)는 대체 어디로 간 걸까? 지금 이 순간부터 한도윤의 QS는 Quality Start(퀄리티 스타트)가 아니라, Qualified Stupid(바보 인증)가 되는 건가?

이건 뭐, 마운드에 서자마자 보기 좋게 3루타라도 맞은 기분이랄까? 사근사근한 목소리로 1루 가더니, 하얀 털 뭉치 같은 뽀얀 얼굴로 2루 가고, 다운 점퍼로 가리고 있던 낭창한 맵시로 3루까지 갔으니, 가방 주면 홈인해서 내 눈앞에서 사라질 건가?

"그럼 이따 가실 때 제가 내려가면 되겠네요. 그런 멋진 차림으

51

로 들고 오시기엔 가방이 조금 그렇긴 하죠."

생긋 웃으며 말하는 세영의 얼굴을 도윤은 또다시 넋을 놓고 바라봤다.

판촉 담당이라 사람을 많이 대해서 그런 걸까? 앞에 앉은 사람을 편하게 해 주는 재주가 있는 털 뭉치, 그러니까 털 뭉치처럼 부드러운 여자 같았다. 편하게 하는 재주가 있다는 판단은 서는데, 왜 난 어려울까?

"아, 네."

또다시 망힐 입에서 흘러나온 '아, 네.' 세영의 시선이 자신의 입술에 머무르는 듯해서 도윤은 마른침을 꿀꺽 삼켰다.

"식사는 한식으로 준비했는데, 어떠세요?"

"좋아요."

성긋이 웃으며 자신의 얼굴을 바라보는 그녀의 시선에 도윤은 꼼짝없이 갇혀 버린 것만 같아서, 주위를 환기시키려 창밖을 바라봤는데 눈이 내리고 있었다. 도윤의 입에서는 마치 고대 비문이라도 읊는 듯한 뭉그러진 목소리가 흘러나왔다.

"눈이 와요."

"네?"

멍한 자신의 시선을 따라 그녀의 시선도 창밖을 향하는 것 같았다. 어느새 포슬포슬한 눈송이는 함박눈이 되어 쏟아지고 있었다.

"어머. 눈 오는 줄 몰랐네요."

"눈 좋아하세요?"

대뜸 눈이 온다더니, 내리는 눈을 좋아하느냐는 도윤의 물음에 세영은 고개를 갸웃했다.

"어떻게 아셨어요?"

"아, 네?"

세영이 생긋 웃으며 고개를 갸우뚱 기울이자, 그녀의 귀에 꽂혀 있던 잔머리가 푸득 하고 튀어나왔다. 귀 뒤에 걸려 있어서 그랬는지, 귀여운 S자를 그리며 휘어진 잔머리에도 도윤은 심장이 또다시 튀어 올랐다.

"저 눈 좋아해요."

눈을 좋아한다 말하는 세영의 목소리가 어딘가 아프게 느껴지는 건, 저 목소리에 미친 듯이 집중한 탓에 어절 하나하나에 실리는 의미를 파악하려 드는 집요함 때문일까?

"어떻게 아셨어요?"

맹구도 아니고, 눈이 온다고 했다가, 눈 좋아하느냐고 물었다가. 도윤은 속으로 끙 하는 신음을 삼키며 대답했다.

"통화연결음이요."

"통화연결음?"

"네."

"제 통화연결음이 뭐죠?"

"아, 네? 그게…… 뭐였더라?"

상체를 테이블 앞으로 기울이며 두 팔을 테이블 위에 올리고, 눈을 동그랗게 떠 보이는 세영의 모습에 도윤은 숨이 턱 막혀 버렸다. 아까부터 코끝을 스치던 호텔 특유의 공기 대신 달달하고 묵직하며 동시에 찬 겨울의 대기가 느껴지는 꽃향기가 테이블 너머에서 다가왔다.

'그게 제목이 뭐였는지, 기억이 잘 나지 않네요.' 라고 말하려고 했는데, '그게 뭐였더라.' 라니!

세영은 또다시 눈썹과 눈 사이가 멀어져 멍한 표정을 짓고 있는 도윤에게 손을 내밀었다.

이 손을 어쩌라고? 다시 덥석 잡고…… 싶다.

"네?"

"전화기 좀 빌릴 수 있어요?"

"왜, 왜요?"

"제 통화연결음이 뭔지 궁금해서요."

도윤은 테이블 위에 있는 자신의 휴대전화를 세영에게 내밀었다. 어떻게 목소리가 저렇게 고울 수가 있지? 다른 이가 전화 좀 빌릴 수 있겠느냐고 물어 왔으면 아마 절대 안 된다고 했을 것이다.

세영은 싱긋 웃으며, 도윤의 휴대전화 화면을 툭툭 건드렸다.

"와, 한도윤 선수 휴대전화 좀 훔쳐볼까 했는데, 아무것도 없네요?"

장난스러운 말을 건네며 세영은 자신의 번호를 툭툭 찍어 냈다.

"휴대전화를 자주 바꾸거든요. 전화 걸고 받는 거 외에는 별 의미 없어요."

"아."

세영은 번호를 누르다 말고 웃음이 터져서는 도윤을 바라봤다.

"왜……."

왜 웃어요? 라고 물으려고 했는데, 왜라는 말을 내뱉은 순간 자신이 세영의 번호를 어떻게 저장해 놨었는지가 떠올랐다.

[하얀 털 뭉치]

아……. 깊은 탄식이 가슴속에서 울려 댔다.

세영은 푸시시 웃으며 휴대전화 화면을 도윤에게 보여 줬다.

"이게 무슨 뜻이에요?"

난감하고 당황스러울 때는 그냥 쉽게 가야지. 도윤은 한숨을 폭 내쉬며 대답했다.

"그날 목도리랑 모자 때문에요."

"아."

세영은 대강 알겠다는 듯 고개를 끄덕이며 도윤의 휴대전화를 귀에 대고 자신의 통화연결음을 듣기 시작했다.

"세상에. 언젠가 겨울에 설정해 놓은 건데, 잊고 있었네요."

눈썹을 한 번 들썩이며 생긋 웃는 세영의 표정이 눈에 들어왔는데, 어딘가 분위기가 묘하게 달랐다.

"근데 이거 이야기해 준 사람도 도윤 씨밖에 없네요. 흠."

휴대전화를 건네주며, 작게 한숨을 내쉬는 세영의 모습이 어쩐지 쓸쓸해 보이는 건 지극히 주관적인 판단일까? 도윤은 휴대전화를 건네받으며 물었다.

"제 번호는 저장 안 하셨나 봐요? 화면에 이름이 안 뜨던데."

도윤은 세영의 앞에 놓인 휴대전화를 가리키며 물었다.

"번호 바꾸실 거 아니에요?"

"아, 바꾸면 다시 알려 드릴게요."

대답이 끝나자마자 세영의 작은 웃음소리가 들려왔다. 오르골 멜로디처럼 청량한 웃음소리가 참 듣기 좋다.

"제 말은 제가 한도윤 씨 전화번호를 알게 되었으니까, 바꾸셔야 하는 거……."

"세영 씨가 제 전화번호 알았다고 해서…… 그게 굳이 바꿀 이유는 아닌 것 같은데요?"

이 방에 들어와서 도윤이 한 말 중 가장 긴 문장이었고, 어쩌면 가장 솔직한 말이었을지도 모른다. 진지한 자신의 말에 세영의 표정도 진지하게 굳었다.

"제가 막 여기저기 팔아먹으면 어쩌시려고요?"

"아, 네?"

도윤은 순간 멍해져서 또다시 멍청하게 되물었다. 이 여자, 대하기가 왜 이렇게 어려울까? 야구 좋아하는 여자라잖아. 내가 한 수 먹고 들어가는 거잖아.

"농담이에요. 좀 짓궂었죠? 죄송해요."

콧잔등을 찡긋해 보이며 귀엽게 웃는 세영의 미소에 도윤의 심장은 계속해서 제 존재를 알리려는 듯 세차게 뛰고 있었다. 근데 어딘지 모르게 거리를 둔 태도는 자꾸만 조바심이 나게 했다. 가방 주면, 정말 끝인가?

둘 사이에 놓인 테이블 위로 음식이 놓이는 동안, 대화가 잠시 멈췄다. 서버가 나가고, 세영은 고운 목소리로 테이블 위에 놓인 음식들을 설명하며 도윤에게 권했다. 저런 목소리로 설명을 듣는다면 양잿물이라도 마실 수 있지 않을까?

식사하는 동안, 그녀는 자연스레 대화를 이끌어 나갔다. 도윤은 세영을 마주한 순간부터 계속 바보 같은 추임새만 넣고 있었다. 날씨 얘기, 앞에 놓인 음식 얘기, 그 야구 동호회 얘기 등 서로 친분이 있지 않아도 가볍게 할 수 있는 주제들에 관한 대화만 이어졌다.

하지만 대화의 주제가 무엇인지, 그건 도윤에게 중요한 일이 아니었다. 그저 저렇게 끊임없이 기분 좋은 소리를 내는 그녀의 목소리에 귀를 기울이는 것이 좋아지기까지 했다. 저 목소리가 침대 위에선 어떻게 변할까? 순간 도윤의 배꼽 아래가 묵직해지는 기분이 났다.

"어디 불편하세요? 음식이 안 맞으세요?"

"아, 아뇨."

사춘기 소년도 아니고 밥을 먹다 말고 갑자기 아랫도리가 반응을 보이고 있다는 말을 할 수는 없지 않은가?

"제가 시간을 너무 오래 쓴 것 같네요. 죄송해요."

고개를 들면 그녀와 눈이 정면으로 마주칠 것 같아서, 도윤은 시선을 피하려 손목에 있는 시계를 한번 확인했다. 그 모습이 시간에 쫓기는 것처럼 보였는지, 그녀가 조심스레 물어 왔다.

"후식은 생략할까요?"

"아, 네."

반사적으로 '아, 네.'가 튀어나왔다. 하, 젠장. 후식 아니라, 오랜 시간에 걸쳐서 한 접시, 한 접시 천천히 나오는 코스 요리를 저 목소리로 재료 하나하나, 양념 하나하나까지 설명 들으며, 먹고 싶은 심정인데! 진정 가방 주면 끝인가?

"그럼, 가실까요?"

"아, 네."

옷장에서 코트와 재킷을 꺼내어 주는 세영의 모습에 흔한 드라

마 속 장면이 오버랩 되었다. 남편 옷을 꺼내 주며 잘 다녀오라 인사하는 아내의 모습?

도윤은 머릿속에서 미친 듯이 떠오르는 망상들을 지워 내려 머리를 슬쩍 흔들었다. 아, 내가 미친 게 분명하다.

엘리베이터 앞에 선 둘은 말이 없었다. 아무 말도 없어서, 털 뭉치의 보드라운 목소리가 전혀 들려오지 않아 도윤은 갑자기 기운이 확 빠지는 것 같았다.

전화번호 바꿀 거 아니냐며, 선을 긋는 여자에게 가장 묻고 싶은 건 이거였다. 정말 이대로 차에 가서 가방 전해 주면 끝인가요? 이 목소리, 이젠 더 못 듣나요?

엘리베이터에 오르고 문이 닫히려는데 밖에서 누군가 급하게 세영을 불렀다.

"과장님!"

"잠시만요. 어, 왜?"

세영은 열림 버튼을 누른 채로 빵같이 생긴 여자에게 답했다.

"SFO 쪽 인사가 벌써 호텔 로비에 도착했대요."

"뭐? 오늘 오후 3시 인천 도착 아니었어?"

"대만 들러서 아침 일찍 한국에 도착했고…… 지금, 오셨대요."

"그걸 이제 말해 주면 어떡해. 도착 일정 어제 컨펌 받았다고 했잖아?"

빵같이 생긴 여자는 도윤을 힐끔 쳐다봤다가 대답했다.

"그게…… 제가 바뀐 항공일정을 확인 못 해서…… 지금 내려가 보셔야 할 것 같은데요."

"하아……."

세영은 곤란한 듯한 표정을 지어 보였고, 도윤은 묘안이 떠오른 듯 눈동자가 반짝 빛났다.

"어떡하죠? 도윤 씨, 제가 지금 로비에 가 봐야 할 것 같은데……."

"아, 그러세요? 근데, 제가 약속 시각이 거의 다 돼서……."

약속은 무슨. 도윤은 가방을 돌려주지 않으면, 다시 만날 수 있지 않을까 싶은 생각이 번쩍 들었다.

"그럼, 저희 직원 편에……."

세영의 말에 도윤은 얼굴을 굳히며 정색했다.

"그건 곤란한데요. 차도 지극히 제 개인적인 공간인데."

"죄송해요. 그럼 시간 되실 때, 제가 찾으러 갈게요."

하세영, 드디어 가방을 향한 진루 포기! 끝이 아니네? 고마워 빵 양.

도윤은 최대한 자상한 미소를 지으며 말했다.

"할 수 없네요. 일 보세요."

"죄송합니다. 저, 그럼, 연락드릴게요."

세영이 엘리베이터에서 내려 꾸벅 인사를 해 보이자, 빵같이 생긴 여자도 연신 죄송하다며 머리를 조아렸다. 죄송하긴, 지금 얼마나 고마운데.

도윤은 괜찮다고 싱긋 미소를 지어 보이며, 급하게 발걸음을 옮기는 세영의 뒷모습을 물끄러미 바라봤다.

2. Curious Amelie

톡톡톡톡.

검지로 책상 위를 두드리며 무언가 생각에 빠진 세영을 직원들이 흘끔거리고 있었다. 세영은 등장부터 심상치 않았던 도윤과의 식사 자리를 곱씹으며 그의 얼굴을 떠올려 보았다.

'아, 네.' 만 흘러나오던 입술. 건조하게 갈라진 틈도 없이 매끈한 붉은빛을 내는 도톰한 입술. 관상학적으로는 학자의 입술에 가까운, 선이 분명하고 반듯한 모양이었다.

울퉁불퉁한 굴곡 없이 곧게 뻗은 콧대와 적절하게 불거진 콧망울은 재물복도 있어 보이고, 윤기 나는 눈썹이 바른 결로 나 있는 모양새로 보아 형제복 혹은 동료복도 있겠구나 싶었다. 쌍꺼풀 없는 눈이 길게 뻗어 있는 것으로 보아, 자상하고 품이 큰마음을 지녔을 것이다. 흰자는 맑은 하늘을 닮은 듯했고, 검은자는 온갖 총기를 담은 듯 반짝였다.

사모(紗帽)를 써도 흘러내리지 않을 반듯한 이마 모양이 선수보다는 코치나 감독으로 더 성공할지도 모르겠다. 뭐, 지금도 유명한 선수이긴 하지만. 많은 사람을 상대해야 하는 직업적 특성을 가진 탓에 속으로 상대방의 관상을 살피는 것은 세영의 남모를 탐색전과 같은 것이었다.

온갖 총기를 다 그러모은 것같이 생긴 그의 외모와 다르게 그의 행동은 어딘가 석연치 않은 구석이 있었다. 그게 뭘까? 세영은 가만히 그의 목소리를 떠올려 보았다.

낮은 울림이 있는 음의 구분이 분명한 목소리, 그런 목소리가 밤일에 능하다던데.

순간 세영의 얼굴이 화끈 달아올랐다. 어머, 나 미쳤나 봐!

세영은 고개를 절레절레 저으며, 대뜸 눈이 온다고 했던 때로 생각을 옮겨 갔다. 멍하니 '아, 네.'로 대답을 일관하던 남자가 눈이 온댔다가, 눈이 좋으냐고 했다가. 우락부락한 근육과 달리 감수성 예민한 선수이신가? 휴대전화 번호를 바꿀 이유가 없다는 건 무슨 뜻일까?

자신의 통화연결음 때문에 눈을 좋아하느냐고 물었다면서, 그는 그게 무슨 노래인지도 기억을 못 하고 있었다. 총기 가득한 얼굴에 백치미가 매력 포인트인가?

세영은 헛웃음을 지으며 책상 위에 놓인 야구공을 집어서 이리저리 살폈다.

후식 나올 차례에 그는 시계를 바라보며, 얼굴을 굳혔었다. 안 그래도 사인 받을 타이밍을 놓쳐서 이리저리 눈치를 보고 있었는데, 삽시간에 얼굴을 굳힌 그를 마주하자, 세영은 힘이 쭉 빠지는 것 같았다. 점심은 무리였나? 그냥 차나 한 잔 하면서 가방 건네받고, 이 공에 사인이나 받을걸.

마치 장외 홈런이라도 맞은 표정으로 자신이 건네는 옷을 받으며 고개를 내저었던 그의 굳은 표정이 떠올라 세영은 끙 하는 신음을 집어삼켰다.

"저, 과장님."

바들바들 떨리는 목소리가 자신을 부르자 세영은 매서운 눈으로 미진을 노려봤다. 일굴도 동그랗고, 눈도 동그랗고, 코도 동그랗고 동글동글 귀엽게 생긴 미진은 일 처리도 아주 동글동글하다. 어디 하나 뾰족한 구석이라고는 찾아볼 수가 없어서, 언제나 이렇게 놓치는 부분이 있었다.

모나지 않은 성격 탓에 팀 분위기를 부드럽게 하는 직원이었지만, 이렇게 생각지도 못한 곳에서 실수를 저지를 때면, 정말 난감했다. 세영은 한숨을 폭 내쉬며 미진에게로 향했던 매서운 시선을 거뒀다.

"누구나 실수는 해. 실수하면서 배우는 거고. 한 번은 이해해 줄 수 있어. 똑같은 실수는 반복하지 마. 그렇다고 다른 종류의 실수를 저지르라는 건 아닌 거 알지?"

"네."

"가 봐."

샌프란시스코에 있는 호텔과의 업무 제휴 협약은 세영에게 요즘 가장 중요한 프로젝트였다. 강산 호텔은 순수 국내 브랜드의 호텔이었고, 멤버십 카드를 통한 여러 가지 할인과 혜택이 적용되는 외국 유명 체인 호텔과의 경쟁력에서 뒤지는 부분이 있었다.

그런 부분들을 만회하고자, 세계 곳곳에 있는 독자 브랜드의 호텔들과 업무 제휴를 맺는 중이었다. 그중 샌프란시스코는 절대 놓쳐서는 안 되는 도시였다. 샌프란시스코 호텔 투어 담당자의 방문 일정이 바뀌었다는 사실을 뒤늦게 알게 되어 일을 그르칠 뻔했던 걸 생각하면 눈앞이 컴컴해지는 것 같았다.

본 PBA(Partnership Business Agreement: 제휴업무협약)를 맺기 전, 작성해야 할 MOU(Memorandum of understanding: 양해각서, 일종의 사전 업무 협약서)는 세영의 직속상관인 최종수 부장이 샌프란시스코로 직접 날아가 서명할 예정이었다.

아, 좋은 건 부장님이 다 하시네.

세영은 한숨을 폭 내쉬며, PC 화면을 가득 채우고 있는 영문 계약서의 조항을 다시 살펴봤다.

"과장님."

조용히 소리를 낸다고 노력하는 것 같았지만, 음흉하게 울리는 민소연 대리의 목소리에 사무실에 남아 있던 직원들의 시선이 세영에게 닿았다.

"왜?"

곱상하게 생긴 외모에 남자깨나 만나 봤다는 그녀는 언제나 그랬듯 세영을 찾는 남자 손님이 호텔에 다녀가고 나면, 의자를 밀고 와 세영의 옆에 앉아 훈수를 두려고 했다. 얘는 세상 남자가 다 그런 연애의 목적으로만 보이나 보다.

"사인 받으셨어요?"

"하아…… 아니."

세영의 한숨 소리에 미진이 어깨를 움찔하는 모습이 눈에 들어왔다. 이베이를 통해 구매한 한도윤이 경기 중 입었던 유니폼 조각과 함께 사인 받은 공을 반짝이는 아크릴 케이스에 넣어서 책상위에 올려 두려고 했었는데.

"왜 못 받으셨어요?"

"몰라. 막판에 뭔가 기분 상한 게 있었나 봐."

"에이, 아닌 것 같던데요?"

"뭐?"

요 계집애는 꼭 남자 이야기를 할 때, 이렇게 가르치려 든다. 나이가 같아도 엄연히 직급은 내가 위인데, 남자에 대한 한 직급은 자신이 위라고 생각하나 보다.

"방에서 나오는 표정이 딱 여자 꼬이는 거에 실패한 남자던데요, 뭐."

"뭐어? 목소리 낮춰."

세영은 얼굴을 구기며, 소연을 노려봤다.

"소문 모르세요?"

"무슨 소문?"

소연은 무언가 비밀이라도 말해 주려는 듯, 주위를 두리번거렸다. 세상 가십은 여과 없이 전부 믿어 버리는 그녀가 애독하는 것은 증권가 찌라시와 SNS였다. 가끔 그녀의 정보가 도움이 될 때도 있었지만, 그건 정말 가뭄에 콩 나듯 했다.

"한도윤, 여자 킬러래요."

아, 그런 어벙함에 넘어가는 여자가 의외로 세상에는 많은가 보다.

"누가 그래?"

"왜, 한도윤 미국 간 지 얼마 안 돼서 초췌한 얼굴로 마운드에 올라서는 막 허벅지 휘청거리면서 정신 못 차릴 때 있었잖아요."

"있었지."

"클럽에서 밤새도록 놀고, 허릿심을 너무 써서, 마운드에 오르면 정신 못 차리는 거라고 그러던데요?"

세영은 뜨악한 표정으로 소연을 바라봤다.

"민 대리는 그런 얘기는 어디서 봐?"

"한인 커뮤니티요. 한도윤 클럽 들어가는 사진도 올라왔어요."

"정말?"

"네. 뭐, 뒷모습이긴 했는데⋯⋯ 내가 남자라도 그 정도 얼굴에, 그 정도 몸매에, 그 정도 재력에 아직 젊지. 뭘들 못 하겠어요? 그리고 여자들도 그렇지. 그런 스펙이면 그냥 미친 듯이 달려드는 애들이 얼마나 많은데요?"

세영은 고개를 갸웃하며, 몇 시간 전 식사실에 어벙하게 앉아 있던 도윤의 모습을 머릿속에 떠올렸다. 아무리 생각해도 여자를 홀리는 재주가 출중할 것 같단 생각은 들지 않았다. 뭐, 홀리지 않아도 여자들이 충분히 달려들게 생기기는 했다만.

"그냥 소문 아냐?"

"뭐, 소문이 이유 없이 나나요?"

"그때 잠깐 그러고, 그 이후에는 한도윤 엄청 잘하잖아? 뭐, 잠깐 놀고 싶었나 보지."

"클럽에서 다 벗고 있는 여자들한테 질려서 이제는 유학생들이랑 조용히 논다던데요? 유학생의 성별을 구분하는 기준이 한도윤의 침대를 구경했느냐, 못 했느냐. 그 차이라고 하더라고요?"

세영은 어이없는 미소를 흘리며, PC 시스템 종료 버튼을 눌렀다.

"우리 하 과장님이 한도윤의 글러브에 딱 걸린 거 아닐까요? 야구 좋아한대, 호텔에 남들 눈 피해서 몰래 들어오는 방법도 알려줘, 여기 방은 많아. 안 그래요?"

소연은 음흉한 미소를 지으며, 세영의 옆구리를 쿡 찔렀다.

"어디 가서 그런 얘기 하지 마. 한도윤 여기 온 것도 포함해서 알겠어?"

민 대리 귀에는 들어가지 않게 입단속들 단단히 시켰는데, 대체 누구야? 세영은 주변을 둘러보며 직원들 눈치를 살폈다. 미진은 움찔하며 세영의 시선을 피했다. 아, 우리 미진 신입사원 멘토가 민 대리였나?

"과장님에게도 이제 인생을 즐기실 수 있는 기회가 온 것 같습니다!"

"민 대리, 난 충분히 즐기며 살고 있어요."

조용조용한 목소리로 말하며, 쏘아보는 세영에게 소연은 슬쩍 눈을 흘기며 귓속말을 해 왔다.

"그래요, 하 과장님 처녀막은 무덤까지 가져가세요."

키득키득 웃는 소연을 향해 세영은 입을 떡 벌려 보였다. 저건 진짜 곱상하게 생긴 외모와 달리 입에는 극악한 외설 장치를 달고 있는 것 같다.

"그래도, 너무 깊이 사귀지는 마세요. 놀던 남자 본성은 안 변해요. 남편감으로는 영 별로인 것 같아요. 가볍게 만나다 헤어질 자신 없으면 아예 시작을 마시고요. 알겠죠?"

소연은 한쪽 눈을 찡긋해 보이고는 자리로 돌아갔다. 세영은 한숨을 폭 내쉬며, 고개를 내젓고는 말했다.

"오늘 저는 일찍 퇴근합니다. 내일 봬요."

"네, 들어가세요."

세영은 호텔 엘리베이터에 올라, 멍하디멍했던 도윤의 얼굴과 소연이 전해 준 야하디야한 그의 사생활의 간극을 좁혀 보고자 노력했지만 허사였다. 어휴, 복잡해.

세영은 머리를 가볍게 흔들며, 머릿속 가득 찬 그의 미소를 치워 버렸다.

가방만 받자, 가방만.

✵ ✳ ✻

집으로 향하는 차 안, 도윤은 보조석에 놓인 가방을 물끄러미 바라봤다. 마치 무지개를 타고 가면 만날 수 있다는 동화 속 세상에서 요정이라도 만났던 사람처럼 멍해졌던 자신의 모습에 몸서리가 쳐졌다.

이제야 현실 안에서 제정신이 돌아온 듯 도윤은 고개를 내저었다. 그래 뭐, 목소리가 마음에 들었던 건 인정한다. 그저 어떻게 생겼는지가 궁금했던 것도 인정한다. 기대했던 것보다 외모가 출중했던 것도 인정한다.

그렇지만 그렇게 바보같이 굳어 버린 자신의 모습은 인정할 수

없었다. 도윤은 끙 하는 신음을 내뱉으며 산란한 정신을 가다듬으
려 라디오를 켰다.

—포터블 그루브 나인이 부릅니다. 아멜리에.

기가 막힌 가사다. 사랑은 처음 봤을 때 알아보는 것이다, 사랑
은 정말 그런 것이다……. 도윤은 귀에 쏙쏙 박히는 노래 가사
에 헛웃음을 지었다.

아파트 지하 주차장에 주차를 마치고 도윤은 보조석에 보온병
가방을 그대로 내버려 두었다. 저걸 도로 집에 가지고 올라가면,
왠지 '나 바보요.' 하고 인정해 버리는 것만 같았다. 그런 말도 안
되는 열패감을 고이 넣어 두고 싶은 건지.

집 안에 들어서 찬물을 한 잔 들이켜려 부엌으로 향하려는데,
휴대전화가 울렸다. 혹시? 하는 마음에 도윤의 심장이 쿵 하고 내
려앉았다. '고이 접어 나빌레라.' 하고 싶었던 열패감은 휴대전화
번호를 마주하자 또다시 고개를 들이밀었다. 에이. 아니네.

"여보세요?"

— 잘 지냈어요, 형?

전화를 걸어온 이는 도윤의 개인 트레이너, 재진이었다. 겨울마
다 한국을 찾을 때면, 구단에서 정해 준 일정과 함께 개인 트레이
너와 조율해서 운동을 하곤 했었다.

"잘 지냈지. 넌?"

— 잘 지냈죠. 내일부터 시작해도 되겠죠? 오늘 무슨 일 있으셨
어요?

"일은 무슨."

일이 있었지. 한도윤이 완전히 바보가 된 사건이 있었지. 도윤은 으흥 하고 신음을 삼키며 물었다.

"트레이닝은 작년에 하던 데서 할 거지?"

— 아뇨. 거기 형 있었다고 막 광고해 대서 지금 사람 엄청 많아요. 사람 많은 데 싫어하시잖아요? 다른 데 가시죠.

"다른 데 어디?"

— 강산 호텔에 피트니스 센터 리빌딩 했거든요. 사람도 적고, 좋아요. 거기로 가시죠.

강산 호텔? 도윤은 환호성이 터져 나오려는 입을 틀어막으며 목소리를 가다듬었다.

"그래, 그럼 내일 아침 일찍부터 하는 거지?"

— 와! 형 의욕이 막 넘치시네요.

"운동도 때가 있는데, 열심히 해야지."

— 공부가 때가 있는 거 아니고요?

"이 자식이."

키득거리는 웃음에 도윤은 괜한 화를 재진에게 쏟아부었다.

— 그럼 내일 형 집 주차장으로 아침 7시까지 갈게요.

"그래, 내일 보자."

도윤은 전화를 끊고 소파에 털썩 주저앉았다. 기업 판촉 담당 지배인이 거기까지 올 일은 없을 텐데……. 또 괜한 기대감에 얼굴을 붉히고 있는 자신을 발견한 도윤은 몸서리를 치며 소파에서 일어나 방으로 향했다.

이튿날 아침, 시간 약속 참 잘 지키는 트레이너는 5분 일찍 나온 도윤보다 먼저 지하 주차장에 대기하고 있었다.

"제 차로 가시죠."

차창을 열고 고개를 빠끔히 내밀며 인사를 건네는 재진에게 도윤은 그러자며 고개를 끄덕였다.

"어제 중요한 일 있으셨어요?"

"어."

"오오, 무슨 일이요?"

"트레이너한테 그런 것까지 보고해야 해?"

도윤의 날 선 되물음에 재진은 자세를 바로 하고는 되물었다.

"형 은퇴할지도 모른다는데, 사실이에요?"

"누구한테 들었냐?"

도윤의 물음에 재진은 운전대를 잡고 있던 왼손을 들어 머리를 긁적이며 대답했다.

"미국에 있는 피지컬 트레이너한테 들었어요. 형 지난 시즌에 부쩍 혼자 있는 거 힘들어했다고."

"그래."

도윤이 중요시하는 트레이너의 첫 번째 조건은 무거운 입이었다. 몸이 힘들 때, 마음이 힘들 때 털어놓을 수 있는 사람은 많지 않았다. 같은 팀에 소속된 선수들도 도윤에게는 힘겨운 라이벌이었다. 그렇기에 홀로 외롭게 타지에서 생활하면서 마음을 터놓을 수 있는 이는 개인 트레이너뿐이었다.

그런 도윤의 개인 트레이너들은 모두 유기적 관계를 이루고 있었고, 도윤에게 무언가 조금이라도 변화가 생길 때면 그들은 자신들만의 룰을 지켜 가며 도윤을 서포트했다.

"아깝지 않아요? 은퇴가 너무 이른데……."

"아직 계약 기간 1년 남았잖아."

"그래도…… 1년만 하고 정말 그만두시게요?"

"뭐 그럴 수도 있고, 저럴 수도 있는 거지."

도윤은 애매한 말로 대답을 회피했다. 미치도록 외롭다는 말은 차마 할 수 없었다. 누군가에게 외롭다는 말을 해 버리면, 정말 외로워져 버릴 것만 같아서 두려웠다. 경기를 이기고 온 날은 이기고 온 대로 혼자였고, 경기에 지고 온 날은 지고 온 대로 혼자였다.

누군가와 시시콜콜한 이야기를 나눌 수조차 없는 현실이 버거워지기 시작했는지도 모른다. 정상의 위치에 있을 때 사람들은 풍요 속의 빈곤이라는 아주 고급스러운 단어의 조합을 써 가며 고독함을 표현하기도 한다.

그런 표현조차 사치스럽게 느껴질 만큼 뼛속 깊이 절절히 느껴지는 공허함은 살을 에는 고통과 같았다.

이제 여론에 흔들리지 않을 때도 되지 않았느냐는 말들도 하지만, 이순(耳順)에 이르러야 귀에 들어오는 말이 전부 이해가 된다는 공자의 말도 있지 않은가? 공자도 서른 살에 스스로 자립했다는데, 이십 대 초반 공자가 말한 나이보다 훨씬 어린 나이부터 홀로 지낸 부작용일까?

도윤은 한숨을 폭 내쉬며, 재진의 어깨를 툭툭 두드렸다.

"암튼 잘 부탁한다."

"네."

심각하지 않은, 그저 가벼운 대화가 이어지는 사이 강산 호텔

VIP용 주차장에 차가 멈춰 섰다.

"너 여기 VIP냐?"

"설마요! 저 그런 사람 아니에요! 피트니스 VIP회원권 끊으면, 여기도 이용할 수 있대요."

재진은 헛웃음을 지으며 도윤에게 얼른 내리라고 손짓했다.

투숙객용과 VIP회원용 피트니스 룸이 따로 있다며 입에 침이 마르도록 피트니스실을 안내하던 지배인은 쭈뼛거리다가 말고 도윤에게 야구공 하나를 내밀었다.

"저, 한도윤 선수. 사인 좀 부탁해도 될까요?"

"예, 그럼요."

도윤은 운동하고는 거리가 멀어 보이는 허여멀건 찹쌀떡같이 생긴 남자에게 이름을 물었다.

"하세영이요."

"하세영?"

그 이름 참 반갑네. 근데 이 찹쌀떡이 왜 그 이름을 들먹일까?

"아, 제 이름은 아니고요."

"그럼요?"

"저희 직원인데, 야구 되게 좋아하거든요, 헤헤."

머리를 긁적이며 얼굴을 붉히는 모습에 도윤은 괜히 심사가 뒤틀려 버릴 것만 같았다. 그래서 사인은 내가 했는데, 공치사는 찹쌀떡이 하시겠다!

"여기요."

도윤은 정성 들여 사인한 야구공을 찹쌀떡에게 내밀었다.

"감사합니다. 감사합니다."

지배인은 연신 고개를 숙여 가며 인사를 해 댔다.

"그럼 유익한 시간 되세요."

야구공을 들고는 호들갑을 떨며 사라지는 찹쌀떡을 보고 도윤은 쓴웃음을 지었다. 사인은 직접 해 달라고 할 것이지.

"와! 형 사인 갖고 여자한테 달려갈 기센데?"

"뭐?"

뜻하지 않게 도윤의 목소리가 높이 치솟았다.

"딱 보면 사이즈 나오는데, 뭐. 여자 친구 사인 대신 받은 거 아닐까?"

여자 친구? 도윤은 빠직하는 소리가 나도록 어금니가 맞물리는 기분이었다. 그 거리감은 이런 거였나? 저 허여멀건 찹쌀떡이 남자 친구이신가?

"얼른 시작하자."

괜한 승리욕이 발동한 도윤은 재진에게 오버 트레이닝이라는 소리를 들으면서도 운동을 멈추지 않았다. 피트니스실은 찹쌀떡을 향해 품은 도윤의 독기로 가득한 것 같았다.

정말 남자 친구야? 그렇게 분칠해 놓은 것같이 유약해 보이는 남자가? 취향이 그래?

도윤은 불끈거리는 이두박근을 느끼며 트레이닝에 열중했다.

"형! 워워. 우리 점심 먹고 하자. 응?"

도윤은 대답 없이 트레이닝 기구 위에서 일어나, 아까 그 찹쌀떡이 알려 준 샤워장으로 향했다. 찹쌀떡, 찹쌀떡, 찹쌀떡……. 도윤의 머릿속에는 아까 그 찹쌀떡의 존재가 커다랗게 자리 잡았다.

땀 냄새를 없애려 대강 샤워를 마치고, 재진을 따라간 곳은 호텔 안에 있는 한식 레스토랑이었다.

"형, 식단에 맞춰서 내가 미리 주문해 놨어. 금방 나올 거야."

"그래."

"나 잠깐 화장실 좀 다녀올게."

"응."

멍하니 테이블에 시선을 고정한 채 머릿속으로 찹쌀떡을 어떻게 해치워야 할까 고민하고 있는데, 칸막이를 사이에 두고 도윤의 뒤쪽 테이블에서 인기척이 들려왔다.

"식사는 전통 한식인데, 괜찮으시죠?"

이 목소리는 하얀 털 뭉친데?

"네, 괜찮습니다."

뒤이어 참기름, 들기름, 콩기름, 온갖 종류의 기름을 처발라 놓은 것 같은 남자의 느끼한 목소리가 들려왔다. 분칠한 찹쌀떡과 미끄덩거리는 기름이라. 도윤은 테이블 위에 놓은 주먹을 꽉 움켜쥐며 귀를 쫑긋 세웠다.

고객과의 식사 자리인지 그녀는 식사 전 계약 조항과 관련한 사항을 열심히 설명하는 것 같았다. 귀에 쏙쏙 박히는 그녀의 목소리에 도윤은 자기가 나서서 도장 쾅 찍어 주고 싶은 마음마저 들었다. 얼른 도장 찍어 줘, 오일리 맨.

"식사하시고, 피트니스 클럽에 가 보시죠. 리빌딩 한 지 얼마 안 되어서 시설도 깨끗하고 좋아요."

"네, 그러죠."

밥 먹고 거길 오겠다고? 도윤이 이리저리 눈동자를 굴리는 찰나, 재진이 자리에 앉았다.

"형, 왜 그래요?"

"어, 아니야. 조용히 밥이나 먹자."

"네."

눈치 빠른 재진은 식사 내내 입을 꾹 다물고 있었고, 도윤은 끊길 듯 끊이지 않고 들려오는 털 뭉치의 목소리에 본의 아니게 계속 귀를 기울이고 있었다.

"점심때도 이렇게 바쁘시고, 연애는 어떻게 하세요?"

"하!"

흑심 가득해 보이는 오일리 맨의 질문에 도윤은 그만 헛웃음을 짓고 말았다.

"형, 왜 그래요? 음식 입에 안 맞아요?"

"아니, 조용히 먹자."

목소리를 낮추고 대답을 우물거리는 도윤을 향해 재진이 고개를 갸웃해 보이고는 다시 젓가락을 옮겼다.

"개인적인 질문은 대답해 드리기 어렵네요."

사근사근 상냥하게 대답하는 털 뭉치의 목소리에 도윤은 회심의 미소를 지었는데, 이어지는 세영의 말에 도윤은 숟가락이 휘어지도록 움켜잡았다.

"뭐, 연애할 남자를 아직 못 찾기도 했고요."

뭣이라? 털 뭉치, 지금 꼬리 치고 있는 거야? 도윤은 으득거리는 소리를 내며 이를 갈았다. 아니지! 그럼 그 찹쌀떡은 아무도 아니라는 거네? 오케이! 찹쌀떡 아웃!

"형, 대체 왜 그래요? 내일부터 식단 바꿀게요."

도윤이 건성으로 고개를 끄덕여 보인 순간, 또다시 느끼한 음성
이 들려왔다.

"아, 제가 결혼만 안 했어도 좋았을 텐데요. 하하하."

남자의 어색한 웃음에 도윤은 환한 미소를 지었다. 아, 그런 거
였어?

숟가락을 들고는 인상을 구겼다가 폈다가, 울상을 지었다가 웃
었다가 이상한 표정을 반복하고 있는 도윤을 보고 재진은 뜨악한
표정을 감추려 노력했다. 그가 힘들어했다는 말이 사실이었나? 사
람이 미쳐 버릴 정도로? 하는 생각을 하며 재진은 고개를 내저었
다.

식사를 마치고, 레스토랑을 빠져나오는 도윤의 몸짓은 첩보 작
전을 방불케 했다. 저렇게 남의 시선을 의식하는 사람은 아닌데.
재진은 한숨을 폭 내쉬며 안타까운 시선으로 도윤을 바라봤다.

피트니스실에 들어서자, 도윤은 계속 머물렀던 VIP 전용 공간
이 아닌 투숙객용 공간에서 좀 있어 봐야겠다며 고집을 부렸다.

"형, 여기 왜요?"

"여기도 지금 사람 없잖아."

도윤은 일부러 상체 근육을 자랑이라도 하는 듯 민소매 티셔츠
만 입고 러닝머신 위를 달리기 시작했다. 등줄기를 타고 흐르는 땀
이 회색 티셔츠를 검게 물들이고, 숨이 턱턱 막혀 올 때까지 달렸
는데도 털 뭉치는 털 가닥 하나 보여 주지 않았다.

"형, 오늘 너무 오래 뛰시는 거 아니에요?"

"미국에선, 헉헉……. 이것보다, 헉헉……. 훨씬 더 많이, 헉헉……. 뛰어. 헉헉, 괜찮아."

도윤은 러닝머신 속도를 높이며 이마에서 땀이 뚝뚝 떨어지도록 벨트 위를 열심히 달렸다. 이 정도면 와야 하는데, 왜 안 와?

"이쪽입니다."

그때였다. 하얀 털 뭉치의 목소리가 등 뒤에서 들려와 도윤은 일부러 운동에 집중한 척 더 열심히 달렸다. 운동기구도 최신식이고, 사우나 시설도 완비되어 있으며, VIP회원의 경우 전용 공간을 이용할 수 있다는 털 뭉치의 목소리가 들리는가 싶더니, 순식간에 어디론가 사라졌다.

어라? 나 못 봤어? 알은척을 해야지! VIP 전용 공간으로 갔나? 도윤은 재빨리 러닝머신 위에서 내려와 땀을 적당히 닦아 내고는, 머리칼을 털어 내며 남성미가 물씬 풍기도록 연출했다.

"가자, 다시."

"형, 다신 그러지 마세요. 거기서 그렇게 내려오시면 위험해요."

"알아. 가자고 얼른."

사춘기 소녀도 아니고 이랬다가 저랬다가 말을 바꿔 대는 도윤을 보며 재진은 또다시 혀를 끌끌 찼다. 이 형이 정말 힘든 게 맞나 보다 하는 생각을 하며 재진은 눈시울까지 붉혔다.

도윤이 수건을 어깨에 걸치며 VIP 전용 공간으로 들어서는데 반대편 문으로 사라지는 털 뭉치와 남자의 뒷모습이 보였다. 하아! 젠장. 그냥 여기 있을걸.

도윤의 입술이 씰룩거리는 것을 보고 재진은 앞으로의 트레이닝이 고달플 것 같다는 생각을 하며 한숨을 폭 내쉬었다.

고객과의 룸쇼(Room Show: 고객사 담당자에게 객실, 연회장 등 부대시설을 보여 주는 일)를 마치고 사무실에 들어온 세영은 날인한 계약서를 정리하고 있었다.

"저, 하 과장님."

"네?"

자신을 부르는 목소리에 고개를 돌려 보니, 그 자리엔 피트니스 프로그램을 담당하는 지배인 이정우 과장이 서 있었다.

"점심은 드셨어요? 무슨 일이세요?"

아이돌 같은 외모에 유독 얼굴이 하얀 이정우 과장은 양 볼이 핑크빛으로 물들어서는 손을 달달 떨며 야구공을 하나 내밀었다.

"이게 뭐예요?"

"오늘부터 한도윤 선수가 여기 와서 운동하거든요. 이거……."

세영은 정우가 건네는 공을 받아 들고는 이리저리 살폈다. 자신의 이름과 함께 멋들어진 사인이 휘갈겨진 야구공을 물끄러미 바라보며, 세영은 고개를 갸웃했다.

세영이 정우에게 시선을 옮기자 그가 쭈뼛거리며 무언가 말을 할 듯 말 듯 했다. 그러다 결심을 굳혔는지, 정우가 입을 열려는 찰나, 세영이 먼저 입을 열었다.

"이거 정말 제가 받아도 돼요? 제 이름이 쓰여 있기는 하지만, 과장님도 야구 좋아하시잖아요?"

"아……. 그게요……."

정우가 또다시 입을 열려는데, 세영이 생긋 웃으며 말했다.

"저희 팀에 이미진 사원 아세요?"

"네, 알죠."

"그럼, 미진 씨가 매일 피트니스 클럽에서 운동하는 것도 아시겠네요?"

"아, 알죠. 자주 봤어요. 제가 운동기구 사용법도 다 알려 줬는데요."

정우는 대단히도 자상하고, 바람직한 행동을 했다는 듯 말했다.

"우리 미진 씨, 원래 운동 안 좋아해요. 거기 매일 가는 이유가 따로 있는 거 같은데요?"

세영의 물음에 정우의 얼굴이 새빨갛게 달아올랐다. 순간 식사를 마친 직원들이 사무실로 들어왔고, 정우는 마치 유체이탈이라도 한 듯한 표정을 짓고 있었다.

"이건 잘 받기는 할 텐데……. 음. 제가 팁 드렸으니 그에 대한 보답이라고 생각할게요."

정우는 이건 아닌데 하는 표정을 지으며, 세영의 얼굴을 바라보다가 엉겁결에 고개를 끄덕이며 대답했다.

"뭐, 그, 그러시죠."

서둘러 인사를 하고, 사라지는 정우의 뒷모습을 바라보다가, 세영은 손에 쥔 야구공으로 시선을 옮겼다.

아까 피트니스실에서 뛰고 있던 이가 그럼 한도윤 선수였나? 고객과의 만남에서는 그들의 반응을 살피느라, 다른 이들에게 시선을 둘 수 없었다. 고객이 보이는 반응 하나하나가 세영에게는 중요한 영업 정보이기 때문이었다.

세영은 또다시 고개를 갸웃하며 야구공의 붉은 솔기를 매만졌다. 매끈한 하얀 가죽 위에 단정한 글씨체로 하세영이라 쓰인 곳을 바라보며, 세영은 심박동 수가 슬쩍 올라가는 것 같았다. 이 남자는 이정우 과장이 내민 공에 내 이름을 쓰면서 무슨 생각을 했을까?

세영은 사인볼 고맙다는 인사를 해야 하나, 말아야 하나, 이정우 과장에 대해 무언가 변명이라도 해야 하나, 말아야 하나 고민하다가 이내 고개를 내저었다. 설마 야구 좋아하는 여자라니까, 쿨한 척하면서 이런 식으로 꼬이려는 거야? 수법도 가지가지네? 정말 바람둥이가 맞나? 하는 생각에 세영의 미간이 슬쩍 구겨졌다가 이내 다시 입꼬리가 올라가기 시작했다.

아, 내가 천하의 한도윤이 꼬이고 싶을 만한 경지에 이른 건가? 세영은 책상 위에 놓인 작은 거울을 들어 얼굴을 이리저리 살피며 피식 웃었다. 착각도 가지가지다. 세영은 작게 한숨을 내쉬며, 거울을 내려놓고는 도윤의 사인볼을 책상 첫 번째 서랍에 고이 넣어 두었다.

며칠 뒤, 고객사와의 오후 회의를 마치고, 호텔로 복귀하는데 도윤에게서 전화가 왔다.

"여보세요?"

— 여보세요? 세영 씨?

"네, 잘 지내셨어요?"

— 아, 네.

여전히 그의 '아, 네.'는 변함이 없다. 마치 하우 아 유? 하는 물음에 아임 파인 땡큐, 앤쥬를 외치는 것처럼.

— 가방 돌려드리려고 하는데, 내일 저녁 시간 괜찮으세요?

"네, 괜찮아요. 어디로 갈까요?"

— 제가 내일 호텔 주차장으로 갈게요. 점심도 대접해 주셨는데, 저녁은 제가 사도 되죠?

"네, 그러세요."

— 퇴근 시간이 언제예요?

"여섯 시인데, 그 시간에 나오면, 퇴근하는 다른 사람들과 부딪힐 수 있어요. 5시 45분쯤 나갈게요."

— 그래요, 그럼. 도착하면 연락할게요.

"네, 내일 봬요."

— 네, 내일 봐요.

휴, 하는 한숨 소리가 세영의 입에서 저절로 나왔다. 전화를 끊는데, 손가락이 파르르 떨리고, 심장이 파닥파닥거리고, 다리는 후들후들거렸다. 낮은 웃음을 섞어 가며, 자연스레 말을 건네 오는 그의 목소리는 바닐라 향을 곁들인 코코아 버터를 발라 놓은 듯 부드럽고 달콤했다.

세영은 이제야 한도윤이 누구인지 실감이 나기 시작했다. 이래서 여자들이 그렇게 덤벼들었다는 건가?

❋ ✳ ❋

그와 만나기로 한 금요일, 세영의 하루가 아주 느릿하게 흘러가고 있었다. 운동하기 좋아하는 투숙객을 살피고자 들른 호텔 피트니스 클럽에서는 남성용 헬스 잡지 화보에 실린 그의 우락부락한 근육이 떠올랐다.

점심 접대를 위한 고객과의 오찬 회의에서는 눈이 온다며 멍해져 있었던, 그의 순수했던 얼굴이 떠올랐다. 또 자신이 설명해 주는 음식을 하나하나 맛보며 엷게 퍼졌던 그의 미소도.

퇴근 시간이 가까워져 오자, 세영은 괜히 조바심이 나기 시작했다. 저녁 먹고, 가방만 받으면 되는 거잖아? 어려운 일도 아닌데, 왜 이렇게 떨릴까?

세영이 일하는 호텔은 강산시 연고 야구팀인 강산 유니콘스의 원정팀 숙소로 지정된 호텔이어서, 유명한 선수들을 수없이 상대해 왔는데, 한도윤은 무언가 느낌이 달랐다. 그의 이름이 가져오는 브랜드 가치 때문일까? 나 뭐, 그까짓 거에 주눅 든 거야?

세영은 폐부 깊숙이 숨을 들이마시며, 떨리는 가슴을 달랬지만 임직원 주차장으로 향하는 내내 발끝이 둥둥 떠다니는 것 같았다.

여자 꼬이는 데 딱 실패한 얼굴이었다는, 가볍게 즐길 거면 만나는데 깊은 관계까지는 가지 말라는, 놀던 남자의 본성은 변하지 않는다는, 한도윤은 놀던 남자였다는 소연의 말이 순식간에 머릿속을 스치고 지나갔다. 또 이정우 과장이 건넸던 해리포터와 마법사의 돌 뺨치는 한도윤의 사인볼도.

세영은 절대 그런 꼬임에 넘어가지 않겠다는 듯 주먹을 불끈 쥐며, 결의를 다졌다. 정신 차리자. 고객들 대하는 거하고 다를 바 없는 거야. 그렇게 다짐하면서도 세영의 심장은 계속해서 콩닥콩 닥거렸다.

약속시각 5분 전, 5시 40분. 임직원 전용 주차장에 도착해 보니 처음 보는 외제차 한 대가 세워져 있었다. 새빨간 페라리. 튀어도 너무 튄다.

세영이 다가가는 것을 알아챘는지, 도윤이 운전석에서 내려 세영을 바라보며 말했다.

　"이 차인 줄 어떻게 알았어요?"

　"임직원 차는 거의 외우고 있거든요."

　'이렇게 튀는 차는 우리 호텔 임직원 중에 타는 사람이 없거든요.'

　"아, 타세요."

　도윤은 조수석 문을 열어 주며, 고개를 까딱했다. 그가 조수석 문을 열어 준 건 이번이 두 번째. 처음엔 그냥 아무 생각 없이 올랐는데, 오늘은 심장이 쉴 새 없이 두근거린다.

　차에 오르자, 그 안을 가득 채우고 있던 그의 향기가 온몸을 감싸 오는 것 같았다. 희미한 우드 향과 섞인 시트러스 향. 도윤은 익숙한 모습으로 운전석에 올라탔다. 그가 차에 오르자, 차가 더 좁고 아득하게 느껴지는 건 기분 탓일까?

　"갈까요?"

　"아, 네."

　세영의 대답에 도윤이 피식 웃음 지었다. '아, 네.' 병이 이제는 세영에게 옮겨 붙었나 보다. 이건 전염병임이 분명하다. 고객을 맞고, 음식을 대접하고, 업무적인 이야기를 나누던 익숙한 호텔을 벗어나, 너무나도 생소한 그의 차에 앉아 있으려니, 세영은 긴장감이 끝도 없이 몰려오는 것만 같았다.

　낯선 이를 만나는 것이 전혀 두렵지 않을 직업을 가지고 있는데, 이 남자는 무언가 석연치 않다.

　뭐지? 떨리는 건가? 나 정말 무언가 이 남자한테 다른 걸 기대하고 있는 거야? 정신 차려라, 하세영.

"그때 점심은 한식을 먹어서, 오늘은 양식인데, 어때요?"

"아, 네. 좋아요."

세영은 묻는 말마다 '아, 네.'를 외치던 도윤을 조금 이해할 수 있을 것만 같았다. 호텔로 불러서 자신의 이점을 한껏 드러낸 식사를 하며, 그를 당황스럽게 했던 자신의 행동이 조금 부끄럽게 느껴지기도 했다. 이거 혹시 복수인가? 세영은 운전을 하는 그의 얼굴을 물끄러미 바라봤다.

"내 얼굴에 뭐 묻었어요?"

"아, 네?"

호텔을 찾은 친한 고객이나, 동료들이 저런 질문을 해 오면, 세영은 '잘생김 묻었네요.' 하며 까르륵 웃어 보이곤 했었다. 또 어떤 남자든 그 말에는 배시시 웃곤 했었다. 그런데 입이 붙어 버린 듯 말이 나오질 않는다.

원래 정말 잘생긴 남자한테는 대놓고 잘생겼단 말 하기가 어려운 건가 보다. 투수한테 '공 참 잘 던지시네요.' 이런 말 하는 것도 어색한 법이니까. 뭐, 어쨌든.

차가 신호 대기에 걸려서 멈춰 서자, 그가 슬쩍 고개를 돌려 세영을 바라봤다. 반짝거리는 그의 검은 눈동자와 마주치자, 세영은 얼른 고개를 돌려 정면을 바라봤다. 차가 정말 좁게 느껴진다. 원래 페라리는 안이 좁은 차인가?

건널목을 건너는 사람들이 도윤의 차를 흘끔거리며 쳐다본다. 세영은 슬금슬금 엉덩이를 미끄러뜨리며 몸을 낮췄다. 그런 세영의 행동을 보고 도윤이 낮은 웃음을 터뜨렸다.

"밖에서는 안에 누구 탔는지 안 보여요."

"아, 네?"

도윤은 싱긋 웃으며, 손가락으로 차 앞 유리를 툭툭 쳤다.

"선팅이 어두워서 밖에서 잘 안 보여요. 이 차가 너무 튀나 보네요. 한 번도 그런 거 불편하게 생각 안 해 봤는데 세영 씨, 불편해요?"

난 지금 차가 아니라, 네가 불편해요.

세영은 어색한 미소를 지으며, 자세를 고쳐 앉았다. 슬금슬금 엉덩이를 미끄러뜨린 탓에 스커트가 허벅지 중간까지 올라와 있었다. 순간 도윤의 시선이 자신의 허벅지 사이에 와 있는 게 느껴졌다. 세영은 재빨리 치마를 내리며, 세워 두었던 핸드백을 눕혀서 다리 사이를 가렸다.

그런 세영의 행동을 의식했는지, 그는 재빨리 시선을 옮겨 도로를 바라보고는 운전에 집중하는 듯했다.

양식이 괜찮겠느냐고 물었던 도윤의 차는 어느 주택가 골목으로 들어서는가 싶더니, 전원주택의 마당으로 보이는 곳에 멈춰 섰다.

"여기가……?"

세영이 고개를 갸웃하며 묻자, 도윤이 싱긋 웃으며 대답했다.

"들어가죠."

세영의 심장이 쿵쾅쿵쾅 뛰었다. 여기 그냥 집이잖아? 지금 이 남자 뭐하는 거야? 한없이 사람을 경계하는 격한 긴장감이 세영에게서 마구 뿜어져 나오기 시작했다.

그의 뒤를 따라 현관을 열고 들어가니, 레스토랑처럼 보이는 공간이 나타났다.

"원래 가정집이었는데, 얼마 전부터 원 테이블 레스토랑으로 개조했대요. 약속된 시간에 맞춰서 테이블 세팅은 다 되어 있고. 손님이 돌아갈 때까지 서버도 없고, 아무도 없어요. 괜찮죠?"

그러니까, 이 집 안에 지금 둘 말고 아무도 없다는 뜻인가? 세영은 의심스러운 눈초리로 레스토랑 구석구석을 살폈다. 식당 주인이 직접 찍은 사진인지 흑백의 바다 사진이 곳곳에 놓여 있었다.

그는 자신이 입었던 코트를 벗어서 옷걸이에 걸고는 세영에게 손을 내밀었다.

"옷 주세요."

"네?"

"코트요."

"아, 네."

세영은 코트를 벗어서 도윤에게 건넸다.

코트를 건네고, 테이블 옆에 멋쩍게 서 있는데 도윤이 다가왔다. 그 바람에 세영은 깜짝 놀라 한 발짝 뒤로 물러났다. 그 모습에 도윤이 피식 웃더니, 의자를 빼 주며, 앉으라고 손짓했다.

"아, 네."

세영은 어색하게 웃으며, 그가 밀어 넣어 주는 의자에 앉았다. 자상한 걸까? 정말 선수인 걸까?

테이블 위에는 김이 모락모락 나는 브로콜리 수프와 개인용 팬 위에 올려진 스테이크가 있었다. 팬의 한쪽에는 잘 구워진 아스파라거스와 콜리플라워, 말린 방울토마토가 색을 더하고 있었다.

보기 좋게 놓인 음식의 배치와 온도를 유지하기 위한 팬의 활용, 색감을 고려한 데운 샐러드와 소스까지, 겉보기엔 무엇 하나 빠지지 않는 훌륭한 레스토랑인 것 같았다. 뭐, 맛이 제일 중요하긴 하지만.

"식사부터 하죠."

"네."

도윤은 스테이크를 먹기 좋은 크기로 잘라서 세영의 앞에 놓아주고는, 그녀의 앞에 있던 팬을 들고 자기 앞으로 가져갔다.

"이거 먹어요."

"아, 네?"

생전 고객을 대접하는 일만 해 봤지, 누군가에게 이렇게 융숭한 대접을 받는 건 처음인 것 같았다. 차라리 누굴 챙기고, 어떤지 묻고, 살피는 것이 더 편했다. 이 남자, 정말 심장 떨리게 왜 이럴까?

세영은 작게 한숨을 내쉬며, 그가 잘라서 건넨 스테이크를 포크로 찍어 입에 넣었다. 씹는 맛이 살아 있지만, 질기지 않았다. 겉은 잘 구워져 있고, 육즙은 감칠맛 났다. 소스의 맛이 깊게 배어나는 것으로 보아 기성 소스는 아닌 것 같았다.

"맛있죠?"

"맛있네요."

도윤도 그제야 고기 한 점을 입에 넣고는 씩 웃었다.

"아, 여기 수프도 맛있는데 제가 고기를 좋아해서 제멋대로 스테이크부터 권했네요?"

"저도 스테이크 좋아해요."

도윤은 은은한 조명이 빛나고 있는 레스토랑 안을 일순간 대낮처럼 밝히려는 듯 환한 미소를 지으며 말했다. 저 미소에 혹하지 말자.

"스 자 들어가는 것 중에 좋은 게 참 많죠? 스테이크, 스트라이크, 베이스 볼?"

푸시시 웃는 도윤을 보고 세영은 심장이 터질 듯 쿵쾅거리는 것 같았다. 키스, 커레스(Caress: 애무), 섹스도 스 자가 들어가지 않나? 순간 얼굴이 화끈 달아오르는 것 같아서 세영은 서둘러 물 잔을 집어 들었다. 급하게 물을 들이켜는 세영을 도윤이 물끄러미 바라봤다.

"와인 어때요?"

"아, 네?"

"샤또 마고 2003년산 주문해 뒀는데."

도윤이 테이블 위에 놓인 와인 병을 들어 보이며 말했다.

"아, 네."

그는 능숙해 보이는 솜씨로 멋들어지게 와인 병을 따더니, 세영의 앞에 놓인 잔을 채우기 시작했다.

이게 지금 뭐하는 걸까? 좋은 레스토랑에 와서 남녀가 마주 앉아, 떨리는 가슴으로 앞에 놓인 음식을 먹으며, 이야기를 나누는 게 데이트의 정의라면, 이게 데이트인가?

세영은 그가 따라 준 와인 잔을 물끄러미 바라봤다.

"들죠."

"네."

"전 운전해야 하니까, 입만 댈 거예요."

그럼 난 취하라는 거야? 자연스레 와인을 권하며 도윤은 슬쩍 좀 전과 같은 미소를 지었다. 그는 잔을 입에 가져다 대며 아주 조금 와인을 머금는 것 같아 보였다. 그는 또 자신이 와인을 마시는지, 마시지 않는지를 살피는 듯 자신의 입에서 눈을 떼지 않는 것 같았다.

그 눈빛에 주술이라도 걸린 듯, 세영은 도윤이 그랬던 것처럼 와인을 한 모금 머금었다. 로버트 파커가 96점을 주었다는 와인답게 그 맛과 향은 정말 훌륭했다. 그리고 한도윤은 정말 선수가 맞나 보다!

도윤은 와인 병의 라벨을 손으로 한 번 훑어 내고는 입을 열었다.

"헤밍웨이가 이 샤또 마고를 무척이나 좋아했대요. 그래서 손녀의 이름을 마고라고 짓기도 했다죠?"

"와인에 대해 많이 아시나 봐요?"

"아니요. 와인보다는 헤밍웨이를 더 좋아해요. Now is no time to think of what you do not have, think of what you can do with that there is. 가지고 있지 않은 것을 고민할 때가 아니다. 지금 있는 것으로 무엇을 할 수 있을지 생각하라."

도윤은 와인 잔의 밑동을 잡고는 테이블 위에서 빙그르르 돌리며 생각에 잠겨 있는 듯 보였다. 세영은 심드렁한 얼굴로 그를 바라봤다. 한도윤이 선수라는 데, 내 보온병 하나를 걸겠다.

"어쩌죠?"

"네?"

세영이 되묻자 도윤이 환하게 웃으며 대답했다.

"가지고 있지 않은 것을 고민할 때가 아니라네요. 헤밍웨이 씨가?"

"네에?"

이 남자는 정말 감상적인 걸까? 아니면……? 눈이고 나발이고 좋으냐고 물었던 것도 다 계산된 거였을까?

"보온병 가방을 놓고 온 게 지금 생각이 나서요."

"하!"

이 남자가 선수라는 데, 이제는 보온병 두 개를 걸 수 있을 것 같다. 빨리 가방이나 받고 가려고 했는데, 이 남자는 보온병 가방을 빌미로 기이한 짓을 계획하고 있었나 보다. 계획대로 안 되실 거외다, 한도윤 선수!

세영은 재킷 주머니에 항상 들어 있는 명함 지갑에서 명함을 하나 꺼내어 그에게 건넸다.

"바쁘실 텐데, 퀵으로 보내 주세요."

"아, 네?"

또다시 멍한 한도윤의 귀환. 세영은 최대한 거리를 둔 태도를 유지하며, 간신히 식사를 마쳤다. 저렇게 꼬인 여자가 대체 몇 명일까? 좋은 차에, 분위기 좋은 식당에, 운동만 했다는 고정관념을 깨는 듯한 지성미까지 뽐내시며 웃어주면, 여자들이 다들 넘어갔나 보지?

세영은 한심하다는 표정을 감추려 애썼다.

세영의 오피스텔로 향하는 동안 두 사람은 아무 말도 없었다. 차 안에는 마이클 부블레가 부른 'You and I'가 울려 퍼지고 있었다.

God has made us fall in love, It's true.

신은 우리는 사랑하게 만들었죠. 그건 사실이에요.

I've really found someone like you.

나는 정말 당신과 같은 사람을 찾았어요.

피아노 선율과 함께 울려 퍼지는 마이클 부블레의 목소리가 언제나와 같이 좋게 느껴지지 않는 건 흑심 가득해 보이는 이 남자의 본심이 우려돼서일까? 세영은 물끄러미 운전에 집중한 그의 얼굴을 바라봤다.

색사(色事)에 빠져서 허송세월을 보낼 것 같은 인상은 아닌데, 하긴 뭐, 사람이 다들 생긴 대로만 살지는 않으니까. 그럼, 저 잘생긴 얼굴로 얌전하게 살아왔다는 건데? 모순 가득한 질문을 스스로 던지며 세영은 한숨을 폭 내쉬었다. 가방 받으면 끝!

오피스텔 주차장에 차가 멈춰 서자, 도윤은 재빨리 운전석에서 내려 보조석 문을 열어 주었다. 생긋 웃는 그의 미소에 심장이 덜컹거리며, 세영의 펌프스 힐이 갸우뚱거렸다.

"어머."

몸이 기울어지려는 세영의 어깨를 도윤이 순발력 있게 감싸 안은 덕분에 벌러덩 넘어지는 불상사는 일어나지 않았다. 그의 커다란 손이 닿아 있는 어깨가 갑자기 사시나무 떨듯 떨려 왔다.

"괜찮아요?"

"아, 네."

어깨를 감싸고 있는 탓에 너무 가까운 곳에서 그의 낮은 목소리가 울렸다. 세영은 허리를 곧게 세우고, 어깨를 펴며, 그의 손을 슬그머니 밀어서 떨어뜨렸다.

"그럼, 조심히 가세요. 가방은 따로 보내 주시고요."

"그러죠."

세영은 안녕히 가라는 인사를 건네고 오피스텔 현관을 향해 빠르게 발걸음을 옮겼다. 발걸음이 빨라질수록 심박동 수가 치솟는 게 느껴졌다. 아닌가, 심장은 아까부터 빠르게 뛰고 있었나?

3. 한정판 보온병의 정체

'너 그 소문 사실이야?'

'무슨 소문?'

전화기 속 목소리가 울분 섞인 한숨을 토해 냈다. 도윤은 대체 무슨 일이냐며 그녀에게 물었다.

'대체 무슨 소문!'

'온종일 여자 끼고 노느라 아무것도 못 한다는 소문! 제집보다 클럽에 더 자주 가고, 네 침대가 너덜너덜해질 지경이라는 입에 담기도 더러운 소문.'

누군가 배트로 머리를 가격한 듯, 도윤은 멍해졌다.

'우리 알고 지낸 지 몇 년이지?'

'내가 묻는 말에는 대답 않고, 왜 쓸데없는 걸 물어?'

'쓸데없다? 너한테는 우리가 알고 지내고, 만나온 시간이 쓸데

없어 보여? 너 날 그렇게 몰라?'

도윤이 버럭 화를 내자, 그녀가 울먹이는 목소리로 말했다.

'그만해.'

'그래, 그만하자. 우리.'

전화를 끊은 도윤은 침대 위에 멍하니 앉아 한숨을 내쉬었다.

클럽? 입단식이 끝나고, 환영회를 해 준다는 동료 선수들 따라서 딱 한 번 가 봤다. 침대가 너덜거려? 종일 훈련하고, 끙끙 앓으며 자고 일어나면, 침대 시트가 땀으로 흥건히 젖어 있을 때도 있었다.

사랑의 유효기간은 길어 봐야 3년이라는 누군가의 말을 증명해 보이듯 둘의 연애는 그렇게 끝이 났다. 도윤을 영입하는 데 실패한 스카우터 짓인지, 에이전시 짓인지, 그도 아니면 그저 황당한 뜬소문인지, 입단 직후 정말 입에 담기에도 민망한 소문들이 퍼져 나가고 있었다.

헤어진 다음 날, 멀쩡히 마운드에 서서 아무 일도 없었던 것처럼 공을 던질 수 있는 놈이라면 그건 사람도 아닐 것이다. 밤새 한숨도 자지 못하고 선발 투수로 마운드에 올랐는데, 후드득 심장이 떨어져 나가는 것처럼 온몸이 떨려 왔다.

내가 지금 여기 서서 무얼 하고 있는 걸까? 뭘 하려고 이렇게나 열심히 공을 던지고 있는 걸까?

한창 주가를 올려야 할 시기에 망할 슬럼프가 찾아왔다. 혹시나, 자신이 그렇게 무너져 내린 것을 보았더라면, 그녀가 다시 연락을 해 오지는 않을까 싶은 어리석은 생각도 들었다. 하지만 전화 한 통도, 그 흔한 메시지 한 통도 없었다.

경기가 없는 날이면, 구장 근처 집에서 출발해 피셔맨스워프를 지나, 골든게이트 너머 소살리토까지 왕복 22마일(약 35km)을 달렸다. 머리를 비우고, 심장을 식히려, 몸을 고되게 만드는 동안, 늘 지적받았던 허벅지 근육에도 힘이 생겼고, 머리에도, 심장에도 쓸데없는 가십을 이겨 낼 수 있는 근육이 생겨났다.

근거 없는 소문은 언제나 그렇듯 가만히 있으면 사그라졌다. 굳이 변명하고 따지고 들면, 정말 뭐가 있는 거 아니냐는 의심을 받기 딱 좋았다.

선수는 경기 성적으로 말해야 했다. 소속팀의 성적이 좋아지고, 도윤이 계속해서 승전보를 내면서 가십은 파묻혔다.

그녀와 헤어지고 8개월쯤 지났을 무렵 겨울, 한국을 찾은 도윤은 우연히 그녀를 만났다.

'우리 잠깐 얘기 좀 할까?'

도윤의 물음에 그녀는 픽 하고 헛웃음을 지었다.

'한도윤, 우리가 할 이야기가 남아 있다고 생각해?'

'……잘 지냈어?'

'너 같으면 잘 지냈겠어? 아주 지긋지긋했어. TV만 켜면 네 이야기가 나와. 신문을 봐도 네 얼굴만 있어. 넌 그렇게 아무렇지 않게 살면서 나를 잊었는지 모르겠지만, 난 온통 너에 대해 떠들어 대는 세상에서 그렇게 죽을힘을 다해서 널 잊었어. 정말 꿈에라도 보고 싶지 않아. 이렇게 우연이라도 마주치는 거, 아주 치가 떨려.'

'하아……'

보이지 않는다고 해서, 잊기 쉬운 건 아닌데. 그렇게 봤는데도,

눈치채지 못했어? 내가 그때 얼마나 많이 힘들어했는지? 도윤은 쓴웃음을 지으며, 어금니를 꽉 물었다.

'한도윤, 넌 네가 평생 책임질 자신이 있는 여자가 아니면, 사랑? 그까짓 거 하지도 마. 여자가 불안해할 때 제대로 달래 줄 수도 없으면서, 세상 고난은 너 혼자 다 겪는 것처럼 잘난 척할 거라면 사랑 같은 거 꿈도 꾸지 마.'

고2 때부터 6년을 알고 지내고, 그중 3년을 사랑했는데, 내가 힘들어할 때, 넌 나를 믿지 못했잖아. 그건 상처가 될 거라고 생각 안 해? 남들이 다들 그렇게 떠들어 댈 때, 넌 네 남자에게 믿음을 주는 게 그렇게 어려웠어? 너까지 날 그렇게 봐야 했니? ……만나온 세월이 무색하리만큼, 날 그렇게 몰랐구나, 넌.

도윤은 마음속에 있는 말들을 삼키며, 고개를 숙였다.

'그래, 아니면 평생 그렇고 그런 여자나 즐기면서 살든지.'

즐겨? 사람을 즐기려고 만나는 부류에 나도 속한다고 봤던 거야? 차라리 정말 그랬으면, 억울하지도 않겠다. 도윤은 한숨을 푹 내쉬며, 돌아섰다.

'잘 살아라.'

스물넷 겨울, 한때 자신의 전부라 여기며 사랑했던 여자조차도 그렇게 도윤을 제대로 알지 못하는 듯 보였다.

스산했던 첫사랑의 기억이 사그라지고, 도윤은 그저 야구에만 열중했다. 그러던 어느 날 아침 문득 침대에서 몸을 일으켰는데, 심장이 굳어 버린 듯한 외로움이 도윤의 옆에 자리하고 있었다.

단단한 가슴속에 그저 생물학적 역할에 충실하고 있는 이 심장이 다시는 그런 방식으로 뛸 수 없을 거란 생각이 들었을 때, 그와 함께 몰려온 좌절감과 열패감은 도윤의 감정을 밑바닥까지 내몰았다. 가장 가까운 이에게조차 신뢰를 받을 수 없었던 고립감과 모멸감은 그렇게 도윤의 감성과 이성을 좀먹고 있었다.

그런데 그렇게 기능을 잃어버린 것 같았던 심장이 다시 두근거리기 시작했다. 분명 그녀로 인해.

며칠을 기다려도 세영에게서 연락이 오지 않았다. 바쁜가, 허둥지둥하는 모습이 한심해 보였나.

도윤은 지겹도록 느리게 흘러가는 시간을 버텨 내다가, 그녀에게 전화를 걸었다. 잘 지냈느냐는 그녀의 물음에 심장이 쿵 하고 내려앉았다. 어쩐지 요 며칠 잘 지내지 못한 것 같다.

저녁 식사를 함께하겠다는 그녀의 대답에 도윤은 슬쩍 미소를 지었다. 일부러 인적이 드문 곳에 있는 레스토랑을 예약했다. 호텔에서 일하며 자신보다 많은 것들을 알고 있을 그녀에게 자신이 좋아하는 것을 권해 주고 싶었다.

영어 공부를 위해 외우도록 읽어 댔던 어니스트 헤밍웨이가 좋아했다는 와인 중 우수한 빈티지를 간신히 구할 수 있었다. 와인 라벨을 훑어 내는데, 문득 가방을 놓고 온 게 생각났다. 일부러 그런 건 아니었다. 이제 가방 없이도 다시 만날 수 있지 않을까 싶기도 했다.

'아, 네.' 하며 당황하는 그녀의 모습이 참 귀엽다는 생각도 들었다. 이제 좀 가까워지려나 싶었다. 선수와 야구를 좋아하는 팬이 아닌, 신세 진 사람과 식사 한 번 하는 자리도 아닌, 무언가 둘 사이의 틈을 메울 수 있지 않을까 했. 는. 데.

가방을 퀵으로 보내라며, 명함을 건네는 세영의 모습에 도윤은 순간 정신이 멍해지는 것 같았다. 내가 뭐 실수했나? 레스토랑을 나서서 올라탄 차 안에는 안타깝게도 마이클 부블레의 음악이 흘러나오고 있었다.

통화연결음으로 설정해 놓았던 그 가수가 누군지 궁금했다. 지극히 좋아하는 음악이 아니면, 그렇게 설정해 놓을 수 없을 테니까. 그녀가 좋아하는 그 무언가조차 궁금했고, 그 작은 정보조차도 귀하게 느껴졌다.

노래의 주인공을 찾기 위해 'Let it snow'의 수많은 버전을 닥치는 대로 찾아서 들었다. 최근에 발표된 곡 위주로 남자 가수의 목소리를 찾다 보니, 그리 어렵지 않게 목소리의 주인공을 찾을 수 있었다. 마이클 부블레, 그의 곡 중 'You and I'라는 곡을 수백 번 반복해서 들었다.

Cause in my mind

왜냐면 내 생각엔

you will stay here always in love…… you and I.

그대는 항상 사랑으로 내 곁에 있어 줄 것 같아요…… 그대와 나.

지금도 좋아하는지는 모르지만, 그녀가 좋아하는, 혹은 좋아했던 가수의 노래를 듣고, 두근거리는 상상을 하는 것만으로도 가슴이 벅차올랐는데, 차 안에 흐르는 노래를 접한 그녀는 무언가 불편해 보였다. 혼자 너무 앞서 나갔구나.

서른하나 겨울, 도윤은 오피스텔 공동 현관으로 사라지는 세영의 뒷모습을 물끄러미 바라봤다.

집으로 돌아온 도윤은 한참을 멍하니 앉아 있다가, 세영에게 전화를 걸었다. 통화연결음은 그대로였다.

— 여보세요?

"아, 잘 들어갔어요?"

— 네.

그녀의 짧은 대답이 미치도록 아쉽다.

"퀵으로 보내기는 어려울 것 같아요. 집으로 퀵 기사님을 불러야 하는데, 그게 좀……."

— 아, 네.

그럼 어떻게 하자는 대답은 흘러나오지 않았다. 신경 쓰지 말고, 알아서 처리하라는 무서운 대답이 나올까 두렵기까지 했다.

"내일 제가 오피스텔 주차장으로 갈게요. 잠깐 내려와서 받아가요."

— 그럴게요.

"잘 자요."

— 네, 도윤 씨도 잘 자요.

전화를 끊기 싫어서 도윤은 한참을 가만히 있었다. 그녀도 전화를 끊지 않고 가만히 있었다. 그녀의 직업적 습관인 듯했다. 그래도 여전히 예의 바른 그녀의 행동에 도윤은 그녀로 인해 새로운 방식으로 뛰기 시작한 심장이 찌르르 아파 왔다.

"먼저 끊어요."

— 네, 그럼 내일 연락 주세요.

"네."

도윤이 대답을 하자마자, 전화가 끊겼다.

내일 가방을 건네주며 뭐라고 말하면 좋을까 하는 고민을 하며 도윤은 뜬눈으로 밤을 지새웠다. 그러다 동이 터 오는 것을 보고 겨우 눈을 감았다.

잠에서 깨어나, 머릿속이 뚜렷해지니 도윤은 갑자기 두려움이 밀려왔다. 아직 미국에서의 선수 생활이 끝난 게 아니었다. 호기롭게 무언가 시작하자고 한다고 해도…… 곧 그녀를 혼자 남겨 두고 떠나야 하는데…….

도윤은 마른세수를 하며 한숨을 폭 내쉬었다.

지금 그녀는 자신을 밀어내는 것처럼 보이는데, 쓸데없는 고민을 하고 있다며 도윤은 쓴웃음을 머금었다. 그걸 다 아니까 밀어내는 거라는 생각도 들었다.

또 지독히도 이상했던 소문들이 잠잠해졌음에도 야구 좋아하는 그녀가 그걸 기억하고 있을지도 모른다는 생각에 도윤은 몸서리가 쳐졌다. 나 그런 사람 아닌데.

같이 있을 때는 그저 머릿속이 멍해지도록 하더니, 떨어져 있을 땐 이렇게나 머릿속을 복잡하게 한다. 같이 있을 땐 그렇게 실없는 웃음이 끊임없이 흘러나오게 하더니, 떨어져 있을 땐 계속 쓴웃음만 짓게 한다.

도윤은 배터리가 방전되어 꺼져 있는 휴대전화를 충전 케이블에 연결하고 전원을 켰다.

[출발하시기 전에 미리 연락 부탁드립니다.]

아침 일찍, 세영에게서 온 문자였다. 시계를 보니 오후 2시가 넘었다. 선수 생활을 하며 몸에 밴 습관을 완전히 무너뜨릴 만큼 그녀의 존재가 커다랗게 느껴졌다.

[30분 후에 출발하겠습니다. 도착해서 전화할게요.]

절벅거리는 걸음을 옮겨 방을 나서니, 텅 비어 있는 집 안은 조용했다. 어머니께서 냉장고에 미리 만들어 놓으신 녹즙을 꺼내 마시고 욕실로 향했다. 머리 위로 떨어지는 물줄기를 따라, 갑자기 온몸이 축 처지는 것만 같았다. 아, 한심하다. 한도윤.

차를 모는 내내 세영의 집이 가까워져 오는 게 반갑기도 하고, 아쉽기도 했다. 겨울이 끝나기 전에 떠나야 하는데, 그녀에게 무언가를 갈구하고 증명해 보일 시간이 부족했다. 떠나고 나서, 혹 누군가 다른 이가 그녀의 곁에 서게 될지도 모른다는 생각이 들자, 숨이 턱 막혀 왔다.

도윤은 조수석에 놓인 가방을 물끄러미 바라보다가, 세영에게 전화를 걸었다.

— 여보세요? 오셨어요?

"네, 지금 막 주차장에 도착했어요."

— 아, 죄송해서 어떡하죠? 제가 지금 내려갈 수 있는 상황이 아니어서요. 정말 죄송해요. ……경비실에 맡겨 주실 수 있나요? 정말 죄송해요.

무슨 일인지 잔뜩 당황한 그녀는 연신 사과를 해 대며, 경비실에 맡겨 놓고 가라고 했다. 하, 거절하는 방법도 가지가지다.

전화를 끊고, 잔뜩 체념한 도윤은 경비실로 터덜터덜 걸어갔는데, 경비실 문에 작은 팻말이 붙어 있었다.

《순찰 중》

도윤은 다시 세영에게 전화를 걸었다.

"경비실에 아무도 없어요. 어떡할까요?"

— 아……

커다란 한숨을 내뱉는 소리가 힘없이 울렸다. 아, 대체 무슨 일이야? 걱정되게.

"몇 호예요?"

— 네?

"가방 올려다 줄게요. 몇 호예요?"

도윤은 그녀가 알려 준 호수를 공동현관 키패드에 입력했다. 초인종이 짧게 울리는가 싶더니, 공동현관문이 스르륵 열렸다.

도윤은 엘리베이터에 올라 거울을 보며, 하루 사이에 폐인이 되어 버린 듯한 몰골을 살폈다. 아, 정말 못났네. 오늘따라 왜 이렇게 못나 보여.

1703호. 문 앞에 선 도윤이 초인종을 누르려는데, 자지러지게 우는 아이의 울음소리가 들려왔다. 애가 있어?

순간 도윤의 심장이 쿵 하고 내려앉았다. 애 있는 집에 초인종을 누르면 안 될 것 같은 생각에 도윤은 문을 두드렸다. 누군가 신발을 신는 소리가 들려오더니, 현관문이 열렸다.

"아, 오셨어요? 죄송해요. 여기 안에 놔주시겠어요?"

3살쯤 되어 보이는 여자아이를 안고 있는 세영은 어딘지 모르게 불안해 보였다. 애는 안 울잖아? 그때 집 안쪽에서 엉엉 우는 다른 아이의 울음소리가 들려왔다. 애가 둘이나 있어?

도윤은 이제 해탈의 경지에 오르기라도 한 듯 몸이 붕 떠오르는 것 같았다.

허탈함을 감추고 현관 앞에 가방을 내려놓는데, 남자아이가 현관으로 달려오다가 꽈당 넘어졌다. 어이쿠, 아프겠다. 그 모습에 화들짝 놀란 세영은 어쩔 줄 몰라 하는 표정이었다.

"애기 이리 주세요."

도윤은 세영의 품에 안긴 아이를 달라며 손을 내밀었다. 세영은 잠시 당황한 듯싶다가 도윤에게 아이를 넘기며, 미안한 듯 고개를 살짝 숙여 보였다.

"그럼, 잠시만요."

넘어진 아이에게 후다닥 달려가서 번쩍 안아 드는 세영의 모습이 무언가 어설퍼 보였다.

"아팠어? 괜찮아, 괜찮아."

도윤은 신발을 벗고, 아이를 안은 채로 그녀의 오피스텔 안으로 들어섰다. 아이를 키우고 있다고 하기에는 어울리지 않는 모양새였다.

"죄송해요. 여동생 아이들인데, 시댁에 일이 생겼다고 갑자기 맡기고 가는 바람에……."

울상을 지으며, 계속 죄송하다는 말을 되풀이하는 세영이 안쓰럽기까지 했다.

"그렇게 안 죄송해도 돼요. 얜 이름이 뭐예요?"

"은민이요."

"그 남자애는?"

"정민이요."

아이의 이름을 말하는 세영의 얼굴에 겨우 희미한 미소가 떠올랐다.

"자, 정민아. 아저씨한테 와 볼래?"

도윤은 한쪽에는 은민을, 다른 한쪽에는 정민을 안고는 뱅글뱅글 돌리며 환하게 웃었다. 식탁 위를 흘끔 보니, 아이들의 늦은 점심이 막 끝난 것 같았다.

"얘들은 내가 데리고 놀게요. 저것부터 치워야겠네요?"

"아, 네."

푸시시 웃는 세영의 얼굴에 도윤도 똑같이 웃었다.

설거지를 하는 그녀의 뒷모습을 물끄러미 바라보다가, 도윤은 아이들을 옆에 끼고 소파에 앉아서, 은민이 집어 온 동화책을 읽기 시작했다.

"달에 사는 달 토끼는 날마다 친구와 떡을 쳤어요."

뭐? 뭐 이런 동화책이 다 있어? 도윤은 책 제목을 보려고, 딱딱한 표지를 살폈다.

『달 토끼의 하루』

친구와 다툰 달 토끼가 혼자 떡을 치는 건 재미없다는 것을 깨닫고, 친구와 사이좋게 지낸다는 이야기. 와! 동화책이 이래도 되는 걸까? 내가 괜한 상상을 하는 건가?

도윤은 고개를 갸웃하며, 아이들을 보듬고는 다시 동화책을 읽기 시작했다.

동화책 다섯 권을 읽어 가는 사이 정민이는 도윤의 배에 머리를 기댄 채 잠이 들었고, 은민이도 졸린지 눈을 비벼 댔다. 부엌 정리를 마쳤는지, 세영이 다가와 정민이를 안아 들었다. 아이와 닿아 있던 도윤의 몸에 그녀의 손길이 슬쩍 스쳐 갔다.

"정말 고마워요. 눕혀 놓고 올게요."

조용조용 속삭이는 세영에게 도윤은 고개를 끄덕여 보이고는 은민을 안고 토닥이며 재우기 시작했다.

어느새 정민을 눕히고 나온 세영이 손을 뻗어서 은민을 받으려고 하자, 도윤이 고개를 저으며 검지를 입술에 가져다 댔다. 세영은 그의 행동에 피식 웃음 지으며, 고개를 끄덕였다.

"들어가서 애 옆에 있어요. 침대에 안전장치 없지 않아요?"

"네."

"들어가 있어요. 침대에서 떨어지면 어떡해요. 위험해요. 좀 이따 은민이 데리고 들어갈게요."

"고마워요."

고맙다는 세영의 말에 도윤은 피식 웃었다. 곧 잠이 들 것 같던 아이는 칭얼대며 도윤의 어깨 언저리에 얼굴을 비벼 댔다. 아, 천사 같은 아이들.

세영은 몸에 달라붙을 듯 떨어지며 발목까지 흘러내리는 원피스를 입고 있었고, 자연스레 흘러내린 머리를 느슨하게 묶고 있었다. 그 모습도 충분히 예뻤다. 화장기 없는 얼굴은 예전에 봤을 때보다 훨씬 어려 보였다. 정말 천사 같은 아이들, 얘들이 아니었으면 이 집이나, 저런 모습을 구경이나 할 수 있었겠어?

도윤은 잠이 들었는지 새근새근 소리를 내는 은민을 안고 침실로 들어갔다. 커다란 침대 위에 정민과 세영이 나란히 누워 잠이 들어 있었다. 둘 옆에 은민을 내려놓고 몸을 일으키려는데, 아이가 도윤의 옷을 꽉 잡고는 놓아주질 않았다. 하는 수 없이 도윤은 아이의 옆에 나란히 누웠다.

어느새 깊게 잠이 들었는지, 고른 숨소리를 내는 세영의 모습을 물끄러미 바라봤다. 많이 피곤했나? 혹시 어제 그녀도 잠을 못 잤을까?

그녀의 뺨 위로 흘러내린 머리카락을 귀 뒤로 넘겨주었다. 세영은 고개를 살짝 비틀며 희미한 미소를 지었다. 예쁘다.

그 미소에 도윤은 갑자기 욕심이 났다. 도윤은 그녀의 머리카락이 자리했던 뺨에 슬쩍 손을 대 보았다. 따스하고 부드러운 느낌에 심장이 두근거렸다.

손등으로 뺨을 쓸어내리다가 그녀의 입술에 손끝이 닿았다. 엄지 끝으로 아랫입술을 쓱 쓸어 내자, 심장이 벌컥거렸다. 입술을 달싹이며 미간을 찌푸리는 그녀의 모습에 도윤은 얼른 손을 거뒀다.

한참 동안 그렇게 도윤은 그녀가 잠든 모습을 바라봤다.

"어, 그래. 조심해서 가. 응."

방 밖에서 들려오는 세영의 목소리에 도윤은 눈을 떴다. 침대 위에는 아무도 없었다. 몸을 일으켜 침대에 앉는데, 밖에서 달그락거리는 소리가 들려왔다. 어떤 얼굴로 나가야 할까? 도윤은 숨을 몰아쉬며, 방문을 열고 나갔다.

"일어났어요? 배고프죠? 잠시만 기다려 줄래요?"

부엌을 부산스럽게 움직이던 세영은 도윤을 보고 싱긋 웃었다.

"저, 화장실이 어디에 있죠?"

"침실 옆에 있는 문이 화장실이에요."

"아, 네."

깔끔하게 정리된 화장실에는 세영의 향기가 진하게 풍기고 있었다. 음, 좋다. 화장실에서 나오니 작은 식탁 위에는 어느새 저녁상이 차려져 있었다.

"별로 차릴 게 없네요. 이 시간에 빈속으로 보내 드릴 수는 없고…… 앉으세요."

생긋 미소 짓는 그녀의 얼굴이 호텔에서 봤을 때와 비슷했다. 아니, 조금 달랐다. 부끄러운 듯 얼굴을 붉히는 수줍은 미소에 심장이 더 크게 두근거렸다.

세영은 호텔에서 그랬던 것처럼 식탁 위에 놓인 정갈한 음식들을 차근차근 설명하기 시작했다.

"직업병이에요?"

"뭐가요?"

"그렇게 음식 먹기 전에 설명해 주는 거."

"뭐, 꼭 그런 건 아니에요."

배시시 웃는 그녀의 얼굴을 마주하자 종일 녹즙 외엔 아무것도 먹지 않았는데도 배가 부른 것 같았다.

"얼른 드세요. 여기 알레르기 있는 음식은 없으시죠?"

"네."

세영이 차려 준 밥상을 맛보던 도윤이 고개를 갸웃했다. 어머니가 해 주신 음식과 놀라울 정도로 비슷한 맛을 내고 있었다. 이게 뭐지? 그냥 느낌이 그런 건가? 고개를 갸웃하는 자신을 본 세영의 표정이 굳어 갔다. 아, 내가 이런 반응을 보일 때 저런 표정을 짓는구나.

"맛있어서요."

"아, 네."

맛있다는 말에 슬쩍 미소를 머금는 그녀의 얼굴에 손을 가져다 대 보고 싶었다. 아까 그렇게 뺨을 몰래 쓸어 보지 않았으면, 그 촉감조차 몰랐을 텐데. 손끝에 오롯이 남아 있는 부드러운 흔적이 아쉬웠다.

식사를 마친 도윤은 현관에 서서 느릿하게 신발에 발을 끼워 넣었다. 시계를 보니, 벌써 밤 9시가 다 되어 가고 있었다.

"오늘 감사했어요."

"아니에요. 여자분 침대에서 잠까지 들었었는데, 죄송해요. 근데 혼자 사시는 것치고 침대가 크네요?"

농담을 건넸는데, 세영의 얼굴이 빨갛게 달아올라서는 당황한 모습이 역력했다.

"아, 오피스텔 옵션이에요."

도윤은 고개를 끄덕이며, 슬쩍 미소 지었다.

"그럼 가 볼게요."

"저기."

현관문을 열고 나서려는데, 세영이 도윤을 불러 세웠다. 그녀의 손에는 분홍색 보온병 하나가 들려 있었다.

"이게 뭐예요?"

도윤은 그녀가 건네는 작은 보온병을 받아 들고는 물었다.

"귤강차(橘薑茶)예요. 아까 자는데 기침하시더라고요."

"고마워요. 잘 마실게요."

"저, 그리고……."

발끝을 내려다보며 고개를 푹 숙인 그녀의 목소리가 떨리는 건, 보온병을 들고 있는 내 손이 떨리는 까닭과 같을까?

"그 보온병 한정판이에요. 아끼는 거니까 꼭 돌려주세요."

도윤의 손이 저절로 올라가 세영의 부드러운 정수리에 닿았다.

"그럴게요."

현관문을 닫고 나오는데, 다리가 휘청거려서 도윤은 복도 벽에 기대어 섰다. 참 여러 가지 재주가 있는 여자네? 수만 명 관중과 수백 개의 카메라를 앞에 두고 마운드에 섰을 때도 이렇게 주저앉을 뻔한 적은 없었는데, 그녀는 27인치 무쇠 허벅지도 주저앉게 하는 재주가 있나 보다.

❀ ✱ ❀

레스토랑에서 식사를 마치고, 그렇게 헤어지고 난 후 세영은 뭔가 기분이 꺼림칙했다.

생각해 보니 도윤은 많이 긴장한 것 같은 모습이었다. 평소보다 훨씬 말을 많이 하기는 했지만, 호텔에서 식사를 나누던 때와 표정은 크게 다르지 않았던 것 같기도 했다.

색안경을 끼고 사람을 들여다보게 되면 현실은 왜곡되고, 진실은 숨어 버리고, 결국 일을 그르치게 된다는 걸 모르지 않는데. 그런데 왜 그에게 그런 경계심이 발동했을까?

뜨거운 물로 샤워하고 나와서 침대에 누웠는데, 고객사에서 연락이 왔다. 주말에 급히 체크인을 해야 하는 인원이 있다며 난리였다. 예약실에서는 계약 요금으로 이용 가능한 일반실이 이미 만실이라고 했다고, 대기 리스트를 믿고 기다릴 수는 없다며 당장 해결해 달라고 했다. 어휴.

세영은 침대에서 몸을 일으켜 랩톱 전원을 켰다. 예약 현황을 보니, 코너 스위트룸 몇 개가 남아 있었다. 호텔을 자주 이용하는 투숙객 중 내일 체크인을 앞둔 고객의 객실을 업그레이드해 놓고, 고객사의 객실 예약을 진행할 수 있도록 예약실에 전화를 했다.

호텔 ERP 시스템에서 빠져나와 랩톱을 닫으려는데, 손가락이 저절로 인터넷 익스플로리 아이콘을 클릭하고 있었다. 가십이나 뜬소문에는 관심이 없어서 잘 들어가지 않던 커뮤니티에 접속했다.

검색창에 세 글자를 입력했다. 한. 도. 윤. 그의 인기를 증명하듯 수많은 글이 나타났다. 글 목록의 끝에는 계속 검색하기 버튼까지 있었다. 그중 눈에 띄는 제목이 하나 있었다.

―그 소문 진짜인가요?

그래, 나도 궁금하다. 진짠지. 소연이 이야기했던 내용 그대로의 질문이었다. 마우스 스크롤을 드르륵 내려보니, 수십 개의 댓글이 달려 있었다.

―진짜든 아니든, 야구만 잘하면 되지, 뭐.
―꼭 이상한 거에만 관심 쏟는 종자들이 있음.
―괜한 오해 만들어 내지 마세요. 아침마다 출근길에 차 타고 골

든게이트 브릿지를 지나는데, 종종 한도윤 선수가 뛰는 모습을 봤습니다. 주위 시선 아랑곳하지 않고, 운동에만 전념하고 있는 선수로 한인사회에서 칭찬도 많이 합니다.

스크롤을 더 내려 보았다. 맞는다는 둥, 아니라는 둥, 이러쿵저러쿵 말들이 많았다.

―하도 답답해서 댓글 남기고 갑니다. 도도가 그러는 거 직접 봤답니까? 소문나는 거 싫다고 알리지 말아 달라고 부탁했는데……. 한도윤 선수 한 달에 한 번 입양아들 대상으로 야구 교습도 하고 있습니다. 바른 청년입니다. 말도 안 되는 소문으로 욕 먹이지 마세요.

직접 봤느냐고 나한테 묻는 건가? 세영은 괜히 뜨끔한 기분이 들었다. 발 없는 말이 천 리 간다고는 하지만, 진주 같은 이야기들은 언제나 진흙 속에 파묻혀 있기 마련이었다.

참 어리석었단 생각이 들었다. 눈앞에서 순수한 모습을 그대로 보였던 사람이었는데……. 그가 그렇게 순수한 모습으로 다가오는 게 두려웠을까?

침대에 누운 세영은 이리 뒤척이고, 저리 뒤척였다. 내일 가방 가지고 온다고 했는데, 내려가서 정중하게 사과라도 해야 할까? 오해했다고?

그런 오해를 했었다고 말하면 상처를 주게 될 것 같았다. 그렇다고 한없이 경계 어린 모습을 보였다가, 갑자기 배시시 웃어 보일 수도 없는 노릇이었다.

어떻게 해야 할지 고민하다가 결국 한숨도 자지 못했다. 뒷목이 뻣뻣해질 정도로 굳어 버리고, 머리가 핑그르르 돌 정도가 되었을 때, 이미 해가 떠 있었다. 세영은 괜히 조급한 마음에 오기 전에 미리 연락 달라는 문자를 아침 일찍 도윤에게 보냈다.

오후가 되어서야 그가 출발한다는 문자를 보내왔다. 간단히 화장이라도 하고, 옷도 갈아입어야겠다고 생각했는데, 지영이 들이닥쳤다. 시어머니께서 아프셔서 병원에 모시고 가야 하는데, 아이들을 데리고 갈 수는 없다고 맡아 달라고 했다. 주말에 더 바쁘신 친정엄마에게 갈 수 없으니, 세영에게 온 것 같았다.

울상을 짓는 지영에게 안심하고 다녀오라며 아이들을 끌어안았다. 엄마가 눈앞에서 사라져서인지, 쌍둥이들은 동시에 울음을 터뜨렸다. 지영이 바리바리 싸 들고 온 부스터를 식탁 의자에 달고, 간식을 먹이는데 계속 칭얼거린다. 낮잠을 잘 때가 되었나? 둘을 어떻게 한꺼번에 재워야 하나?

한숨을 폭 내쉬며 어지러운 머리를 짚고 있는데, 도윤에게서 전화가 왔다. 내려갈 수 없다는 죄송하다는 말에 그의 목소리가 한없이 가라앉았다. 그의 목소리에 세영의 마음도 깊이를 알 수 없는 곳까지 가라앉는 기분이었다.

가방을 가지고 올라온 그는 세영을 마주하자, 얼이 빠진 표정이었다.

'오해하지 마세요, 내가 이 아이들 엄마는 아니랍니다.'

라는 말을 속으로 떠올리며, 혹 도윤도 이런 말을 하고 있는 건 아닐까 생각했다.

'오해하지 마세요. 나 그런 사람 아닙니다.' 라고……

칭얼대던 아이들은 어느새 도윤의 품에서 얌전해졌다. 동생들이 많아서 그런 걸까, 남몰래 아이들을 가르치는 봉사활동을 하고 있어서일까, 아니면 저 사람의 천성일까? 아이들을 보듬는 그의 모습에 가슴 한구석이 따뜻해지는 것만 같았다.

'들어가 있어요. 침대에서 떨어지면 어떡해요. 위험해요. 좀 이따 은민이 데리고 들어갈게요.'

칭얼거리는 아이를 토닥이며 조용조용한 목소리로 이야기하는 그의 모습은 한없이 자상해 보였다. 세영은 고개를 끄덕이고는 잠든 아이의 옆에 누웠다. 새근거리는 아이의 숨소리만큼이나 세영의 심장 소리도 작게 울리고 있었다.

밤을 지새운 탓인지, 잠이 든 정민의 옆에 누워 있다가 잠이 들었나 보다. 아이가 뒤척이는 소리에 눈을 떠 보니, 도윤의 얼굴이 눈에 들어왔다. 자는 모습도 참 반듯하니 잘생겼다.

잠이 든 은민이가 그의 옷을 꼭 쥐고 있는 것으로 보아, 아이가 깰까 봐 옆에 함께 있었던 것 같았다. 세영은 자신의 침대에 누워 있는 그의 모습을 바라보며 떨리는 한숨을 내쉬었다.

잠시 후 신기하게 동시에 잠이 깬 쌍둥이를 데리고 세영은 슬그머니 방 밖으로 나왔다.

지영이 병원에서 출발한다는 연락을 받고 도윤의 신발을 신발장 안에 넣어 두었다. 요 계집애가 이 신발을 보고 이러쿵저러쿵 엉뚱한 소리를 퍼부을 걸 생각하면, 오금이 저려 온다. 그러다 도윤이 방에서 나오기라도 한다면, 아마 엉뚱한 가십 버금가는 일들이 벌어질지도 모른다.

지영이 아이들을 데리고 나간 후, 신발장에서 그의 신발을 꺼내 놓고, 부엌을 왔다 갔다 하고 있는데, 도윤이 방에서 나왔다. 부스스한 머리를 긁적이는 그의 모습에 괜히 웃음이 났다.

소박한 상차림을 마주한 그는 고개를 갸웃하는 듯싶다가, 심장이 쿵 하고 내려앉게 만드는 미소를 지으며 말했다.

'맛있어서요.'

그저 음식이 맛있다는 그의 말에 세영은 심장이 벅차오르고, 가슴 한구석이 따스해지는 것만 같았다.

그가 현관을 나서기 전, 귤강차가 담긴 보온병을 건네는데, 심장이 두근거리고 손끝이 파르르 떨렸다.

'고마워요. 잘 마실게요.'

또다시 환한 미소를 짓는 그의 얼굴에 세영은 얼굴이 화끈거렸다.

도윤이 나가고 세영은 현관 앞에 털썩 주저앉았다. 손을 올려 그가 쓰다듬었던 정수리를 만져 보았다. 화끈화끈 열이 오르는 것 같기도 했고, 쭈뼛쭈뼛 머리카락이 서는 것 같기도 했다.

세영은 가만히 앉아 있을 수 없어서 식탁 위를 치우고, 설거지를 하기 시작했다. 그릇을 정리하려 싱크대 문을 열었더니, 아까 도윤에게 준 것과 같은 보온병 예닐곱 개가 죽 놓여 있었다. 한정판은 무슨…….

그렇게 끝이 나 버릴 것 같은 관계가 아쉬웠다. 마음의 깊이를 가늠할 수는 없지만, 어렴풋하게 그 방향이 느껴지는 듯했다. 세영은 그 방향을 따라 조심스레 발걸음을 옮겨 보기로 했다.

✳ ✳ ✳

차가운 아침 공기가 이제 완연한 겨울임을 말해 주고 있었다. 세영은 오랜만에 회사에 월차를 내고 어디론가 향하는 길이었다. 택시 안에서 바라본 창밖 풍경은 지난달과 크게 다를 게 없어 보이기도 했다. 단지 길가를 나뒹구는 낙엽의 수가 많아졌을 뿐.

운전기사가 틀어 놓은 라디오에서는 김광석이 부른 '서른 즈음에'가 흘러나오고 있었다. 머물러 있는 청춘인 줄 알았는데, 흘러가 버렸다는 노래 가사에 세영의 얼굴에 옅은 웃음이 번져 나갔다.

좋은 시간이든, 나쁜 시간이든 흘러가게 되어 있음을 안타까워하기도 하고 기뻐하기도 하고 슬퍼하기도 하고, 그렇게 지금도 째깍째깍 시간은 흘러가고 있다.

봉안당에 도착한 택시 기사는 따스한 미소를 지었다.

"잔돈은 안 받을게요."

"감사합니다."

세영은 작은 가방을 들고 택시에서 내려 너른 주차장을 가로질러 들어갔다. 또각거리는 구두 소리가 12월의 시린 대기를 쩍쩍 가르려는 듯 울렸다. 스무 개 남짓한 회색 돌계단을 오르자, 봉안당 입구의 커다란 유리문이 눈에 들어왔다.

한숨을 폭 내쉰 세영은 무거운 유리문을 열고 안으로 들어갔다. 평일이어서 그런지 방문객이 많지 않아 보였다. 세영은 문 왼쪽에 있는 매점으로 향했다. 봉안함 유리문에 붙어 있는 장식을 바꾸려 이리저리 살피는데, 마땅히 마음에 드는 것이 없어서 다시 발걸음을 돌렸다.

봉안당 안쪽으로 향하는 발걸음은 언제나처럼 무거웠다. 바닥에 부딪혀 힘겹게 울리는 구두 소리에 심장이 느리게 뛰는 것 같았다. 심박동 수가 느려지는 것이 느껴진다는 건 참 신기한 일이었다. 처음 그것을 느꼈을 때, 이대로 멈춰 버리면 어쩌나 하는 생각을 하기도 했었다.

그가 안치되어 있는 봉안함 입구 앞에 멈춰 선 세영은 손을 뻗어 유리문에 손바닥을 가져다 댔다.

"오빠, 나 왔어."

차분한 세영의 목소리가 조용한 공간을 울리기 시작했다. 한 달에 한 번 찾는 이곳에서 세영은 한 달 동안 있었던 일을 마치 고백성사처럼 늘어놓았다. 이야기를 하며 울기도 하고, 혼자 웃기도 하고 마음속에 있는 이야기를 털어놓고 나면 속이 후련해지기도 하고, 어쩐지 미안하기도 하고.

유리문을 어루만지며 한참 동안 이런저런 생각에 잠겨 있는데, 발소리가 들려왔다. 세영은 뺨 위로 흐르는 눈물을 닦아 내고는 호흡을 가다듬고 반대편으로 나 있는 문을 향해 발걸음을 옮겼다. 누군가 자신이 이 자리에 있다는 것을 보는 것 자체가 세영은 죄스럽기까지 했다.

들어왔던 입구 반대편으로 나가면 얼마 전 봉안당 건물에 새로 생긴 카페가 하나 있었다. 따뜻한 차라도 마실 수 있는 공간이 있으면 좋을 것 같다는 자신의 말을 누군가 들어준 것인지, 작은 카페 안에는 세영이 좋아하는 차가 꽤 많이 구비되어 있었다.

"망고녹차 하나 주세요."

"따뜻한 거요?"

"네."

"매달 오시네요?"

"네."

점원은 세영을 기억하고 있다는 듯 따스한 미소를 지어 보이며, 하얀 종이컵에 담긴 차를 내밀었다.

"감사합니다."

"네, 또 오세요."

세영은 카페 입구를 빠져나와 다시 스무 개 남짓한 계단을 내려가 너른 주차장을 가로질러 내려갔다. 평소 같았으면 택시를 불러서 타고 집으로 향했을 텐데, 오늘따라 마냥 걷고 싶은 생각이 들었다.

구두에 밟히는 낙엽에서 서걱거리는 소리가 났다. 아스라이 발에 밟히는 느낌에 세영은 괜히 또 마음이 무거워졌다. 어지러운 마음을 뱉어 내기라도 하듯 세영은 크게 한숨을 들이쉬었다가 내쉬었다.

굽이굽이 굽어져 있는 길을 한참 동안 내려갔다. 구두를 신고 거의 1km는 걸은 것 같았다. 여기서 조금만 더 가면 버스 정류장이 있을 텐데, 하는 생각을 하며 세영은 발뒤꿈치가 아파 오는 것도 참아 내며 계속 걸었다.

생각 없이 발을 움직이다 보면 어느새 목적지에 다다르곤 했다. 그렇게 욕심 없이 하루하루 살아가다 보면 시간이 지나갈 거라 여기며 세영은 하루하루를 견뎌 왔다. 그렇게 지낸 지 벌써 십수 년이 된 것 같았다. 어쩐지 대견하기도 하고, 그런 자신이 안쓰럽기도 하고.

그렇게 계속해서 발걸음을 옮기고 있는데, 작게 울리는 경적 소리와 함께 세영의 옆으로 차가 한 대 멈춰 섰다.

"아잇. 깜짝이야!"

소스라치게 놀라는 바람에 뜨거운 차가 세영의 왼손을 타고 줄줄 흘러내렸다.

"아, 뜨거."

종이컵을 오른손으로 옮기고 왼손을 털어 내고 있는데, 멈춰 선 차가 낯익어 보였다. 얼마 전 식당에 도윤이 몰고 왔던 차였다. 차창이 스르륵 내려가고, 그 너머로 보이는 얼굴은 역시나 도윤이었다.

"미안해요. 놀랐어요? 세영 씨인 것 같아서……."

"아, 네. 안녕하세요?"

"어디 다녀오는 길이에요?"

"네, 잠깐."

"타세요. 태워다 드릴게요."

"아니에요. 버스 기다리면 금방이에요."

세영은 불쑥 튀어나온 한도윤의 등장에 심장이 콩닥거렸다. 혼자 써 내려간 일기장을 들켜 버리기라도 한 듯 괜히 얼굴이 달아올랐다.

"타세요. 여기 인적도 드문데……. 어차피 가는 길이니 태워 드릴게요. 그 손도 닦아야 하지 않겠어요?"

"아, 네. 그럼……."

세영은 더 거절을 하면 그림이 이상해질 것 같아 하는 수 없이 차에 올랐다.

"여긴 무슨 일로……."

세영의 물음에 도윤은 도로에 시선을 고정한 채 말했다.

"이 근처 봉안당에 볼일이 있어서요."

"아……. 저도."

도윤은 콘솔에서 물티슈를 꺼내어 세영에게 건넸다 .

"여기요."

"아, 감사합니다."

"오늘은 출근 안 했어요?"

"오늘 월차예요."

"아……."

왜 왔는지, 누구를 보러 왔는지 꼬치꼬치 묻지 않는 도윤이 고
맙기까지 했다. 누군가를 애도하기 위한 마음이 때로는 끝도 없이
이어질 때가 있다. 아무런 말도 없는 고요한 차 안이 아늑하게 느
껴졌다.

그저 말없이 앉아 있는 것만으로도, 그저 옆에 누군가 있다는
것만으로도 세영은 괜한 위로가 되는 것 같았다. 마치 기대하지 않
았던 길에서 그의 차가 멈춰 섰던 것처럼, 하루하루 이어진 외로운
삶 어딘가에 그가 서 있는 것 같았다.

세영의 오피스텔에 다다르자 도윤은 조용히 차에서 내려 보조석
문을 열어 주었다.

"잘 들어가요."

"네, 감사합니다."

"지금 보온병이 없네요."

"나중에 주세요."

피식 웃는 그의 미소에 심장이 두근거렸다. 세영은 수줍게 미소를 지어 보이고는 오피스텔 공동 현관으로 향했다.

4. 허깨비 도도

　월요일 아침, 어제 본가에 다녀온 세영은 무너져 내릴 것만 같은 어깨를 이리저리 돌리며, 주간 회의 준비를 하고 있었다. 주경 여사는 딸 부려 먹는 데는 일가견이 있으신 분이시다.

　주말이 끝나고, 월요일이 되어도, 당장 보온병을 돌려주겠다는 연락은 없었다. 아쉽기도 하고, 안심되기도 하고. 복잡 미묘한 감정을 정의 내리기는 참으로 어려웠다.

　점심을 먹고 있는데, 선데이 히어로즈 그룹채팅방이 시끄러웠다. 또 뭔 일이래?

　[동규: 이번 주말 1박 2일 전술 훈련 가겠음.]
　[세영: 건(일정) 술(만 마시는) 훈련 말씀하시나요?]
　[상엽: 무조건 고고.]

[준형: 가서 뭐 먹나요?]

[준수: 뭐 준비해 가야 할까요?]

[동규: 동수 감독의 특급 코칭이 있을 예정임.]

[낭엽: 우와!]

[세영: 전(일정) 술(만 마시는) 훈련은 아니겠네요.^^]

세영은 오랜만에 활기를 되찾은 회원들의 대화에 피식 웃었다.

일주일은 정말 빠르게 지나갔다. 각종 송년 모임과 더불어 기업들의 행사가 겹치는 연말의 호텔은 그야말로 아비규환이었다.

지난주에 이어 이번 주에도 역시 세영이 맡은 회사의 연말 행사가 3개나 진행되었다. 안 그래도 일이 많은 호텔인데, 행사까지 겹치면, 오피스텔로 돌아가는 시간도 반납하고 호텔 숙소에서 자며 일을 해야 했다.

일부러 시간 차를 두고 연락을 한 것인지, 도윤에게서 이번 주에는 만날 수 있겠느냐는 연락이 왔다. 만나서 보온병 받으면, 이제 끝인가? 세영은 일 때문에 바쁘다고, 미안하다는 말을 하며 만남의 종지부를 나름 연장하고 있었다.

그렇게 바쁜 나날을 보내고 어느덧 다가온 토요일 아침. 오늘은 야구단 전술훈련이 있는 날이다. 그때 휴대전화 화면에 도윤의 번호가 반짝거렸다.

"여보세요?"

— 오늘은 시간 돼요?

"어쩌죠? 우리 야구단에서 오늘 전술훈련 가거든요."

— 전술 훈련이요?

"네."

한숨을 폭 내쉬는 도윤의 목소리에 세영도 마음이 무겁게 가라앉았다.

— 그럼, 다음 주에 봐야겠네요.

"네, 다녀와서 연락드릴게요."

— 그래요.

동호회 일이라면 열 일 제쳐 놓고 달려갔었는데, 오늘따라 괜히 그 방향을 바꾸고 싶어서 세영은 한숨이 폭 나왔다. 에잇! 얼른 가자, 그냥.

전화를 끊은 도윤은 애꿎은 휴대전화 화면을 쏘아보다가, 자리를 털고 일어나 부엌으로 향했다. 어머니가 주신 녹즙을 들이켜고 있는데, 여동생 혜윤이 연한 분홍빛 보온병에 무언가를 꿀렁꿀렁 담고 있었다. 저게 지금 뭐하는 거야?

"야! 한혜윤!"

"아잇! 깜짝이야! 아, 왜 아침 댓바람부터 소리를 지르고 그래?"

도윤은 혜윤의 손에 들린 보온병을 뺏어 들고 눈을 부릅떴다.

"오빠, 지금 뭐하는 거야?"

"너 이 보온병이 어떤 보온병인지 알아?"

혜윤이 헛웃음을 흘리며 되물었다.

"그냥 텀블러잖아! 왜?"

혜윤은 도윤의 손에 들린 보온병을 낚아채서는 뚜껑을 닫아 버렸다.

"내놔. 이거 그냥 보온병 아니야!"

"그럼 뭔데?"

"하, 한정판!"

도윤이 하는 말에 혜윤이 급기야 웃음을 터뜨렸다.

"이게 무슨 한정판이야?"

"다른 거 써."

"오빠, 왜 이래? 갑자기!"

"네 거 써!"

"그거 내 거야!"

혜윤이 짜증을 내며 빽 하고 소리를 질렀다.

"자, 봐봐! 여기 내 이름 쓰여 있잖아. 안 보여?"

혜윤이 보온병의 바닥을 가리키며 입술을 씰룩였다. 도윤은 싸늘한 표정으로 혜윤을 바라봤다. 씩씩거리며 서로를 노려보고 있는 남매를 살피며, 자희 여사가 부엌으로 들어섰다.

"아니, 니들은 눈만 뜨면 싸워? 아직도? 언제까지 싸울래?"

"어머니, 어제 식탁 위에 올려놓았던 보온병 어디 있어요?"

"여기."

자희 여사는 식기 세척기 안에서 혜윤이 손에 들고 있는 것과 똑같은 보온병을 꺼내 주었다. 도윤의 눈이 휘둥그레졌고, 혜윤은 호기로운 웃음을 지어 보이며 도윤을 쏘아보았다.

"오빠."

"왜?"

"또 순진해 갖고, 그거 어디서 한정판이라고 속아서 막 비싸게 주고 산 거 아니지?"

"미쳤냐?"

"지금 충분히 그래 보여. 막 한정판이라고 난리 쳤잖아, 하나밖에 없는 여동생한테!"

손에 든 보온병을 흔들흔들해 보이며 사악하게 웃고 있는 혜윤을 보고 도윤은 마른세수를 해 댔다. 아이고, 저 요망한 계집애.

"얼른 나가. 바쁘다며."

"안 그래도 나갈 거거든요?"

혜윤이 부엌을 나가 현관으로 향하는 소리가 들리자 도윤이 폭 한숨을 내쉬었다. 자희 여사는 아침을 먹으라며 도윤의 등을 한 번 두드렸다.

그때, 나간 줄 알았던 혜윤이 갑자기 후다닥 부엌으로 다시 들어섰다. 눈썹이 한껏 치켜 올라가 있고, 입술이 뾰족하게 모여 있는 모양새가 폭탄을 터뜨리기 직전의 표정이었다.

"엄마!"

"응, 딸. 뭐 놓고 갔어?"

"저 보온병 여자가 줬나 봐! 나 나가요!"

키득거리며 후다닥 사라지는 혜윤의 그림자를 보며 도윤은 끙하는 신음을 삼켰다. 저 요물, 저거!

"그 보온병 아가씨?"

"네."

"안에 귤강차 들어 있더라?"

"네."

"직접 만든 거래?"

"잘 몰라요."

도윤은 더는 묻지 말아 달라며 밥그릇에 코를 박아 버렸다. 한정판이 아니야?

보온병 줄 때는 당장에라도 다시 만나 줄 것처럼 굴더니, 일주일째 그녀는 도윤과 대치상태였다. 도윤의 속은 새까맣게 타들어 가는 것 같기도 했고, 비쩍 말라 가는 것 같기도 했다. 목마른 사람이 우물 판다고 먼저 연락을 해 보았지만, 그녀는 연말이어서 바쁘다고, 미안하다고 했다. 그런 그녀의 목소리를 듣는 것만으로도 심장이 떨리는 걸 보니 꽤 중증이다.

주말에 볼 수 있느냐는 질문에 그녀는 동호회 모임을 가야 한다고 했다. 야구 선수인 나보다 야구를 더 사랑하는 여자다. 어휴.

체력 관리를 위해 간단한 운동을 마치고 집에 돌아오니 오후가 되어 있었다. 무료하게 소파와 혼연일체가 되어 있는데, 휴대전화가 울렸다. 번호를 보니 아버지였다.

"여보세요?"

— 아들, 오늘 뭐 해?

"그냥 집에 있을 거예요."

— 아, 아버지가 큰아버지 따라서 사회인 야구단 전술훈련 왔는데.

"네?"

도윤은 화들짝 놀라 소파에서 몸을 일으켜 똑바로 앉았다. 아이고, 아버지. 그 좋은 데를 혼자 가셨어요? 아들내미도 데려가셔야지.

— 장비 넣어 놓은 가방을 깜빡하고 놓고 왔네. 그것 좀 갖다주련?

아버지의 부름에 도윤은 콧노래를 부르며 운전대를 잡았다. 토요일 오후여서 그런지 목적지로 향하는 도로가 꽉 막혀 있었다. 아, 빨리 가고 싶은데, 왜 이렇게 막혀? 가서 깜짝 놀라게 해 줘야지!

전술훈련을 가는 길, 상엽의 차에는 준수, 준형, 세영이 함께 타고 있었다.

"진짜 한동수 감독님 오신대요?"

준형의 물음에 상엽이 고개를 끄덕였다.

"나 사인 받으려고, 트렁크에 공이며, 글러브며 한가득 싣고 왔다?"

"에이, 그래도 그렇게 많이 부탁하면 실례죠."

세영의 말에 상엽은 민망한 듯 껄껄 웃었다.

너른 잔디밭이 있는 펜션에 모인 인원은 열 명 남짓이었다. 역시나, 세영 일행보다 먼저 도착한 이들은 아직 해가 지지도 않았는데, 펜션 마당에 있는 실내 바비큐장에서 고기를 구우며 술판을 벌이고 있었다.

이게 무슨 전술훈련이야? 그냥 건수 하나 만들어서 술 마시려는 아저씨들 계략이지.

"벌써 취하신 거예요?"

세영의 물음에 동규가 너털웃음을 터뜨렸다.

"아, 세영 씨. 우리 1박 2일이잖아. 훈련은 내일 하면 되지, 뭐."

세영은 동규의 옆에 앉아 있는 동수에게 고개를 숙여 인사했다.

"안녕하세요, 감독님?"

"아, 또 보네요. 반가워요."

세영은 그의 인자한 미소에 괜히 긴장이 되었다.

"세영 씨도 한잔해야지?"

"넵!"

세영이 술을 입에 대는 일은 극히 드물었다. 그것도 취할 때까지 마시는 일은 1년에 한 번 있을까 말까 한 일이었다. 꼭 모임에서 술을 마시면, 자긴 멀쩡하다며 운전석에 앉겠다고 우기는 사람들이 있어서 그들을 안전하게 귀가시켜야 하는 게 신경 쓰였기 때문이었다.

어차피 1박 2일로 온 일정에서 누군가 차를 몰고 나갈 일은 없어 보였으나 뭐가 부족하다고 꼭 밖에 나가려는 사람들이 있었다.

"차 키들 주세요."

세영의 외침에 다들 차 열쇠를 내밀었다.

"뭐 하는 거예요?"

윤수의 물음에 준형이 피식거리며, 대답했다.

"술 마시고 운전 못 하게 하려고, 차 키 걷는 거야."

"아, 별걸 다 하네."

쌀쌀한 날씨, 숯불 향을 가득 머금은 고기와 함께 술은 목구멍을 타고 술술 흘러들어 갔다. 술술 넘어간 말간 액체 덕에 세영은 머리끝까지 술기운이 올라온 것 같았다. 아이고, 어지러워.

주위를 살피니, 시작할 때는 다 같이 이야기를 하고 있었는데, 술자리가 무르익으니, 역시나 각자 따로 이야기를 나누고 있었다.

저 그룹은 또 장비 이야기, 야구보다 장비에 더 관심이 많은 그룹이다. 집에서 마누라들이 장비 가격을 알면 기함한다며, 가족이 경기를 보러 오는 날에는 장비 가격 이야기는 절대 하지 말아 달라고 난리치는 그룹. 내일도 훈련 안 한다고 하면 내가 장비 가격 불어 버린다고 협박할까?

저 그룹은 메이저리그 이야기. 이번에 계약은 누가 어디랑 할 것 같다며, 한도윤의 경우 옵트아웃(Opt out: 계약 시 내거는 조항 중 하나. 남아 있는 계약 기간에 해당하는 연봉을 포기하는 대신 FA(Free Agent)를 선언할 수 있는 권리. 소속팀과 선수의 협의가 있을 때 계약을 파기할 수 있는 권한) 조항을 이용해서 다른 팀으로 갈지, 아니면 소속팀에 1년 더 남아 있을지에 대한 이야기가 한창이었다. 내가 물어봐 줄까요? 어떻게 할 건지? 아이고, 나 취했나 보다.

또 다른 그룹, 동수와 동규가 무슨 심각한 이야기를 나누고 있는 듯 보였다. 저 두 분은 뭐가 저리도 심각하실까? 물끄러미 그들을 바라보고 있는데, 동수와 눈이 마주쳤다. 세영과 눈이 마주친 동수는 화들짝 놀라더니, 어색한 웃음을 지었다. 내 얘기하셨어요? 무슨 얘기 하셨어요? 나 예쁘다고? 아이고, 나 정말 취했나 보다.

세영은 바람이라도 쐬어야 할 것 같아 바비큐장 밖으로 나와 펜션 마당에 있는 벤치에 털썩 앉았다. 고개를 들어 하늘을 보니 반짝이는 별이 쏟아질 듯 핑그르르 돌고 있었다. 마치 지구의 자전과 공전을 온몸으로 느끼고 있는 기분이었다. 까만 하늘에 별들이 뱅글뱅글거린다.

"여기 나와서 뭐 해요?"

응? 이 목소리는 한도윤인데? 정말 미치도록 취했나 보다. 헛것도 보이네.

"어? 한도윤이다!"

한도윤이 두 개로 보였다가, 한 개로 보였다가 한다. 초점이 잡히지 않는 그의 모습이 다가와 벤치에 털썩 앉았다.

"술 마셨어요?"

세영은 고개를 끄덕였다. 고개를 끄덕이자 지구의 자전 속도가 더 빨라지는 것 같았다. 무거운 머리가 풀썩 그의 어깨 위로 떨어졌다. 딱딱한 느낌이 어깨인지 나무 벤치인지 구분이 되질 않는다.

"보고 싶었어요."

세영의 목소리에 딱딱한 어깨인지, 나무벤치인지가 움찔하는 게 느껴졌다. 뒤이어 바람 소리인지 웃음소리인지가 들려온다.

"근데 왜 안 만나 줬어요?"

"보온병 줄까 봐, 그럼 다시는 못 볼까 봐서요."

또다시 기분 좋은 바람 소리인지, 웃음소리인지가 들려온다.

"나…… 도윤 씨 질이 나쁜 사람인 줄 알았어요. 원래 그런 소문 잘 안 믿는데……."

이번엔 한숨 소리인지, 스산한 겨울 가지가 흔들리는 소리인지가 들려온다.

"그런데 나쁜 사람 아닌 것 같아요."

또다시 바람 소리 비슷한 웃음소리가 들려온다.

"그럼 됐어요."

기분 좋은 대답 소리가 울린다. 세영의 얼굴에 피식 웃음이 어렸다. 갑자기 주머니 속 휴대전화에서 진동이 울려 댔다. 세영은 휴대전화를 톡톡 두드려 전화를 받았다. 준수한 준수 씨다.

"여보세요?"

— 어디야?

"바람 쐬러 나왔어요."

— 그래. 추운 데 너무 오래 있지 마. 좀 이따가 다시 전화할게.

"네."

세영은 전화를 끊고, 손을 뚝 떨어뜨렸다. 한번 자리를 잡은 고개가 움직일 생각을 하질 않는다.

"누구예요?"

"준수 씨요."

"그게 누군데요?"

허깨비 한도윤이 궁금한 게 있나 보다.

"우리 팀 투수요. 공 되게 잘 던져요."

"나보다 잘 던져요?"

세영이 푸시시 웃으며 대답했다.

"말이 되는 소리를 해요. 어떻게 아마추어가 메이저리거보다 공을 잘 던져요?"

다시 기분 좋은 바람 소리와 웃음소리가 들려온다. 이번에는 머리를 기댄 나무벤치인지 어깨인지가 흔들릴 정도다.

"근데요. 되게 착해요. 못 되게 보이는데 참 좋은 사람이에요."

세영은 숨을 몰아쉬며 말을 이었다.

"한번은 준수 씨가 일부러 공을 되게 받아치기 좋게 던지는 거예요. 결국, 상대 팀 타자가 보기 좋게 안타를 쳤고, 출루를 했죠.

경기 끝나고 왜 그러느냐고 물었더니 관중석을 가리키는 거예요. 타자 가족이라고. 초등학교 고학년쯤 되어 보이는 아이가 휠체어에 앉아 있더라고요."

"아……."

"되게 착하죠? 일부러 그렇게 던진 거더라고요. 아빠가 멋지게 공 받아치는 거 보라고……. 참 착하죠?"

세영의 물음에 그의 어깨가 움찔하는 게 느껴졌다.

"지금 내 앞에서 다른 투수 칭찬하는 거예요?"

"헤헤. 그래서 기분 나빠요?"

"투수 칭찬하는 건 기분 안 나쁜데……. 그 남자 칭찬하는 건 기분 나빠요."

나뭇가지 흔들리는 한숨 소리가 또다시 들려왔다.

"난 이제 봄이 오기 전에 가야 하는데, 그 남자는 세영 씨 이렇게 계속 볼 수 있잖아요."

아득한 그의 목소리가 울렸다. 세영은 스르륵 눈이 감기는 것만 같았다.

비틀거리며 겨우 벽을 짚어서 방으로 온 기억이 났다. 누군가 부축을 해 줬던 것 같은데? 휴대전화 통화 기록을 살피니 준수와 통화한 기록이 있었다. 아, 준수 씨가 데려다줬나?

대강 씻고 나와서 하얀 털모자를 푹 눌러썼다. 이 모자를 보고 하얀 털 뭉치라고 불렀던 도윤의 얼굴이 불현듯 떠오르며, 어젯밤 이상했던 나무벤치와 바람 소리, 나뭇가지가 흔들렸던 소리가 생각났다. 꿈 꿨나?

방문을 열고 나가니, 한겨울의 차가운 공기가 뺨에 와 닿았다. 동시에 허깨비 한도윤과 나눈 대화 내용이 조금씩 떠올랐다. 보고 싶었다고 했다. 보온병 돌려받기 싫다고도 했다. 나쁜 사람인 줄 알았다고 미안하다고도 했다. 혼자 생각에 빠져 이런저런 망상들을 했었나 보다고 세영은 생각했다.

주머니 속에서 왕왕 울려 대는 휴대전화를 받았다. 또 준수다.

"여보세요?"

— 어제 밖에 있었다더니, 방에 혼자 잘 들어간 것 같더라?

"준수 씨가 나 데려다준 거 아니었어요?"

— 아니.

세영은 누군가 자신의 어깨를 감싸고 방까지 데려다줬는데, 얼굴이 기억나질 않았다. 누구지? 윤수 씨인가? 어오. 어제 술은 왜 그렇게 마셨을까.

"지금 어디 계세요?"

— 펜션 지하에 보면 식당 있어. 거기서 다들 해장하고 있어.

"아, 거기로 갈게요."

— 그래, 얼른 와.

3층에서 지하 1층까지 내려가는데, 속이 울렁거렸다. 아, 어제 볼썽사나운 모습 보이면서 막 토하고 그런 건 아니겠지?

"어, 세영 씨 왔다."

술 먹고 노래방까지 갔다 왔다는 일행의 목소리는 잔뜩 쉬어 있었다. 세영이 차 열쇠를 빼앗은 덕에 택시를 타고 갔다 왔다며 크게 떠들어 대는 소리에 머리가 왕왕 울렸다. 목소리들도 참 크시다.

세영이 의자에 앉자, 맞은편에 앉아 있던 준수가 숟가락과 젓가락을 챙겨 주었다.

"어제 많이 마셨나 봐?"

"네."

"자, 이거 먼저 마셔."

준수가 내민 건 숙취해소음료였다.

"고마워요."

배시시 웃어 보이며, 음료를 들이켜는데 준수가 세영의 밥과 국을 뜨려고 일어났다. 준수가 일어난 순간, 맞은편 테이블에 앉아 있는 사람의 얼굴이 눈에 들어와 박혔다.

내가 아직도 술이 안 깼나? 세영은 눈을 꾹 감았다가 뜨며, 고개를 슬쩍 흔들어 보였다. 그런 세영의 모습을 본 도윤이 피식 웃음 지었다. 그 미소에 세영의 심장이 철렁하고 내려앉았다. 왠지 갑자기 배가 아픈 것처럼 속도 울렁거린다.

그리고 어젯밤 펜션 현관 앞에서 그의 품에 안긴 채, 너른 가슴에 머리를 기대고 한참을 뭐라고 떠들어 댔던 자신의 목소리가 머릿속을 헤집고 다녔다.

'도윤 씨한테서 참 좋은 향기가 나요. 단단한 나무에 밴 달콤한 향.'

❊ ❊ ❊

밤 9시가 다 되어서야 도윤은 아버지가 계시다는, 그리고 세영이 있을 것 같은 펜션에 도착했다. 와, 요즘 펜션 좋네. 동호회원들이 모여 있다는 실내 바비큐장으로 들어서자, 얼큰하게 취한 사람들이 도윤을 반겼다.

"어? 이게 누구야? 한도윤 선수잖아!"

"이게 웬 횡재야!"

다들 혀가 꼬여서는 한잔하라며 도윤에게 술잔을 내밀었지만, 도윤은 작은 소주잔을 받아 드는 척하며 열 명도 안 되는 인원을 살피기 바빴다. 뭐야? 어디 갔어? 없잖아!

사람들이 건네는 소주 두 잔을 들이켜고 잠시 화장실을 다녀오겠다는 핑계를 대며 도윤은 밖으로 나왔다.

술 많이 마시고 벌써 방으로 갔나? 도윤은 혹시나 하는 마음에 펜션 주변을 어슬렁거렸다. 저 멀리 커다란 느티나무 아래 나무 벤치에 앉아 하늘을 올려다보고 있는 하얀 털 뭉치가 보였다. 찾았다!

고개를 이리저리 갸웃거리며, 배시시 웃는 그녀의 얼굴이 너무 예뻤다. 술이 많이 취한 듯 보였다. 혀가 잔뜩 꼬인 목소리로 그녀가 말을 한다.

"어! 한됴윤이다!"

술 많이 마셨느냐는 질문에 고개를 끄덕이는가 싶더니, 어깨 위로 풀썩 기대 온다. 그 바람에 심장이 벌컥 하고 튀어 오르는 것만 같았다.

보고 싶었다고, 보온병을 받기 싫었다는 그녀의 말에 온몸이 바들바들 떨려 왔다. 추워서 떠는 걸까? 이 여자가 날 이렇게 떨리게 하는 걸까?

다른 남자의 전화를 받고는 배시시 웃으며 좋은 사람이라고 하는데, 괜히 심통이 났다. 왜 그런 좋은 사람이 이렇게 그녀와 가까운 곳에 있어야 하는 걸까? 한숨을 폭 내쉬며, 봄이 오면 가야 한다고 하자, 그녀는 조용하게 읊조렸다.

"어차피 시간은 흘러가게 되어 있어요."

단 하나의 문장이 담은 의미를 도윤은 수백 번 곱씹었다.

조용하던 그녀가 갑자기 까르륵 웃더니, 자리에서 벌떡 일어나서는 어디론가 걷기 시작했다. 비틀거리며 위태롭게 걷다가 제 발에 걸려서 넘어지려는 것을 도윤이 잡아챘다.

팔에 힘이 너무 들어갔을까? 그녀가 도윤의 품으로 쏙 들어왔다. 세영이 배시시 웃으며 도윤을 올려다보았다.

"일어나면 없어질 줄 알았는데, 아직도 있네? 한도윤 허깨비?"

하! 이 여자는 지금 자기가 술 먹고 취해서 헛것을 보고 있는 거라고 생각하고 있나 보다. 그래, 헛것한테 어디까지 이야기하나 한번 지켜보기로 했다.

"한도윤 허깨비. 한도윤 도도. 도도 허깨비. 허! 도깨비다!"

윤을 발음하기가 어려워서인지, 미국에 있는 팬들은 도윤을 도도라고 불렀다. 'Do it, 도윤'의 줄임말이라나. 뭐라나. 암튼 세영이 손가락으로 도윤의 뺨을 콕콕 찌르더니 까르륵 웃는다.

"도깨비 무서운데."

그러다가 갑자기 울상을 짓는다. 도윤은 그런 그녀의 모습에 피식 웃음이 나왔다.

"도깨비는 방망이 휘두르는데. 우리 도깨비는 방망이 휘두르는 건 잘 못하는데. 공 던지는 걸 더 잘하는데."

이거 왜 이래? 나 방망이도 잘 휘둘러. 그 손에 든 방망이 말고 다른 것도. 갑자기 음흉한 생각이 도윤의 머릿속을 잠식하기 시작했다. 도윤은 뜨끈한 생각을 치워 버리려 한숨을 내쉬었다.

"방이 어디예요?"

"어디더라?"

세영은 점퍼 주머니를 뒤지는가 싶더니 커다란 나무 열쇠고리가 달린 방 키를 내밀어 보였다.

"여기 있다! 도깨비! 여기까진 따라오면 안 돼. 그건 몹시 나쁜 짓이야."

세영은 제대로 서 있지도 못하면서 검지로 도윤의 가슴 한가운데를 톡톡 건드리며 말했다.

계단을 올라가다 말고, 도깨비는 이만 가야 한다며 정색을 했다가, 한도윤 허깨비가 자꾸만 따라온다며 까르륵거렸다가. 세영은 취해도 단단히 취한 것 같았다. 내일 기억 한 자락이라도 나면 어쩌려고 그러냐?

3층까지 겨우 올라가서 방문 앞에 선 세영이 키득키득 웃었다. 방 열쇠를 들고 한참을 헤매던 그녀가 바닥으로 열쇠를 뚝 떨어뜨렸다. 열쇠를 집으려 상체를 숙이다가 고꾸라지려는 것을 간신히 잡아서 일으켜 세우자, 그녀의 머리가 도윤의 가슴에 파묻혔다.

"흐음."

숨을 크게 들이쉰 그녀가 웃는 기색이 가슴팍에서 느껴졌다.

"도윤 씨한테서 참 좋은 향기가 나요. 단단한 나무에 밴 달콤한 향."

세영의 말이 끝나자마자 도윤이 그녀의 등허리를 포근히 감싸 안았다. 두근거리는 심장이 터질 듯했다. 가슴에 얼굴을 비비며 콩

쿵거리는 그녀의 모습이 귀여웠다. 그녀가 머뭇머뭇 손을 올리더니 도윤의 허리를 감싸 안았다.

도윤은 숨 쉬는 방법을 잊은 듯 호흡을 멈추고 그녀의 체향이 주는 감각에서 벗어나려 노력했다. 그녀의 등을 감싸고 있던 오른손을 움직여 가슴팍에 있는 작은 얼굴을 감쌌다. 부드러운 감촉에 심장이 미칠 듯이 내달렸다. 바로 고개만 내리면 닿을 거리에 그녀의 입술이 보였다. 내일 기억도 못 할 텐데…….

그런 도윤의 행동에 세영은 고개를 갸웃하며 올려다보았다. 술에 취해 농염해 보이기까지 하는 눈동자와 허스키해진 그녀의 목소리와 흐느적거리는 몸짓은 도윤의 위기관리능력을 시험하려 드는 듯했다. 하필 세영이 그러고 있는 곳은 텅 빈 펜션 방문 앞이었다. 나쁜 마음만 먹는다면, 얼마든지 방 안에 들어가 그녀를 탐할 수도 있었다.

도윤은 바닥에 떨어진 열쇠를 집어 들어서는 그녀의 방문을 열었다. 세영이 싱긋 웃으며 도윤을 밀어냈다.

"잘생긴 도깨비, 안녕!"

도윤은 검지로 세영의 이마를 톡톡 두드렸다.

"내일 꼭 기억해라! 뿅!"

❊ ❋ ❊

테이블 너머로 보이는 하얀 털 뭉치는 어제의 기억을 가지고 있는 듯 보였다. 정말로 도깨비라도 본 듯한 얼굴을 하고 있기에 피식 웃어 주었더니 얼굴이 새빨갛게 달아오른다. 그 모습이 마치

한겨울 붉은 동백꽃 위에 새하얀 눈송이가 내려앉은 것처럼 예뻤다.

"왜 그래? 어디 아파?"

"속이 좀 안 좋아서요."

저놈이 그 투순가? 지금 얻다가 손을 대는 거야? 열이 나는지 확인해 보려는 듯 세영의 이마에 남자의 손이 올라갔다.

"열은 없는데, 얼굴이 벌거네?"

"이따 오후에 출발하실 거죠?"

"응, 그런다대."

"전 그만 방에 가 볼게요. 속이 좀 안 좋아서……."

"한 숟가락이라도 뜨고 가지."

"아니에요. 빈속이 더 나을 것 같아요."

세영이 비틀거리며 자리에서 일어나자 그놈이 벌떡 의자에서 일어나 세영의 팔을 붙잡았다.

"괜찮아요. 혼자 갈게요."

"어이구, 우리 세영 씨, 많이 안 좋은가 보다."

큰아버지가 걱정 어린 목소리로 외쳤다. 세영은 희미한 미소를 지어 보이며 그저 고개를 내저었다.

"우린 이제 훈련하러 갈 건데……. 도윤아, 너 집에 갈 거지?"

"네."

"세영 씨 좀 데리고 가. 병원에 데려다주든지."

큰아버지의 말에 세영은 손사래를 치며 대꾸했다.

"아, 아니에요. 이따가 같이 갈게요."

"그렇게 해. 너 지금 얼굴이 말이 아니야."

의외의 말을 던진 건 준수였다. 오호. 저놈 정체가 뭐야? 나는 뭐 상대가 안 된다는 거야? 아니면 지금 당장은 아픈 세영이 먼저라는 건가?

식사를 마친 도윤은 먼저 일어나 봐야 할 것 같다며, 단원들에게 인사를 건네고, 방으로 향했다.

미리 짐을 챙겨 나와서 차 앞에 서 있는데, 그 준수라는 놈과 세영이 나란히 걸어왔다. 도윤은 조수석 문을 열어 주며 세영을 차에 태웠다. 그놈이 건네는 세영의 가방을 트렁크에 싣고 나자, 놈이 입을 열었다.

"한도윤 씨."

목소리에서 반감이 느껴진다.

"네."

투수 대 투수의 기 싸움도 아닌데, 묘한 긴장감마저 돌았다. 남자 대 남자여서?

"세영 씨, 잘 부탁해요."

도윤이 뭐라 대꾸를 하기 전에 준수는 이미 뒤를 돌아 펜션 건물 쪽으로 걸어가고 있었다. 도윤은 멍하니 준수의 뒷모습을 바라보다가 운전석에 올라탔다. 하얀 털 뭉치? 너 저놈이랑 무슨 사이야? 저놈이 너 좋아해? 준수의 도발 아닌 도발에 도윤은 갑자기 심장이 들끓는 것만 같았다.

"미안해요."

세영의 목소리에 힘이 하나도 없었다. 무슨 사이냐고 닦달이라도 해 보려고 했는데, 그녀의 목소리에 이내 마음이 사그라졌다.

"속은 좀 어때?"

"괜찮아요."

"괜찮긴 얼굴이 사색인데."

도윤이 세영의 이마에 손을 가져다 대며 말했다.

"정말 열은 없네."

세영은 화들짝 놀란 듯 도윤의 팔을 걷어 내며, 물었다.

"근데 왜 반말이에요?"

세영의 목소리에 날이 서 있었다. 아, 기선제압을 해 보시겠다?

"어제 일, 기억 안 나나 봐?"

순간 세영의 어깨가 움찔하는 것 같았다. 다 기억나면서…… 요 깍쟁이. 이제 어디까지 버티나 볼까?

"내가 말 놓기로 했는데, 기억 안 나?"

"아, 기억이 안 나네요. 그러기로 했나요?"

그녀는 어색한 되물음으로 도윤의 눈치를 살피는 듯 보였다. 술 먹고 주사 부리는 인간들 정말 싫어하는데, 어제와 같은 그녀의 주사라면 맨날 술독에 빠뜨리고 싶은 심정이었다.

"어, 내가 두 살 많더라?"

"아, 그렇죠."

세영은 예의 바른 웃음을 지어 보이며, 대꾸했다. 아, 저렇게 웃는 건 꾸민 웃음이구나. 도윤은 더 짓궂은 목소리로 세영에게 물었다.

"나한테 오빠라고 부르기로 했던 것도 기억나?"

"내가 언제 그랬어요!"

갑자기 발끈하며 운전석 쪽으로 몸을 튼 세영이 실수했다 싶었는지 이내 자세를 고쳐 앉았다.

"와, 우리 세영이. 완전 거짓말쟁이네?"

"뭐요?"

도윤은 신호 대기에 걸려 차가 멈춰 서자 조수석 쪽으로 몸을 돌려 그녀를 바라봤다. 그저 바라보고 있는 것만으로도 피식 웃음이 나왔다. 도윤은 무언가 심오한 사실이 떠올랐다는 듯 물었다.

"보온병이 한정판이 아니더라?"

세영의 얼굴이 삽시간에 굳어졌다. 울상을 짓는 그녀의 얼굴이 안쓰럽기도 하고, 사랑스럽기도 하고, 깨물어 주고 싶기도 하고, 입 맞추고 싶기도 하고.

어젯밤 뒤섞인 기억과 민망함 때문인지, 세영은 고개를 푹 숙이고 있었다. 도윤은 손을 뻗어 그녀의 무릎 위에 놓인 파르르 떨리는 손을 꼭 잡았다.

"술은 왜 그렇게 많이 마셨어? 원래 술 잘 마셔?"

"아니요. 잘 안 해요. 잘 못하기도 하고……."

세영의 목소리에서 귤강차가 담긴 보온병을 전해 줄 때와 같은 떨림이 느껴졌다.

"앞으로 나 없는 데서는 그렇게 많이 마시지 마."

"네?"

세영이 눈을 동그랗게 뜨고 도윤을 바라봤다. 도윤은 흘끔 그녀에게 시선을 뒀다가 다시 도로로 시선을 옮겼다.

"너무 예뻐서 안 되겠어."

도윤의 말에 세영이 날카롭게 숨을 들이마시는 소리가 들렸다. 그렇게 콧대 높아 보이더니, 경계가 허물어진 뒤의 세영은 사랑에 처음 빠진 소녀처럼 안절부절못하는 모습이었다. 그런 모습이 미치도록 사랑스럽다는 걸 그녀는 알까?

"우리 털 뭉치, 남자 꼬이는 솜씨가 보통이 아니던데? 어제 막 방 앞에서 나 끌어안고, 들어오라고 난리 쳤던 건 기억나?"

"내가 또 언제 그랬어요!"

발끈하는 모습이 귀여워 도윤은 그녀의 볼을 검지와 중지로 톡 튕겨 냈다.

"그래, 안 그랬어. 내가 들어가고 싶었지."

도윤의 말에 세영이 고개를 푹 숙이고는 숨을 멈춘 듯 보였다. 빨갛게 달아오른 볼이 예쁘게 빛났다.

"나 보고 싶었다며, 보온병 건네받으면 다시는 못 볼까 봐 불안했다며."

아무런 대꾸도 없는 걸 보니, 그런 말을 했던 건 기억이 나나 보다. 거짓말도 잘 못하면서, 한정판이라는 말은 어떻게 했대?

"나는 보온병 담긴 배낭 얼마나 주기 싫었는지 알아? 퀵으로 보내라는 소리나 하고."

도윤의 말에 세영이 피식 웃음을 흘렸다. 그녀의 작은 웃음소리에 심장이 춤을 추듯 두근거렸다.

"1년이야."

진지한 도윤의 목소리가 차 안을 울렸다.

"1년 있다가 돌아올 거야."

세영이 물끄러미 그의 모습을 바라보다가 이내 고개를 숙였다.

"미국에서 선수생활 더 할 수 있잖아요."

"계약 기간만 지키고 돌아올 생각이었어. 발표는 이르면 다음

달에 할 거야."

그녀는 아무 말도 없이 눈앞에 펼쳐진 도로를 응시하고 있었다.

"나, 기다려 줄 수 있어?"

장난기 가신 진지한 그의 목소리가 세영의 귓가를 울렸다.

5. 스톱, 스트라이크 그리고

"스토옵!!"

더 이상의 단어를 내뱉기가 힘들었다. STOP이라는 짧은 단어를 내뱉는 것조차도 힘들었으니까. 차가 멈춰 서자마자, 세영은 문을 열고 달리기 시작했다.

그리도 달콤하게만 느껴졌던 우드 향 머금은 시트러스 향이 오늘따라 속을 뒤집어 놓았다. 아침을 먹지 않은 걸 다행이라고 생각해야 할까. 어제 술을 그렇게 많이 마신 것도 아니었는데, 과로와 스트레스가 겹친 데다가 술에 취해 밖에서 떨어서 그랬는지 속이 만신창이었다.

한참 동안 속을 비워 내고 겨우 정신이 들어 주위를 둘러보니, 가을걷이가 끝난 지 한참 지난, 하얗게 서리가 앉은 논이었다.

한정판 보온병이 아닌 걸 들켰다. 원 스트라이크!

술 먹고 먼저 고백 비슷한 것을 해 버렸다. 투 스트라이크!!

멋들어진 고백에 대해 대답을 해야 하는 순간 스톱을 외치며 논두렁으로 뛰어와 구토를 하고 있다. 루킹 삼진!!! 하세영 아웃!

저기 누가 아웃당한 나 더그아웃으로 안내 좀 해 주실 분?

한도윤은 정말 잘 던지는구나.

세영이 돌아가야 할 더그아웃은 없었다. 단지 비상등을 깜빡거리며 갓길에 정차 중인 한도윤의 차밖에는. 평생을 살면서 이렇게 추한 꼴을 누군가에게 보였던 적이 없었는데⋯⋯. 아, 이런 걸 보고 혹시 아홉수라고 하는 건가?

세영은 크게 숨을 들이마셨다. 아, 저 차에 타면 입 냄새도 날 것 같다. 뒷좌석이라도 있으면 뒤에 탄다고 우기기라도 할 텐데, 하필 그의 차는 2인승이다. 다시 한 번 떠올리게 되는 사실이지만, 페라리는 안이 좁다.

논두렁을 멍하니 바라보던 세영이 허리를 곧게 세우지도 못하고 다가오는 모습이 보였다. 나름 진지하고, 멋지게 고백을 하려고 노력했는데, 세영은 갑자기 스톱을 외치더니 차에서 뛰쳐나갔다.

저걸 보고 웃어야 할까, 울어야 할까? 호텔에서 일하는 모습이나, 다른 이들을 대하는 모습을 보면, 그렇게도 똘똘하고, 흐트러짐 없는 여자인데. 자신에게 자꾸만 틈을 보이는 세영이 도윤은 미칠 듯이 좋았다.

"괜찮아?"

도윤은 가드레일을 넘어오는 세영의 손을 잡아 주었다. 세영은 고개를 휘휘 내저었다. 대답할 힘도 없어 보이는 것 같았다.

"좀 자. 오피스텔 도착하면 깨울게."

"괜찮아요."

"괜찮기는……. 하나도 안 괜찮아 보여."

그래, 안 괜찮다. 머리가 뱅그르르 돌고, 속은 마구 타들어 갈 것만 같고, 손목과 발목이 돌아가 버릴 것처럼 제 몸이 제 몸 같지 않았다. 눈을 감고 있으면 온 세상이 거꾸로 뒤집힐 듯했고, 눈을 뜨면 온 세상이 어지러웠다.

오피스텔 주차장에 차를 세우고, 도윤은 세영을 흔들어 깨웠다. 그렇게 속을 비워 내고 한동안 머리를 주물러 대다가 그녀는 어느새 잠이 든 것 같았다.

"세영아."

"흠, 다 왔네요. 오늘 죄송해요."

"그게 다야?"

"네?"

"나한테 할 말이 그게 다냐고?"

세영에게서 짙은 한숨 소리가 흘러나왔다.

"일단 들어가자."

"어딜 들어가요?"

세영의 쉰 목소리가 튀어 올랐다.

"가방 올려다 줄게."

도윤은 자신이 지을 수 있는 가장 믿음직스러운 미소를 지어 보였다.

"제가 들고 갈 수 있어요."

"고집부리지 말고, 제대로 앉아 있지도 못하면서."

현관문을 열자마자, 도윤은 세영보다 먼저 오피스텔 안으로 들어섰다.

"일단 들어가서 자."

"뭐 하는 거예요?"

도윤은 마치 제집마냥 세영의 침실 문을 열어 주었다.

"왜? 눕혀 줘?"

"아, 아니요!"

"일단 좀 자."

도윤은 어느새 침대 가까이 세영을 이끌고 있었다.

"안 가요?"

"어."

"왜요?"

빙그레 웃는 그의 미소에 세영은 심장이 멈출 듯했다.

"대답은 듣고 가야 할 것 같아서."

세영은 그의 근성에 기립 박수라도 쳐야 하나 싶었지만, 어느새 몸은 매트리스 위로 가라앉고 있었다.

눈을 떠 보니, 어느새 해가 지고 어둑어둑해져 있었다. 시계를 보니 저녁 6시. 하루를 날려 버린 것만 같은 기분이었다. 그것도 천하의 한도윤에게 고백받은 하루를. 아이고, 미련해라. 세영은 침대에서 몸을 일으켜 부엌으로 향했다.

냉장고에서 생수병을 하나 꺼내서 벌컥벌컥 들이켰다. 집 안은 아주 조용했다. 갔나 보네. 극심한 갈증 때문인지 커다란 생수병에 남아 있는 물의 반을 한꺼번에 들이켰다. 아, 죽겠네.

"어이구, 목 많이 말랐나 보다."

갑자기 들려온 도깨비 같은 목소리에 세영은 깜짝 놀라 생수병을 놓쳐 버렸다. 도윤이 손을 뻗어 세영의 입가로 흐른 물을 닦아 주었다.

"뭘 그렇게 놀라?"

"간 거 아니었어요?"

"대답 듣기 전에는 안 간다고 한 것 같은데?"

도윤이 고개를 갸웃해 보이며 생긋 미소를 짓자, 그녀의 얼굴에 어색한 미소가 만들어졌다.

"일단 이거부터 먹자."

도윤은 식탁 의자에 세영을 앉히고, 전자레인지로 데운 죽을 세영의 앞에 놓아주었다.

"어디서 났어요?"

"주문했어."

"도윤 씨가 직접?"

"응. 왜? 그럼 안 돼?"

"어떻게요?"

세영은 의심스럽다는 눈으로 도윤을 바라봤다.

"어플 주문. 문 앞에 놔 달라고 했지?"

세영은 그가 내민 죽을 한술 뜨며 말했다.

"생각 좀 해 볼게요."

"뭘?"

도윤은 순진한 척, 못 알아듣겠다는 듯 물었다.

"근데 왜 1년이에요? 메이저리거 생활 충분히 더 할 수 있을 것 같은데?"

"궁금해?"

세영은 배달시킨 것치고 꽤 맛있는 죽을 떠먹으며 고개를 끄덕였다.

"뽀뽀해 주면 말해 줄게."

"켁!"

목구멍을 넘어가던 죽이 탁 하고 걸려 버렸다. 도윤은 마주 앉아 있던 의자에서 일어나 세영의 등을 톡톡 두드려 주며 물 잔을 건넸다.

"아이고, 천천히 먹어. 그렇게 맛있어? 내가 사 주는 죽이?"

세영은 고개를 들어 도윤에게 슬쩍 눈을 흘겼다. 그는 환한 미소를 지으며 세영을 내려다보고 있었다.

"내가 먼저 물은 거에 대답해 주면, 나도 왜 1년인지 말해 줄게."

"그 1년이 나 때문에 결정된 1년이라면 부담스러워서 사양할래요."

"하하하하하하하."

세영의 말에 도윤이 다시 의자에 앉으며, 크게 웃음을 터뜨렸다.

"그 이유 때문은 아니니까, 사양하지 않았으면 좋겠는데? 자, 이제 대답은?"

"그럼, 무슨 이유 때문인데요? 나 때문이 아니라면서 왜 말을 못 하죠? 1년을 기다려 달라며?"

세영이 컨디션을 되찾은 듯 되물었다. 아, 하세영. 이제 좀 돌아왔나 보네?

"뽀뽀해 주면 얘기해 준다니까."

"해 봐요, 그럼."

"뭐?"

도윤이 의자 등받이에 기대고 있던 등을 곧추세우며, 눈을 커다랗게 뜨고 물었다. 세영은 의기양양한 미소를 지으며, 그를 노려보았다.

"진심이야?"

세영은 고개를 끄덕이며 눈썹을 한 번 들썩였다. 도윤은 그런 세영에게 시선을 고정한 채 자리에서 일어나 그녀의 옆에 섰다. 그러자 세영이 기다렸다는 듯 의자에서 일어났다. 그는 그녀를 내려다보고, 그녀는 그를 올려다보았다.

도윤의 눈동자가 흔들렸다. 이게 지금 밑지는 장사인지, 본전 찾는 장사인지 구분이 되질 않았다. 얼굴을 내리려다 도윤은 멈칫했다. 희미한 미소를 짓고 있는 세영의 얼굴이 갑자기 눈에 들어왔다.

이대로 입술을 내려 뽀뽀를 했다가는 그녀에게 질질 끌려다닐 것만 같은 기분이 들었다. 미국으로 돌아가기까지 시간이 얼마 남지 않았다. 그녀의 페이스에 말려들어 그녀를 놓치는 일은 없어야 했다.

"뽀뽀는 내일 하는 걸로. 대답도 내일 듣는 걸로. 내일까지 기다리지! 나, 간다."

도윤은 환한 미소를 지어 보이며, 눈을 찡긋해 보이더니 현관문을 열고 나가 버렸다.

쾅! 하는 소리가 들려오자, 세영은 정신이 번쩍 드는 것만 같았다. 아, 저 남자 바보인 줄로만 알았는데, 의원데?

세영은 속이나 채우자며, 다시 죽 그릇 앞에 앉았다. 숟가락을 든 손이 심하게 떨렸다. 숨을 몰아쉬며, 죽을 한 입 머금는데, 심장이 벌컥벌컥 튀어 올랐다. 내가 지금 죽을 삼키는 건지, 심장을 삼키는 건지.

승전 투수가 되어 마운드에서 내려올 때처럼 오피스텔을 나서는 도윤의 발걸음이 가벼웠다. 아마 세영은 내일 자신과 만나기 전까지 딱 두 가지만 생각할 것이다.

뽀뽀와 대답.

차에 시동을 걸고, 운전대를 잡는데 도윤의 손이 덜덜덜 떨렸다. 그리고 아마 도윤은 그녀와 만나기 전까지 딱 두 가지만 생각할 것이다.

뽀뽀 이후의 것과 대답 이후의 것.

❋ ✸ ❋

오전 내내 주간 회의를 하고, 오후 내내 연간 객실 매출액과 내년도 예상치에 관한 데이터를 만드는 중에도 세영의 머릿속에는 도윤의 목소리가 왕왕 울렸다.

'뽀뽀와 대답.'

퇴근 무렵, 책상 위에 올려놓은 휴대전화가 지잉 소리를 내며 울렸다. 번호를 보니, 도깨비 같은 한도윤이다. 사람 놀라게 하는 재주가 있으니, 도깨비라고 저장을 해 놔야겠다.

"여보세요?"

— 퇴근할 때 다 됐지?

"네."

— 내려와. 임직원 주차장에 있어.

세영이 뭐라 대답을 하기도 전에 뚝 하고 전화가 끊겼다. 내려가네, 마네 더 이상의 대답은 듣기 싫다는 뜻인 것 같았다.

임직원 주차장에 내려온 세영은 아무리 찾아봐도, 빨간색 페라리가 보이지 않아 고개를 갸웃거렸다. 그때 빵빵. 경적 소리가 울렸다. 시선을 옮기니, 국산 중형차 한 대가 세워져 있었다. 세영은 발걸음을 옮겨 차가 있는 곳으로 다가갔다.

무언가 잔뜩 상기된 표정의 도윤이 차에서 내려 조수석 문을 열어 주었다.

"이게 뭐예요?"

"가면서 얘기해, 일단 타."

세영이 조수석에 오르자, 도윤도 운전석에 올라 운전대를 잡았다.

"네가 그 차 불편하다며. 그래서."

"그래서 설마 차를 바꿨어요?"

세영의 목소리가 또다시 튀어 올랐다. 한도윤은 하세영의 평정심을 교란시키기 위한 존재임이 분명하다.

세영이 깜짝 놀라 자신을 쏘아보는 게 느껴졌다. 도윤은 어깨를 으쓱해 보이며 말했다.

"이 차, 그전 차의 중고가 반도 안 돼. 나 그 차 팔고 남은 돈으로 좋은 곳에 썼어. 이거 굉장히 칭찬받아 마땅한 행동이야. 우리 어머니도 날 얼마나 칭찬해 주셨는데."

"그래도……."

"그래도 뭐? 빨리 칭찬해 줘."

"자알 하셨습니다."

"말로만?"

고개를 갸웃하며 자신에게 뺨을 내미는 도윤의 모습에 세영의 입이 떡하니 벌어졌다. 바보는 컨셉이었나? 아니다. 요 며칠 자신이 보인 모습을 생각해 보면, 한도윤보다 자신이 더 멍청해 보였다. 이건 뭐랄까, 바보와 더 바보가 만난 느낌이랄까?

"운전할 땐 운전에 집중해요."

"그럼, 이따가는?"

"응?"

세영은 고개를 갸웃하며 도윤을 바라봤다. 신호 대기에 차가 멈춰 서자, 도윤이 세영의 코끝을 퉁 튕겨 내며 말했다.

"뽀뽀와 대답에 충실해야지."

차가 출발함과 동시에 세영은 돌처럼 굳어 버렸다. 무슨 대꾸를 해야겠는데, 머릿속이 텅 비어 버린 것만 같았다. 어이구, 내 신세야. 아홉수라 그런 게 분명하다.

어스름한 저녁, 도윤의 차가 멈춰 선 곳은 그때 그 레스토랑 앞이었다.

"설마 여기밖에 아는 곳이 없는 거예요?"

장난스러운 세영의 질문에 진지한 대답이 돌아왔다.

"어."

짧게 대답하는 도윤의 표정이 너무 진지해서 세영은 피식하고 웃음을 터뜨렸다. 여자 꼬이는 데 일가견이 있다고 생각했던 그 날 그 레스토랑의 불편했던 분위기는 사라지고 이젠 한결 가벼워진 분위기가 두 사람 사이에 자리 잡고 있었다.

테이블 위에는 갓 오븐에서 꺼내 온 것 같은 라자냐와 데운 샐러드, 그때 그 와인 한 병이 놓여 있었다.

"오늘 메뉴는 파스타. 스 자 들어가는 건 다 좋으니까. 뭐, 예를 들어 뽀뽀를 영어로 한 키스라든지."

세영이 노려보자 도윤이 키득키득 웃었다. 그래, 알아. 키스만 스 자가 들어가는 건 아니라는 거, 때가 되면 다 알아서 잘할 테니까, 지금은 이것부터 드세영.

"지난주엔 그렇게 바쁘다고 못 만나 준다고 하더니, 이번 주는 한가한가 봐?"

"내일부터 다시 바빠질 거예요. 연말이랑 연초엔 원래 더 바빠요."

"아, 호텔은 원래 여름 휴가철에 바쁜 거 아냐?"

"그때도 바쁘고, 연말연시에도 바쁘고, 뭐 항상 바빠요."

그저 손님을 접대하는 것 같았던 세영의 태도가 달라졌다. 잘 보이고 싶어서 안달하던 도윤의 태도도 달라졌다. 이미 서로에게 녹아든 듯 편한 대화가 오고 갔고, 맛있는 음식을 즐기는 식사가 계속되었다.

"식사는 다 한 것 같고?"

물을 한 모금 마시며 미소 짓는 도윤의 얼굴에 세영은 두근거리는 심장이 더 크게 뛰는 것 같았다.

"근데, 안 마실 거면서 와인은 왜 주문했어요?"

"너 마시라고."

세영은 무슨 의미냐는 듯 눈을 가늘게 뜨며 도윤을 바라봤다.

"넌 취해야 솔직해지는 것 같으니까. 그럼 대답해 줄까 싶어서."

도윤의 말에 세영이 피식 웃음을 흘렸다.

"앞으로는 시키지 마요. 술 잘 안 하니까."

"앞으로는? 그게 대답인가?"

세영이 뭐라 말을 덧붙이려는 찰나, 도윤이 벌떡 자리에서 일어났다. 세영은 천천히 움직이는 그의 모습에 시선을 고정한 채, 해야 할 말을 잊어버렸다.

멍한 표정으로 앉아 있는 그녀에게 다가갈수록 심장이 더 빠르게 뛰려고 애를 쓰는 것 같았다. 자신에게서 눈을 떼지 못하고, 슬쩍 입을 벌린 채 앉아 있는 그녀의 모습이 미치도록 자극적이었다.

도윤이 손을 뻗어 세영을 일으켜 세웠다. 순식간에 그의 팔이 세영의 허리를 감싸 안았다. 어제는 자다가 일어나 부스스한 모습에도 그렇게나 당당했던 그녀가 지금은 얼굴을 붉힌 채 시선을 내리고 있었다.

단단한 나무에 밴 달콤한 향과 함께 그의 따스한 품이 느껴지자, 세영은 몸이 붕 떠오르는 것만 같았다. 어제도 이렇게 가까이에 그가 서 있었는데, 술에 취했었지만, 그의 허리에 팔을 감고, 이 너른 가슴에 얼굴을 비비기도 했었는데. 또렷한 정신에 두근거림은 배가 되고, 떨림은 숨을 쉴 수 없는 정도였다.

"순서가 바뀌었잖아."

"네?"

도윤의 어깨 위에 있던 세영의 시선이 그의 까만 눈동자에 닿았다.

"뽀뽀 먼저 해 주고, 내가 왜 1년인지 알려 주면, 그때 대답해 준다며?"

"도윤 씨가 확대해석……."

"확대해석이야? 그럼 긍정의 대답이 아니야?"

"아니, 그게 아니라."

"그럼 뽀뽀가 하기 싫었던 거야?"

"그게 아니잖아요!"

"그럼 하고 싶다는 거네?"

뭐라 대답을 하려는 순간 그의 입술이 그녀의 입술에 닿았다. 부드럽게 닿아 있던 따스한 입술이 살짝 벌어져 아랫입술을 한 번, 윗입술을 한 번 빨아들이더니 말캉한 혀가 그녀의 입술을 슬쩍 훑어 냈다.

세영의 입에서 헉 하는 소리가 절로 나왔다. 도윤의 오른팔은 세영의 허리에 감겨 있었고, 그의 커다란 왼손은 세영의 턱 끝을 슬며시 잡고 있었다.

"이건 뽀뽀고, 난 스 자 들어가는 게 더 좋다고 했으니까."

말을 내뱉는 그의 숨결이 입술에서 느껴질 정도였다. 또다시 세영이 대꾸를 할 틈은 없었다. 어느새 세영은 도윤의 단단한 어깨에 파르르 떨리는 손을 올리고 그가 주는 달콤함에 빠져들었다.

6. As time goes by

　꼭 붙어 있던 입술이 아쉬운 마찰음을 내며 떨어지자, 세영은 밭은 숨을 몰아쉬었다. 그녀는 환한 미소를 지어 보였다. 아니 이 제는 깔깔거리며 웃고 있다. 도윤은 정신을 차리기 위해 머리를 살짝 흔들었다.

　키득키득 웃던 그녀가 손을 내밀었다. 도윤은 세영의 손을 붙잡고 바닥에서 일어났다. 민망하고, 창피해서 쥐구멍에라도 숨고 싶다.

　호기롭게 입을 맞춰 놓고 이게 무슨 꼴이야! 입술이 떨어지자마자, 다리가 풀린 도윤은 바닥에 주저앉고 만 것이다.

　"괜찮아요? 에이, 도윤 씨 하체 근력 운동 좀 더해야겠네요?"

　눈을 흘겨 보이며, 그녀의 손을 잡고 일어나는데 기분이 꼭 나쁘지만은 않은 것 같았다. 저 미소를 계속 볼 수만 있다면, 바닥에 주저앉는 것뿐 아니라, 마대자루가 미끄러지듯 널브러져 버려도 상관없을 거라고 생각했다. 물론 둘이 함께 널브러지면 더 좋고!

"이제 가죠. 도윤 씨 많이 힘들어 보이는데?"

이 여자가 끝까지 나를 놀려 먹으려나 보다. 그래도 상관없다. 유쾌한 그녀의 웃음소리를 계속 들을 수만 있다면, 얼마든지 놀려 먹어도 좋다.

도윤은 세영의 손에 이끌려 차에 올랐다.

"운전은 할 수 있는 거죠?"

여전히 키득거린다.

"그, 그럼."

입맞춤을 멈추고 슬쩍 눈을 뜨면 열기 어린 눈동자가 부딪혀 찌릿한 스파크라도 일 줄 알았는데, 도윤은 쿵 하는 소리와 함께 바닥에 주저앉아 버렸고, 세영은 그 모습에 그만 웃음이 터지고 말았다. 아, 이 남자, 이거 어쩌면 좋을까?

오피스텔 앞에 다다르자, 세영이 빙긋이 웃으며 내려 버렸다. 도윤은 얼이 빠진 표정으로 세영이 현관을 향해 걸어 들어가는 모습을 바라보았다. 하루 22마일을 뛰면 뭐하나, 허벅지가 27인치면 뭐하나, 도윤은 멍하니 운전대를 그러쥐고는 집으로 차를 몰았다.

어쩐지 능숙하게 잘 나간다 싶었다. 이 남자 정말 선수 아닌가 하는 생각이 다시 들게 하도록 자신을 잘 이끄는 그의 모습이 불안해질 무렵, 그는 무한한 신뢰감을 주듯 바닥에 주저앉았다.

옷을 갈아입으면서도, 샤워를 하면서도 세영은 우스꽝스러웠지만, 사랑스럽다 느껴질 만큼 멍했던 그의 모습을 떠올리며 키득거렸다.

샤워를 마치고 잠자리에 들려는데, 그에게서 전화가 왔다.

"여보세요?"

— 잊은 게 있잖아.

"뭐요?"

세영이 뭔지 모르겠다는 듯 되묻자, 도윤이 슬쩍 눈을 흘기는 모습이 보이는 듯했다.

— 왜 1년인지.

세영은 또다시 키득거리며 웃었다.

"말해 봐요."

이 남자는 아직도 자신의 마음을 눈치채지 못한 것일까? 입을 맞추고 그렇게 주저앉아 버리면서, 이미 세영의 마음속에도 그가 주저앉아 버렸는데.

— 첫째,

"음, 첫째."

집으로 오는 길, 어떻게 말해야 할지 도윤은 머릿속으로 한참 동안 정리했다. 차라리 얼굴을 보지 않고 전화로 말하는 게 나을지도 모르겠단 생각이 들었다. 그녀와 얼굴을 마주 보고 있으면, 어쩐지 바보가 되어 버리는 것 같으니까.

"계약 기간이 1년밖에 안 남았어."

— 계약은 다시 하면 되잖아요?

"들어 봐."

이것 봐라. 내가 하는 말 다 듣지 않고, 그녀는 되받아칠 말을 먼저 생각하는 것 같다. 아니면, 여자는 남자보다 우월한 언어학적

구조를 가지고 있다는 인간행태연구가 엘렌 피즈의 말이 맞나 보다. 잊지 말고 차근차근 이야기해 보자.

— 알겠어요. 계속해요.

"둘째, 막내 지윤이가 지금 군대에 있어. 1년 뒤에 전역이야."

— 음.

도윤은 숨을 고르고 말을 이었다.

"하물며 친한 친구여도 같은 리그에서 뛰다 보면 사이가 벌어지는 경우가 많아. 우리 형제들의 경우, 나는 미국에 있고, 둘째 호윤이는 일본에 있고, 넷째 기윤이는 한국에 있지."

— 음. 그래서요?

"형제끼리 같은 리그에서 뛰다 보면, 잘하면 잘하는 대로 언론 먹잇감이 되고, 못하면 못하는 대로 상처를 받아. 지윤인 그걸 감당하기엔 아직 어리고. 동생이 그런 일을 겪는 걸 두고 볼 수만은 없고."

— 동생을 위해 선수 생활을 그만두겠다는 거예요?

"그 이유 중 하나가 되는 거지. 지금까지 몸담았던 선수 생활도 중요하지만, 나한테는 내 형제들이 더 중요해."

— 좋은 형이네요.

전화기 너머로 들려오는 세영의 목소리가 어쩐지 슬프게 들리는 건 그냥 착각일까?

— 근데, 형이 한창 잘나갈 때, 그렇게 희생한 걸 알면 동생들이 좋아할까요?

"자, 그럼 좋은 형 코스프레 말고, 진짜 이야기를 해 줄게."

도윤은 또다시 숨을 고르려 한숨을 내쉬었다.

"소년급제(少年及第)라는 말 알아?"

— 어려서 돈과 명예를 쥐면, 인생사의 앞뒤가 바뀐 꼴이 될 수 있다는…… 말이요?

"흠. 옛날 소년기를 지금의 청년기로 볼 수 있지."

— 그래서요?

도윤은 좀 전보다 한결 편안해진 마음으로 입을 열었다.

"어릴 때부터, 내 꿈이 아버지의 꿈인지 동생들의 꿈인지 구분이 되질 않았어. 그저 잘했고, 할 줄 아는 게 그것밖에 없는 거라고 생각했거든. 그런데 조금씩 나이가 들면서 불안해지는 거야. 보통의 사람들이 원하는 것을 이루고 누리는 중년의 나이에 난 모든 것을 잃게 될 것만 같은 불안함이……."

— 흠…….

"늦었다고 생각하면 정말 늦는다며? 늦기 전에 준비하고 싶은 거야. 제2의 인생을."

현명하다고 해야 할까? 겁이 많다고 해야 할까?

— 많이 고민하고 내린 결정이에요?

"그럼."

— 멋지네요. 그런 용기내기 쉽지 않을 텐데…….

세영의 미소가 전화기 너머에서 느껴져, 도윤도 빙그레 웃었다.

— 그럼, 남은 1년이 선수 생활 마지막이 되는 거예요?

"그렇겠지."

— 아쉽다. 나처럼 아쉬워하는 사람들 많을 텐데…….

"잘하는 선수들 많으니까, 대중은 금방 잊어."

— 대중은 금방 잊지만, 팬심은 영원해요.

세영의 말에 도윤이 키득키득 웃었다. 왠지 무거워진 분위기를 가볍게 하려 세영이 입을 열었다.

　"와, 이거 어디 가서 말한 적 없죠?"

　— 없지.

　"나 이거 팔아먹으면 부자 되겠는데요?"

　— 누구한테 들었어요? 하면 뭐라고 할래?

　"한도윤 선수한테 직접 들었어요, 하죠."

　— 한도윤 선수랑 무슨 사이신데요? 하면 뭐라고 할래?

　세영은 대답 없이 피식 웃었다.

　— 뭐야? 1년에 대한 이유를 말해 줬으니, 이젠 대답을 해 줄 차례잖아?

　"그걸 콕 집어서 말로 해 줘야 알아요?"

　— 그럼, 남자들은 어리숙해서 콕 집어서 말해 주지 않으면 몰라. 빨리 말해.

　"못 기다려요."

　— 뭐어?

　전화기 속 목소리가 격하게 솟아올랐다. 도윤의 반응에 세영은 푸시시 웃음을 흘렸다.

　"1년을 기다려 달라는 말……. 일방적인 것처럼 관계를 한정하고, 그 이후에 있을 무언가에 대한 기대감으로 관계를 억지로 이끌어 갈 것만 같아서 싫어요."

　— ……그럼?

　그의 불안한 목소리가 수화기 너머에서 울렸다.

　"우리가 인연이라면 1년 아니라, 수십 년 떨어져 있다고 하더라도 우린 함께할 거예요."

— 그래서?

"1년이라는 한계를 정해 놓고, 무언가를 기대하고…… 시작도 하기 전에 관계가 틀어질까 안달복달하며 날 만날 건가요? 아니면 날 만나는 순간순간에 충실할 건가요? 그리고 군대 갔다 온 남자들이 군화 거꾸로 신고, 지고지순하게 기다린 여자들 뻥 차 버리곤 하잖아요. 내가 기다린다고 했다가 도윤 씨가 글러브 바꿔 끼면 어떡해요?"

그제야 도윤의 웃음소리가 들려왔다.

— 20분 있다가 전화할 테니까, 자지 말고 기다려.

"엥? 왜요?"

— 기다리라면 기다려. 난 네 말대로 지금 이 순간 내 감정에 충실해야겠으니까.

뚝 하고 전화가 끊겼다. 이 남자가, 긍정의 대답을 해 줬다고 지금 전화를 끊어 버린 거야? 세영은 통화 종료 문구가 깜빡이는 화면을 멍하니 바라보다가 침대에 누웠다.

그리고 도윤이 말한 20분에서 15분이 지날 무렵, 또다시 휴대전화가 울렸다.

"여보세요?"

— 문 열어.

"네?"

— 얼른 열어 줘. 복도도 추워.

세영은 화들짝 놀라 침대에서 몸을 일으켜, 현관으로 향했다. 현관문 잠금장치를 푸는 소리와 동시에 현관문이 열렸다. 문을 잡아당긴 이는 도윤이었다.

"도윤 씨, 뭐하는 거예요?"

도윤은 눈앞에 멍하니 서 있는 세영의 팔을 끌어당겨 품에 안았다.

"지금 이 순간에 충실하라며. 너무 보고 싶어서. 이렇게 안고 있고 싶어서."

세영의 기분 좋은 웃음소리가 들려오자, 도윤도 그제야 얼굴에 미소가 번졌다.

"치. 누가 충실하랬지, 충동적으로 굴랬나?"

"아. 그거랑, 그거랑 뭐가 달라? 보고 싶으면 보는 거지? 볼 수 있을 때, 마음껏 봐야지."

째깍째깍 흘러가는 시간이 아쉬웠다. 초침이 시계 두 바퀴를 돌아야 1분이 되는 마법을 부릴 수는 없을까 생각했다. 어느새 입술이 겹쳐졌다. 정신없이 서로의 입술을 맛보고, 입안을 맛보는 사이 둘은 세영의 침대에 포개어 누워 있었다.

달콤한 쉰 음성이 저절로 터져 나올 만큼 가슴이 부풀어 올랐다. 세영이 슬쩍 도윤의 가슴을 밀어내자 입술이 떨어졌다.

"너무 급해요, 도윤 씨."

볼이 발갛게 달아오른 세영이 받은 숨을 몰아쉬며 말했다. 도윤은 세영의 이마에, 볼에, 콧잔등에 입술을 찍어 내고는 빙긋이 웃었다.

"그럼, 막냇동생이 미국으로 가요? 1년 후에?"

말 돌리는 데는 선수구나, 하세영. 도윤은 세영의 옆에 누워 그녀를 품에 안으며 대답했다.

"아니, 지윤이는 한국에 있고, 넷째 기윤이가 가게 될 것 같아."

"아. 그래도 아쉽다. 동생을 동부 리그로 보내면 안 돼요?"

"내가 1년 후에 여기 오는데 좋아해야지, 계속 서운하게 아쉽다고만 할 거야?"

"아쉬운 건 아쉬운 거죠."

도윤은 세영을 꼭 끌어안으며 그녀의 이마에 입술을 가져다 댔다. 딱 붙어 버려서 영원히 떨어지지 않으면 얼마나 좋을까 하는 생각이 들 정도로 도윤은 그녀를 안고 있는 내내, 가슴이 벅차올랐다.

"참 좋은 형이네요, 도윤 씨. 보통 첫째가 첫째 노릇 하기 되게 힘들던데……. 자신이 가진 거, 받을 거 내려놓기도 쉽지 않다고 하던데……."

"너도 첫째잖아. 아래 여동생 하나 있는 거 아냐? 나한테 야구 작작하라던?"

도윤의 말에 세영이 푸시시 웃었다.

"지금은 그래요."

그녀의 작은 몸이 파르르 떨리도록 깊은 한숨을 내뱉는 세영을 도윤은 꼭 끌어안았다.

"지금은 그렇다니?"

"오빠가 있었어요."

"오빠? 친오빠?"

세영은 그의 팔에 닿아 있는 머리를 살짝 끄덕였다. 왠지 그 움직임조차 미세하게 떨리는 것 같았다. 도윤은 세영의 등을 한 번 쓸어내렸다.

세영은 조심스레 입을 열었다. 떨리는 목소리는 끊어질 듯 이어졌고, 울음인지, 한숨인지 모를 소리가 끊임없이 함께 쏟아져 나왔다.

그동안 누구에게도 말할 수 없었던 속엣 말이 그의 품 안에서 녹아들었다.

✽ ✽ ✽

세영보다 여섯 살이 많았던 오빠는 고교 야구 선수였다. 학교를 마친 세영은 날마다 오빠가 있는 곳으로 가서 운동하는 모습을 지켜보다 집에 왔다. 고등학교 기숙사에서 머물며 운동을 하는 오빠였기에, 세영이 오빠를 볼 수 있는 시간은 하루에 고작 2시간도 되질 않았다.

훈련을 마친 오빠는 운동장 스탠드에 앉아 있는 세영에게 달려와 인사를 하고 가곤 했었다.

"오늘은 뭐 배웠어? 숙제 많아?"

"응, 숙제 많아. 다음 주 과학 시간까지 로켓도 만들어 오래."

울상을 짓는 세영의 머리를 오빠가 한 번 슥 쓰다듬었다.

"주말에 오빠가 가서 만들어 줄게."

"정말?"

"응. 준비물 미리 사서 챙겨 놔. 알겠지?"

"응!"

세영이 빙그레 웃으며 고개를 끄덕이자, 오빠도 빙그레 웃어 보이며 고개를 끄덕였다.

바람이 횡— 하고 불어오자, 커다란 기와집 대청마루에 예쁜 단풍잎 하나가 내려앉았다. 와, 예쁘다. 단풍잎의 결대로 조각조각 끊어 내며 장난을 치던 세영이 삐거덕하고 대문이 열리는 소리에 얼른 섬돌 위에 놓인 신발을 신었다.

"오빠!"

"역시 오빠 기다리는 건 세영이밖에 없네? 어머니는?"

"아빠랑 시장 가셨어. 내일 중요한 손님 오신다대?"

"응. 할머니는?"

"주무셔. 내일 새벽부터 일어나셔서 또 엄마 괴롭히시려고."

키득거리는 세영의 머리를 오빠가 한 번 슥 쓰다듬었다.

"원래 할머니 되면 아침잠이 없어진대. 지영이는?"

"놀이터 갔어. 콩알탄으로 마당에서 장난치다가 할머니한테 시끄럽다고 혼나서 잔뜩 뿔나서 나갔어."

"넌 왜 안 갔어?"

"오빠 올 때 돼서. 히히."

세영은 오빠의 손을 꼭 붙잡고 이리저리 돌리며 웃었다. 오빠에게서 운동장 모래 냄새가 났다. 로진(Rosin: 투수들이 공이 미끄러지는 것을 방지하기 위해 손에 문지르는 송진 가루)을 비벼 댄 거친 손이지만, 세영에게는 가장 따스한 손이었다.

"로켓 만들 재료는 사다 놨어?"

"아! 맞다! 깜빡했다!"

세영의 눈이 동그래지고, 손이 저절로 입가로 올라갔다.

"가서 사 오자."

"학교 앞에만 파는데?"

"같이 걸어갔다 오면 되지."

"응, 응."

오빠 손을 붙잡고 학교 가는 길은 언제나 기분이 좋았다. 다들 오빠를 보며 알은척을 했고, 동생이냐며 예쁘다는 인사를 해 왔다. 교복을 입은 언니들은 얼굴을 붉히며 오빠와 세영을 번갈아 쳐다보기도 했다.

"오빤, 여자 친구 없어?"

"응."

"왜 없어?"

"네가 만날 이렇게 내 옆에 붙어 있는데 누가 겁나서 내 여자 친구 하겠어?"

"치, 거짓말."

오빠의 말에 세영은 입을 삐죽 내밀어 보였다. 오빠는 세영의 코를 잡아 비틀며 장난스럽게 웃어 댔다.

"여기 건널목만 건너면 나오는 문방구 있는데, 거기만 팔아. 치사하게."

"그래, 좀만 기다리자."

세영은 커다란 오빠 손을 꼭 붙잡고 이리저리 흔들며 장난을 쳤다. 오빠는 세영의 손을 잡지 않은 다른 손으로 세영의 머리를 쓰다듬어 주며 빙긋이 웃었다.

너무 좋은 우리 오빠. 구름 한 점 없는 가을 하늘처럼 맑은 오빠의 미소를 바라보고 있는데, 어디선가 기분 나쁜 소리가 들려왔다.

끼이익!

저 멀리서 중심을 잃고 이리저리 흔들리는 차 한 대가 무서운 속도로 세영과 오빠가 서 있는 곳을 향해 돌진해 오는 게 눈에 들어왔다.

여긴 인도인데 멈춰 서겠지, 왜 안 멈추지, 어디로 피해야 할까? 하는 찰나의 생각이 세영의 머릿속을 바쁘게 오가는 동안 쿵 하는 소리와 함께 무언가에 감싸진 자신의 몸이 공중으로 붕 떠오르는 것 같았다.

'오빠?'

그리고 세영은 까무룩 정신을 잃었다.

힘겹게 눈이 떠졌다. 목이 잘 돌아가질 않았다. 손도 잘 움직이질 않았다. 발가락을 겨우 꼼지락거릴 수 있는 정도의 세영은 그저 눈만 껌뻑거렸다.

"하세영 환자, 의식 돌아왔어요!"

조용조용 읊조리는 간호사의 목소리가 들려왔다. 세영이 눈을 뜨고 한참이 지나고 나서야 초췌한 모습의 엄마와 아빠가 중환자실로 들어오셨다.

"세영아! 괜찮니?"

"응, 오빠는?"

"어, 여기 중환자실이야, 오빠는 일반 병실에 있어."

"우리 교통사고 난 거야?"

"응."

고개를 끄덕이는 엄마의 얼굴은 잠을 한숨도 못 잔 사람처럼 노랗게 떠 있었다. 세영은 자신이 중환자실에 누워 있어서 그런 거라고 생각했다.

한나절이 지나고, 중환자실에서 일반병실로 옮겨진 세영은 혼자서 걸어 다닐 수 있는 정도가 되었다. 남자 병실에 있다는 오빠를 보러 가려고 하는데, 지영이 세영을 막아섰다.

"언니, 나가지 말랬어."

"왜?"

두 팔을 활짝 펼치고는 작은 몸으로 커다란 병실 문 앞을 가로막고 선 지영의 두 눈에 눈물이 그렁그렁했다.

"어, 어지러워서 넘어지면 또 다친다고."

"하나도 안 어지러워. 비켜. 오빠 병실 어디야?"

"모, 몰라."

"넌 그런 것도 모르냐? 비켜, 간호사실 가서 물어보게."

세영은 울먹이며 병실 문을 가로막고 있는 동생을 밀치고 간호사실로 향했다. 환자들 저녁 식사 시간이 다 되어서인지 간호사실 앞은 텅 비어 있었다. 어디선가 작은 목소리가 들려오는 것으로 보아, 안에서 간호사 언니 두어 명이 이야기를 나누고 있는 것 같았다.

"그러게 안됐지. 걘 오빠 죽은 거 모른대."

"어이구. 어떡하냐. 동생 안고 차를 온몸으로 받았다며?"

"어, 운전자가 음주운전이었대. 그 할머니 난리이더라."

"어휴. 동생은 어째."

두 사람의 대화을 본의 아니게 엿들은 세영은 간호사실 밖에 털썩 주저앉았다.

생각해 보니 이상했다. 일반병실에 있다는 오빠가 자신을 찾아오지 않은 것이. 세영이 더 많이 다쳤다고, 오빠는 괜찮다고 했는데, 자신의 몸을 내려다보니 다친 곳이 별로 없는 것 같았다.

아픈 딸을 두고 엄마와 아빠는 병실을 지키지 않고, 어린 동생 지영만 병실에 두고는 나타나시질 않으신 것도 이상하다 싶었다.

세영은 태어나 처음으로 누가 목을 조르지도 않았는데, 숨이 막히는 것 같았다. 숨이 토막토막 끊기고, 눈물도 나지 않는데, 흐느끼는 소리가 입에서 절로 흘러나왔다.

세영은 천천히 자리에서 일어나 왼팔에 꽂혀 있던 수액 바늘을 뽑아내고, 달리기 시작했다. 다리가 욱신거리는 것도 같았고, 허리가 뒤틀릴 것도 같았고, 팔다리가 떨어져 나갈 것 같기도 했다. 하지만 심장이 버겁게 쿵쾅거리는 것에 비하면 몸의 통증은 아무것도 아니었다.

병원 지하에 있는 장례식장 앞에 섰는데, 망자 이름에 오빠의 이름이 올라 있었다. 망자가 무슨 뜻일까?

세영은 천천히 낮은 계단 몇 개를 내려가 장례식장 안으로 들어섰다.

오빠가 날마다 입고 다녔던 고교야구부 유니폼을 입은 고등학생들의 모습이 눈에 들어왔다. 집에 몇 번 왔다 갔던 야구부 코치와 감독의 모습도 눈에 들어왔다. 그리고 바닥에 털썩 주저앉아 계신 할머니의 모습과 빈소를 지키고 있는 엄마와 아빠의 모습도.

"세영아! 여기 어떻게……."

자신을 부르는 엄마의 목소리가 귀를 울렸다.

"저 계집애만 아니었어도, 우리 귀한 손자 앞세우지 않았을 텐데. 아이고. 아이고. 내 강아지. 아이고."

"어머니! 그게 왜 우리 세영이 때문이에요! 그만하세요."

나 때문에?

다른 쪽 신은 어디로 갔는지, 한쪽 발에만 신겨져 있는 병실용 슬리퍼를 질질 끌며 세영은 빈소 안으로 들어섰다. 빈소 밖에서 나동그라지는 할머니를 아빠가 부축해서 나가셨고, 엄마는 그 모습들을 바라보며 눈물을 떨어뜨리고 계셨다.

대학교 입학원서에 붙일 거라며, 세영에게도 한 장 건네주었던 증명사진이 커다란 검은 리본이 둘러싸인 액자 안에 들어 있었다.

"엄마, 오빠가 왜 저기 있어? 저기 죽은 사람 사진 놓는 데잖아. 오빠 사진이 왜 저기 있어?"

울부짖는 세영을 엄마가 다가와 꼭 끌어안았다. 흐느끼는 울음소리가 제 목에서 나오는 것인지 엄마의 목에서 나오는 것인지 구분이 되질 않았다.

"오빠, 남자 병실에 있다며! 나 퇴원할 때 볼 수 있다며! 오빠가 왜 저기에 있어!"

로켓 만드는 재료 사다 놓을걸, 아니 혼자 만들겠다고 할걸.

세영은 흐린 미소를 짓고 있는 오빠의 사진을 바라보며 한참을 울었다.

"세영아, 겉으론 멀쩡해 보여도, 세영이도 많이 아파. 그만 병실에 올라가자, 응?"

아빠의 말이 세영의 가슴에 커다란 가시가 되어 박히는 것 같았다.

난 왜 멀쩡해 보여? 난 왜 그냥 아프기만 한데, 오빠는. 오빠는 왜.

173

세영은 어디에 물어야 할지 모르는 물음을 삼키며 아빠의 손을 잡고 병실로 향했다.

오빠가 세상을 떠난 지 한 달쯤 되었을 무렵, 세영은 학교에 데려다주겠다는 아빠의 차에 오르지 않고, 걸어가겠다고 했다. 오빠와 손잡고 걸었던 마지막 그 길을 세영은 혼자서 걸었다.

그 횡단보도 앞에 멈춰 섰을 때, 아직도 찌그러져 있는 보행자 신호등 아래로 차바퀴가 미끄러진 자국과 은색 스프레이로 표시된 사람 모양이 있었다. 오빠를 아는 사람들이 그랬는지, 신호등에는 작은 메모지가 붙어 있었고, 국화꽃과 야구공, 배트가 놓여 있었다.

세영은 바닥에 새겨진 은색 스프레이 자국을 물끄러미 바라봤다. 둘이 함께 부딪혔는데, 둘이 나란히 나눠서 다치게 해 주시지, 신은 왜 오빠만 데려갔을까 원망스러웠다. 남매 사이가 부부 사이같이 좋아서 하늘이 노해서 그랬다는, 저 계집애가 오빠를 잡아먹었다는 할머니의 날 선 목소리가 귓가를 울리는 것만 같았다.

그 날, 학교를 마친 세영은 습관적으로 오빠네 학교 운동장을 찾았다. 유니폼을 입고 연습 중인 선수 중에 오빠가 있을지도 모른다는 생각에 마음이 편해졌다. 오빠는 가고 없는데, 제 맘 편하자고 운동장에 찾아오는 자신의 모습이 싫으면서도, 오빠가 가장 좋아했던 공간에 서 있으면 함께 있는 것 같아 기분이 나아지는 것 같았다.

집으로 걸어오는 길, 하얗게 눈이 내리고 있었다. 소복하게 쌓인 눈은 보도블록 위에 있던 스프레이 자국을 감춰 주었다. 마치 아무 일도 일어나지 않았던 것처럼 그렇게 세상이 하얗게 물들어 가는 것이 좋았다.

세영은 하얀 눈이 흩날리는 하늘을 올려다보았다.

눈이 오고 겨울이 오면, 오빠가 집에 있는 시간이 많아서 세영은 참 좋았었다. 그래서 세영은 겨울이 좋았고, 한겨울에 내리는 하얀 눈이 좋았다. 오빠도 그걸 알고 있었다. 마치 오빠가 내려 주는 눈인 듯 세영은 그 자리에 서서 가만히 눈을 감고 오빠의 모습을 그려 보았다.

그렇게 오빠가 죽은 나이인 열아홉을 넘기고, 스무 살이 된 세영은 갑자기 모든 세상이 두려워졌다. 오빠가 해 보지 못했던 것을 자신만 하고 있다는 죄책감에 남몰래 눈물을 흘리기도 했다. 이제 괜찮니, 괜찮아? 하는 물음을 듣기 싫어서 세영은 언젠가부터 늘 웃고 있었다.

쓰러져 있는 자신을 보살피려 아들 잃은 것을 슬퍼하지도 못했던 부모님의 마음을 헤아리게 될수록, 세영은 그저 웃는 것밖에는 할 수 있는 게 없는 것 같았다. 오빠가 살려 준, 오빠를 대신해서 삶을 살고 있다는 생각에 세영은 그 어떤 하루도 헛되이 보낸 적이 없었다.

늘 삶에 충실했고, 언제나 자신의 인생을 소중히 하려고 애썼다. 그것만이 세영은 오빠에게 보답할 수 있는 길이라 여겼다.

그중 세영이 못 한 것이 있다면, 자신의 곁에 소중한 누군가를 한 명 더 만드는 일이었다. 소중한 사람을 얻는 기쁨보다, 소중한 사람을 잃은 슬픔이 더 컸기에.

남모르는 벽을 쌓고 웃음을 짓는 사이 어느새 시간이 흘러가고 있는 듯했다. 그 시간의 흐름 속에서 어쩌다 끼어든 것처럼 보이는 우연한 만남과 함께 생겨난 감정이 세영은 낯설었지만 따스했고, 두려웠지만 반가웠고, 가슴이 떨리는 만큼 소중하게 느껴졌다.

"오빠 이름이 혹시 하준영이야?"

자신의 말을 잠자코 듣고 있던 도윤이 자상한 목소리로 물었다.

"우리 오빠 알아요?"

"어. 그때 봉안당에도 그래서 갔던 거야?"

"네."

"나도 그날 거기 갔었는데."

세영이 손등으로 젖은 눈가를 닦아 내며 얼굴을 들어 도윤을 바라봤다.

"나 중학교 때, 고등학교 형들이랑 전지훈련은 같이 갔었어."

"아. 그럼 혹시 준수 씨도 알아요?"

"그 투수?"

"네."

"아니. 모르겠는데."

세영이 빙그레 웃으며 뾰로통해진 도윤의 얼굴을 손으로 쓰다듬었다.

"우리 오빠 1년 후배였어요. 나도 한 2년 전에 알았어요."

"그랬구나. 근데, 그놈이 너 좋아해?"

"아뇨. 그냥 여동생 같으니까 챙겨 주는 거예요."

여동생을 그런 눈으로 보는 남자는 세상에 없을 거다. 도윤은 딱딱해진 목소리로 대답했다.

"내가 오빠 해 줄 테니까, 그런 놈이랑 어울리지 마."

도윤의 말에 세영이 키득키득 웃었다.

"질투하는 거예요?"

"어, 많이. 그놈은 2주에 한 번은 네 얼굴 볼 거 아냐."

"도윤 씨."

"응?"

진지한 세영의 부름에 도윤은 얼굴을 내려 그녀를 바라봤다.

"아무리 아픈 시간도 결국엔 흘러가더라고요. 아픈 시간 아니잖아요, 우리는. 애틋하고 행복한 시간이지. 너무 조바심 내지 마요. 그리고……."

"그리고?"

세영은 도윤의 가슴에 얼굴을 묻으며 말을 이었다.

"나중을 기약하면, 나중만 생각하다 아무것도 못 해요. 아까 말한 것처럼 순간순간에 충실했으면 해요."

도윤은 파르르 떨리는 세영의 몸을 꼭 끌어안았다.

"근데, 도윤 씨, 안 가요?"

"이러고 있는데, 새삼스럽게 가라고 해. 자고 갈 거야. 잠자코 자."

도윤이 세영의 등을 토닥이자 피식 웃는 소리가 들려왔다.

"진짜 오빠 같네?"

도윤은 세영의 입술에 쪽 하는 소리가 나도록 짧게 입을 맞췄다. 도윤은 아픈 이야기를 꺼내 놓은 세영의 등을 토닥이며 그녀의 이마에 끊임없이 입을 맞췄다.

어느새 세영은 잠이 들었는지 새근거리는 숨소리를 내고 있었다. 그런 아픈 이유로 눈을 좋아한다고는 생각지도 못했다. 또 그녀의 목소리가 주었던 이상한 몰입감과 집중력의 이유를, 도윤은 이제야 알 것 같았다.

준영은 도윤보다 4살 많은 야구부 선수였다. 잘생긴 얼굴에 제구력이 좋은 만큼 인기도 좋았다. 여자 친구가 없기는? 형이 여자 친구가 얼마나 많았는데. 전지훈련을 가는 버스 안에서 준영은 선물로 받은 과자를 나눠 주며, 빙그레 웃곤 했었다. 과자는 별로 좋아하지 않는다며.

여름 방학 전지훈련 마지막 날, 타이어를 어깨로 끌며 달렸던 백사장은 그 자국으로 길게 줄이 늘어서 있었다. 저녁 식사 후 잠시 틈이 나 도윤은 홀로 백사장 위에 앉아 있었다.

"한도윤?"

"네?"

"여기서 뭐 해?"

"그냥요."

도윤의 옆에 철퍼덕 앉은 준영이 바지 주머니에서 담배 한 개비를 꺼내어 입에 물었다.

"형, 담배 펴요?"

"어. 왜? 너도 줄까?"

"아니요."

"한 개비밖에 못 숨겨서, 너 줄 것도 없다."

키득거리는 준영의 웃음에 도윤은 괜히 기분이 좋아졌다.

"뭐 고민 있나?"

"아뇨."

"뭐, 얼굴에 죽겠다고 쓰여 있는데? 그래도 바다에 뛰어들고 그러지 마. 너 건지려면 우리만 고생해."

"그런 거 아니에요!"

도윤이 발끈해서 소리치자, 준영이 뿌연 연기를 내뿜으며 키들키들 웃었다.

"아버지 때문에요."

"아버지가 왜?"

"요즘 잘 못하세요."

투수에서 포수로 전환하고, 1군에서 2군으로 강등되기도 했던 도윤의 아버지, 동수는 은퇴를 종용당하는 야구 선수였다.

"그래서 창피해?"

"아뇨!"

"그럼?"

"안타까워서요."

"착한 아들이네."

준영은 입에 물고 있던 담배를 손끝으로 탁 치며 불씨를 꺼트리고는 다시 바지 주머니에 꽁초를 넣었다.

"너희 아버지, 지금까지 이뤄 놓으신 것만으로도 훌륭하신 선수야. 너무 속상해 마. 그럴수록 네가 더 열심히 해야겠네."

"네……. 근데 다른 쪽으로도 속상해요."

준영은 흐릿한 담배 냄새를 풍겨 오며 되물었다.

"뭐가?"

"자꾸 아버지랑 비교당해요. 아버지는 몇 살 때 뭘 했다, 아버지는 투구 폼이 어떤데, 아들은 어떻다."

"흐음."

준영은 어느새 붉은빛으로 물든 바다를 바라보며 한숨을 내쉬더니, 도윤의 머리를 마구 헝클어뜨렸다.

"배부른 소리 하고 앉았네. 울 아부지가 한동수 선수였으면, 난 아마 날아다녔을 거다! 들어와. 쓸데없는 생각하지 말고."

말은 그렇게 하면서, 준영은 도윤을 볼 때마다 말을 걸어 주고, 챙겨 주곤 했다.

"누가 뭐라든 네 마음이 굳게 서 있다면, 거리낄 게 없을 거야. 다른 사람이 하는 말에 귀 기울이지 말고, 네 마음이 하는 말에 귀를 기울여. 자기 마음을 다스리지 못하면 좋은 투수뿐 아니라 좋은 남자도 되지 못해."

아버지 말고, 존경할 수 있는 사람이 생겼다는 건 참으로 신기한 일이었다.

그렇게 가을이 지나가던 어느 날 거짓말처럼 준영이 세상을 등졌다. 그리 친한 사이는 아니었다. 친해질 수도 없을 만큼 준영은 높은 곳에 있는 것 같기도 했었다.

도윤에게 했던 것처럼 선수 하나하나를 챙기던 준영의 죽음 앞에 야구를 그만둔 선배들도 있다고 들었다. 영구차가 고등학교 운동장을 돌아나가던 모습이 아직도 눈에 선한 것 같았다.

마음이 불편해지고, 털어놓을 곳이 없을 때 도윤은 그의 봉안당을 찾곤 했다. 앞에 서서 한참을 있다 보면, 마음이 편안해지는 것 같기도 하고, 이상한 위안을 받는 것 같은 기분이었다.

그러다 서너 번 자신보다 먼저 그곳을 방문해 그 앞에 서 있던 여자를 본 적 있었다. 도윤은 뒤편에 몸을 숨기고 서서 그녀가 가

길 기다렸다가 준영을 보고 돌아가곤 했다.

그러기를 몇 번, 처음엔 그저 그녀가 빨리 가길 바랐는데, 나중엔 그녀가 조용히 읊조리는 말들이 무엇인지 궁금해 자신도 모르게 귀를 기울였다.

세영의 목소리에 대한 몰입감의 이유였다.

도윤은 가만히 잠든 그녀의 얼굴을 내려다보았다. 그동안 얼마나 많이 울었을까, 자신도 아프다는 것을 티 내지 못하고 힘들어했을 그녀를 생각하니 가슴 한구석이 짠해졌다.

'어차피 시간은 흘러가게 되어 있어요.'

봄이 오기 전 가야 한다는 도윤의 말에 대한 세영의 대답이 가진 의미를 이제야 알 것 같았다. 그리고 지금을 살아가는 순간에 충실하자는 그녀의 말도.

도윤은 소중한 보물이라도 발견한 듯 세영의 뺨을 가볍게 쓸어내리며, 보듬었다.

평생의 가장 길고, 가장 아련한 일 년이 둘 앞에 기다리고 있었다.

아련하고, 그리움 가득할 것만 같은 그 1년이라는 시간이 시작되기 전! 둘에게 작은 폭풍이 불어닥친 것은 바로 다음 날 아침이었다.

삑 삐비빅. 띠로리!

응? 이거 현관문 잠금장치 푸는 소린데? 세영이 눈을 번쩍 뜸과 동시에 침실 문이 열리는 소리가 들렸다. 거실 불이 켜져 있는지, 환한 불빛이 새어 들어왔다.

"에구머니나!"

방문을 열어젖혔다가 황급히 닫고 나간 사람은 지영이었다. 시계를 보니 새벽 5시 반이다. 아직 닭 울음소리도 나지 않았을 것 같은 꼭두새벽부터 쟤는 또 여기 왜 왔을까?

세영은 자신의 몸을 휘휘 감고 있는 도윤의 팔을 풀어내고 침대에서 일어났다. 다시 한 번 느끼는 거지만, 그의 자는 모습은 참 반듯하게 잘생겼다.

환한 거실로 나가 보니 오만 가지 감정을 담고 있는 듯한 지영이 팔짱을 낀 채로 서 있었다.

"누구야?"

"이 시간에 왜 왔어?"

"언니 주말에 집에도 안 오고, 어제 전화도 없었다고. 바쁜 것 같은데, 아침이라도 챙겨 주고 괜찮은지 보고 오라고 엄마가 그러셔서."

"어휴."

세영은 곤란한 듯 이마를 쓸어 넘기며 한숨을 내쉬었다.

"주말에 동호회 모임 있었어."

"그노무 동호회는 진짜! 저 남자 동호회 남자야? 그때 전화했던?"

"목소리 낮춰, 하지영."

세영이 조용히 하라며 입에 검지를 가져다 대자 지영의 눈빛이 형형하게 빛났다.

"어젠 일 때문에 바빴던 건 아닌 거 같네?"

"이게 진짜! 그런 거 아니야."

"뭐가 그런 거 아니야? 그럼, 청춘 남녀가 손만 꼭 붙잡고 잠만 잤어?"

"어."

지영은 얼이 빠진 표정으로 세영을 바라봤다.

"저 바보."

"넌 그게 지금 언니한테 할 소리야?"

순간 벌컥 하고 침실 문이 열렸고, 얼이 빠진 사람이 한 명 더 거실에 추가되었다. 도윤을 마주한 지영은 턱이 무릎까지 내려와 있는 것처럼 보였고, 눈은 곧 빠질 것처럼 튀어나와 있는 듯했다.

"그, 그러니까. 저기."

"안녕하세요? 저한테 야구 작작하라고 하셨던 동생분 맞으시죠?"

"어머! 어머!"

지영은 화들짝 놀라 뒷걸음질 치며 소파에 주저앉았다. 그 모습을 본 도윤이 환한 미소를 흘렸다. 그의 미소에 지영은 눈만 껌뻑거릴 뿐 말을 잃은 사람처럼 멍해지는 것 같아 보였다.

"아, 실례지만 저 먼저 세수 좀⋯⋯."

"아, 예. 그러셔야죠."

도윤이 욕실 문을 열고 들어가자, 지영은 소파에서 벌떡 일어나 세영의 팔뚝을 찰싹거리며 호들갑을 떨어 댔다.

"어머! 어머! 언니, 웬일이니, 웬일이야! 숙맥인 줄 알았는데, 한도윤을 침대로 불러들인 거야? 무슨 수로? 어머! 어머!"

"너 조용히 안 해?"

세영은 키득거리는 지영의 입을 막으며 미간을 좁혔다. 지영이 제 입을 막은 세영의 손을 끌어내리고는 의미심장한 눈빛으로 물었다.

"근데, 저 허벅지랑 그냥 잠만 잤다고?"

"그렇다니까!"

"혹시⋯⋯."

지영은 팔짱을 낀 채로 허공을 바라보며 심각한 듯 물었다.

"한도윤 성기능 장애 있는 거 아냐?"

"뭐어?"

세영이 뜨악한 얼굴로 되묻자, 지영은 아주 심각한 표정으로 말했다.

"저 허벅지를 그냥 둔 언니도 이상하고, 저 하드웨어를 활용하지 않는 한도윤도 이상한데?"

"아줌마, 애들 깨기 전에 집에 가셔."

"싫어. 한도윤 선수 얼굴 한 번 더 보고 가야지!"

지영은 소파에 앉아서 턱을 받치고, 그가 나오기를 기다렸다.

"언니."

"응?"

커피를 내리고 있는 세영을 지영이 쳐다봤다.

"혹시 애들 동화책 읽어 준 사람도 한도윤 선수야?"

"어? 어."

"어머, 어머! 은민이가 동화책을 아저씨가 읽어 줬다고 하기에 무슨 소린가 했더니."

지영이 뭐라 말을 덧붙이려는 찰나, 도윤이 욕실 문을 열고 나왔다. 머리끝이 살짝 젖은 채 말간 얼굴을 빛내는 그를 보고 두 여자는 얼굴을 붉혔다.

"아, 그때 일 사과드리려고 기다리고 있었어요. 그럼, 전 이만 가 볼게요! 언니, 나중에 봐."

눈을 찡긋하며 현관을 나서는 지영을 보고 세영은 당분간 동생을 피해 다녀야겠다고 생각했다. 지영이 나가고 나자, 도윤이 피식 웃으며 세영을 바라봤다.

"동생이 참……."

도윤이 뭐라 말을 하려는데, 현관문이 다시 급하게 열렸다. 하지영, 입 다물어라.

"저기, 한도윤 선수! 우리 언니 연애 안 해 봐서 아무것도 할 줄 몰라요! 아마 하나하나 가르쳐야 할 거예요."

쾅, 현관문이 닫히고, 세영은 얼굴이 벌게진 채로 그 자리에 굳어 버렸다. 도윤은 부끄러움에 고개를 푹 숙이고 있는 세영에게 성큼 다가섰다. 향긋한 비누 냄새가 코끝에서 느껴지자, 심박동 수가 놀라울 정도로 빠르게 치솟았다. 도윤은 세영의 허리를 끌어당겨 품에 안고는 그녀의 작은 입술에 쪽 하는 소리가 나도록 입을 맞췄다.

"잘 잤어?"

"네."

세영의 배 위에 닿은 단단한 무언가가 불끈거리는 게 느껴졌다. 이마부터 시작해서 뺨, 턱, 목까지 입술을 찍어 대며 더운 숨을 내뱉는 도윤의 목소리가 조금 쉬어 있었다.

"난 잘 못 잤는데."

"잘만 자던데요, 뭐."

여전히 입술을 지분거리고 있는 그의 움직임에 세영은 온몸이 화끈화끈거리는 것만 같았다.

"동생 말 잘 안 듣는 언닌가? 잘 듣는 언닌가?"

"잘 안 듣는 언니요."

등허리를 오르락내리락하는 그의 커다란 손이 만들어 내는 감각에 세영은 다리가 후들거렸다. 도윤은 그녀의 그런 반응을 즐기는 듯 계속해서 몸을 밀착시켰다.

"지금도 동생 말 들을 생각은 없고?"

"추, 출근 준비해야 해요."

도윤은 그녀의 귓불을 빨아들이다 말고 손목에 있는 시계를 들여다보았다. 아침 6시. 지금 시작한다면 끝도 없이 그녀를 안고 싶어질 것만 같았다.

"그럼, 동생 말은 다음엔 꼭 들도록 해. 하나하나 잘 가르쳐 줄 테니까."

"아침 먹고 가요. 동생이 반찬 가져왔어요."

"주면 먹지!"

생긋 웃는 도윤의 얼굴을 보며, 세영도 그제야 피식 웃음을 흘렸다.

✳ ✳ ✳

그가 한국에 머물렀던 짧은 시간은 빠르게 흘러갔다.

'전화 자주 못 할 수도 있어.'

'내가 전화를 못 받을 수도 있어요.'

세영의 말에 도윤은 푸시시 웃었다.

경기나 훈련에 영향을 줄까 싶어서 그가 집에도 전화를 잘 하지 않는다는 사실은 여러 인터뷰에서 본 적 있었다. 어차피 시간은 흘러갈 거라며 '이 모든 것은 지나간다.'고 했던 솔로몬 버금가는 말을 해 놓고, 세영은 온종일 울리지 않는 휴대전화를 흘끔거렸다.

아, 나 이름을 바꿔야겠다. 하세영 말고 허세영으로. 그렇게 허세나 부리지 말걸. 그냥 자주 전화하라고, 많이 보고 싶을 거라고 말할걸.

미국에 잘 도착했다는 전화가 왔었다. 이제 팀 훈련에 들어갈 예정이라는 전화가 왔었다. 그리고 스프링캠프 때문에 어디론가 간다는 전화가 왔었다. 새벽녘 깨워서 미안하다는, 목소리가 듣고 싶었다는 전화도 왔었다. 그렇게 일주일에 한 번씩은 그에게서 전화가 왔다.

전화 속 목소리는 언제나 같았다. 낮은 웃음을 흘리며, 마지막에 보고 싶다고 말하는 그의 말에 가슴 한구석이 뜨거워지고, 눈물이 핑 돌 것만 같았다.

그가 미국으로 떠나기 전까지 하필 세영은 그만둔 팀원의 일까지 맡아 하며 야근을 밥 먹듯이 해야 했다. 주말에는 어머니를 도와야 했고, 그도 나름의 생활이 있었기에 함께할 수 있는 시간은 많지 않았다.

주로 차 안에서 만났던 둘은 만나자마자 입술이 딱 붙어서는 떨어질 줄 몰랐다. 그러다 집에 들어가면, 미처 하지 못한 이야기를 나누기 위해 밤늦도록 휴대전화를 붙들고 통화를 하다가 잠이 들곤 했었다. 그와 함께하는 시간은 너무도 빠르게 흘러갔다.

그런데 그가 떠나고, 그가 없는 세영의 시간은 지독히도 느리게 흘러가는 것 같았다. 처음 시계를 만들고, 시간의 흐름을 계산한 이들이 간과한 것이 있는 것 같았다. 누군가와 함께하는 시간과 그 누군가가 없는 시간. 이 둘이 똑같은 시간이라 할 수 있을까?

세영은 일에 집중하자며 한숨을 한 번 내쉬고는 모니터를 바라봤다. 키보드를 두드리는 세영의 손이 기계적으로 움직이며 타닥거리는 소리를 만들어 냈다. 커다란 모니터를 뚫어져라 바라보며 복잡하게 얽힌 계약서 조항 수정에 집중한 탓인지 눈이 뻑뻑해질 지경이었다.

세영이 짙은 한숨을 내뱉는데, 소연이 의자를 드르륵 밀고 와서는 세영의 옆에 앉았다. 또, 무슨 말씀이 하고 싶은 걸까?

"겨우내 기분 좋더니? 왜 그래요?"

"뭐가?"

"요즘 계속 저기압이잖아요? 무슨 일 있어요?"

"일은 무슨!"

세영이 레터지에 계약서를 출력해서 클리어파일에 끼우고는 최 부장의 자리에 올려 두었다. 시즌 개막을 앞두고, 샌프란시스코에 있는 호텔과의 계약이 성사되기 직전이었다.

"우리 과장님 기분도 안 좋으신데, 우리 회식해요, 과장님."

소연은 콧소리를 내며 세영의 팔뚝을 끌어안았다. 요 계집애가 어디서 교태야?

"일 쌓여 있는 거 안 보여?"

"딱 맥주 한 병씩만 마시고 와서 다시 일하면 안 돼요? 맥주 한 병이 불러일으킬 사기진작(士氣振作) 효과를 잘 아시면서."

"걸리면 나 잘려."

"에이, 안 걸리면 되지."

소연의 말에 사무실에 남았던 팀원 5명이 일제히 초롱초롱한 눈을 밝히며 세영을 바라봤다. 벌써 일주일째 야근을 하는 팀원들의 얼굴은 말이 아니었다. 어휴, 저 승냥이들. 세영은 주먹을 불끈 쥐고 자리에서 일어났다.

"그래. 가자, 가. 명찰 빼. 머리 풀고!"

"네!"

세영을 포함한 여자 여섯이 도착한 곳은 호텔 지하에 있는 클럽이었다. 퇴근 시간이 지나도 한참 지난 클럽은 이미 많은 사람으로 북적였다.

클럽 구석에 모여 맥주를 마시며 신 나게 몸을 흔들어 대는 팀원들을 보고 세영은 헛웃음을 흘렸다. 저게 저렇게 좋을까?

시계를 보니 아직 20분밖에 지나지 않았다. 딱 30분만 더 있다가 사무실로 올라가자고 해야겠다고 생각한 찰나 눈앞에 총지배인의 얼굴이 보였다.

"하 과장. 나 좀 보지."

저승사자 같은 그의 등장에 세영은 하늘이 무너져 내리는 것 같았다. 총지배인의 표정이 심상치 않았다. 아, 내 탓이오. 세영은 그의 뒤를 잠자코 따르며, 풀려 있던 머리를 다시 묶고, 옷매무시를 고쳤다.

책상 앞에 앉은 총지배인의 표정이 좋지 않았다.

"좀 미안한 이야기를 해야 할 것 같은데."

나, 이대로 호텔에서 잘리는 건가?

"하 과장, 표정이 왜 그래?"

"네?"

"아, 아. 클럽. 그건 뭐, 업무시간도 아니고, 힘들게 일하다가 내려간 거 같은데, 신경 쓰지 마."

총지배인은 미간을 구긴 채로 책상를 톡톡 두드리며 말을 이었다.

"미국 비자 있나?"

"전자여권입니다."

"그럼, 당장 이 일정대로 ESTA(Electronic System for Travel Authorization: 전자여행허가제) 승인부터 받고, 내일 출국이야."

"네?"

세영은 고개를 갸웃하며 총지배인을 바라봤다.

"내일 최 부장이 가기로 한 거, 하 과장이 가야 할 것 같아. 최 부장 부인이 한 달이나 빨리 애를 낳았대."

브라보! 최 부장님 득녀를 진심으로 축하합니다! 세영은 터져 나오려는 웃음을 참으려 혀끝을 깨물었다.

"근데……."

"네?"

"직항이 만석이라, 오며 가며 고생을 좀 해야 할 것 같은데……."

그깟 고생이야 사서도 할 수 있는걸요. 세영은 일부러 안타까운 표정을 지어 보이며, 고개를 푹 숙였다.

"일본 거쳐서 산호세로 가는 일정이야."

"산호세요?"

"LA나 시애틀 거쳐서 샌프란 들어가는 비행기는 시간이 맞질 않아서. 일단 산호세 공항에 가면 그쪽 호텔에서 픽업 나와 있을 거야. 뭐, 산호세에서 샌프란 가까우니까. 괜찮지?"

에헤라디야! 제가 춤이라도 춰 드려야 괜찮다는 게 증명이 될까요? 세영은 고개를 끄덕이며 그저 빙긋이 미소 지었다.

생각했던 것보다 비행은 훨씬 고됐다. 10시간 반이면 닿을 수 있는 거리를 일본을 경유하고, 산호세에서 내리니 집을 떠난 지 스무 시간은 된 것 같았다. 아고, 죽겠다. 세영은 만사 제쳐놓고, 일단 호텔에 가서 잠을 청하고 싶었다.

경기장에서 제법 가까운 곳에 있는 호텔은 여러모로 훌륭해 보였다. 세영은 대충 짐을 풀고 호텔 방에 있는 커다란 창을 통해 뿌연 해무가 낀 풍경을 내려다보았다. 여기 어딘가에 그가 있다. 그 사실 하나만으로도 세영은 가슴이 벅차올랐다.

이튿날, 아침 일찍부터 시작된 일정은 빡빡하게 진행됐다. 아침 식사를 하며 조식 레스토랑의 분위기, 메뉴와 맛을 살피고, 오전에 진행되는 호텔 프로그램에 참여하고, 점심도 호텔에서 먹었다. 언어만 다를 뿐 여기가 한국인지, 미국인지!

괜히 신경이 쓰일까 싶어 직접 그에게 전화를 걸었던 적은 한 번도 없었다. 세영은 파르르 떨리는 손가락을 움직여 그의 휴대전화로 전화를 걸었다. 역시나 꺼져 있다. 메시지를 남길까 하다가 이내 종료버튼을 눌렀다. 이렇게나 가까운 곳에 있는데…….

오후 일정을 마치고, 샌프란시스코 호텔 담당자와 마주 앉아 계약서에 서명하는 것으로 일이 마무리되어 가고 있었다.

「야구 좋아하세요?」

초록 눈의 샌프란시스코 지배인이 세영에게 물었다. 세영의 얼굴에 저절로 미소가 지어졌다.

세영의 목소리를 한번 듣고 나면 시간이 멈춰 버린 듯 더디게 흘러가는 것만 같았다. 그녀는 자신이 신경 쓸까 봐 전화도 하지 못하는 것 같았다. 아, 전화하라고 막 졸라야 하나? 그러다 내가 계속 못 받으면 서운해할 텐데…….

몸이 너덜거려질 정도의 격한 훈련을 마치고, 집으로 돌아와 침대에 누우면 그날의 기억이 자꾸만 머릿속에 떠올랐다. 바르작거리는 작고 가녀린 몸을 품에 안고 하얗게 밤을 지새우다 새벽녘 겨우 잠이 들었던 날.

안고 싶다는 생각은 당연히 했다. 하지만 그녀를 혼자 두고 가야 하는 상황에서 제 욕구를 충족시키자고 몸을 가볍게 놀릴 수는 없었다. 잘했다는 생각이 들기도 하고, 차라리 맘껏 안아 보고 올 걸 하고 후회가 되기도 했다.

언제쯤 다시 볼 수 있을까 싶었다. 시간은 흘러간다 했지만 그 속도가 답답하게 느껴질 만큼 더디게 흐르고 있었다.

오후 훈련까지 마치고, 샤워를 한 뒤 라커룸에서 짐을 가지고 나오는데, 누군가 도윤을 불러 세웠다. 고개를 돌려 보니, 부단장이 서 있었다. 구단을 후원하는 기업 중 한 곳에서 저녁 식사를 함께 할 수 있겠느냐는 제의가 들어왔는데, 약속 없이 급하게 연락이 온 거고, 꼭 가지 않아도 된다고도 했다. 어디냐고 물으니 경기장 근처에 있는 호텔이라고 했다.

호텔? 지금쯤 한국에 있는 강산 호텔에서 아리따운 모습으로 일을 하고 있을 세영이 떠올라 도윤은 피식 쓴웃음을 지으며 고개를 끄덕였다. 이토록 누군가를 그리워하고, 보고 싶어 했던 적이 있었던가?

부단장과 함께 도윤은 호텔로 향했다. 휴대전화를 만지작거리며 한국 시각을 계산해 보았다. 저녁 8시니까, 한국은 점심때쯤 되었을 것 같았다. 계속 꺼져 있던 휴대전화의 전원을 켰는데, 부재중 전화가 여러 건 들어와 있었다.

그중 심장이 덜컥 내려앉을 번호가 보였다. 한 번도 그녀가 직접 전화를 했던 적은 없었는데, 무슨 일이 생긴 걸까? 이 시각이면 한국은 새벽이었을 텐데…….

걷잡을 수 없는 두려움이 온몸을 휘감았고, 심장이 둥둥 크게 울려서 머리가 지끈거릴 정도였다.

호텔 지배인이 안내하는 식사실로 들어서자, 주황색 머리칼과 초록 눈이 짓궂어 보이는 인상의 남자가 인사를 건네 왔다. 그리고 그 옆에 그녀가 서 있었다.

세영은 환한 미소를 지으며 만나서 반갑다는 인사를 건네 왔다. 여기 와 있었구나. 그래서 전화를 한 거였구나. 도윤의 경기를 보러 오는 한국 사람들을 위해 두 호텔이 제휴를 맺고 패키지 상품을 개발 중이라고 했다.

1년밖에 선수 생활이 남아 있지 않아서 어떡하느냐는 부단장의 말에 그저 세영은 예의 바른 미소를 지어 보이며, 다른 훌륭한 선수들도 많으니 괜찮다고 했다. 그녀의 고운 목소리를 직접 듣고 있는 것만으로도 도윤은 눈물이 핑 돌 것만 같았다.

잿빛 원피스에 까만 재킷을 입고 있는 그녀의 모습은 눈이 부시

도록 아름다웠다. 당장 손을 뻗어 품에 안고 이리저리 입을 맞추고, 놓아주고 싶지 않을 만큼 사랑스럽기도 했다. 도윤은 주먹을 꽉 그러쥐며 두근거리는 심장을 잠재우려 한숨을 내쉬었다.

식사가 끝나 갈 무렵, 지배인과 부단장은 따로 할 이야기가 있다며 식사실을 나섰다.

"언제 왔어?"

"어제요. 출장이 갑자기 정해져서……."

수줍게 웃는 그녀의 얼굴을 마주하자, 도윤의 얼굴에도 미소가 번졌다.

"연락하지 그랬어."

"휴대전화 꺼져 있던데요."

"하아……."

도윤은 자꾸만 열이 오르려는 몸을 잠재우려 숨을 길게 내쉬었다.

"그럼 언제 가?"

"일요일 낮에요."

도윤은 재빨리 날짜를 계산해 보았다. 오늘이 수요일이니까, 며칠간은 그녀의 얼굴을 볼 수 있을 거란 생각에 가슴이 쿵쾅거렸다.

"계속 바빠?"

"아뇨. 일은 다 끝났는데…… 리턴이 다 만석이라……. 일요일에 가요."

"그럼 뭐 할 거야?"

"글쎄요."

장난스럽게 대답하는 세영의 얼굴을 보며 도윤은 피식 웃음 지었다.

"휴대전화 로밍은 해 온 거지?"

"네."

"호텔 나가서 전화할게. 여기 묵는 거지?"

세영은 붉어진 얼굴로 고개를 끄덕였다.

이야기가 끝났는지, 식사실을 나섰던 둘이 다시 안으로 들어왔
다. 세영에게 사인을 해 주고, 함께 사진을 찍고 어색하게 인사를
나눈 뒤 도윤은 호텔을 나섰다.

식사를 마치고, 방으로 돌아온 세영은 입 밖으로 튀어나오려는
심장을 잠재우느라 숨을 몰아쉬었다. 계속해서 한숨을 내쉬었더니,
머리가 핑그르르 도는 것만 같았다. 방에 들어온 지 10분쯤 지났
을까? 휴대전화가 울렸다.

"여보세요?"

― 호텔 앞에 차가 한 대 세워져 있을 거야. 내 차는 아니고. 문
자로 차량 정보 찍어 줄 테니까, 그거 타고 와.

"어디로요?"

― 나한테로.

도윤의 대답에 세영은 새어 나오려는 신음을 집어삼켰다. 입술
이 바싹 마르고, 손끝이 파르르 떨리고 있었다.

"15분만 있다가 내려갈게요."

― 왜?

"여자한테 그런 거 묻는 건 실례예요."

도윤이 또다시 기분 좋은 웃음을 흘렸다.

— 얼른 와. 기다리다가 쓰러질지도 몰라.

"네."

세영은 간단히 샤워를 하고, 다시 옅게 화장도 했다. 면세점에서 새로 산 향수도 뿌리고, 혹시나 몰라 챙겨 왔던 레이스 속옷으로 갈아입고, 몸에 밀착되는 까만색 원피스를 입었다. 살갗에 닿아 오는 실키한 안감의 느낌에 세영은 온몸이 떨려 오는 것만 같았다.

로비에서 올라탄 차가 10분 넘게 달려 주택가로 들어서는가 싶더니, 커다란 철제문을 지나 마당으로 들어섰다. 기사는 세영에게 내리라며 고개를 까딱해 보였다.

차에서 내리니, 노란 불빛이 내려앉은 커다란 현관문 앞 층계에 아이보리색 니트에 청바지를 입은 도윤이 두 팔을 벌리고 서 있었다. 세영은 물끄러미 도윤이 서 있는 곳을 바라보았다.

도윤은 그녀의 모습이 보이기 시작한 순간부터 심장이 터져 버릴 것 같았다. 빙긋이 미소 짓는 그녀가 천천히 걸어왔다. 너른 가슴에 안겨 오는 그녀를 도윤은 꼭 끌어안았다.

"향수 바꿨어?"

세영은 도윤의 가슴에 기댄 머리를 그저 끄덕이기만 했다. 너무 떨려서 이상한 목소리가 새어 나올 것만 같아 세영은 입을 열 수도 없었다.

"들어가자."

도윤의 손에 이끌려 현관에 들어서자마자, 서로의 입술이 포개어졌다. 급하게 움직인 탓인지 서로의 치아가 부딪혀 따닥 하는 소리가 들릴 정도였다. 도윤은 세영의 머리부터 허리까지 두 손으로 쓸어내렸다가 다시 오르기를 반복하며 그녀의 떨리는 몸을 꼭 안았다.

세영이 밭은 숨을 몰아쉬며 도윤을 슬쩍 밀어냈다.

"여기……. 살아요?"

"응."

"혼자 되게 좋은 집에 사네요."

"집 구경시켜 줄까?"

세영이 고개를 끄덕이자, 도윤이 일부러 미간을 좁히며 고개를 내저었다. 얼굴에 홍조를 띤 채 눈을 동그랗게 뜨고 자신을 올려다보는 세영의 모습에 도윤은 피식 웃음을 흘렸다.

"내가 그동안 얼마나 많이 참고 기다렸는데. 지금도 그러라는 거야?"

세영이 윗니로 아랫입술을 지그시 깨물며 비틀어 보이자, 도윤이 엄지로 세영의 아랫입술을 슬쩍 쓸어 냈다. 세영이 헉 하고 숨을 들이마시는 모습에 도윤도 크게 숨을 들이마시며 그녀를 번쩍 안아 올렸다.

2층까지 이어진 듯 보이는 통 유리창이 있는 거실을 지나 허스키한 은색 철제 계단을 오른 도윤은 곧장 침실로 향했다. 대리석 바닥에 세영의 발이 닿도록 살포시 내려놓은 그는 그녀의 뒤에 서서 탐스럽게 흘러내리는 머리카락을 쓸어내렸다. 세영이 얕게 숨을 내쉬는 소리가 들려왔다.

세영은 천천히 방 안 풍경을 둘러보았다. 커다란 침대가 한가운데 놓여 있고, 방의 한쪽 면을 꽉 채운 커다란 창에는 전자동 블라인드가 내려져 있었다. 침대 양옆에 놓인 장 스탠드와 벽에 걸린 그림을 비추고 있는 할로겐 조명이 커다란 방을 어스름하게 밝히고 있었다.

"혼자 사는 것치고 침대가 크네요?"

세영의 말에 도윤이 피식 웃음 지었다.

"너같이 가녀린 여자도 퀸사이즈 침대를 혼자 쓰는데, 나같이 기골이 장대한 남자가 저 정도는 써야지?"

도윤은 등허리까지 내려오는 그녀의 머리를 오른쪽 어깨로 흘러내리도록 모아 놓고는, 그녀의 등 뒤에 있는 원피스의 지퍼를 내리기 시작했다. 지퍼가 내려가는 소리에 그녀를 본 순간부터 날뛰기 시작한 아랫도리는 터질 듯 부풀어 올랐다.

그의 손이 주는 감각에 세영은 질끈 눈을 감았다. 지퍼를 내리며 간간이 손끝이 등허리에 닿을 뿐이었는데, 온몸이 따끔거릴 만큼 열이 오르는 것만 같았다. 지퍼를 다 내렸는지, 도윤의 거친 숨소리가 들려옴과 동시에 검은 옷자락이 발아래로 툭 떨어졌다.

투명하도록 맑은 그녀의 피부 위에 하얀 레이스 조각이 올라 있었다. 도윤은 천천히 숨을 고르며 그녀를 꼭 끌어안았다.

"앞모습을 못 보겠어."

"왜요?"

"또 주저앉을까 봐."

도윤의 엄살에 세영이 푸시시 웃음을 터뜨렸다.

"바보같이."

"그래, 나 바보야. 하세영 앞에만 서면 바보가 되는 것 같아."

바보라는 말을 내뱉으며 도윤은 세영의 어깨에 입술을 찍어 내기 시작했다. 부드러운 살결과 그녀의 살 냄새가 너무도 달콤했다. 도윤은 납작한 배를 쓰다듬던 손을 조금씩 위로 움직였다. 까슬한 레이스 조각 밑에 자리한 그녀의 몰캉한 가슴을 움켜쥐자 세영의 입에서 밭은 숨이 터져 나왔다.

"도윤 씨."

열망 어린 세영의 목소리는 도윤을 자극하기에 차고도 넘쳤다.

도윤이 브래지어 끈을 잡아 내리고 훅을 풀어내자, 꽉 묶여 있던 가슴이 드러난 탓인지 세영의 심장이 더 세차게 뛰는 것 같았다.

도윤은 손을 등 뒤로 뻗어 얇은 니트를 벗어 던졌다. 단단한 몸으로 그녀의 여린 몸을 감싸자 세영이 숨을 멈춘 듯 긴장하는 게 느껴졌다.

"세영아."

"네?"

그저 그녀의 이름을 부르고, 대답하는 소리를 들었을 뿐인데 도윤은 세상 전부를 얻기라도 한 듯 얼굴에 미소가 번졌다. 도윤은 세영을 번쩍 안아서는 침대로 향했다. 커다란 침대 한가운데 그녀를 눕히자 세영이 또다시 숨을 몰아쉬었다.

차가운 침대 시트에 몸이 닿자 온몸으로 그의 향기가 느껴졌다. 그도 이런 기분이었을까? 그날 밤 자신을 안고 침대에 누웠을 때, 이렇게도 자신을 원하고 있었을까? 이런 감정을 어떻게 참아 냈을까? 하는 생각에 세영은 도윤이 무척이나 사랑스럽게 느껴졌다.

"도윤 씨."

"응?"

도윤은 두 팔을 세영의 양옆에 짚고, 그녀를 자신의 두 팔 안에 가둔 채 내려다보고 있었다. 온전히 자신에게 맡겨진 그녀의 모습이 미치도록 아름다웠다.

"고마워요."

"뭐가?"

"기다려 줘서."

세영의 말에 도윤이 피식 웃음을 터뜨렸다.

"내가 해야 할 말을 대신 해 준 거야?"

세영은 베개에 닿아 있는 머리를 슬쩍 흔들어 보였다. 도윤이 천천히 얼굴을 내려 세영의 입술에 입을 맞추기 시작했다. 뜨거운 혀가 맞닿아 서로를 빨아들이고, 맛보면서 어느새 둘은 실오라기 하나 걸치지 않은 상태가 되어 있었다.

떨어지기 아쉽다는 듯 간신히 두 사람의 입술 사이에 작은 공간이 생겨나자 세영의 입에서 헉 하는 소리가 터져 나왔다. 도윤의 손이 어느새 세영의 중심을 어루만지고 있었고, 그의 입술이 쇄골을 따라 내려가다 가슴을 지분거리고 있었다.

세영은 벅차오르는 감정을 주체하지 못한 탓인지 눈물이 주르륵 흘러내렸다. 천천히 숨이 가빠 오고, 정신이 아득해지는 것만 같았다. 오로지 단 하나의 생각만이 머릿속을 지배하기 시작했다. 이 남자에게 자신의 모든 것을 내걸 수 있다는.

꼭 다물어져 있는 그녀의 여성을 천천히 문지르자, 달콤한 액이 쏟아지기 시작했다. 자신을 받아들일 준비를 하는 그녀의 모습에 도윤은 머리끝이 쭈뼛 설 만큼 열감이 오르는 것만 같았다. 도윤의 머릿속에 오로지 단 하나의 생각만이 자리했다. 이 여자에게 자신이 최고의 남자이고 싶다는.

세영은 자신의 중심을 어루만지던 그의 손가락이 안으로 미끄러져 들어오는 것을 느꼈다. 갑작스러운 그의 움직임에 세영은 자신도 모르게 야릇한 쉰 음성을 내뱉었다. 통증과 쾌락이 동시에 느껴지는 묘한 감각에 세영은 또다시 눈을 질끈 감았다.

도윤은 슬쩍 상체를 일으켜 세영의 얼굴을 바라보았다. 미간을 구긴 채로 신음을 삼키는 그녀의 모습이 위험하도록 자극적이었다. 이대로 그녀의 안으로 들어가 질주하고 싶은 본능을 가다듬으며, 도윤은 천천히 그녀가 느낄 수 있도록 다시 입을 맞추기 시작했다.

자신의 귓불을 빨아들이고, 목에 키스를 퍼부으며 끊임없이 아래를 휘젓고 있는 도윤의 움직임에 세영은 꽉 다물고 있던 입이 저절로 벌어졌다. 산소가 부족하기라도 한 듯 숨이 토막토막 끊기기 시작했고, 배꼽 아래에서 무언가 꿈틀거리는 듯 미세한 떨림이 느껴졌다.

미세한 떨림은 큰 파장이 되어 온몸을 휘감기 시작했다. 그저 그의 작은 손놀림이 주는 느낌에 세영은 완전히 넋이 나가 버린 듯 야릇한 신음을 내뱉었다. 세영이 도윤의 목을 꼭 끌어안으며 다리를 좁히려 안간힘을 썼지만 그 사이에 도윤의 단단한 허벅지가 자리하고 있어 허사였다. 더 이상 그가 주는 생경한 쾌락의 느낌을 버텨 낼 자신이 없었다.

끝 간 데까지 몰린 것 같은 순간, 그의 손이 몸 안에서 스윽 빠져나가는 느낌이 들었다. 동시에 야릇한 소리가 섞인 한숨이 입에서 절로 터져 나왔다. 의지와 다르게 세영의 가슴이 크게 오르락내리락했다.

"세영아."

대답조차 할 수 없었다. 세영은 젖은 눈빛으로 도윤을 올려다보았다.

"지금보다 훨씬 아플지도 몰라. 참아 줄 수 있겠어?"

세영은 그저 고개를 끄덕였다.

"못 참겠으면 밀어내. 못 하겠다고 말해. 알겠지?"

세영이 슬쩍 고개를 끄덕이는 것을 본 도윤은 몸을 일으켜 콘돔을 하나 집어 들었다. 얇은 막을 씌워 내는 순간에도 온몸이 욱신거릴 정도로 열이 오르는 것 같았다. 천천히 해야 한다고 다짐했다. 그녀를 배려해야 한다고. 몸이 충동적으로 내달리지 않도록 하려고 도윤은 안간힘을 썼다.

도윤은 어느새 곱게 모아져 있는 세영의 다리를 천천히 벌리고 그 사이에 자리를 잡았다. 자신의 물건을 손에 쥐고 그녀의 입구에 슬쩍 문지르자, 세영이 허리를 비틀며, 몸을 바르작거렸다. 아직 좀 전의 환희가 그녀의 몸에 남아 있는 듯해 도윤은 다행이라고 생각했다.

천천히 그 안으로 들어서자 그녀의 얼굴이 아프게 일그러졌다. 끝까지 몸을 들이밀어 온전한 결합이 이루어졌을 때, 세영의 눈에서 눈물이 또르르 흘러내렸다.

"세영아."

거친 숨소리와 함께 자신을 부르는 소리에 세영은 꼭 감고 있던 눈을 떠 도윤을 올려다보았다. 처음으로 그의 존재가 부담스럽게 느껴졌다. 자신의 몸이 견뎌 낼 수 있을까 하는 생각마저 들었다. 보기 좋게 근육이 잡힌 그의 허벅지가 오늘따라 더 강하게 느껴졌다.

"이제 밀어내도 못 멈추겠다."

말이 끝나자마자 도윤은 천천히 허리를 움직이기 시작했다. 슬쩍 빠져나왔다가 천천히 다시 그녀의 안으로 파고들 때마다 세영은 이맛살을 구기며 작은 신음을 내뱉었다.

세영은 있는 힘을 다해 견뎌 냈다. 그가 들어오기 전 알려 준 감각이 아니었다면, 남과 여의 육체적 결합은 그저 통증만 가득한 행위라고 치부해 버렸을지도 모른다. 왜 모든 이들이 이 행위가 주는 쾌락에 대해 떠드는지 이해하지 못했을지도 모른다.

아릿한 통증에 익숙해진다 싶었을 때, 그가 움직이는 속도를 빨리하기 시작했다. 쿵쿵 자신을 내리꽂는 것 같은 그의 움직임에 세영은 정신이 나가 버릴 것만 같았다. 질끈 감고 있었던 눈을 뜨자, 열기 가득한 눈으로 자신을 내려다보고 있는 도윤의 얼굴이 눈에 들어왔다.

어금니를 꽉 다물고는 이마에 핏대를 세운 그의 모습이 무언가를 참고 있는 듯 안쓰러워 보였다. 세영은 손을 뻗어 그의 얼굴을 어루만졌다. 그의 입에서 낮은 신음이 터져 나왔다.

"하아. 세영아."

"도윤 씨. 훗."

꽉 다물고 있던 그의 입이 벌어지고, 그르렁거리는 신음이 터져 나오기 직전 세영은 좀 전에 그가 주었던 감각과는 비교도 되지 않는 파고가 몰려오는 것만 같았다. 숨이 꽉 막힌 듯했다. 뇌 세포 하나하나가 머릿속에서 몽글몽글한 거품 속에 빠지기라도 한 듯 머릿속을 간질이는 것만 같았다.

세영은 작은 손으로 그의 커다란 어깨를 꽉 움켜잡았다.

"도윤 씨, 좋아요."

자신도 모르게 입에서 좋다는 말이 입 밖으로 터져 나오자, 도윤이 끙 하는 신음을 내뱉으며 움직임을 멈추고 세영을 꼭 끌어안았다. 쿵쾅거리는 두 개의 심장이 빠르게 뛰었다.

잠시 자신의 안에 머물고 있던 도윤이 빠져나가는 순간 세영은 저절로 훗 하는 소리를 내뱉었다. 그 모습에 도윤은 슬쩍 미소 지으며 세영의 입술에 쪽 하는 소리가 나도록 입을 맞췄다.

땀으로 흠뻑 젖은 세영의 머리칼을 넘겨주고는 도윤은 세영의 이마를 시작해 콧잔등, 붉게 달아오른 두 뺨, 그리고 입술에 천천히 입을 맞췄다. 그러는 동안 세영의 숨소리가 고른 박자를 되찾자, 도윤은 세영을 번쩍 안아 들고는 욕실로 향했다.

"도, 도윤 씨."

"이대로 잘 수는 없잖아."

도윤은 붉은 흔적이 묻어 있는 곳을 가리키며 고개를 갸웃했다. 도윤의 말에 세영은 얼굴을 붉히며, 그의 단단한 가슴에 얼굴을 묻었다.

도윤의 품에 안겨 욕실에 들어선 세영은 유리로 된 샤워 부스 안에 그와 나란히 섰다. 그가 버튼을 하나 누르자 머리 위에서 뜨끈한 물이 쏟아져 내렸다. 도윤은 세영을 닮은 스위트피향이 가득한 보디클렌저 거품을 내서 세영의 몸에 문지르기 시작했다.

미끌미끌한 거품이 그의 손을 통해 몸을 감싸 오자, 세영은 또다시 여린 신음을 내뱉었다.

"하세영."

세영은 고개를 들어 도윤을 바라보았다.

"어쩜 좋냐?"

"왜요?"

도윤은 대답 대신 세영의 배에 자신의 분신을 문질러 댔다. 방금 사랑을 나눴다고 하기엔 믿기지 않을 만큼 또다시 어마어마하게 부풀어 있는 그의 모습에 세영은 숨을 멈췄다.

"네가 책임져야지."

도윤은 거품이 묻어 있는 세영의 몸을 뜨끈한 물로 꼼꼼히 씻어 내 주었다. 물에 젖은 그녀의 모습은 침대 위에 있던 모습만큼이나 자극적이었다. 커다란 배스 타월을 집어서 그녀를 안고는 도윤은 다시 침실로 향했다.

"설마, 또 할 건 아니죠?"

아기처럼 수건에 감싸여서 뾰로통한 목소리로 물어 오는 세영의 모습에 도윤은 푸시시 웃음이 터져 나왔다.

"미국에 이런 말이 있어."

"어떤 말이요?"

"Snow horse kills a man."

세영은 눈을 동그랗게 뜨고 도윤을 바라보며 생각했다. 눈 말이 사람을 죽여? 무슨 뜻이야?

"설(雪-snow)마(馬-horse)가 사람 잡는다."

"이거 내가 지금 웃어 줘야 하는 거예요?"

세영이 슬쩍 비웃어 보이자, 도윤이 눈을 가늘게 뜨며 세영을 침대 위에 내려놓았다.

"지금 비웃었어?"

그렇게 묻는 도윤의 목소리가 한없이 낮게 울렸다. 아, 이제 웃어야 할까, 울어야 할까? 세영이 이렇다 할 대답을 내놓지 못하고 있을 때, 도윤은 천천히 입술을 내려 그녀의 달콤한 여체를 다시 탐하기 시작했다.

부드럽고 따스한 감각에 눈을 떠 보니, 도윤이 자신의 **뺨**을 쓸어내리고 있었다. 세영이 피식 웃음 짓자, 도윤이 물었다.

"잘 잤어?"

"그럴 리가."

세영의 대답에 도윤이 푸시시 웃으며 그녀의 이마에 쪽 하고 입을 맞췄다.

"조깅하러 갈 시간 아니에요?"

"밤새도록 운동은 충분히 해서 오늘은 안 달려도 될 것 같은데?"

세영은 이불이 끌려 내려가 등이 훤하게 드러나 있는 것이 부끄러워 두 손으로 이불을 잡아당겼다. 도윤은 세영의 움직임을 막으며 이불 속을 파고들어 그녀를 품에 꼭 안았다.

"아침부터 이러면 곤란해요."

"왜?"

"죽겠단 말이에요."

뾰로통한 세영의 대답에 도윤이 키득키득 웃었다.

"잠깐만 기다려."

방 밖에 나갔다 돌아온 도윤이 물 한 잔과 알약 하나를 세영에게 건네주었다.

"이게 뭐예요?"

"진통제."

세영은 슬쩍 눈을 흘기며 이불을 가슴에 모아 쥐고는 몸을 일으켜 물 잔과 알약을 받아 들었다.

"이거 먹이고, 또 사람 잡으려고?"

"Correct!"

능청스런 도윤의 대답에 세영은 뜨악한 표정을 지으며 그를 노려보았다.

"밤까지 안 돼요."

입을 꾹 다물고 고개를 절레절레 젓는 세영을 보고 도윤은 피식 웃음이 터졌다.

"훈련 일찍 마치고 올 거야. 저녁 6시쯤이면 집에 올 건데…….
호텔에서 체크아웃하고, 짐 옮겨 와. 어제 그 기사님이랑 같이 다니면 돼."

"제프요?"

"오, 통성명도 했나 봐?"

"그럼요. 내가 그 차에 탄 몇 번째 여자인지도 알려 주던데요?"

세영의 도발에 도윤이 눈을 흘기며 물었다.

"몇 번째인데?"

"세 번째?"

"뭐?"

"도윤 씨 어머님, 여동생, 그리고 나."

키득거리는 세영의 모습에 도윤은 그녀를 다시 침대에 눕히고는 품에 안았다.

"너는 나한테 그런 존재야."

"뭐가요?"

"가족만큼이나 소중한 사람."

도윤의 말에 세영은 가슴 한구석이 뜨겁게 차올라 자기도 모르게 몸을 바르작거렸다.

"여기서 그렇게 꿈틀거리는 거 되게 위험하다?"

"또, 뭐가요?"

"알면서 모른 척하긴?"

도윤은 이불 속에 몸을 숨기고는 그녀의 중심으로 입술을 옮겨 가기 시작했다.

훈련하는 내내 집으로 돌아가면 세영이 기다리고 있을 거란 생각에 도윤은 피식 웃음이 나왔다. 그런 도윤을 마주한 사람들이 무슨 좋은 일 있느냐고 묻는데도 그저 바보같이 미소만 지을 뿐이었다. 그리도 흘러가지 않던 시간이 너무도 가볍게 흘러가고 있었다.

훈련을 마치고, 도윤은 곧장 집으로 향했다. 근사한 곳에 가서 저녁 식사라도 해야 하나 싶어서, 좀 떨어져 있는 곳이기는 하지만 그녀가 좋아할 만한 로스 가토스(Los Gatos)의 레스토랑에 예약도 해 두었다.

현관을 들어서자, 환하게 미소 짓는 세영이 도윤의 허리를 감싸 안으며 자신을 올려다봤다. 아, 하세영. 매일 이러면 얼마나 좋을까?

"배고프죠?"

"저녁 나가서 먹자."

"응? 다 해 놨는데요? 얼른 손만 씻고 와요."

세영에게 등을 떠밀려 욕실에 들어간 도윤은 대강 손을 씻으며 구수하게 풍겨 오는 냄새에 코를 킁킁거렸다.

부엌으로 향하자 어머니가 오실 때 말고는 차려질 일이 없는 식탁 위에 음식이 한가득이었다.

도윤이 식탁 의자에 앉자마자, 언제나 그랬던 것처럼 세영이 고운 목소리로 차려진 음식을 설명하기 시작했다. 흰 쌀밥에 소고기 미역국, 송이버섯이 들어간 불고기, 갓 담은 배추 겉절이, 다진 고기로 속을 채운 호박전, 생선살을 발라서 포갠 뒤 미나리로 묶어서 구웠다는 두부전, 새우를 다져서 속을 채운 고추전, 가지런히 놓여 있는 고사리, 도라지, 시금치나물.

"누구 생일상 같네?"

도윤의 물음에 세영이 고개를 끄덕이며 대답했다.

"5월에 도윤 씨 생일 있잖아요. 그때 같이 못 있으니까 미리 챙겨 주는 거예요. 시간이 부족해서 뭘 많이 못 했어요. 그래도 많이 먹어요. 미리 축하해요."

세영의 말에 도윤은 눈물이 핑 돌 것만 같았다. 한국으로 돌아가기까지 남아 있는 시간이 줄어드는 것이 기쁘면서도 그녀와 함께하는 순간이 속절없이 흘러가 버리는 게 안타까웠다.

"많이 먹을게. 고마워."

세영은 대답 대신 고개를 끄덕였다.

"와! 맛있네?"

도윤은 미역국을 한 입 머금고는 말했다.

"근데 이걸 다 혼자 했어? 온종일?"

"호텔 체크아웃하고, 엘 카미노 리얼(El Camino Real)에 있는 한국 마트 갔었어요. 거긴 정말 가게 이름이 한국마트더라? 꼭 우리 동네에 있는 마트처럼 없는 게 없던데요?"

세영은 도윤이 식사를 하는 모습을 보며 계속 재잘거렸다.

"장 보고 나오는데 마트 입구에 도윤 씨 사인 있더라고요? 거기 자주 갔나 봐요? 내가 멍하니 도윤 씨 사인 보고 서 있으니까, 아줌마 점원이 그러는 거예요. 도도 여기 되게 자주 온다고. 실물로 가까이에서 보면 얼마나 잘생겼는지 모른다고 막 자랑하더라고요."

키득키득 웃는 세영에게 도윤이 물었다.

"그래서?"

"그래서 아마 나만큼 도도를 가까이서 자세히 본 사람은 없을 거라고 말해 줬죠."

세영의 허세에 도윤이 키득거리며 웃었다.

"세영아."

세영이 고개를 갸웃하며 도윤을 바라봤다.

"고마워."

"뭐가요?"

"밥."

"치. 그렇게 계속 고마워해야 해요. 앞으로 내가 차려 주는 밥 먹을 때."

도윤은 고개를 끄덕인 뒤, 밥 한 그릇을 뚝딱 비워 냈다. 한 그릇 밥이 가지는 의미가 그저 허기진 배를 채우는 의미가 아니라는 건 어머니가 차려 주신 밥을 통해 일찌감치 알고 있었다. 그런데 그 밥이 또 다른 커다란 의미를 가지고 있는 줄 도윤은 몰랐었다.

도윤은 자신이 식사하고 있는 모습을 물끄러미 바라보다가 이제야 식사를 시작한 세영을 바라봤다. 소소한 하루 일과를 나누고, 마주 보고 앉아 식사를 하는 동안 이루어지는 것이 가진 벅찬 의미에 도윤은 허기뿐 아니라 가슴속 깊은 곳 외로움마저 달래지는 것 같았다.

그녀가 여기 함께할 수만 있다면…….

도윤은 머릿속 가득 차오르는 복잡한 생각을 이겨 내려 한숨을 집어삼켰다.

식사를 마치고, 식기세척기 안에 설거지할 그릇을 옮겨 놓고 식탁 위를 다 치우고 난 뒤, 세영이 도윤을 냉장고 앞으로 불렀다.

"이 통은 아까 그 겉절이예요. 싱크대 열어 보니까 라면도 있던데……. 라면도 먹기는 하나 봐요? 너무 자주 먹지는 마요. 몸에 안 좋으니까. 라면 먹을 때 이 김치 꺼내서 먹어요. 이건 아까 밖에 내놔서 좀 익은 거고, 옆에 통은 바로 넣어 놓은 거니까 좀 됐다 먹어요."

도윤은 세영이 붙잡고 있는 냉장실 문을 닫고 그녀를 꼭 끌어안았다. 온종일 일만 하느라, 호텔 밖 구경도 못 했다고 하기에 여기저기 구경시켜 주려고 했는데. 그새 장을 봐 와서 온종일 집에서 요리만 했을 세영의 모습을 떠올리니 심장이 타올라 버릴 것만 같았다.

"세영아."

"왜요. 왜 또 이렇게 진지하게 불러? 내가 해 준 거 입맛에 안 맞아요?"

"아니."

도윤의 목소리가 물기를 머금고 슬쩍 떨리고 있었다.

"사랑해."

세영은 자신의 허리를 감고 있던 도윤의 팔을 슬쩍 풀어내며 그를 마주 보고 섰다.

"나도 사랑해요."

그동안 서로 아끼고 아껴 왔던 말이었다. 입 밖으로 말이 새어 나가면 그 고운 감정을 잃어버릴까 두려워 꺼내지도 못하고 가슴 속 깊이 간직했던 말이 내뱉지 않고는 못 견딜 만큼 커져 버린 순간, 툭 하고 튀어나왔다.

도윤은 품 안 가득 세영을 끌어안고 살랑살랑 몸을 흔들었다.

날마다 그녀가 이렇게 자신을 기다리고 있으면 좋겠다고 생각했다. 평범하게 식탁 앞에 마주 앉아 식사하고, 그녀에게 하루 동안 무슨 일이 있었는지 들어 주고……. 그렇게 그녀가 자신의 곁을 지켜 준다면, 여기서 공을 더 던질 수 있지 않을까 하는 생각이 불쑥 머릿속에서 튀어나왔다.

도윤은 입 밖으로 내뱉지 못하는 이야기를 가슴속 깊이 끌어안은 채, 세영을 더 꼭 품에 안았다.

8. Love is timing

점심을 먹는데 입맛이 하나도 없었다. 아직 시차 적응이 안 되어서 그런지 귀국하고 며칠이 지났는데도 세영은 정신을 차리지 못하고 커피를 석 잔이나 들이켰다.

"이럴 줄 알았지."

소연은 휴대전화를 들여다보며 혀를 끌끌 차댔다. 또 휴대전화 메신저로 이상한 찌라시를 받았다거나, SNS에서 요망한 이야기를 발견한 게 분명했다.

"한도윤 스캔들 터졌네?"

"뭐?"

세영의 목소리가 튀어 오르고, 눈이 커다랗게 뜨였다.

"한도윤, 묘령의 여인을 집에 숨겨 두고 있는 것인가? 지난주 수요일 밤, 한도윤의 집으로 들어간 여인은 한도윤의 가족이 미국을 방문할 때 이용하는 차를 타고 다니며 마트, 쇼핑센터 등을 돌아다녔다. 금요일에는 한도윤이 조깅하는 코스를 모자와 선글라스를 쓴 모습으로 함께 거닐기도 했고, 토요일에는 한도윤과 함께 소살리토(Sausalito)의 선착장에서 요트에 오르는 모습을 봤다는 목격담도 흘러나오고 있다. 은퇴를 앞둔 한도윤이 남아 있는 미국 생활을 즐기기 시작한 게 아니냐는 추측도 터져 나오고 있는 가운데 마트, 쇼핑센터, 골든게이트브릿지 위, 소살리토 선착장의 그녀들이 다 같은 인물일 리 없다는 주장도 제기되기도 했다. 또 다른 한편에서는 가족이 이용하는 차를 타고 다니는 것으로 보아, 결혼이 임박한 것이 아니냐는 이야기도 흘러나오고 있으며…….”

세영은 얼이 빠진 표정으로 소연을 바라봤다.

“사진은 없나 보네……. 진짜 놀랍지 않아요? 사람은 안 변한다니까요?”

“민 대리가 직접 봤어?”

세영의 물음에 소연은 슬쩍 눈을 흘겨보였다.

“뭐 이런 걸 또 그렇게 진지하게 받아들여요?”

“그 사람 눈앞에 없다고 그렇게 이야기하지 마. 그게 진실이건 진실이 아니건 소문을 진실인 척 퍼뜨리는 거, 사회생활 하는 데 민 대리 평판에도 그렇게 좋지 않을 거야.”

세영의 말에 소연은 얼굴을 붉히며 눈을 흘겼다. 식판 옆에 놓아두었던 세영의 휴대전화가 요란하게 울린 것도 그때였다.

“나 먼저 일어난다.”

세영은 식판을 반납하고 전화를 받았다.

“여보세요?”

— 기사 봤어?

"네, 우리 도깨비는 재주가 좋아서 여자가 많은가 봐요?"

세영의 말에 도윤이 낮게 웃음을 흘리는 소리가 들려왔다. 둘이 함께했던 일들이 기사로 났을 뿐인데, 그는 불안한 마음에 전화를 한 것 같았다.

— 점심 먹었어?

"방금 호텔에서 먹었어요."

— 아픈 데는 없고?

"없다고 아침에 말했잖아요."

애교스러운 목소리로 투정을 부리자 도윤이 또다시 낮은 웃음을 흘렸다. 그저 그의 웃음소리를 듣는 것만으로도 가슴이 벅차오르고 눈물이 고일 것만 같았다.

— 보고 싶어.

"나도 보고 싶어요. 이번 주말에 개막이네요."

— 응.

"잘해요."

일주일에 한 번씩 드문드문 오던 전화는 세영이 미국에 다녀온 이후로 하루가 멀다고 걸려왔다. 한국에서 세영이 잠들기 전, 미국에서 도윤이 일어났을 시각에 한 번. 미국에서 도윤이 훈련을 마치고, 세영이 한국에서 점심을 먹을 때 또 한 번. 그리고 도윤이 잠들기 전 한국에서 해가 저물어 갈 때 마지막 한 번.

미국에서의 일은 마치 며칠간의 꿈을 꾼 듯도 했고, 아침 햇살을 받으며 환하게 웃었던 그의 모습이 떠오를 때면 가슴 한구석이 시큰하기도 했다.

그런 와중에도 출장 때문에 사무실을 떠났던 시간 동안 쌓여 있던 업무를 처리하느라 세영은 날마다 야근을 해야만 했다.

겨우 특근 없이 쉴 수 있게 된 주말, 세영은 오랜만에 본가를 찾았다.

삐거덕거리는 소리가 사라진 것으로 보아 대문 경첩을 바꾼 것 같았다. 마당 한편에서 아버지가 목련 나무에 사다리를 고정하시고 올라가 꽃봉오리를 따고 계셨다.

"아버지, 저 왔어요."

"응. 오랜만에 왔네."

"신이차(辛夷茶) 만드시려나 봐요."

"응, 강 서방이 기관지가 약하잖아."

"아."

아버지를 올려다보며 이야기를 나누고 있는데, 이른 봄빛을 가득 머금은 색이 고운 한복을 입은 주경 여사가 섬돌 위에 놓인 신을 신고 마당으로 나오셨다.

"왔으면 들어오지, 여기서 뭐 해?"

"아버지 구경."

"아이, 세영 아빠. 그거 그렇게 한쪽에서만 많이 따면 어떡해요. 그럼 꽃이 예쁘게 못 피잖아."

"아, 사다리를 계속 옮겨 가야 하니까, 그렇지."

"이거 또 어머님 살아 계셨으면 아마 나만 혼났을 거야."

두 분이 투닥거리시는 모습을 뒤로한 채 세영은 대청마루를 지나 자신이 독립하기 전까지 쓰던 방으로 향했다.

옷을 갈아입으며 크게 숨을 들이쉬는데, 익숙한 방 안 공기가 마음을 다독여 주는 것 같았다. 지난 일주일간 지치도록 내달렸던 심장이 조금씩 제 페이스를 찾아가는 것 같기도 했다.

"세영아, 나와서 엄마 좀 도와줘."

"응, 나가요."

세영은 마루에 앉으셔서 맷돌의 어처구니와 씨름 중이신 아버지 곁으로 다가갔다.

"그냥 믹서 쓰면 되지 꼭 이걸 여기다 하려고 해, 네 엄마는."

"중요한 손님 오시나 봐요?"

"응, 그렇다나 봐."

부엌에서 나오신 주경 여사는 커다란 바구니와 앞치마를 세영에게 내밀었다.

"우와. 이걸 다 다듬어?"

바구니 안에는 쪽파, 대파, 마늘, 당근, 무 등등 갖은 채소들이 가득 들어 있었다.

"엄마, 이거 노동력 착취야. 시간당 얼마 줄 거야?"

"잔말 말고 다듬어. 이따 저녁 식사 준비하려면 급해."

"이번엔 또 어떤 손님인데?"

대령숙수(待令熟手)셨다는 고조할아버지의 대를 이어 세영의 부모님은 여전히 이 커다란 기와집을 지키고 계셨고, 일주일에 한 번 토요일 저녁에 아주 중요한 손님에게만 음식을 대접하셨다. 돌아가신 할머니는 오빠가 야구를 하는 것도 탐탁지 않아 하셨지만, 오빠가 죽고 나자 더는 이곳을 지킬 이가 없다며 원망의 곡소리를 하시곤 하셨다.

남자가 대를 이으라는 법은 없었다. 대학 시절 세영은 호텔 경영학을 전공하며, 외식산업경영 분야 공부를 더 열심히 했다. 이 집 부엌을 자신이 지킬 수도 있다고 생각했다. 고등학교 때부터 호텔 일을 시작하기 전까지 세영은 전통조리에 관한 강의를 다니시는 엄마를 쫓아다니며 조수 노릇을 했고, 독립하기 전까지는 날마다 엄마랑 부엌에 마주 서서 식재료들과 씨름했다.

"사돈댁."

"강 서방이 모시고 오는 거야?"

"아니."

"그럼?"

세영의 물음에 아버지가 슬금슬금 눈치를 보시며, 자리에서 일어나셔서 마당으로 나가셨다. 뭔가 예감이 불길했다. 선 자리를 계속 피해 왔던 세영은 눈을 가늘게 떠 보이며 주경 여사를 불렀다.

"엄마! 선 안 본다니까!"

"선 자리 아니야. 아들 데리고 와서 식사하신다기에 그러시라고 한 거야. 강의 때 만난 분인데, 사람 참 좋으시더라. 아들 둘, 딸 하나 중 막내아들인데, 여고 한국사 선생님이래. 네가 오늘은 음식 내가. 설명 잘하고."

"싫어."

"들어가라면 들어가. 안 들어가면 독립이고, 뭐고 다시 집으로 끌려 들어올 줄 알아!"

주경 여사의 호통에 세영은 두 눈을 질끈 감고 입을 열었다.

"나 만나는 사람 있어요."

"뭐?"

주경 여사의 목소리가 커다랗게 마루 위 천장까지를 울렸다.

"누군데? 근데 왜 안 데려와! 이제 서른인데 빨리 준비하고, 시집갈 생각은 안 하고."

"좀만 기다려 줘."

"왜? 그놈이 기다리래? 지금 네 나이가 몇인데 기다리라 마라야? 글러 먹었구먼."

"어오. 엄마!"

세영이 소리를 빽 지르며 눈을 흘기자, 주경 여사는 못 들었다는 듯 자리를 털고 일어나 부엌으로 향하셨다.

음식을 내가라는 주경 여사의 닦달 아닌 닦달을 버티고 버티다가, 세영은 후식이 오른 찻상을 들고 별채로 향했다.

"후식 올려드리겠습니다."

세영은 앉아 있는 사람들이 누군지 궁금하지도 않았다. 그저 그 앞에 건시단자(乾柹團養: 곶감을 얇고 넓게 잘라서 꿀에 재었다가 밤소를 박고 잣가루를 묻힌 음식)와 식후주인 이화주(梨花酒)를 올리며 시선을 상 위에 두고 있었다.

"하세영?"

익숙한 목소리에 세영은 고개를 들어 눈앞에 앉아 있는 남자의 얼굴로 시선을 옮겼다.

"준수 씨?"

"아는 사이니?"

그의 어머니로 보이는 사람의 물음에 준수는 예의 바른 미소를 지으며, 그냥 조금 아는 사이라고 대답했다.

세영이 목례를 하고 방을 나서는 사이, 준수가 따라 나왔다.

"잠깐 얘기 좀 할까?"

"이거 갖다 놔야 해요."

세영은 손에 들린 찻상을 들어 보이며 말했다. 무슨 말을 하려는지 준수의 눈빛을 통해 세영은 짐작할 수 있었다.

"여기 놓고."

준수는 세영의 손에 들린 찻상을 가져다 섬돌 옆에 놓고는 그녀의 팔을 이끌어 뒷마당으로 향했다. 자신을 바라보는 그의 시선이 세영은 불편했다. 정식 선 자리는 아니지만, 그의 부모님이 계신 곳에 발을 들였다는 사실도 불편해졌다.

"나 이 집 딸인 줄 알면서 부모님 따라온 거예요?"

"어."

준수의 대답에 세영은 크게 한숨을 내쉬었다.

"혹시."

준수는 망설이는 듯 머뭇거리며 말을 잇지 못하고 바닥 돌만 내려다보고 있었다.

"혹시?"

세영의 되물음에 준수는 크게 한 번 숨을 들이마셨다가 내쉬며 입을 열었다.

"지난주에 샌프란시스코 갔었어?"

세영은 곱지 않은 시선으로 그를 바라봤다.

"그건 왜 물어요?"

"왜 묻는지 알잖아. 너 한도윤 만나?"

"준수 씨가 관여할 일은 아닌 것 같은데요?"

예의 바른 목소리로 또박또박 말을 잇는 세영의 목소리에 준수는 허탈하게 웃어 보였다.

"상관있어."

"뭐가요?"

"상대가 누구든…… 이제 네 마음이 열리기 시작했다면, 나한테
도 기회가 올 수 있는 거니까."

준수의 말에 세영은 아무런 대꾸도 하지 못하고 눈만 껌뻑거리
다 입을 열었다.

"무슨 뜻이에요, 그게?"

의도했던 것보다 훨씬 더 차갑고 분명한 목소리가 세영의 입에
서 울려 나왔다.

"내가 널 마음에 두고 있었다는 말이지. 네가 마음을 열기를 기
다리고 있었고."

"그래서요?"

"한도윤 만나지 말고, 나한테 와."

사람들은 가끔 말도 안 되는 오해를 하곤 한다. 자기 방식대로
사건과 사물과 사람을 바라보며, 자신만의 세계에서 그것을 풀어
나가려 하는 것이 아둔한 인간일지도 모른다. 세영은 준수를 바라
보며 크게 숨을 내쉬었다.

"아직도 준수 씨 눈에는 내가 그저 상처받은 채 마음을 열지 못
하는 열세 살 아이로 보여요?"

준수는 아련한 눈빛으로 세영을 내려다보았다. 오빠를 잃었다는
여자아이를 보는 사람들의 눈빛과 닮아 있는 그의 눈빛에 세영은
울컥했다.

"그런 눈으로 나 보지 마요. 그게 더 날 힘들게 한다는 거……."

세영의 목소리가 준수의 눈빛보다 더 아련하게 울렸다.

"사람들은 참 이상해요. 기쁜 일에 같이 진심으로 기뻐해 주는 사람은 잘 없어요. 근데 남이 슬프거나 아파할 때는 진심으로 위로하는 척하면서 그걸 위안 삼아 자신은 더 나은 인생을 살고 있다고 생각해요. 준수 씨도 그런 거예요? 내가 그 일 때문에 마음을 열지 못하고 있었다고 생각하고, 저 여자 상처쯤이야 내가 감싸 줄 수 있지 하고 생각했어요?"

"그런 거 아니야."

준수의 목소리가 튀어 올랐다.

"아니면요? 아니라면……. 날 정말 마음에 두고 있었더라면, 그랬다면…… 날 정말 위해서 그런 거라면……."

세영은 눈물이 또르르 흘러내리는 뺨을 손등으로 쓸어냈다. 한도윤 만나지 말고, 자기한테 오라니. 인간은 한없이 이기적인 존재인가 보다.

"진작 말했어야죠. 아니, 지금 내가 겨우 마음을 연 사람이 생겼다는데, 이제 와서 날 그 사람한테서 떼어 놓고, 준수 씨 곁에 두고 싶어진 거예요?"

준수는 아무 말도 하지 못하고, 고개를 숙였다.

"너무 비겁하잖아요……. 나도 행복해지고 싶어요. 이제 죄책감이든 뭐든 다 내려놓고……."

준수는 아무 말도 없이 세영의 등을 다독였다. 세영은 슬쩍 비켜서며 그의 손을 밀어냈다.

"곤란하게 됐네요. 부모님께 얼굴까지 보이고……."

"내가 알아서 할게."

"미안해요."

"네가 뭐가 미안해. 뒤늦은 내가 미련한 거지."

세영은 그의 마음을 할퀴어 놓은 것 같아 미안한 마음에 고개를 푹 숙였다.

"그날 펜션에서 밤에 너랑 한도윤이랑 같이 있는 거 봤어."

준수는 한숨을 한 번 내쉰 뒤 말을 이었다.

"한도윤보다 내가 더 잘해 줄 수 있다고 생각했어. 내가 더 많이 아껴 주고, 사랑해 줄 수 있을 거라고 생각했어. 그동안, 네 마음이 준비가 되지 않은 것 같아서 감정을 드러낼 수가 없었어."

"그저 연민으로 시작된 그릇된 감정이었던 거예요. 사랑은요. 그렇게 숨겨지지가 않아요. 어떤 식으로든 드러나게 되어 있더라고요. 내가 안타까웠겠죠. 알아요. 나 안타까워하는 사람 많은 거. 그래서 내가 얼마나 열심히 살았는지 알잖아요?"

"그것조차도 안타까워."

준수의 말에 세영이 또다시 한숨을 내쉬었다.

"그게 싫어요. 날 그렇게 안타깝게만 바라보면서, 날 마치 보호해야 할 대상으로만 보는 게. 심지어 동생인 지영이조차 날 그렇게 볼 때가 있어요. 그런데 그 사람, 그 사람만이 날 온전히 봐 주었어요. 날 가르치거나 이끌려고 하지 않고, 그저 보호해야 할 대상으로 보지 않고…… 오히려 내 앞에서 바보처럼 구는."

도윤을 떠올리자 세영은 갑자기 심장이 벌컥거리는 것만 같았다.

"……행복해?"

"눈물 날 만큼 행복해요."

준수가 또다시 허탈한 웃음을 지으며 고개를 저었다. 그녀의 말처럼 그저 그녀의 마음이 열리기를 기다리고 있었다는 것은 핑계였는지도 모른다. 그저 챙겨 주고 싶고, 신경이 쓰였던 그녀 곁에 누군가 생긴 것 같은 느낌이 들자, 그녀를 잘 아는 사람도, 그녀를 보호해 줄 수 있는 사람도 자신뿐이라는 마음이 들었던 건지도 모른다며 준수는 애써 마음을 다잡았다.

행복하다는 세영의 말에 준수는 무언가 엉망이 된 마음에 보상이라도 받은 듯 입을 열었다.

"그래, 그럼 됐다."

"동호회에서 나 어색하게 볼 거 아니죠?"

"동호회 이제 안 나갈 건데?"

"그럼, 공은 누가 던져요!"

발끈하는 세영을 향해 준수가 피식 웃음 지으며 말했다.

"한도윤 불러서 던지라고 하든지."

"치사해. 안 나오면 지구 끝까지 쫓아갈 거예요."

"그럼, 한도윤 버리고 나 쫓아오든지."

애써 장난스럽게 말을 건네는 준수에게 세영은 슬쩍 눈을 흘기며 입술을 비틀어 보였다.

별채에 있던 손님이 가고, 부엌 정리를 마친 세영은 주경 여사와 함께 현대식으로 개조된 거실로 향했다. 멍하니 TV를 들여다보고 있는데, 대문을 두드리는 소리가 들려왔다.

"어이구. 이 시간에 누구야?"

벽에 걸린 시계를 보니 벌써 밤 11시가 다 되어 가고 있었다. 대문으로 향하셨던 아버지의 뒤를 따라 들어온 이는 동생 지영이었다.

"웬일이야, 이 시간에?"

"언니가 오랜만에 왔다고 해서 애들 재워 놓고 왔지."

굶주린 하이에나가 낙오된 새끼 얼룩말을 바라보듯 지영은 희번덕거리는 눈으로 세영을 바라봤다. 아이고, 저 계집애, 진짜.

"출장은 잘 갔다 왔어?"

"응."

"가서 뭐 했어? 막 마트도 가고, 쇼핑도 하고, 산책도 하고, 요트도 탔어?"

지영의 물음에 세영이 눈을 가늘게 떠 보이며 눈치를 줬다. 지영은 키득키득 웃으며, 거실 소파에 대자로 누워서는 주경 여사를 불렀다.

"엄마! 나 다음 달에 이 앞으로 이사 와."

"뭐?"

세영이 지영에게 되묻자, 주경 여사가 입을 열었다.

"그렇게 급하게 안 해도 된다니까."

"그렇게 급하게 해야 언니가 딴마음 안 먹고 빨리 시집가지. 주말에 야구 동호회 아니면 여기 부엌에서 죽치고 있는데."

"이게 무슨 말이야, 엄마?"

세영의 물음에 주경 여사가 머뭇거리다가 입을 열었다.

"강 서방이랑 지영이가 이 동네로 이사 오기로 했어. 엄마도 이제 여기 일 혼자 하기 힘들고. 지영이가 같이 할 거야."

"그러니까 언니는 마음 편히 시집이나 가. 이제 여기 신경 쓰지 말고."

"너희 시댁은?"

"강 서방 막내잖아? 내가 그래서 우리 강 서방한테 시집간 거 아니겠어?"

지영은 어깨를 으쓱해 보이며 성긋이 웃었다.

"주말에 내가 와서 도울게."

"됐네요. 아! 아직은 주말에 시간이 좀 있겠네? 늦가을이나 돼야 연애사업이 바빠지시나?"

"뭐야? 네 언니 정말 연애해?"

지영의 말에 주경 여사가 깜짝 놀라 채근했다. 세영은 꿍하는 신음을 집어삼키며 한숨을 내쉬었다.

"어, 엄마. 몰랐어?"

"뭐야? 뭐 하는 사람인데? 아, 왜 당장 데려오지도 않고, 말도 안 해!"

보는 이도 없는데, 혼자 떠들어 대던 TV에서는 한도윤의 스캔들과 관련된 뉴스가 흘러나오고 있었다. 순간 지영의 시선이 TV로 향했다.

"우와. 어떤 여잔지 땡 잡았네."

"그러게. 뉘 집 딸인지 아주."

뜬금없는 지영의 말에 찰떡같이 대답하는 주경 여사를 보며 세영은 헛웃음을 지었다. 지영은 눈동자를 한 바퀴 굴리며 세영을 바라보고는 물었다.

"아, 맞다. 언니 그 기능장애는 어때? 잘 작동해?"

"무슨 기능?"

주경 여사의 물음에 세영은 아무것도 아니라며 고개를 내저었다. 아, 엄마. 한도윤 선수 성기능 말하는 거야, 라고 대답해 줄 수는 없으니.

세영은 찌릿한 눈으로 지영을 노려보며 입술을 씰룩였다. 저 요사스런 계집의 입을 막을 방법은 없을까? 이제 정말 1mm씩 찢어 줄 때가 된 건가?

"아, 엄마! 언니가 글쎄."

"야! 하지영!"

세영이 소리를 빽 지르자, 지영이 키득거리며 소파 위를 데구루루 굴렀다.

"저 집 여사님도 참 좋으신데. 뉘 집 딸인지 재주도 좋지. 어휴……. 넌 언제 데려올 거야?"

"좀만 기다려 주세요."

주경 여사는 세영을 쏘아보며 한숨을 내쉬었다. 지영은 주경 여사의 말을 토씨 하나 흘려버리지 않겠다는 듯 물었다.

"저 집 여사님이랑 알아, 엄마?"

"응. 강의 때 자주 오셔. 운동하는 애들이 여럿 있으니까, 주로 보양식 할 때."

"아. 그럼 저 집 여사님 요리는 엄마한테 배운 거야?"

지영의 말치레에 주경 여사는 날아갈 듯한 미소를 지으며 대답했다.

"그럼! 엄마한테 다 배워 가셨지. 한도윤 선수도 가끔 그 집 여사님 모시러 강의하는 곳에 오고 그랬었어. 참 반듯하게 잘생겼더라."

아, 나의 허세는 엄마한테서 온 게 분명하구나. 어이쿠. 지영이 뭐라 또 입을 놀리려는데, 세영의 휴대전화가 요란하게 울렸다. 소파 옆 작은 테이블 위에 놓여 있던 세영의 휴대전화를 지영이 잽싸게 낚아챘다.

"이게 뭐야? 깨비깨비 도깨비? 푸하하하! 언니, 생각보다 되게 유치하다. 푸하하하."

"이리 줘."

"싫어!"

지영이 휴대전화를 들고 있는 손을 이리저리 흔들어 보이자, 세영은 지영의 옆구리를 쿡 찌르고 휴대전화를 빼앗았다. 동생에게 눈을 흘기며 방으로 향하는데, 무어라 속닥거리는 소리가 들려왔다. 아, 지금 자리 비우면 낭패인데.

"여보세요? 일어났어요?"

— 응, 뭐 했어?

"집에 왔어요. 동생도 와 있고."

— 아, 좋겠다. 나도 집에 가고 싶다.

세영은 밖으로 목소리가 새어 나갈까 싶어 한껏 소리를 죽이고 대꾸했다.

"보고 싶어요."

— 나도. 많이 보고 싶어.

보고 싶다는 말은 아무리 해도 질리지 않았다. 아무리 해도 그 의미가 전부 전달되지 않는 것 같기도 했고, 그래서 아무리 해도 또 하고 싶은 말이었다.

— 오늘 경기 꼭 봐. 아, 한국은 내일 아침이겠구나.

"못 보겠어요."

— 왜?

"심장 떨려서."

— 걱정 마, 너 심장 안 떨리게 아주 잘 던질 테니까.

세영은 침대에 누워 도윤의 목소리에 귀를 기울이며 슬쩍 미소 지었다. 휴대전화 너머 흘러나오는 그의 목소리는 언제나처럼 세영의 마음을 편안하게 다잡아 주었다.

자신을 바라보고 있었다던 준수의 마음을 거절하고 난 뒤, 누군가에게 상처를 준 것 아닌가 하는 생각에 세영은 마음 한구석에 무언가 걸린 듯 감정의 체기가 느껴지는 것 같았다. 그런 답답함을 알아채기라도 한 듯, 도윤은 실없는 농담으로 세영의 기분을 풀어 주려 했다.

"도윤 씨."

— 응.

"사랑해요."

— 나도. 사랑해. 아주 많이. 잘 자.

"도윤 씨도 컨디션 관리 잘하고, 경기 잘해요."

— 응.

전화를 끊은 세영은 물끄러미 화면을 바라봤다. 몸이 멀어지면, 마음마저 멀어진다는 흔한 말을 뒤엎듯 세영의 마음은 더 깊어졌고, 더 애틋해졌고, 그의 존재는 더 없이 소중해졌다.

❄ ✱ ❄

여름의 그림자가 성큼 다가와 날이 무척이나 더웠다.

"어오, 6월부터 이렇게 더우면, 대체 한여름에는 얼마나 더우려나?"

"그러게요."

세영은 고객사 차장과 함께 아이스 아메리카노를 홀짝이며 내리쬐는 햇볕을 가리기 위해 이마 위로 손을 활짝 폈다.

"자. 이거 받아."

"이게 뭐예요? 차장님?"

윤 차장이 내민 작은 상자를 이리저리 살피던 세영은 눈을 동그랗게 뜨고 물었다.

"생일 선물. 오늘 하 과장 생일 아냐?"

"헉! 어떻게 아셨어요?"

"메신저 알람 뜨더라."

"어머. 이런 건 을인 제가 드려야죠. 갑한테 받는 선물 무서워요."

"방 없을 때 징징거리면, 없는 방도 뚝딱 만들어 주는 하 과장한테 내가 잘 보여야지."

"언제 호텔로 한번 나오세요. 저희 새로 생긴 브런치 뷔페 엄청 맛있어요."

"그래, 그러지 뭐."

세영은 윤 차장이 건넨 작은 상자를 들고 사무실로 향했다. 원래 외근이 없던 날이었는데, 세영은 일부러 일을 만들어 사무실을 나섰었다. 아침 일찍 와야 하는 전화가 오질 않았다. 점심때쯤 와야 할 전화도 오지 않았다.

해가 길어져 아직 대낮같이 밝은 늦은 오후, 세영은 도윤에게 전화를 걸었다. 그의 전화기가 꺼져 있었다. 하아. 길어진 해만큼이나 세영의 숨소리가 길게 늘어졌다.

지금까지 단 한 번도 그는 세영에게 전화하는 것을 잊은 적이 없었다. 훈련 중에 전화기가 꺼져 있는 경우도 있었지만, 지금 즈음이면 집에 있어야 할 시간이었다. 그런데도 그의 전화기는 야속하게 꺼져 있었다.

퇴근하려는데, 소연이 슬그머니 세영의 곁으로 다가왔다.

"오늘 우리 하과장님 생일 아녜요? 한 잔 할래요?"

"아니."

"왜 이렇게 기분이 안 좋아요?"

"민 대리는 나이 먹는 게 좋아?"

"에이, 앞자리 수 바뀌고 처음 맞는 생일이라 싱숭생숭한 거예요?"

"그런 거 아니야. 나 먼저 들어간다."

터덜터덜 오피스텔로 향하는 발걸음이 무거웠다. 며칠 전 경기에서 팔꿈치에 이상 증세를 호소하며 그는 일찍 마운드에서 내려왔다. 생각해 보니 그 날 이후, 그의 목소리가 어두웠던 것 같기도 했다. 오늘 아침 생중계된 경기에서 그는 끝내 더그아웃에도 나타나지 않았다.

경기장에도 없고, 전화도 없고……. 많이 힘든가? 그래도, 오늘 내 생일인데…… 하긴 부상까지 당한 그가 신경 쓸까 봐서 생일이라고 말하지도 못했다.

오피스텔로 돌아와 식탁 위에 커다란 꽃바구니를 내려놓고, 아침에 엄마가 끓여 놓고 가신 미역국을 데웠다. 회사에서 준 꽃바구니에는 '생일을 진심으로 축하합니다. 강산 호텔.' 이라 쓰인 리본이 매달려 있었다.

생일 축하 노래라도 불러 달라고 할까 생각했었다. 아니면 나중에 나 사실 그때 생일이었어요, 하고 말해야 할까 생각도 했었다. 내년 생일에는 함께할 수 있겠지 하며 스스로를 위안했었다.

그저 평소와 같은 그의 목소리를 듣는 것만으로도 세영은 행복할 것 같았다.

그런데 그는 연락이 되질 않는다. 커다란 그의 손이 세영의 심장을 꽉 움켜쥐고는 이리저리 비틀어 대고 있는 것만 같았다.

겨우 하루 연락이 되지 않았다고 해서 이렇게 어리석게 굴면 안되는데, 미역국을 한 입 머금자 괜히 눈물이 흘러내렸다. 자신이 끓여 준 미역국을 맛보고는 맛있다며, 밥 한 그릇을 비워 내던 그의 모습이 떠올라 심장이 시큰해졌다.

결국 밥공기의 반의반도 비워 내질 못하고, 그대로 개수대에 넣었다. 설거지를 쌓아 놨던 적은 없었는데. 세영은 대강 치워 놓은 부엌을 내버려 두고 욕실로 향했다.

뜨거운 물줄기가 머리 위로 떨어지는데 눈물이 주르륵 함께 흘러내렸다. 내일이면 연락 오겠지, 무슨 일이 있나 보지. 애써 마음을 다독이며 욕실에서 나와 대강 머리에 물기를 털어 내고 침실로 향했다.

침대에 눕자 또다시 그리운 모습이 떠올랐다. 눈을 감고 잠이 들어 있을 때면 언제나 반듯했던 그의 모습이 그리웠다. 눈물이 또르르 흘러내려 베갯잇을 적셨다. 그래, 그리울 땐 좀 울어 버려도 되지, 뭐.

한바탕 눈물을 쏟고 났더니, 기분이 좀 나아진 것 같았다. 크게 한숨을 내쉬며 천장을 바로 보고 누워 있는데, 한심한 생각이 들었다. 왜 당연하게 생각했을까? 하루 세 번 전화가 오고, 그의 전화를 받는 걸 왜 당연하게 생각했을까?

그가 처음으로 하루에 세 번 전화를 했던 날, 온종일 심장이 두근거리고 설레었다. 이래서 사람들이 연애하면 온종일 아무것도 못하고 전화기만 쳐다보고 있나 싶은 생각도 했었다. 그러다 하루 세 번 걸려 오는 전화가 익숙해졌고, 그 익숙함이 당연한 것이라 생각했나 보다.

설레었던 것이 당연해지고, 당연한 것이 이뤄지지 않을 때 오는 서운함은 처음 그 설렘보다 더 크게 다가왔다. 그의 존재만으로도 행복하다 생각하면서, 자신이 더 큰 것을 바라고 있었나 하는 생각에 세영은 한숨을 내쉬었다. 왜 사람의 욕심은 끝이 없는 걸까?

끊임없이 이어지는 생각의 실타래를 따라 이리저리 몸을 뒤척이고 있는데, 협탁 위에 놓인 세영의 휴대전화가 요란한 소리를 내며 울어 댔다. 화면을 보니 도윤의 미국 휴대전화 번호였다. 갑자기 심장이 쿵쾅거리고, 눈물이 핑 돌았다.

왜 그랬느냐고 투정을 부려야 할까? 이제 와서 내 생일이었다고 말할까? 부상은…… 많이 아프냐고, 이제 괜찮으냐고 묻는 게 먼저겠지. 세영은 목소리를 가다듬고 전화를 받았다.

"여보세요?"

— 목소리가 왜 그래?

"아, 누워 있다가 일어났어요. 지금 거기 새벽 아니에요?"

— 어디 아파? 한국 아직 밤 9시밖에 안 되었잖아.

"아니에요…… 그냥……."

의지와 다르게 목소리가 계속해서 흔들렸다.

— 전화 못 해서 미안해. 전화 못 할 만한 일이 좀 있었어.

"네."

세영의 대답에 도윤이 미안한 듯 한숨을 내쉬더니, 이내 밝아진 목소리로 물었다.

— 지금 뭐 입고 있어?

"네?"

도윤의 물음에 세영은 무슨 의미냐는 듯 되물었다.

— 뭐 입고 있냐고.

"그냥 집에서 늘 입는 옷이요."

— 뭔데?

"그냥…… 면으로 된 원피스요."

— 속옷은?

도윤의 물음에 세영은 화들짝 놀라 눈물이 쏙 들어가 버린 것만 같았다.

"도윤 씨, 왜 그래요?"

— 빨리 대답해.

도윤은 대답과 함께 낮은 웃음을 흘렸다. 온종일 전화도 하지 않고, 말을 안 해서 그렇지 오늘 내 생일인데. 잔뜩 신경 쓰이게 하고, 이렇게 실없는 장난이나 치고! 나빠. 진짜.

세영은 뾰로통한 목소리로 쏘아붙였다.

"아무것도 안 입고 있어요! 왜요? 원래 집에 있을 땐 이게 편해서 아무것도 안 입어요!"

세영의 대답에 도윤이 키득거리며 웃었다.

웃겨? 재미있어? 세영은 잔뜩 심술이 나서, 전화를 끊어 버리고 싶었다. 나도 전화 안 받아야지. 내일 온종일 전화 안 받을 거야.

— 벗길 게 별로 없네, 그럼. 달랑 원피스 하나만 벗기면 되잖아.

"한도윤 씨!"

이 남자가 보자 보자 하니까, 진짜! 세영은 버럭 화를 내며, 빽 하고 소리를 질러 버리고 말았다. 다른 때 같았으면 장단 맞춰 주며 배시시 웃었을지도 모른다. 그런데 오늘은 자꾸만 심술이 났다.

씩씩거리며 침대에 걸터앉아 있는데, 초인종이 울렸다.

"전화 끊지 말고 기다려요! 누구 온 것 같으니까!"

세영은 쿵쾅거리며 현관으로 향했다.

"누구세요?"

현관 밖에 있는 사람은 대답이 없었다. 무섭게 왜 대답을 안 하고 그래?

귀찮아서 잘 사용하지 않는 인터폰으로 누군지 얼굴을 확인하기 위해 걸음을 옮기려는 찰나, 휴대전화 너머에서 그의 목소리가 울렸다.

— 얼른 문 열어.

9. 그땐 미처 몰랐던

　현관문 잠금장치를 푸는 손이 파르르 떨렸다. 현관문을 열자, 도윤이 환한 미소를 지으며 서 있었다.

　"어떻게 된 거예요?"

　"들어가서 얘기하자."

　그는 집에도 들르지 않았는지, 트렁크 하나를 들들 끌고 들어왔다. 부상을 당했다는 오른쪽 팔에는 고정용 보호 장치를 하고 있었다.

　"팔 많이 아파요?"

　"아니, 검사하기 전까지 고정해 놓으려고."

　"근데 어떻게 왔어요?"

　"한국 와서 검사받겠다고 우겼거든. 미국보다 여기가 더 편하다고, 어차피 앞으로 며칠 공 던지는 건 무리가 있을 것 같아서."

도윤은 현관에 트렁크를 세우고는 신발을 벗고 들어와 왼팔로 세영을 끌어당겨 품에 안았다.

"아, 좋다. 전화 못 해서 미안해. 진짜 한국으로 올 수 있을지는 몰랐거든. 비행기 시간이 촉박해서 급하게 출발하느라. 얼굴 좀 보자."

도윤이 왼쪽 팔을 풀어 내리고는 세영을 내려다봤다. 퉁퉁 부은 눈이 새빨갰다.

"울었어? 연락 안 돼서?"

세영은 그저 고개를 푹 숙인 채로 눈물을 떨구고 있었다. 도윤은 걱정 어린 눈으로 세영을 바라보며 말했다.

"미안해."

"전화해 주지."

"미안. 급하게 출발하느라……. 놀래 주려고 했는데, 이렇게 울고 있었던 거야? 에구."

도윤은 다시 세영을 꼭 끌어안으며 이마에 입을 맞췄다.

"나 먼저 좀 씻을게."

"집에 먼저 가야 하는 거 아니에요?"

"집에선 내일 도착하는 줄 아셔. 아, 그리고 혹시 밥 있어? 나 공항에서 바로 오느라 빈속인데."

입을 삐죽 내밀어 보이며, 불쌍한 표정을 짓는 도윤의 얼굴을 마주하자 세영은 피식 웃음이 터졌다.

"얼른 씻고 나와요."

세영은 머쓱한 듯 욕실로 향하는 도윤을 바라보며, 작게 한숨을 내쉬고는 부엌으로 향했다.

개수대에 쌓였던 그릇들을 씻어 내고, 식탁 위에 있는 꽃바구니를 바닥에 내려놓은 뒤 저녁상을 다시 차리기 시작했다. 엄마가 해 주고 가신 미역국, 갈비, 잡채, 밑반찬으로 상을 차리고 나니, 마치 그를 기다리고 있었던 것마냥 식탁 위가 푸짐해졌다.

수건으로 머리의 물기를 털어 내며 욕실을 나온 도윤이 식탁 앞에 앉았다.

"와, 이게 다 뭐야? 혼자 있을 때도 이렇게 먹어? 또 누구 생일상……."

도윤은 자신이 내뱉은 말에 깜짝 놀라 세영을 쳐다봤다.

"오늘 혹시 생일이야?"

도윤은 자기도 모르게 얼굴이 잔뜩 굳어서는 딱딱한 목소리로 물었다. 아무런 대꾸 없이 서 있는 세영의 뒤편에 꽃바구니가 놓여 있는 게 보였다. 도윤은 자리에서 일어나 꽃바구니가 있는 곳으로 성큼성큼 걸어갔다.

"생일을 진심으로 축하합니다. 강산 호텔."

리본 위에 쓰여 있는 글씨를 읽어 내려가는 도윤의 목소리가 점점 작아졌다. 그녀는 아무 말도 없이 고개를 푹 숙이고 있었다.

"오늘 혹시 생일이냐고 묻잖아."

"……네."

"하아……."

도윤은 왼손으로 젖은 머리를 쓸어 넘기며, 한숨을 내쉬었다.

"근데 왜 말 안 했어?"

"도윤 씨 신경 쓸 것 같아서요."

"당연히 신경 써야지! 네 생일인데!"

뜻하지 않게 목소리가 튀어 올랐다.

"어쩐지 그렇게 우겨서라도 한국에 오고 싶더라. 이리 와."

도윤은 손을 뻗어 세영을 품에 안았다. 파르르 떨리는 작은 몸이 안쓰러웠다. 부상 때문에 요 며칠 그녀에게 툴툴거렸던 게 미안해서, 일부러 한국으로 가겠다고 했다. 예전에도 한국에 와서 부상치료를 받았던 적이 있기는 했지만, 이번엔 그녀를 보고 싶은 마음이 더 간절했다.

깜짝 놀라서 그저 반길 줄 알았는데……. 그녀가 말을 안 하기는 했지만, 생일인 오늘 전화 한 통 없어서 혼자 그렇게 울고 있었을 거라고 생각하니 도윤은 심장이 멎어 버릴 것만 같았다.

그녀의 말 하나, 행동 하나가 예쁘고, 아까워서 도윤은 품 안 가득 그녀를 안고 있는데도 부족한 것만 같았다. 자신의 벅찬 마음을 다 표현할 수 있는 방법은 세상에 없을 거라고, 도윤은 생각했다.

"얼른 밥 먹어요. 배고프다면서요."

"그래. 너는? 저녁은 먹은 거야?"

"같이 먹을게요."

세영은 도윤의 앞에 앉아 2시간 전 상차림과 다를 바 없는 저녁 식사를 시작했다.

똑같은 장소, 똑같은 음식, 똑같은 날. 도윤을 마주 보고 있으니 모든 게 달라진 것 같았다. 모래알처럼 씹히지 않고 목구멍에 탁 걸려 버리던 밥알이 술술 잘도 넘어갔다. 눈물을 머금고 삼키던 미역국은 그와 마주하니 꿀이라도 타 놓은 듯 달콤했다.

"난 또 내 생일이라 날아온 줄 알았네?"

세영이 애교스러운 목소리로 투정을 부리자, 도윤이 그제야 푸시시 웃으며 대답했다.

"내가 신이야? 말도 안 해 주는데 어떻게 알아?"

도윤의 대답에 세영도 푸시시 웃어 보였다.

"그럼 서프라이즈 선물이 된 거네, 내가?"

세영이 활짝 웃어 보이며 고개를 끄덕였다.

"그럼 오늘 밤은 내가 노력 봉사해야겠네?"

"그거 날 위한 노력 봉사 맞아요?"

"그럼! 당연하지! 100% 널 위한 거지. 뭐, 200% 날 위한 것 같기도 하고."

능청스러운 도윤의 대답에 세영이 키득거리며 웃었다.

세영이 식탁 위를 치우고, 설거지를 하는 사이 도윤은 트렁크를 열고 이것저것 꺼내 놓고 있었다. 앞치마에 손을 닦으며 도윤의 옆에 앉으니 그가 커다란 비닐 봉투 하나를 내밀었다.

"이게 뭐예요?"

"들어올 때마다 어머니랑 혜윤이 화장품 사 오거든. 똑같은 걸로 샀는데……."

면세점 포장봉투를 열어 보니 기초 화장품이 종류별로 골고루 들어 있었다.

"와, 여동생이 나랑 취향이 비슷한가 봐요."

"그래? 너도 이거 쓸 수 있는 거야?"

"그럼요. 고마워요. 근데 이거 살 시간에 전화 좀 해 주지."

"이거 살 때 한국은 새벽이었어. 자는 데 깨울까 봐 그랬지. 미안해. 아, 맞다. 이것도."

도윤은 작은 남색 상자 하나를 내밀었다.

"이건 뭐예요?"

"열어 봐."

조심스레 상자를 열자, 야구공 모양의 펜던트가 달린 목걸이가 들어 있었다. 투명한 다이아몬드 사이에 빨간 루비가 수놓듯 야구공의 솔기를 표현해 내고 있었다.

"와! 예쁘다!"

"돌아봐. 해 줄게."

아름다운 목선을 따라 목걸이 줄이 찰랑거리고, 그녀의 쇄골 사이에서 야구공이 반짝 빛났다.

"고마워요."

"이건 일부러 맞춘 거야. 너 주려고. 본의 아니게 생일 선물이 됐네?"

배시시 웃는 세영의 볼이 예쁘게 솟아오르자, 도윤이 그녀의 볼에 쪽 하고 입을 맞췄다.

"자, 그럼. 이제 선물은 됐고. 내가 노력 봉사해야 하는 시간인가?"

장난스럽게 말하며 고개를 살짝 옆으로 기울이는 도윤의 모습에 세영이 쿡 하고 웃음을 터뜨렸다.

"이리 와."

도윤은 세영의 손을 이끌어 침실로 들어갔다. 그녀의 방은 지난 겨울과 크게 달라진 게 없었다. 포근했던 겨울 이불이 까슬까슬한 여름 이불로 바뀌어 있을 뿐, 가슴 떨리는 그녀의 향기와 흔적은 여전했다.

도윤은 침대에 걸터앉아 세영을 자신의 앞에 세웠다. 그녀의 가슴에 얼굴을 묻고 숨을 한껏 들이마신 뒤 내뱉으며 분홍빛으로 달아오른 그녀의 얼굴을 올려다보았다.

"거짓말쟁이."

"뭐가요?"

"집에선 속옷 안 입고 있다며?"

"아까 도윤 씨 하는 게 너무 얄미워서."

"괜찮아. 난 벗길 게 많은 것도 좋아."

도윤이 순식간에 세영을 침대 위에 눕히고는 입을 맞추기 시작했다. 맞닿은 입술은 달콤했고, 서로의 입안을 오가는 혀는 뜨거웠고, 두 사람의 심장은 서로의 가슴에 맞닿은 채 쿵쾅거렸다.

도윤은 천천히 입술을 옮겨 그녀의 목덜미에 입을 맞추기 시작했다. 왼팔로 침대를 짚고, 오른손으로 가슴을 움켜쥐던 도윤이 끙 하는 신음을 내뱉었다. 터져 나오는 열망이 어린 신음이 아닌, 무언가 고통이 느껴지는 소리였다. 세영은 몸을 일으키며 그를 바라봤다.

"도윤 씨."

"미안. 이대로는 안 되겠다."

도윤은 오른팔을 슬쩍 털어 내며 애써 미소를 지어 보였다.

"괜찮아요? 도윤 씨, 이만 쉬어요."

"쉬긴 왜 쉬어. 자, 이렇게 해 봐."

도윤은 세영을 일으켜 세운 뒤 자신을 등지고 무릎을 꿇게 했다. 똑같은 자세로 세영의 뒤에 무릎을 꿇은 도윤은 세영의 귓불을 자잘하게 물어 당기며 말했다.

"원피스 좀 벗어 봐."

세영은 떨리는 손을 움직여 원피스를 머리 위로 벗었다.

"도윤 씨, 걱정돼요."

"이렇게 하면 괜찮아."

도윤은 왼손으로 어렵게 세영의 속옷을 벗겨 낸 뒤, 자신의 옷도 전부 벗어 던져 버리고는 콘돔을 하나 집어 포장을 벗겨 냈다.

그녀를 자신의 허벅지 사이에 가두고, 탐스러운 엉덩이 아래로 도윤이 자신의 분신을 문질러 대자, 거칠게 숨을 들이마시는 세영의 어깨가 파르르 떨렸다.

"세영아."

"도윤 씨."

도윤은 왼팔로 세영의 상체를 감싸 안으며 그녀의 목덜미에 입을 맞추기 시작했다. 세영은 오른팔로 자신의 뒤에 있는 도윤의 머리를 감싼 뒤 그의 입술을 찾아갔다. 떨어져 있는 동안 생긴 서로에 대한 갈증은 서로를 아무리 빨아들여도 사라지지 않을 것만 같았다.

왼손 가득 부풀어 오른 그녀의 가슴을 감싸고 손가락 사이로 스며드는 구슬을 잡아 튕기자 세영이 허리를 비틀며 신음을 내뱉었고, 그녀의 오른손은 도윤의 부드러운 머리칼을 움켜잡았다. 다시 한 번 손가락 사이에 있는 구슬을 굴려 내자, 세영이 허리를 또다시 비틀었다. 그 덕에 그녀의 엉덩이 아래에 자리했던 도윤이 미끄러지듯 그녀의 안으로 파고들었다.

몇 개월 만에 차지한 그녀의 안은 여전히 좁고 뜨거웠다. 그러면서도 그녀는 허리를 이리저리 비틀며 몸을 움직이기 시작했다.

조금만 낯 뜨거운 이야기를 하면 목소리를 파르르 떨며 얼굴을 붉히는 그녀가 침대 위에서는 도윤을 완전히 자신의 몸 안에 가두어 버리려는 것 같았다.

도윤은 그녀의 자극적인 몸놀림을 멈추려 세영의 상체를 자신의 상체에 더욱 밀착시켰다.

"세영아."

"응?"

"조금만 천천히."

도윤은 그녀의 상체를 안은 채 주저앉았다 솟아오르기를 반복했다. 깊고 얕게 그녀의 안을 탐하면 탐할수록, 그녀의 입에서 흘러나오는 야릇한 소리는 깊이감을 더해 갔다. 두 사람의 몸이 한 개의 그림자 안에서 격하게 움직였다. 세영의 안이 떨려 오고, 도윤의 머리칼을 감은 손가락에 힘이 들어가자, 두 사람의 몸이 풀썩 침대 위로 쓰러졌다.

뒤에서 자신을 안은 채 거친 숨을 고르고 있는 도윤의 목소리가 들려왔다.

"내일 뭐 해?"

"별일 없어요. 왜요?"

"내일은 그냥 종일 잠만 자야겠다."

세영은 고개를 돌려 도윤을 바라봤다.

"밤새도록 못 잘 테니까."

세영이 뭐라 대꾸를 하려는데, 도윤의 입술이 그녀의 입술을 집어삼키고 있었다.

토요일 늦은 오후가 되어서야 세영은 침대에서 몸을 일으킬 수 있었다. 밤새도록 이리저리 몸을 옮겨 가며 그의 품에 안긴 탓에 쑤시지 않은 곳이 없었다. 오늘 그는 오랜만에 온 식구가 집에 모여 저녁 식사를 한다고 했다. 세영도 오늘은 본가에 가 봐야겠단 생각에 집을 나섰다.

"엄마, 저 왔어요."

주경 여사는 찌릿한 눈으로 세영을 노려보았다. 연애는 하고 있다고 큰소리 떵떵 쳐 놓고 몇 개월째 감감무소식인 딸을 닦달하는 눈짓이었다. 그리고 글러 먹었다는 레퍼토리는 어김없이 흘러나왔다.

"너 내일 선보러 가."

"엄마!"

주경 여사는 이제 더는 들을 가치도 없다는 듯 세영에게 손사래를 쳐 댔다.

"그럼 데리고 오든지. 아니, 뭐 하는 놈인지 말도 안 해. 왜 못 데려오는지 말도 안 해. 얼마나 변변치 못한 놈을 만나고 있기에 그러는 거야? 아니면 그놈이 그냥 연애만 하재? 결혼 같은 거 생각 없대?"

"그런 거 아니야."

"그럼 서른 넘어서 뭐 그렇게 태평해?"

"원래 나이 먹어서 하는 연애가 더 힘든 거 몰라요? 이것저것 재야 하고 다 알아보고 가야지. 그리고 서른이 뭐가 어때서?"

"어이쿠, 말이나 못 하면."

주경 여사가 답답하다며 가슴을 퉁퉁 쳐 보이자, 세영이 덧붙였다.

"자꾸 그렇게 잔소리만 하시면 나 여기 안 와."

"너 안 온다는 소리 하나도 안 무서워. 너 시집 안 가고 그러고 늙어 가는 게 무섭지."

"으으."

세영은 엄마의 잔소리에 몸서리를 쳐 가며 방으로 향했다.

한편 도윤의 집에서는…….

식탁 앞에 앉아서 자희 여사가 차려 주는 늦은 점심을 먹고 있는 도윤은 입이 찢어져라고 하품을 하고 있었다.

"아들, 비행기 타고 오면서 못 잤어?"

"네."

"왜?"

"아, 옆자리가 시끄러워서요."

"아들 이코노미 탔어?"

"아, 아뇨."

"근데 옆자리가 시끄러웠어?"

"아, 좀 그랬어요."

어설픈 대답을 해 대며 밥그릇을 긁고 있는 도윤의 얼굴을 자희 여사가 유심히 들여다보았다.

"이따 저녁에 혜윤이 만나는 남자 인사 오라고 할 건데……."

"아, 그래요?"

"아들은 만나는 여자 없어?"

"저, 어머니, 국 좀 더 주세요."

"응, 그래."

자희 여사는 국을 한가득 담은 그릇을 건네며 말했다.

"트렁크는 비웠어?"

"아, 네. 방에 있어요. 왜요?"

"응, 소독하게."

자희 여사는 밥그릇에 코를 박고 있는 도윤을 뒤로한 채, 아들 방으로 향했다. 도윤이 가져온 트렁크를 살펴보던 그녀는 한쪽 입꼬리를 씩 올렸다.

자희 여사의 손에 잡혀 있는 베기지 클레임 태그(Baggage Claim Tag)의 인천 공항 도착 날짜는 어제였다. 허술하기 짝이 없는 아들의 비밀 연애를 언제쯤 들통이 나게 해야 할까? 를 생각하며 자희 여사는 피식 웃음 지었다.

❉ ✳ ❉

일요일 점심시간이 되어서야 병원에 갔다던 도윤에게서 전화가 왔다. 침대에 오른팔을 짚을 힘도 없다며 미간을 구겼던 그의 얼굴이 떠올라 세영은 잔뜩 마음을 졸이고 있었던 터였다.

"여보세요? 검사 결과 나왔어요?"

— 응, 좀 이따 오피스텔 밑으로 갈게. 전화하면 내려와.

"그럴게요."

그리고 30분 뒤, 오피스텔 지하 주차장에서 만난 그는 운전대를 잡고 있었다.

"도윤 씨 운전해도 돼요?"

"응?"

도윤은 당황했는지 대충 얼버무리려고 하는 것 같았다.

"도윤 씨, 운전해도 되냐고요."

"어, 운전 정도는 해도 된대."

"운전 정도는?"

세영은 고개를 갸웃하며 도윤을 바라보다가 눈을 가늘게 뜨며 물었다.

"진단명은?"

"변화구나 구속이 빠른 투구를 계속 하게 되면, 팔꿈치 관절에 걸리는 외반력이 증가하거든. 팔꿈치에 붙어 있는 근육이 그 외반력을 버텨 내야 하는데, 잦은 활동으로 근육에 스트레스가 쌓이면 이 스트레스로 인해서 오른팔 내측측부인대에 무리가 가서……."

도윤의 목소리가 점점 작아지기 시작했다. 뭔가 어렵게 이야기를 해 보려고 노력하시겠다?

"아, 그래서 뭐 토미존 수술(건강한 팔꿈치 인대를 손상된 팔꿈치 인대에 이식하는 수술. LA 다저스 소속 토미존 선수가 최초로 받아 붙여진 이름)이라도 필요한 거예요?"

세영의 물음에 도윤이 흠칫 놀라는 듯 보였다. 오호라, 한도윤?

"아, 아니. 수술할 정도는 아니고. 2주 정도 공 던지는 건 쉬는 게 좋겠다네? 뭐, 2주 공 안 던진다고 제구력이 바뀌지는 않지만, 재활훈련도 해야 하고."

꾀병은 아니라는 듯 도윤의 얼굴이 점점 울상이 되어 갔다.

"누가 뭐래요?"

"어? 어. 그렇지."

도윤은 괜히 이마를 닦아 내고 마른세수를 해 대며 한숨을 폭 내쉬었다.

"근데."

차 안 공기의 흐름이 멎어 버린 듯 도윤도 숨 쉬기를 멈추고 세영을 바라봤다. 무언가 골똘히 생각에 빠진 세영의 미간이 좁아져 있었다.

"그럼, 그……."

"그럼, 그?"

침대 위에서도 그 정도는 아니었다는 거잖아! 차마 입 밖으로 내뱉지는 못하고 세영은 얼굴을 붉혔다.

"아니에요."

얼굴이 핑크빛으로 달아올라서는 이내 고개를 내젓는 세영을 보고 도윤은 웃음을 삼키려 헛기침을 해 댔다.

그럼, 그 침대 위에서 맨날 같은 자세로만 할 수는 없잖아? 인체의 신비를 몸소 체험할 수 있는 귀중한 시간이었지. 무릎 꿇고도 되고, 서서도 되고, 앉아서도 되고, 또…… 다음엔 무슨 핑계로 안 해 본 체위를 해 보나?

불타올랐던 금요일 밤의 기억으로 도윤은 몸이 후끈 달아오르는 것 같았다.

붉었던 세영의 얼굴이 제 색을 되찾고 뾰로통해진 대신 이번에는 도윤의 얼굴이 벌게졌다. 도윤이 음흉한 생각을 떨치려 헛기침을 하는 사이, 계속해서 진동이 울려 대는 휴대전화를 손에 든 세영이 한숨을 푹 내쉬었다.

"왜 안 받아?"

"잠시만요."

세영은 마운드에 오른 클로저(마무리 투수)라도 된 듯 눈을 번뜩이며 전화를 받았다.

"여보세요?"

— 어디야?

"오피스텔이요."

— 오늘 저녁 6시.

"엄마. 안 간다니까요."

— 선을 안 볼 거면, 당장 데리고 오든지!

"엄마, 저 바빠요. 끊어요."

전화를 끊고 또다시 한숨을 폭 내쉬는 세영의 얼굴이 어두웠다.

"세영아."

"네."

"집이야?"

"네."

대답을 하면서도 세영은 도윤에게 눈을 마주치지 않았다.

"오늘 선보라고 하시는 거야?"

적막한 차 안에 도윤의 목소리가 낮게 깔렸다.

"네."

도윤의 크게 숨을 한 번 내뱉더니, 다시 입을 열었다.

"혹시, 선 같은 거 본 적 있어?"

나 만나는 동안? 이라는 말은 차마 붙일 수가 없었다.

"아니오."

미세하게 떨리는 그녀의 목소리는 거짓말을 하는 것 같았다. 그

비슷한 거라도?

"안 나가면 돼요."

"아니, 안 될 것 같은데?"

"네?"

세영은 차창 너머 보닛에 고정하고 있던 시선을 옮겨 도윤을 바라봤다.

"내가 가서 인사드리면, 선보란 말씀도 안 하실 거잖아. 안 그래?"

세영은 아무 말도 없이 도윤의 눈을 바라봤다.

"왜? 내가 가서 인사드리고 나면 그렇게 선봐라, 뭐 해라 닦달하지 않으실 거 아니야?"

도윤의 말에 세영은 허망한 웃음을 흘리며 그를 바라보던 시선을 돌리고 말았다.

"참 제멋대로야."

"뭐?"

세영의 말에 도윤이 기가 찬 듯 되물었다.

"도윤 씨, 늘 그렇게 제멋대로라고요. 쉬고 싶어요. 피곤해요. 이만 가요."

세영은 차에서 내려 곧장 오피스텔 공동현관으로 향했다. 온종일 연락도 하지 않고 사람 피가 마르게 하더니, 팔이 아프다며 인상을 찡그릴 땐 언제고 그렇게 아프지도 않다고? 게다가 선보라는 집의 닦달에 자기가 인사를 드리면 되지 않겠느냐고?

한숨을 내쉬며 빠르게 걸음을 옮기는 동안 어느새 다가온 도윤이 세영의 앞을 막아섰다.

"왜 그래? 뭐 때문에 그러는데?"

상냥한 목소리인 듯했지만, 그의 말투에는 어이없는 짜증이 어려 있는 듯했다. 그조차도 세영은 받아들이기 힘들었다.

"우리 집에 인사드리러 간다는 게 무슨 뜻인지는 알아요?"

"어. 내가 모르고 말했을 것 같아?"

굳은 의지를 드러내기라도 하듯 도윤의 목소리는 딱딱했다.

"인사를 드리는 게 먼저인가요, 아니면……."

"아니면?"

도윤은 무슨 뜻인지 모르겠다는 듯 되물었다.

세영은 또다시 한숨을 내쉬며 자신의 팔을 붙들고 있는 도윤의 팔을 슥 밀어냈다. 차마 자신의 입으로 말할 수는 없다는 듯 세영은 고개를 저으며 공동현관 안으로 빠르게 사라졌다.

아니, 선 때문에 시달리는 거 싫어했잖아? 내가 인사드리러 가겠다잖아! 그게 뭐가 문젠데? 그 전에 뭐가! 제멋대로라고? 제멋대로……!

운전석에 오른 도윤은 멍하니 보닛에 시선을 고정한 채 숨을 골랐다. 그 자리에 그대로 굳어 버린 듯 도윤은 몇 시간이 지나도록 운전석에 앉아 있었다.

1년을 기다려 달란 말을 던져 놓고, 짧은 만남을 뒤로한 채 미국으로 향했던 올 초, 도윤은 심리적인 이유를 대며 일방적으로 연락을 적게 했다. 한참 애틋한 감정을 나눠야 할 때 그녀는 혼자 남겨진 채 드문드문 오는 자신의 전화를 기다렸을 것이다.

그녀가 미국에 다녀간 이후, 도윤은 큰일이라도 하는 양 하루에 세 번씩 그녀에게 전화했다. 그것도 자신이 편한 시간만 골라서.

그녀는 회의하다가 뛰어나와서 전화를 받기도 했고, 점심을 먹다가 말고 전화를 받기도 했고, 고객사와 면담 중에 양해를 구하고 나와 전화를 받기도 했다.

그녀의 그런 노력과 희생이 고맙다 느끼면서도 사랑하면 그럴 수 있지 않나 하고 당연하게 생각했다. 그녀가 차려 준 이른 생일상을 받아먹었으면서도 그녀의 생일이 언젠지는 묻지도 않았다.

이렇게 내가 날아와 주면 그저 좋아하겠지 하고 생각했었다. 자신의 존재만으로도 그녀가 기뻐하던 얼굴이 도윤은 무척이나 황홀하게 느껴지곤 했었다. 시간이 지나고, 세월이 흐르면 나이를 먹듯, 연애도 성숙해져야 하는 것인데 왠지 도윤의 연애는 한곳에 머물러 있는 것처럼 느껴졌다.

단 한 번도 세영은 도윤에게 무언가 불편한 이야기를 했던 적이 없었다. 하지만 도윤은 투정을 부리기도 하고, 하소연을 늘어놓기도 했었다. 그저 뭐든지 받아 주는 그녀와의 연애를 도윤은 일방적인 방식으로 저 혼자 풀어 가고 있었나 보다.

늘 제멋대로였다는 그녀의 말이 틀린 게 없어 보였다.

심지어 부상을 당하고 나서는 세영에게조차 날이 서 있었던 것 같았다. 그 어떤 투정을 부려도 그녀는 언제나 사근사근한 목소리로 받아 주곤 했었으니까.

도윤은 마른세수를 해 대며 한숨을 내쉬었다.

휴대전화를 만지작거리며 그녀에게 전화를 할까 말까 망설였다. 피곤하다며 혼자 있고 싶다는 그녀의 말을 곧이곧대로 들어야 할지, 아니면 언제나 제멋대로였던 그 모습 그대로 전화를 걸며 그녀의 현관문 앞으로 올라가야 할지 새삼 고민이 되었다.

이러지도 저러지도 못하고 몇 시간째 운전석에 앉아 있는데, 공동현관을 나서는 그녀의 모습이 보였다. 진회색 민소매 원피스 차림에 핸드백과 검은 카디건을 손에 든 모양이 그 선 자리로 향하는 것 같았다.

도윤은 차에서 내려 숨을 고르며 보조석 문을 열었다.

"타, 태워다 줄게."

"내가 어디 가는지는 알고요?"

"알아. 일단 타."

보조석에 올라탄 그녀는 말이 없었다. 나는 지금 미안하다는 말을 바라고 있는 걸까? 아니면 미안하단 말을 해야만 하는 걸까?

도윤은 한숨을 내쉬며 그녀가 일하는 호텔로 향했다. 호텔 주차장에 도착해 그녀가 차에서 내리기 전 도윤은 그녀의 손목을 붙잡았다.

"미안해요. 엄마가 잘 아시는 여사님 아들이래요. 가서 내 뜻과는 무관한 자리라고 말하고 올 거예요."

"……그래."

차에서 내리는 그녀는 미안한 듯, 무심한 듯 도윤에게 시선을 두지 않았고, 도윤은 잘 다녀오라며, 그저 고개를 끄덕였다.

하지만 누군가 세영을 마주 보고 앉아서, 이 여자와의 미래는 어떨까 하고 그려 보는 상상을 한다는 것 자체만으로도 도윤은 미쳐 버릴 것 같았다.

그녀와의 구체적인 미래를 그려 보며, 진지하게 이야기를 나눴던 적이 있었던가? 1년은 그저 자신을 기다려 줄 거라는 믿음으로 도윤은 시간을 채워 나가기에 급급했던 것이 아니었나 생각했다.

처음 그녀에게 1년을 기다려 달라고 했을 때, 그녀가 말했었다. 순간순간에 충실하다 보면 시간은 흘러가게 되어 있다고. 그녀의 현명한 대답에 고개를 끄덕이면서도 도윤은 정말 제멋대로 그 대답을 해석해 버렸다는 생각이 들었다.

남과 여의 교차점은 늘 생각지도 못했던 곳에서 나타나기도 하고, 평행선만 달리기도 하지만, 세영과 자신과의 관계는 그저 일방통행이었던 것 같다.

10분 남짓한 시간이 흘렀을 때, 세영이 다시 차로 돌아왔다. 고작 10분 기다렸을 뿐인데 도윤의 심장은 새카맣게 타들어 가 버렸다. 멋진 척만 할 줄 알았지 그녀에게 정말 멋진 남자는 아니었다는 생각만 들 뿐 더 이상 뒤로 물러설 수도, 앞으로 나아갈 수도 없는 지경이 되어 버렸다.

아둔한 짓을 할 때면 언제나 해맑게 웃으며 자신을 다독여 주던 그녀였는데, 그녀도 이제는 지쳐 버렸는지 아무런 반응이 나오질 않았다.

"오피스텔로 갈래?"

"아니요."

"그럼?"

"본가로 갈래요."

도윤은 그녀가 알려 주는 대로 차를 몰았다.

커다란 기와집 대문 앞에 차가 멈춰 서자, 세영은 피곤한 기색을 내보이며 이만 들어가 보겠다고 했다. 언젠가 어머니와 함께 와본 적 있는 곳이었다.

"여기가 본가야?"

"네."

"나 여기 와 본 적 있는데. 그땐 우리 못 마주쳤나 보다, 그렇지?"

도윤의 장난스러운 말에도 세영의 얼굴에는 미세한 표정 변화조차 찾아볼 수 없었다.

"들어갈게요. 조심해서 가요."

"응, 그래. 전화할게."

"제가 할게요. 엄마랑 이야기 좀 해야 할 것 같아요."

"……그래."

도윤은 커다란 기와집 대문을 밀고 들어가는 세영의 뒷모습을 물끄러미 바라봤다. 평소 같으면, 다시 한 번 뒤돌아봐 주고, 생긋 웃어 주고, 얼른 가라며 손도 흔들었을 그녀인데, 오늘 그녀의 뒷모습은 그저 싸늘하기만 했다.

밤새도록 기다려도 세영에게선 전화 한 통도 없었다. 온종일 전화 한 통 없는 자신의 연락을 기다렸을 그녀의 모습이 떠올라 도윤은 가슴이 절절 끓어오르는 것만 같았다.

아침이 되어서야 도윤은 세영에게 전화를 걸었다. 아침 8시밖에 되지 않아서 아직 출근 전이겠거니 생각했는데, 신호가 몇 번 가는 듯하다가 끊겨 버렸다.

5분쯤 지났을까, 그녀에게서 주간 회의 중이라는 문자 메시지가 왔다.

자신의 훈련 일정, 경기 일정, 하다못해 뭘 먹었는지까지 속속들이 알고 싶어 하던 그녀였다. 가끔 뭐 그런 것까지 궁금하냐며 물을 때면 그녀는 배시시 웃으며 모든 게 다 궁금하다 대답했었다.

그런데 도윤은 그녀가 매주 해 왔을 주간 회의를 언제 하는지도 알지 못했다. 도윤은 재활치료 중에는 전화를 받지 못할 것 같다는 메시지를 남겨 놓은 뒤 또다시 한숨을 내쉬었다.

그녀를 본가에 데려다주고 나흘이 지나도록 세영에게선 별다른 반응이 나타나질 않았다. 일이 많아서 오피스텔에도 가지 못하고 호텔 숙소에서 지내고 있다는 그녀를 무작정 찾아갈 수도 없었다.

[나 이제 내일 가야 하는데, 잠깐 얼굴만 보자.]
[10시쯤 끝나요. 오늘은 오피스텔로 갈 거예요. 이따 봐요.]

잠깐이라도 그녀의 얼굴을 볼 수 있다는 사실에 도윤은 기분이 금세 나아지는 것 같았다. 그녀도 그랬을 것 같았다. 야속하고, 아쉽고, 힘들어도 그저 자신의 전화 한 통에 기분이 나아지지 않았을까? 얼마나 기다렸을까, 얼마나 참았을까.

밤 10시가 조금 지난 시각, 세영은 임직원 전용 주차장에 모습을 나타냈다. 보조석에 오르는 그녀의 모습은 많이 피곤해 보였다.

"오래 기다렸어요?"

"아니. 오피스텔로 갈 거지?"

세영은 대답 없이 그저 고개를 끄덕였다. 차가 움직이는 동안에도 세영은 아무 말도 없었다. 그러고 보니 예전에 그녀에게 전화해서 도윤은 아무 말 없이 한숨만을 내쉰 적 있었다. 힘드냐는 그녀의 말에 '아니.', 피곤하냐는 그녀의 말에 '아니.', 무슨 일 있느냐는 그녀의 말에 '아니.', 하는 무심한 대답만을 늘어놓았던.

분명 그녀에게 잘해 준 기억도 있었다. 새벽녘까지 기다렸다가 그녀가 잠들기 전 깜짝 놀라게 해 주려 전화를 걸어서 잘 자라고 노래를 불러 준 적도 있었고, 뜬금없이 꽃이 예쁘다며 직접 전해 줄 수는 없다고 그녀의 오피스텔로 꽃바구니를 보냈던 적도 있었다.

그런데 자꾸만 못해 준 것들이 떠올랐다. 그 못해 준 기억들이 자신과 그녀 사이에 무언가 엄청난 파열을 만들어 낸 것만 같아서 도윤은 가슴이 답답해졌다.

길게 한숨을 내쉬는 사이, 차가 그녀의 오피스텔 앞에 도착했다. 일부러 차를 천천히 몰았는데도 물리적 한계를 벗어날 수는 없었다.

"다 왔네."

아쉬움이 묻어나는 도윤의 목소리에 세영이 피식 웃었다.

"잠깐 들어올래요?"

"그래도 돼?"

"언제 물어보고 왔어요?"

세영의 말에 도윤은 미안한 표정을 지었다.

차에서 내려 먼저 오피스텔 안으로 들어가는 그녀의 뒷모습을 물끄러미 바라보았다.

그녀가 미국 집에 며칠 머물다 갔을 때, 온 집 안이 그녀로 가득한 기분이었다. 여기를 봐도 그녀의 모습이 보였고, 저기를 봐도 그녀의 모습이 보여서 심장이 죄어드는 것 같았다. 평정심을 유지하려 어찌나 노력했는지 모른다.

그녀도 그랬을 것이다. 그녀가 머무는 모든 곳에 남겨져 있는 자신의 흔적을 살피며 마음을 다잡았을 것이다.

그녀의 부모님께 인사드리기 전에 그녀에게 확신을 주는 게 먼저였다는 생각이 그제야 도윤의 머릿속을 스치듯 지나갔다. 사랑받고 있다는 믿음을 주는 것. 믿음 없는 사랑으로 인해 받은 상처를 기억하고 있는 도윤은 한숨을 폭 내쉬며 차에서 내렸다.

그녀의 오피스텔 현관문을 두드리니 언제나처럼 환하게 미소 짓는 세영이 문을 열어 주었다. 겨우 며칠 그 미소를 보지 못했을 뿐인데, 도윤은 그녀의 미소 한 번에 심장이 녹아내리는 것만 같다.

"저녁은 먹었죠?"

"응."

"마실 만한 게 없어요. 며칠 집을 비웠더니, 엉망이네요."

싱크대 문을 열었다가, 냉장고 문을 열었다가 이리저리 빠르게 왔다 갔다 하는 세영을 도윤이 뒤에서 감싸 안았다.

"세영아."

대답이 없었다. 그저 파르르 떨리는 여린 어깨가 안쓰러워 도윤은 그녀를 더 꼭 끌어안았다.

"미안해."

"뭐가요."

"그냥 다."

훗 하고 웃음을 흘리는 소리가 들려왔는데, 어쩐지 그녀의 목소리는 젖어 있었다.

"나도 투정 한번 부리고 싶었어요. 그냥 막 삐쳐 보고도 싶었고.

근데 그럴 기회가 없었잖아요. 도윤 씨가 한국에 있는 동안에 그냥 한번 그래 보고 싶었나 봐요. 남녀 사이에는 더 많이 사랑하는 사람이 약자라는데……. 내가 약자여서 그렇지, 뭐."

흔들리는 그녀의 목소리에 도윤은 심장이 왈칵 쏟아져 나올 것만 같았다.

"절대 아닐걸. 내가 더 약자일걸?"

"치이. 거짓말. 맨날 도윤 씨 하고 싶은 대로만 하면서."

도윤은 세영을 돌려세우고 자신을 마주 보게 했다. 또르르 흘러내린 눈물길이 나 있는 뺨에 입을 맞추고 붉게 젖어 있는 입술에도 슬쩍 입을 맞췄다.

"나 참 나쁜 남자다. 그렇지?"

"치. 그런 내공은 없어 보이는데?"

피식 웃어 보이는 세영의 되물음에 도윤도 푸시시 웃어 보였다.

"7월에 며칠 경기 없는 날이 있어. 그때 올게."

"앞으로는 전화 꺼 놓으면 한국으로 오는 줄 알아야 하는 거예요?"

뾰로통한 세영의 물음에 도윤이 푸시시 웃으며 대답했다.

"그건 곤란한데?"

지난겨울 파르르 떨고 있는 그녀를 품에 안았을 때, 세상 전부를 얻었다고 생각했었다. 그리고 지금 여전히 떨고 있는 그녀의 여린 어깨를 안은 도윤은 그녀가 자신의 세상이 되었다는 생각이 들었다.

10. 멋진 남자 콤플렉스

인천공항에 도착한 도윤의 발걸음이 빨라졌다. 지난 한 달 동안 오늘만을 기다리며 도윤은 하루하루를 견뎌 냈다. 에이전시에서 보내온 공항 픽업 차량에 올라타자마자 강산시로 향하며 세영에게 문자를 보냈다.

[나 한국 도착했어. 호텔이야?]
[네. 조심해서 와요.]
[응, 퇴근 시간 맞춰서 데리러 갈게.]
[네.^^]

레스토랑을 오가며 눈여겨봤던 집이 매물로 나왔을 때 도윤은 혹시나 하는 마음에 집을 사 뒀었다. 이후 긴 구조 변경 공사를 마쳤고, 그리고 난 후 그녀와 함께하는 첫 방문이었다. 깜짝 놀래 줘 야지.

임직원 주차장에 주차를 마치고, 도윤은 애지중지하던 작은 상 자를 만지작거렸다. 상자 안에는 야구공 펜던트에 박힌 것과 같은 다이아몬드와 루비가 줄줄이 박힌 가는 반지가 들어 있었다. 미국 에 도착하자마자, 도윤은 목걸이를 맞춘 곳에서 반지를 하나 제작 했다.

자신의 새끼손가락 두 번째 마디 굵기와 같은 세영의 왼쪽 네 번째 손가락에 꼭 맞을 사이즈의 반지를 보며 도윤은 슬쩍 미소를 지었다.

작은 상자를 바라보고 있는데, 누군가 보조석 차창을 똑똑 두드 렸다. 도윤은 화들짝 놀라 작은 상자를 얼른 재킷 안으로 숨기고 도어록을 풀었다.

"뭘 그렇게 열심히 보고 있었어요?"

"어, 그냥."

예쁘게 미소 짓는 세영은 살이 좀 빠진 것 같았다.

"살이 빠진 거야?"

"여름이라 입맛이 좀 없어서요."

"그럼, 우리 그 레스토랑 갈까?"

"또 거기 예약했어요?"

고개를 끄덕이는 도윤을 보고 세영은 피식 웃음 지었다.

"거기 가기 전에 잠깐 어디 좀 들르자."

"그래요."

반지와 맞추기라도 한 듯 그녀는 붉은 스트라이프 무늬가 있는 흰색 원피스를 입고 있었다. 도윤은 자꾸만 웃음이 터져 나올 것 같아서 입술을 지그시 깨물었다.

"뭐가 그렇게 좋아요?"

"그냥, 너 봐서."

도윤의 능청스러운 대답에 세영은 피시식 웃음을 흘렸다.

차가 어느 집 마당 안에 들어서자 세영은 고개를 갸웃하며 도윤을 바라봤다.

"그 레스토랑 이사했어요?"

"아니."

"그럼, 들러야 할 곳이 여기예요?"

"응."

이제 막 인테리어 공사를 마쳤는지 바닥에는 신문지가 깔려 있었다. 세영의 손을 꼭 잡은 도윤은 빙그레 미소 지으며 물었다.

"여기 어때?"

"좋네요."

여기서 같이 살면 어떨 것 같아? 하고 묻고 싶었지만, 도윤은 꾹 참았다. 침실에 올라가 반지를 전해 주며 그 말을 할 것이다.

2층에 있는 침실에 다다르자, 슬쩍 미소를 띤 세영의 손이 떨려오는 것 같았다. 무슨 말을 하려는지 그녀도 아는 것 같았다. 매일 아침 여기서 함께 눈뜨고, 매일 밤 여기서 함께 잠들자고 해야지. 도윤은 따스한 눈빛을 보내며 세영의 어깨를 꼭 감싸 안았다.

그리고 침실 문을 열고 안으로 들어서려는 순간, 세영의 얼굴이 하얗게 굳어졌다. 응? 왜 그래? 침실 안에 유일하게 들여놓은 가구였던 침대로 시선을 돌린 도윤의 얼굴도 무섭게 굳어 갔다.

"야! 한호윤!"

세영은 얼른 뒤돌아서 계단을 빠르게 내려갔다.

"어? 혀, 형! 내일 오는 거 아니었어?"

"집에 가서 얘기해."

도윤은 침실 문을 닫고 빠르게 계단을 내려가 세영이 서 있는 현관으로 달려갔다.

"동생이에요?"

"어."

"아, 인사도 제대로 못 했네요."

얼굴이 빨갛게 달아올라서는 한숨을 내쉬는 세영의 목소리가 떨려 왔다. 그래, 반나체의 남녀가 뒤엉켜 있는 모습을 살면서 직접 보기는 쉽지 않으니까.

"밥은 집에 가서 먹어요."

"그럴래?"

"네."

당황했는지, 얼굴을 붉히며 걸음을 옮기는 세영을 바라보며, 도윤은 주먹을 불끈 쥐었다. 저 자식이 지금 뭘 망쳐 놓았는지 모를 것이다.

그녀의 오피스텔로 향하는 차 안, 운전대를 그러쥔 손이 하얗게 변하도록 도윤의 손에 힘이 들어가자, 세영이 손을 뻗어 그의 손을 어루만졌다.

"도윤 씨."

"어."

"진정해요."

진정 못 하겠다. 저건 동생이 아니라 철천지원수가 분명하다.

무시무시하게 두 눈을 반짝이는 도윤에게서 지금 당장 자이로 볼을 백만 개라도 던질 수 있다는 의지가 엿보였다.

세영의 오피스텔에서 그녀가 차려 준 저녁 식사를 마치고, 소파에 털썩 앉아 텔레비전을 켠 순간 도윤의 눈앞이 또다시 새까맣게 물드는 것만 같았다.

세기의 프러포즈라며, 운동선수라면 저 정도 프러포즈는 해야 하지 않느냐며 축구 선수 서지혁의 프러포즈 이벤트가 스포츠 뉴스를 통해 흘러나오고 있었다.

"맙소사."

"왜요?"

지난달 집에 인사를 왔었던 서지혁이 자신에게 한국은 잘 모른다며 어른을 모시고 식사할 수 있는 자리가 있겠느냐는 전화를 해왔을 때, 도윤은 아무렇지 않게 세영의 연락처를 알려 주었다. 그곳 개인 식사실이라면 서지혁도 충분히 만족할 것 같아서였다.

근데 그 속셈이 무엇인지는 묻지 않았는데, 이제야 알 것 같다. 서지혁은 상견례를 준비하고 있었나 보다. 프러포즈할 장소를 보기 좋게 둘째한테 빼앗기고, 결혼 순서는 보기 좋게 셋째한테 추월당한 기분이었다.

"와, 프러포즈를 저렇게 했대요? 멋지다!"

"저놈이 멋져?"

빠직하는 소리가 들릴 정도로 이맛살을 구기며 물어 오는 도윤의 질문에 세영은 피식 웃음을 흘리며 대답했다.

"내 눈에 도윤 씨가 훨씬 멋져요. 근데 얼마 전에 식사실 예약하러 온 모습 보니까 서지혁 선수도 멋지긴 멋지더라."

호호거리는 세영의 웃음소리가 얄밉기까지 했다. 남의 속도 모르고. 아니 알고도 저러고 웃는 거야, 지금?

"쟤 내 동생인 건 알지?"

"아! 맞다. 그렇구나! 도윤 씨, 여동생이구나! 우와. 서지혁 선수랑 결혼하는 거예요?"

천하의 한도윤을 앞에 두고도 축구 선수 나부랭이 서지혁이랑 결혼하는 내 동생이 대단해 보이시나? 잔뜩 심술이 난 도윤은 소파에서 벌떡 일어났다.

"나, 갈래."

"집에선 내일 오는 줄 안다면서요?"

"뭐, 어차피 성(性)진국에서 날아온 호랑말코 같은 동생 놈이 나불거릴 텐데, 뭐."

도윤의 뾰로통한 대답에 세영이 푸시시 웃으며 말했다.

"그래요, 그럼."

"내일 봐."

"운전 조심해요."

붙잡지도 않네. 도윤은 잔뜩 심술이 난 가슴을 퉁퉁 쳐 대며 운전석에 앉았다.

이튿날, 늦은 식사를 하러 나온 동생 혜윤의 표정은 잔뜩 심술이 나 있었다. 서지혁은 모델처럼 카메라에 잡혔는데, 지는 불어터진 순두부같이 나왔다나, 뭐라나. 일부러 잔뜩 비꼬아서 '매제'라고 불러 주었더니, 눈치 없는 서지혁은 배시시 웃는다. 아닌가? 승자의 미소인가?

어디서 찾았는지 강산FC 한여신이라는 기사를 지혁이 들이밀자, 혜윤은 언제 그랬냐는 듯 아이 같은 미소를 지어 보이며 제 방으로 향했다. 혜윤의 뒤를 쪼르르 따라가려는 지혁을 도윤이 붙잡았다.

"잠깐 얘기 좀 하지?"

"아, 예. 형님."

붙임성도 좋지, 이놈.

"호텔은 상견례 하려고 예약해 놓은 거야?"

"예? 예."

얼굴을 붉히며 머리를 긁적이는 이놈은 나한테 뭔가 미안하기는 한 걸까? 저놈이 처음 우리 집에 인사 왔을 때, 나 장가가기 전에 혜윤이 못 보낸다는 농담은 진심이었다는 걸 이놈은 알까?

도윤이 한숨을 폭 내쉬자 지혁이 목소리를 낮추며 물었다.

"그분이시죠?"

"뭐?"

"호텔에 일하시는 분이요. 하세영 지배인님."

이놈은 정말 눈치가 빠른가 보다. 도윤이 기겁하는 표정을 짓자, 지혁이 웃음을 참는 듯 크흡 하는 소리를 냈다.

"뭐가 웃겨?"

"형님, 이야기를 좀 하시더라고요."

"뭐라고?"

이런 고급 정보는 또 놓칠 수가 없었다.

"아이같이 순수한 분이시라고."

세상에 나같이 음흉한 아이는 없을 텐데? 프로이트의 구순기, 항문기 하는 이론을 뒷받침 하려는 겐가?

"그분은 그게 제일 좋대요."

"뭐?"

"형님, 그렇게 순수한 면이 참 좋대요."

이 자식은 그 짧은 시간에 많은 걸 얻어 냈구나. 도윤은 슬쩍 미소를 띠며 그래? 하고 되물었다.

"너무 고민 마시고, 형님 하시던 대로 하세요."

"맨날 하던 대로 하다가 삐쳤었단 말이야."

도윤의 심드렁한 대답에 지혁이 기가 막힌다는 표정을 지어 보였다.

"설마 삐쳤다고 꽁하셔서 아무것도 못 하셨어요?"

넌 아무리 그래도, 꽁이 뭐냐? 처월드의 뜨거운 맛을 미리부터 보고 싶나?

"어."

도윤의 대답에 지혁이 헛웃음을 흘렸다.

"형님, 정말 순수한 게 매력 포인트인가 봐요."

키득거리는 지혁의 머리를 마음 같아서는 한 대 내려치고 싶었다. 아, 내 여동생 데리고 살 놈만 아니었으면, 넌 아마 지금쯤 저기 나가떨어져 있을 거다.

혜윤을 달래 주겠다며 위층으로 올라간 지혁이 한 말을 도윤은 곰곰이 생각해 보았다.

순수한 게 매력 포인트라? 바보 같은 짓을 또 하라는 건가? 멋진 척하는 건 안 어울린다는 거야? 저 서가 놈은 어느샌가부터 혜윤이뿐 아니라 한씨 남매들을 휘어잡고 있는 것 같았다. 뭐 하가 아가씨만은 못하겠지만.

도윤이 오피스텔로 가겠다는 전화를 하자, 세영이 배시시 웃으며 그러라고 했다. 아마 깜짝 놀랄 일이 있을 거란 말도 덧붙이며. 뭐? 여기서 더 놀랐다가는 나 심장 마비 오겠는데? 순수는 얼어 죽을.

현관문을 열어 주는 세영은 평소보다 더 밝게 웃음 지으며 도윤을 반겼다. 왜 이래?

"밥은 먹었죠?"

"응."

"커피 아니면 차?"

"냉수."

도윤의 대답에 세영이 까르륵 웃으며 차가운 물이 담긴 유리잔을 건넸다. 까르륵 소리까지 내 가며 웃을 일이 대체 뭘까? 일부러 쟁반도 받치지 않은 듯 유리잔을 건네다가 이리저리 손을 움직이는 세영을 보고 도윤은 헛웃음을 흘렸다. 뭐해, 우리 세영이? 왜 혼자만 신 나?

"도윤 씨."

"응."

"피아노 배운 적 있어요?"

"아니."

세영은 식탁 위에 손가락을 얹고 피아노 치는 시늉을 해 대며
말했다.

"난 어렸을 때 체르니 40번까지 쳤어요. 피아노 학원 가기 싫어
서 막 도망도 다녔어요. 근데 오늘따라 막 피아노가 치고 싶어지
네?"

손가락을 바짝 세우고 식탁 위를 톡톡 거리는 세영은 배시시 웃
고 있었다. 엄한 소리를 해 대며 이상한 행동을 하는 세영을 흘끔
거리며 도윤이 찬물을 들이켜는데, 그녀의 왼손 네 번째 손가락에
반짝이는 반지가 눈에 들어왔다.

"푸흡!"

"왜요? 왜 그렇게 놀라?"

"그거 어디서 났어?"

"여기 떨어져 있던데요? 나 주려고 한 거 아니었어요? 아님, 딴
여자 주려고 산 건가?"

손가락을 반짝반짝해 보이며 까르륵거리는 세영의 웃음소리에
도윤도 슬쩍 웃음이 났다. 프러포즈를 망쳐 버리고, 반지까지 흘리
는 실수를 했는데도 세영은 그저 생글생글 웃으며 도윤을 바라봤
다.

도윤은 자리에서 일어나 세영의 곁으로 다가갔다. 여전히 장난
스러운 표정을 지으며 자신을 올려다보는 그녀를 일으키고는 품
안 가득 안았다. 그녀를 꼭 안은 도윤의 입에서 아쉬움 가득한 목
소리가 흘러나왔다.

"어제 사실 그 집에서 같이 살자고 하려고 했어."

"나 이제 그 집에는 못 살 것 같아요. 맨날 생각날 것 같아. 예비 도련님이."

도련님이라는 단어에 도윤은 화들짝 놀라 세영을 내려다보았다. 배시시 웃는 눈매가 너무 예뻐서 눈가에 쪽 하고 입을 맞췄다.

"그 호랑말코가 도련님이면 난 뭐야?"

"글쎄요. 호랑말코 형님?"

그래, 맘껏 놀려. 얼마든지 놀림당해도 좋으니까.

"그럼, 나 인제 인사드리러 가도 돼?"

"어머! 그때 우리 집 알려 줬는데, 아직도 안 갔어요? 난 또 도윤 씨 벌써 쳐들어갔을 줄 알았지!"

도윤은 해맑게 웃고 있는 세영의 왼손을 끌어다가 반지 위에 입을 맞췄다.

"멋지게 프러포즈하고 싶었는데."

"뭐, 멋지진 않았는데, 참 도윤 씨답기는 했어요."

키득거리는 세영을 꼭 끌어안고, 도윤은 그녀의 머리칼에 얼굴을 묻었다.

"근데 참 신기해요."

"또 뭐가?"

"이러고 질질 흘리고 다니는데, 마운드에서 공 안 떨어뜨리는 거 보면."

"요게!"

콧잔등을 통 하고 튕겨 내자, 찡긋하고 코주름이 생기도록 세영이 맑게 웃었다.

❉ ❉ ❉

"아, 왜 호텔로 오라 마라야, 바쁜데."

개인 식사실로 들어서는 주경 여사는 입술을 씰룩이며 세영에게 눈을 흘겼다.

"어? 너희도 와 있었어?"

"오셨어요? 장모님."

"엄마, 오셨어?"

"할미! 하부지."

할머니와 할아버지의 품을 각각 차지한 은민이와 정민이는 연신 반짝이는 호텔 조명을 손가락으로 가리키며 작은 별 노래를 부르고 있었다.

"뭐? 선 자리 나가서 파투 내고, 엄마한테 미안하기는 했나 보지? 생전 호텔로는 부르지도 않더니."

그 날, 선 자리에서 만난 남자의 앞에 앉지도 않고 그저 죄송하다는 인사를 건넨 뒤 자리를 떠난 세영 때문에 주경 여사는 입장이 조금 곤란해진 듯 보였다.

"그 자리가 어떤 자린데 바보같이 걷어차고. 이제 올해도 반이나 지나갔는데 어쩌려고. 어이구, 속 터져."

가슴을 통통 쳐 대는 주경 여사에게 의미심장한 미소를 지으며 세영이 입을 열었다.

"그래서 나오시라고 했어요. 오늘 이 자리, 내가 만든 거 아니에요."

"그럼?"

칭얼거리는 정민이를 어르시던 아버지가 되물으셨다.

"제가 만나는 사람…… 누군지 소개해 드리려고요."

"여태 꼭꼭 숨기고 있더니 웬일이래?"

주경 여사는 툴툴거리는 듯했지만, 목소리는 좀 전보다 많이 누그러든 것처럼 보였다.

"그 사람이 외국 나가 있거든요. 그래서…… 잠깐 들어왔는데, 인사드리고 싶다고 해서."

"뭐어? 혹시 유학생이야? 어이구, 내 팔자야. 저저 글러 먹은 게 누구 뒷바라지하고 있는 거 아니냐?"

급기야 뒷목을 잡으시려는 주경 여사의 어깨를 주무르며 지영이 입을 열었다.

"에이, 엄마. 언니가 하는 말은 다 들어 봐야지. 왜 그렇게 넘겨 짚어?"

"어이구, 내 팔자야. 어이구. 멀쩡한 게 바보짓만 하고 있어. 그럼 뭐 하는 놈인지 왜 말도 안 해."

"엄마. 청심환 좀 사다 줄까?"

지영의 물음에 주경 여사는 발끈하며 도끼눈을 떴다.

"이게 엄마를 놀려? 냉수나 줘, 얼른. 속이 타서 돌아가시겠다."

끙끙 앓는 소리를 하시며 냉수를 찾으시는 주경 여사의 외침에 서버가 차가운 물이 담긴 은색 포트와 유리잔을 내왔다.

"아, 그런데 왜 안 와? 어른을 먼저 오게 해서 기다리게 하는 법이 어디 있어?"

"좀 전에 전화 왔는데, 일이 생각보다 늦게 끝났나 봐요. 곧 도착한댔어요."

"외국에 있다며? 한국에 무슨 바쁜 일이 있다고? 아이고, 지영아. 너 언니가 만나는 남자 봤냐?"

"응."

지영의 대답에 주경 여사는 눈을 희번덕거리며 되물었다.

"너 봤어? 언제 봤어?"

"정민이랑 은민이도 봤어. 애들이랑 참 잘 놀아 줬나 봐. 그분 사진만 보면 까르륵거린다니까."

"총각이 왜 애랑 잘 놀아? 혹시 재혼이야?"

주경 여사의 엉뚱한 상상력은 루이스 캐럴을 능가하는 듯 보였다. 엄마의 머릿속에 세영은 하얀 토끼나 체셔 고양이쯤 될까?

"사진은 어떻게 찍었어? 너 혹시 막 얼굴만 보고 남자 골랐어? 그래서 동생한테 얼굴 자랑이라도 했어?"

주경 여사의 울먹임에 지영은 급기야 웃음이 터지고 말았다.

"엄마, 비약이 너무 심하잖아. 언니가 설마 그랬겠어?"

"역성드는 네가 더 꼴 보기 싫어. 엄마 위로하려고 하는 거야, 아니면 쓰러지기 전에 미리 선수 치는 거야?"

"아이, 장모님. 아마 보시면 깜짝 놀라실걸요."

"지금보다 더 놀랄 것도 없네. 강 서방, 자네까지 왜 그러나?"

주경 여사의 일갈에 일순간 방 안이 조용해졌고, 그때 세영의 휴대전화 진동 소리가 들려왔다.

"응, 왔어요? 내가 나갈게요."

"어디 가?"

통화 중인 휴대전화를 들고 자리에서 일어나는 세영에게 주경 여사는 눈을 흘겨 보았다.

"문 앞에 와 있대요. 제가 데리고 들어오는 게 낫죠. 혼자 들어오라고 하긴 좀 그렇잖아요."

"쟤는 꼭 무슨 일 앞두고 무섭게 존대야."

방을 나서는 세영의 뒤통수에 대고 주경 여사는 한숨을 폭 내쉬었다. 연애엔 젬병인 큰 딸애가 이리 숨기고, 저리 숨기던 놈이 곱게 보일 리 없었다. 무슨 흠이 있기에 감추는 건지 걱정이 태산같이 솟아올라 하늘을 찌르려던 순간, 문이 열렸다.

마치 흘러간 유행가의 가사처럼 문이 열리고, 그대가 들어왔다. 첫눈에 주경 여사는 자신의 사람이 될 거라는 걸 알았다. 제 앞에 다가와 고개 숙이며 웃는 얼굴, 정말 눈이 부셨다.

"억!"

억 하는 소리를 내뱉음과 함께 주경 여사는 안고 있던 은민이를 지영이 손에 넘겼다.

"안녕하세요? 인사가 늦어 죄송합니다. 한도윤입니다."

주경 여사보다는 조금 덜 놀라신 듯한 아버지가 가까스로 입을 여셨다.

"반가워요. 나 세영이 애비, 여긴 세영이 엄마."

"늦어서 죄송합니다. 인터뷰가 예정보다 늦게 끝나는 바람에 가장 중요한 자리에 조금 늦었습니다."

주경 여사는 그제야 호흡을 되찾으신 듯 입을 여셨다.

"호호. 그래요. 남자가 바깥일 하다 보면 늦을 수도 있지요. 반가워요. 오호호."

모든 지읒 발음의 [z]화. 주경 여사가 우아해 보이고자 할 때 나타나는 언어적 특질이었다. 지영은 터져 나오려는 웃음을 참아 내며, 도윤에게 인사를 건넸다.

"잘 지내셨어요? 형부?"

이래서 처제 사랑은 형부라고 했나 보다. 도윤이 성긋이 웃으며, 잘 지냈어요? 처제? 하고 인사를 건네려는 찰나, 주경 여사가 입을 열었다.

"얘는 네 언니 아직 시집도 안 갔는데, 무슨 형부야. 우리 식사부터 할까요?"

주경 여사의 콧소리 가득한 물음에 아버지는 헛기침을 하셨다. 매일 한식 상차림을 치르시는 어머니를 위해 오늘은 특별히 프랑스식 요리가 준비되었다. 세영이 음식에 대한 설명을 간단히 곁들일 때마다 도윤은 무척이나 사랑스럽다는 눈빛으로 그녀를 바라봤다.

"오호호, 얘가 어릴 때부터 나를 도와서 손님상을 내가곤 했어요. 우리 집이 대대로 대령숙수를 지내신 집안인 건 알지요? 그때마다 음식 설명을 잘해야 한다고 일렀는데, 아직 많이 서투네요. 오호호호."

"예, 고조할아버님까지 대령숙수를 지내셨다는 이야기는 얼마전에 들었습니다. 어머님 일품 요리 솜씨는 예전에 어렵게 한 번 맛볼 기회가 있었던 것 같고요."

"어머? 그랬어요?"

다 알고도 되묻는 주경 여사의 반응에 세영과 지영은 흥미롭다는 눈짓을 주고받으며, 웃음을 참아 내려 애썼다.

"아직 이렇게나 배울 게 많은 애예요. 시집갈 때가 됐는지도 잘 모르겠네. 오호호호."

좀 전에는 그렇게나 시집 안 간다고 안달복달하던 주경 여사가 갑자기 가르칠 게 많다며 세영을 싸고돌았다.

"아닙니다, 어머님. 세영 씨가 얼마나 지혜롭고 현명한데요. 외람되지만, 미모부터 현명함, 지혜로움까지 세영 씨가 어머님을 쏙 빼닮은 것 같은데, 미모는 어머님께서 더 훌륭하신 것 같습니다."

"오호호, 무슨 소리야? 우리 세영이가 더 예쁘지. 하긴 뭐, 내가 젊을 때, 남자들 눈길 좀 끌었어요."

도윤의 능청스런 아부성 멘트에 주경 여사는 까르륵 넘어갈 듯 웃었다.

대화가 무르익어 갈 무렵, 뭐, 무르익어 봤자 주경 여사의 은근한 딸 자랑과 도윤의 추임새가 전부인 대화가 계속되고 있던 중 어느새 후식 주인 와인과 간단한 다과가 나왔다.

도윤은 가족분들 생각하며 고른 선물이라며 크고 작은 종이 가방 여러 개를 내밀었다.

"감사히 잘 받을게요."

포장을 뜯어내려는 아버지의 손을 은근슬쩍 잡으며 주경 여사가 집에 가서 풀어 보라는 눈짓을 보냈다. 아버지는 작은 상자를 도로 종이 가방 안에 넣고는 또다시 헛기침을 하셨다.

"어머님, 아버님. 제가 따님 데려가도 될까요?"

도윤의 진지한 물음에 주경 여사는 인자한 미소를 지으며 되물었다.

"미국엔 언제 가요?"

"내일모레 출국 예정입니다."

"내일 특별한 일 있어요?"

"없습니다."

"그럼, 내일 집으로 한번 와요. 저녁 식사나 같이 하게. 밥 한 끼 같이 먹고 사람 속내를 어떻게 다 알겠어요."

"예. 그렇죠? 어머님. 내일 댁으로 가겠습니다."

식사를 마치고, 호텔을 나서서 도윤의 뒤를 따르려는 세영을 주경 여사가 붙들었다.

"오늘 딸애랑 이야기를 좀 나눠야 할 것 같네요. 조심해서 가요."

"네, 어머님, 아버님 살펴 가십시오."

"형부, 나중에 봐요."

"네, 조심해서 가요."

계속해서 형부라 불러 대는 지영의 옆구리를 주경 여사가 쿡 찔렀다. 세영은 전화하겠다며, 엄지와 새끼손가락을 들어 흔들어 보였다. 도윤은 환한 미소를 지어 보이며 고개를 끄덕였다.

아버지가 운전하시는 차에 올라탄 세영은 짙은 한숨을 내쉬었다. 바보같이 굴면 어쩌나 했는데, 어디서 스파르타 교육이라도 받았는지, 아니면 정말 자신의 앞에서만 바보가 되는 사람인지, 도윤은 주경 여사의 비위를 잘 맞춰 가며 공식 첫인사를 멋지게 해냈다.

집으로 가는 차 안은 매우 조용했다. 보조석에 앉으신 주경 여사는 계속해서 숨을 몰아쉬고 계셨다. 아버지의 차가 기와집 옆에 있는 주차장에 도착한 지 얼마 지나지 않아, 동생네 차가 주차장에 들어섰다. 지영이 차에서 내리자마자 쪼르르 달려와 주경 여사에게 물었다.

"엄마, 대체 왜 그랬어?"

"일단 들어가서 얘기해."

얼굴이 벌겋게 달아오른 주경 여사는 집에 들어서자마자 아버지와 나란히 청심환을 반씩 나눠 드셨다.

"아니, 한도윤 같은 남자가 우리 언니 싫다고 가 버리면 어쩌려고 그렇게……."

"그럼. 남자가 한도윤이라는데, 네 언니 기 안 죽게 해 줘야지. 덥석 시집보내겠다고 단번에 허락해?"

유리잔에 남아 있는 물을 다 들이켠 주경 여사는 소파 위에 앉으며 물었다.

"만난 지는 얼마나 됐어?"

"작년 초겨울에 만났어."

주경 여사는 고개를 끄덕이며, 다시 물었다.

"잘해 줘?"

"응."

세영이 피식 미소 지으며 대답하자, 설핏하게 주경 여사의 눈가에 눈물이 맺힌 것 같아 보였다.

"아이고, 내 정신 좀 봐. 세영 아빠. 오늘 일찍 잡시다. 내일 새벽부터 장 보고 움직이려면 힘들겠어."

아버지와 함께 안방에 들어간 주경 여사는 누군가에게 전화를 하는 것 같았다. 그 목소리가 어찌나 우렁차던지 거실에 모여 있는 이들이 굳이 귀를 기울이지 않아도 다 들릴 정도였다.

"오호호호. 즈엉 여사! 우리 큰 애가 만나는 사람이 있었네. 이거 미안해서 어떡해. 선 자리에는 이제 못 보이겠네. 오호호호……. 나중에 청첩장 찍으면 보내 드릴게……. 오호호호. 그냥 뭐, 사람만 듬직하면 되지…… 조건이 중요한가? ……오호호호. 신랑 얼굴은 식장에서 봐요. 오호호, 호호……."

"언니, 엄마 되게 좋은가 보다."

세영은 피식 웃음 지으며 지영을 툭 쳤다.

"처형, 저 친구들한테 자랑 좀 해도 돼요?"

남편의 물음에 지영이 쿡 하고 옆구리를 찔렀다.

"안 되지, 아직. 그걸 말이라고 해? 으이그. 애들 데리고 먼저 집에 가. 나 언니랑 얘기 좀 하다가 가게."

"알겠어. 처형, 내일 봬요."

"그래요. 너도 얼른 가. 강 서방 혼자 애 둘을 어떻게 봐?"

"걱정 마, 언니. 나보다 애들 잘 봐."

정훈이 아이 둘을 안고, 대문을 나서는 것을 보고 세영이 지영을 나무랐다.

"남편한테 좀 잘해. 저렇게 착한 남자가 세상에 어디 있어?"

"언니가 저 사람이랑 살아 봤어? 꼭 다들 나한테만 뭐라고 하는데, 내가 잘하니까 저 사람도 잘하는 거야. 나 결혼해서부터 매해 어머님, 아버님 생신상 내 손으로 차리고, 위에 줄줄이 아주버님 세 분, 형님 세 분 생일도 꼬박꼬박 챙기고. 일하는 형님들 대신해서 제사 때마다 내가 가서 일 다 하고. 친정 가깝다고 명절 때 제일 늦게까지 시댁에 남아 있는 게 나야. 강 서방은 양팔로 쌍둥이 안고, 등에는 나 업고 다녀야 한다, 뭐."

자신만만한 미소를 짓고 있는 지영에게 세영이 피식 미소를 흘렸다.

"언니."

"응?"

"결혼이 그렇더라. 서로 불만을 품기 시작하면 끝도 없어. 사실 나도 처음에 좀 불만이었다? 난 막내며느린데, 내가 왜 형님들도 안 하시는 일을 해야 하나 했는데. 내가 잘하니까, 저 사람은 나한테, 친정에 더 잘하더라. 그거라도 고맙게 여겼어. 내 사람이 알아주는데 됐지 하고. 그랬더니 저 사람 그것도 고마워하더라고."

어린 나이에 시집간 여동생을 보며 그저 드센 아줌마가 되었다고만 생각했는데, 지금 지영의 모습은 정말 인생 선배와 같았다.

"참 이상한 게 연애할 땐 두 사람만 보이잖아. '세상 그 어떤 고난과 역경이 와도 이겨 내리라.' 하는? 근데 결혼하고 나면…… 자꾸 두 사람 사이의 문제가 아닌 다른 문제들이 둘 사이를 어지럽혀. 시댁 문제나, 친정 문제나. 자꾸 그거에 집중하다 보면 부부가 빈껍데기 되어 버리는 것 같더라고. 사랑은 없는 그저 남편과 아내의 법률적 계약관계?"

아련한 눈빛으로 이야기를 이어 가는 동생을 세영은 물끄러미 바라봤다.

"결혼 2년 차까지는 그게 되게 힘들었어. 둘이 좋아 죽지 못해서 결혼했는데, 이게 뭔가 싶고……. 쌍둥이 낳고 얼마 되지 않아서 그렇기도 했겠지만. 근데 애들 맡기고 어디 다닐 수 있는 정도로 여유가 생기고 나니까 '아, 저 사람 없었으면, 쌍둥이도 없었을 거고, 지금의 나도 없었겠다.' 하는 생각도 들고, '주변에서 일어나는 문제가 저 사람이 원해서 생기는 문제가 아닌데.' 하는 생각이 그제야 드는 거야."

세영은 지영이 하는 말을 가만히 듣고 있었다.

"왜 시댁 가서 내 역성 한번 안 들어 주나 싶었어. 근데 내가 하면 되더라고. 어머님, 저 잘했죠? 어머님, 제가 했어요. 어머님, 이건 이렇게 하면 어떨까요? 하고."

"네 성격에?"

"그게 해 보니까 되더라. 힘들긴 한데 돼. 엄마는 우리 엄마니까 내가 뭘 해도 예쁘고 좋으시겠지만, 시댁 식구들은 가족이라고는 해도 혈연관계는 아니잖아. 가족 사이의 관계도 노력하기에 따라 달라지는구나, 하는 생각이 들었어."

지영은 한숨을 폭 내쉬더니 말을 이었다.

"근데 우리 어머님, 아버님이 좋으시기도 하시지. 친구들 얘기들어 보니까 어린 게 뭘 아느냐? 저건 입만 살았다 하시는 분들도 계시더라고."

지영은 생긋 웃으며 세영의 어깨를 툭툭 쳤다.

"언니는 나보다 더 성격 좋잖아. 아마 나보다 더 잘할걸?"

세영은 피식 웃으며 지영에게 물었다.

"강 서방도 엄마 돕기로 했다며?"

"어, 여기 엄마, 아빠가 평생 일궈 오신 곳인데 남의 손에 맡길 수 없잖아. 없어지게 둘 수도 없고."

"시어른들은 뭐라고 안 하셔?"

세영의 조심스러운 물음에 지영이 배시시 웃으며 대답했다.

"뭐라고 하시지. 나보고 복덩이라고. 신통방통하다고."

"복덩이?"

"강 서방 어릴 때 사고만 치고 다녔는데, 결혼해서 철들고 이제 우리나라에서 손꼽히는 전통조리 전수자 됐다고 동네방네 자랑하고 다니셔. 어오, 건물 하나 더 주시겠다는 거 말리느라 혼났다. 형님들 눈치 보여서."

키득거리는 동생의 허세에 세영도 키득키득 웃었다.

"잘 살아야 해, 언니."

"응."

괜히 눈물이 핑 돌 것 같아서 세영은 얼른 자리를 털고 일어났다.

"어이구, 내일 우리 여사님 도우려면 힘들겠다. 너도 얼른 건너가."

"응, 내일 봐, 언니."

동생이 돌아가고 세영은 가만히 침대에 누워 천장을 바라보았다. 결혼? 그 사람과 결혼을 해서 부부가 된다고 생각하니 괜히 싱숭생숭해졌다. 또 도윤의 모습을 떠올리니 피식 웃음이 났다.

어느 설문조사에서 인터뷰 때 말 잘하는 운동선수로 뽑히기도 했던 남잔데, 자신의 앞에만 서면 멍하니 굳어 버리는 도윤의 모습이 바보 같기도 하고, 우습기도 하고. 또 사랑스럽기도 하고.

언젠가 그가 마운드에 서는 것보다 세영의 앞에 서는 게 더 긴장되고 어렵다는 말을 했던 적이 있었다. 손가락, 발가락이 다 오그라들 정도로 멋지지 않지만, 좋았다. 자신의 앞에서만큼은 진심을 숨기지 못하고, 거짓말도 할 줄 모르는 그의 모습이 좋았다.

그토록 바보 같아지고, 어려운 게 사랑인가, 하고 세영은 생각했다.

이런저런 생각을 하다가 까무룩 잠이 들 무렵 휴대전화 진동이 울렸다. 바보 같고 순수한 도깨비다. 별명을 바꿔야겠다. 바보 도깨비로.

"여보세요?"

— 어머님하고 이야기는 잘했어? 뭐라셔?

잔뜩 긴장한 목소리로 묻는 도윤에게 세영은 짓궂은 장난이 치고 싶어졌다. 세영이 깊게 한숨을 내쉬자, 도윤의 한숨도 늘어졌다. 주경 여사 입이 이쪽에서 저쪽으로 늘어지셔서는 얼굴에 경련이 일도록 웃고 계셨는데, 도윤은 긴장한 탓에 그것도 눈치채지 못했나 보다.

"도윤 씨."

— 응?

대답을 건네는 그의 목소리가 흔들렸다.

"사랑해요."

낮은 웃음을 흘리며 그가 또다시 한숨을 내쉬었다.

— 나도 사랑해.

"울 엄마는 내일 씨암탉 잡으실 분위기던데?"

휴대전화 너머 도윤의 유쾌한 웃음소리가 들려왔다.

— 내일 밤에…… 동생이 미안하다고 사과하겠다는데. 볼래? 불편하면 나중에 보고.

"아니요. 앞으로 평생 보고 살아야 하는데, 오해는 미리 풀어야죠. 오해 맞죠?"

— 몰라, 나도 안 들었어. 듣다가 개 목숨 부지 못 할 것 같아서.

"뭔가 사정이 있었겠죠."

— 사정은 무슨!

"얼른 자요. 내일 엄마가 6시까지 오라고 하시네요."

— 응, 잘 자. 내일 봐.

❋ ✳ ❋

새벽부터 시장에 다녀오신 주경 여사는 온 시장의 물건을 다 쓸어 오신 듯했다. 결혼도 안 한 예비 사위를 위한 주 요리는 용봉탕(龍鳳湯)이었다. 어린 닭을 고아 낸 국물에 잉어를 토막 내어 넣고 끓인 음식이라, 예민한 사람의 경우 비릿한 냄새를 느낄 수도 있었다.

세영은 재료 손질을 도우며 물었다.

"이거 못 먹으면 어떡하지?"

"이건 없어서 못 먹는댔어. 괜찮아."

"엄마가 어떻게 알아?"

"예전에 사부인이 그러셨어. 이걸 제일 좋아한다고."

세영은 고개를 끄덕이며 닭기름을 떼어 냈다. 사, 사부인? 아직 상견례도 안 했는데, 주경 여사는 저 앞에 서 계신 기분이었다.

해 질 무렵, 기와집 대문이 열리고 도윤이 들어서자, 주경 여사는 한달음에 달려가 도윤의 손을 꼭 잡아 주셨다.

"오는 데 안 힘들었어요?"

"예."

섬돌 위에 신발을 올리고 대청마루로 들어선 도윤은 정식으로 인사드리겠다며, 세영의 부모님께 큰절을 올렸다. 듬직한 도윤의 모습에 주경 여사는 눈가를 늘이며 눈물을 찍어 내셨다.

"식사해야죠?"

"예."

도윤은 또다시 주경 여사의 손에 이끌려 손님상을 내가는 별채가 아닌 안채의 가족 식사실로 향했다.

식탁 위가 넘치도록 차려진 음식을 보고 도윤은 환한 웃음을 지으며 잘 먹겠습니다! 하고 소리치더니 복스럽게 먹기 시작했다. 두 번째 식사여서 그런지 도윤은 제법 여유로운 모습이었다.

정말 좋아하는 음식이라며 한 그릇을 뚝딱 비워 내는 도윤을 보고 주경 여사는 흐뭇한 미소를 지었다.

이런저런 말씀을 많이 하실 것 같았던 주경 여사가 건넨 말은 딱 한마디였다. 우리 딸 많이 아껴 주라는. 도윤은 '예.' 하고 대답하며 옆에 앉은 세영의 손을 꼭 붙잡았다.

식사를 마치고 부모님은 도윤을 더 붙잡아 두고 싶으신 듯 아쉬워하셨지만, 내일 먼 길 떠나야 하는 사람 일찍 보내야 한다며 채근하셨다.

"얼른 가 봐요. 내일 아침 공항 가려면 피곤할 텐데."

"다음에 나올 때 저희 부모님과 인사 자리 마련해도 될까요?"

도윤의 조심스러운 물음에 주경 여사는 그러자며 고개를 끄덕였다. 듬직하고 믿음직스러운 모습이 세영의 상처까지 끌어안아 줄 것 같은 모습이었다.

우리 딸 많이 아껴 주고, 많이 사랑해 주고, 많이 예뻐해 달라고 입이 닳고, 손이 마르도록 당부하고 싶었는데, 세영을 바라보는 도윤의 눈빛을 보자 주경 여사는 굳이 그런 말을 하지 않아도 되겠다 싶었다. 자꾸만 주책없게 눈물이 솟구쳐 나올 것만 같아서 주경 여사는 얼른 가 보라며 서둘러 둘을 차에 태워 보냈다.

차에 오른 도윤은 만족스러운 한숨을 내쉬며 세영을 바라봤다.

"나 합격한 거야?"

"네."

수줍게 웃는 세영의 대답에 도윤은 크게 소리라도 치고 싶었다.

"이제 하세영은 부모님도 인정하신 내 거야?"

도윤의 유치한 말에 세영은 키득거리며 도윤의 손을 꼭 잡았다.

"이제 동생분들 보러 갈 거죠?"

"응, 가자. 대체 무슨 변을 늘어놓는지."

"너무 화내지 마요."

"걱정 마, 우리 세영이 있으면, 불같은 화도 누그러드니까."

도윤의 대답에 세영은 잡고 있던 그의 손등에 쪽 하고 입을 맞췄다.

네 형제가 자주 들락거리는 곳이라는 동네 작은 치킨 집에 도윤과 세영, 그리고 둘째 호윤과 넷째 기윤이 마주 보고 앉았다.

"자, 해 봐, 어디."

"그게……."

호윤의 눈동자는 이리저리 헤엄치며 시선 둘 곳을 찾고 있는 듯했다.

"형이 예전부터 형제들끼리 편하게 들락날락할 수 있는 아지트를 하나 만들어야겠다고 했거든요. 혼자 있고 싶거나 쉬고 싶을 때, 가 있을 수 있게요. 어머니 눈치가 워낙 빠르셔서……. 형이 올 초에 집을 사서 수리하고 있다고 기윤이가 그러더라고요. 그 아지트 만드는 것 같다고."

"그랬어요?"

세영의 물음에 도윤은 그런 적 있다는 듯 고개를 끄덕였지만, 얼굴은 잔뜩 굳어 있었다.

"며칠 전에 기윤이가 가구를 받았다고 해서 한국 오자마자 같이 가 봤었거든요."

도윤의 표정이 점점 혐악해지고 있었다.

"그래서? 그럼 그 여자는 누구야?"

도윤의 물음에 호윤의 낯빛이 흙빛이 되어 버리고 말았다. 그의 목소리는 어디론가 기어들어 가기라도 하는 듯 점점 줄어들고 있었다.

"그건 나중에 이야기할게, 형."

"그럼, 그냥 거기는 아지트 하면 되겠네요."

빙긋 미소 짓는 세영을 보고 도윤이 고개를 갸웃했다.

"뭐, 그렇게 생각할 수도 있었겠죠. 내가 도윤 씨 집에 정식으로 인사를 드린 것도 아니고. 도윤 씨가 결혼하겠다고 가족들한테 이야기한 것도 아니고. 그리고 신혼집은 같이 골라야죠."

도윤은 세영의 어깨를 쓱 감싸 안으며 미소 지었다. 예쁜 말만 골라서 한다니까.

그 모습을 보고 호윤과 기윤이 한숨을 폭 내쉬었다.

"정말 죄송해요. 형이 진지하게 만나는 분이 계신 줄도 몰랐고,

그런 곳인 줄도 몰랐어요. 정말 죄송합니다."

고개를 꾸벅 숙이며 사과하는 호윤을 보고 세영은 계속 괜찮다며 손사래를 쳤다.

"자꾸 그러시면 제가 되게 나쁜 사람 같잖아요. 그러지 마세요."

세영의 말에 호윤은 머쓱해진 듯 머리를 긁적이며 난감한 표정을 지었다.

"아직 도윤 씨 부모님께 인사는 드리지 못했지만, 저한테 죄송하신 만큼, 나중에 우리 가족이 되면 잘해 주셔야 해요?"

세영의 물음에 호윤은 꼭 그러겠다며 고개를 세차게 끄덕였다.

세영은 강산 유니콘스가 강산 호텔에서 행사를 진행할 때, 기윤을 본 적 있다며, 생긋 웃기도 하고, 호윤에게는 일본 프로리그는 어떠냐며 호기심 어린 눈으로 묻기도 했다. 세영이 가진 특유의 친화력 덕분인지, 네 사람은 금세 유쾌한 웃음소리를 낼 수 있었다.

자신의 형제들이 하는 이야기에 귀를 기울여 주고, 그들과 친해지기 위해 노력하는 세영의 모습에 도윤은 가슴이 벅차올랐다. 본인들이 친 사고 때문인지, 아니면 정말 세영의 능력인지, 그녀의 이야기에 푹 빠져드는 동생들을 보며, 도윤은 이러다 밤이라도 새겠다는 생각이 들었다. 도윤은 슬쩍 시간을 확인하고는, 입을 열었다.

"늦었는데, 이제 그만 올라가라. 난 우리 세영이 데려다주고 올게."

"아, 아쉽다. 형수님, 조심히 가세요. 다음에 봬요."

넉살 좋게 형수님이라 부르는 예비 도련님들에게 세영은 맑게 웃으며 인사했다.

"네, 들어가세요."

시커먼 동생들을 올려 보내고, 세영을 데려다주는 차 안에서 도윤은 세영의 손을 꼭 잡았다.

"고마워. 이해해 줘서."

"뭐 마음만 먹으면 이해 못 할 일이 뭐 있겠어요. 그리고 도윤 씨가 그러려고 그런 것도 아니고……. 동생들이 참 착하네요. 형이 부른다고 바로 달려 내려오고?"

"착하긴, 사고뭉치들이지. 어휴. 그 집에 CCTV라도 달아 놔야지. 허튼짓 못 하게."

"에이. 편하게 쉬라고 만들어 주는 거라며, 큰형이 치사하게 감시하려고요?"

세영의 물음에 도윤이 피식 웃었다.

"아, 근데 어머님 눈치가 빠르셔요?"

"응. 워낙 감이 좋으셔서 그런 건지, 이리저리 흔들리는 가지들이 많아서 그런 건지."

세영은 눈을 가늘게 뜨고는 되물었다.

"그럼 도윤 씨, 누구 만나고 있는 것도 아시는 거 아니에요? 인사가 늦어서 서운해하신다거나……."

"에이, 설마. 내가 일 그르칠까 봐 얼마나 조심했는데."

세영의 볼을 손등으로 한 번 쓸어내며 흐뭇한 미소를 짓는 도윤을 향해 세영이 의미심장한 눈빛으로 말했다.

"'Snow horse kills a man'이라면서요? 아, 근데 호윤 도련님이 무슨 일 있었는지 얘기해 주면, 나한테도 꼭 말해 줘요. 궁금해."

"허이구. 도련님이란 말이 술술 잘도 나오네?"

"이런 건 빨리 입에 붙이는 게 좋죠."

"그럼 나는? 날 뭐라고 부르는지 봐서 얘기해 줄게."

"보기보다 치사하네, 우리 서방님은?"

눈꼬리를 예쁘게 내리며 웃는 세영을 위해 도윤은 세헤라자데에 빙의되어 아라비안나이트 버금가는 이야기라도 뚝딱 지어낼 수 있을 것만 같았다.

시커먼 놈 두 명이 누런 얼굴을 하곤 집으로 들어오더니, 얼마 후 잔뜩 상기된 얼굴의 도윤이 집으로 들어섰다. 아들들 사이의 이상한 기류를 포착한 자희 여사는 가장 만만한 기윤을 부엌으로 불러냈다.

야구만 하고 살아온 순진한 아들놈들이 대체 저렇게나 긴장할 일이 뭐가 있을까 싶었다. 안 그래도 도윤의 때 이른 은퇴와 관련해서 어지러운 뉴스들이 쏟아져 나오고 있어서 그녀는 걱정이 한가득이었다.

자희 여사는 오미자 화채를 한 그릇 떠 주며 기윤에게 넌지시 물었다.

"무슨 일 있니?"

"호윤이 형이 사고 쳤지, 뭐."

"뭐? 무슨 사고?"

식탁 위에 그릇을 올리는 자희 여사의 손짓이 거칠었다.

"아……. 나. 이거 말하면 엄마 뭐 해 줄 거야?"

"해 주긴 뭘 해 줘! 엄마 걱정 덜어주는 거지."

키득거리며 숟가락을 옮기던 기윤이 목소리를 가다듬는 척 뜸을 들였다.

"우리 어머니 큰며느리 보시겠는데?"

"뭐?"

이놈 자식이 제일 먼저 부모님께 보여야지, 형제들한테 먼저 보였단 말이지? 아무리 우애가 좋아도 그렇지, 그런 순서를 모를 리가 없는 놈인데, 자희 여사는 고개를 갸웃하며 다시 물었다.

"근데 호윤이가 사고 쳤다는 말은 뭐야?"

"어?"

아무리 그래도 둘째 형이 그런 짓을 벌였다는 말을 하면 안 될 것 같아 기윤은 슬쩍 말을 돌리려고 했다.

"와, 엄마 이거 되게 맛있다."

"빨리 바른대로 말 안 해! 혹시 뭐, 너희 형제끼리 한 여자 좋아하고, 삼각관계 치정극 찍고 있는 거 아냐?"

"아, 엄마. 막장 드라마 좀 그만 보세요. 그건 호윤이 형한테 물어봐. 난 선수 보호 차원에서 묵비권을 행사하겠어."

기윤은 더 이상의 정보는 줄 수 없다는 듯 입을 꾹 다물어 버렸다.

"둘이 막 치고받고 싸운 건 아니지?"

"허이구. 둘째 형이 큰형한테 그럴 수나 있나? 그리고 큰형은 호윤이 형이 그러면 가만있을 성격인가? 뭐, 그분 덕분에 큰형에 대한 충성도가 더 높아졌다고나 할까?"

모호한 기윤의 대답에 자희 여사는 미간을 좁히며 고개를 갸웃했다. 동생들이 형에 대한 충성도가 높아져? 그분 덕분에? 어릴 때는 하루가 멀다고 싸우던 놈들이 성인이 되어서는 큰 걱정을 끼친 적이 한 번도 없었다.

형제애는 어디까지나 부모들이 원하는 거고, 다들 제짝 찾아서 결혼하고 나면 제 가정 챙기느라 바빠서 우애가 예전 같지 않을 거란 말은 수도 없이 들었다. 언제나 스스로 자라 온 아이들이었고, 그들의 결정에 묵묵히 따랐던 자희 여사였지만, 큰아들의 결혼은 다른 엄마들처럼 욕심이 나기도 했다.

자신도 여자면서 며느리를 이리저리 재는 것도 우습고, 딸 가진 부모로서 남에 귀한 집 자식을 평한다는 것이 얼마나 어리석은 짓인가에 대해 생각하면서도 자희 여사의 생각은 다른 방향으로 흘러갔다. 큰며느리는 잘 들여야 한다고들 하던데…….

기윤이 방으로 돌아가고 난 후, 자희 여사는 한참이나 식탁 앞에 앉아 있었다. 도윤의 방으로 향하기 위해 자리를 털고 일어나려는데, 때마침 도윤이 부엌으로 들어왔다.

"어머니."

"응?"

자신을 부르는 큰아들의 목소리에 자희 여사는 괜히 심장이 떨려 왔다.

"저 보여 드릴 사람이 있는데, 이번엔 시간이 없어서……. 다음에 올 때 자리 마련할게요."

"그래."

내일 다시 미국으로 들어가야 하는 도윤은 머리를 긁적이며, 미안한 듯 입을 열었다. 어떻게 처음 만났는지, 어떻게 만나 왔는지…… 붉게 상기된 얼굴로 이야기를 늘어놓는 아들의 모습에 자희 여사는 피식 웃음이 났다.

언제나 머릿속을 어지럽히는 걱정은 아둔한 인간의 욕심임을 자희 여사는 또 한 번 깨달았다. 아들이 저렇게 행복해하는 모습을 보는 것만으로도 충분했다. 그. 런. 데.

"누구라고?"

"거기…… 대령숙수 지내셨다는 집, 첫째 딸이요."

"억!"

자희 여사의 입에서도 억 하는 소리가 절로 흘러나왔다.

"왜, 왜요? 그 집이랑 무슨 일 있으셨던 건 아니죠?"

"일은 무슨 일. 그냥 놀라서 그렇지. 내일 아침 일찍 출발해야 하는데, 얼른 쉬어라."

방으로 돌아가려는 도윤에게 자희 여사는 다시 한 번 확인하듯 물었다.

"그 집에는 인사드렸다고?"

"네……. 죄송해요. 순서는 그게 먼저인 것 같아서……."

"그래, 잘했다."

하필 삼 일 뒤, 자희 여사는 그 집 여사님이 하시는 강의를 들으러 가야 했다. 정해진 인원에게만 강의를 하는 자리였고, 공개된 자리에서는 알려 주지 않는 귀한 조리법을 배울 수 있는 시간이었지만, 괜히 주저하게 되었다.

✳ ✳ ✳

강의 전날, 자희 여사는 마치 수십 년 만에 첫사랑을 만나기라도 하는 듯 잠이 오질 않았다. 안면이 없던 사람도 아닌데, 어떤 모습으로 자리에 나서야 할지 고민이 되었다. 밤을 지새우다시피 하고 자희 여사는 강의가 이루어질 쿠킹 스튜디오로 향했다.

함께 강의를 듣는 다른 세 명의 여사님들과 함께 별다를 것 없는 강의가 시작되었다. 선생님께 숙제 검사를 맡는 것도 아닌데, 주경 여사가 간을 봐 주거나 할 때 괜히 긴장이 되었다. 또 그동안 실수한 것은 없는지, 주경 여사의 기분을 상하게 한 일은 없었는지 계속 생각이 많아졌다.

강의가 끝나고 다른 수강자들이 자리를 떠나고 난 뒤, 자희 여사는 뒷정리를 하고 계시는 주경 여사의 곁으로 다가갔다.

"저기. 선생님."

"네, 여사님."

서로에 대해 알고 있다는 듯 서로를 바라보는 눈빛이 따사로웠다. 자식에게 누가 되는 행동은 하지 않았나 하는, 자신 때문에 혹시 밉보인 게 없을까 하는 조심스러운 생각이 두 사람의 머릿속을 맴돌고 있었다.

"저희 따로 인사해야 하는 거 맞지요?"

자희 여사가 해사한 미소를 지으며 묻자, 주경 여사의 얼굴에도 미소가 떠올랐다. 자희 여사는 주경 여사의 손을 덥석 잡았다. 얼마 전 딸 혜윤의 결혼 준비를 위해 사위가 될 지혁의 부모님을 처음 만났을 때의 그 긴장감이 주경 여사에게서 느껴지는 것 같았다.

곱게 키운 딸이었다. 그 누구에게 내보여도 아깝지 않은 귀하디 귀한 딸이었는데, 누군가에게 시집을 보낸다는 생각을 하니 긴장이 되었었다. 그저 우리 딸, 혜윤이 잘 봐주었으면, 어여삐 여겨 주었으면 하는 마음만 들 뿐이었다. 그 마음이 주경 여사에게서 오롯이 전해졌다.

"저희 딸은 아직 못 보셨죠?"

"네, 다음에 나올 때 보여 준다고 하네요. 정규 리그 끝나고 포스트시즌 시작하기 전에 잠깐 오겠다고."

아쉬운 듯 미소를 짓는 자희 여사에게 주경 여사가 입을 열었다.

"궁금하시죠?"

"그럼요."

"제가 먼저 봬드릴 테니, 더 예뻐해 주셔야 해요."

주경 여사는 코를 찡긋해 보이며, 맑은 미소를 지었다.

"아이고, 제가 그새를 못 참고 먼저 본 줄 알면, 아들이 뭐라고 할 텐데요."

"제가 봬드렸다고 하면, 설마하니 저한테 따지기라도 하겠어요?"

강의실을 나선 두 사람은 세영이 일하는 호텔로 향했다. 주경 여사는 조심스레 딸에게 전화를 걸었다.

"어, 딸. 호텔이야?"

— 응, 엄마.

"엄마 잠깐 호텔에 들를 일이 있는데, 괜찮지?"

— 응, 오셔서 전화 주세요. 잠깐 나갈 수 있어. 근데 호텔엔 무슨 일?

"널 꼭 보고 싶어 하시는 분이 계셔서……."

— 엄마, 혹시 도윤 씨 어머님하고 오시는 거야?

"응."

— 알겠어요. 그럼 엄마 도착하시기 5분 전에 다시 전화 주세요. 먼저 내려가 있을게.

세영은 통화를 마치고 파우더 룸으로 향했다. 긴장감에 한숨이 폭 새어 나왔다. 오늘 강의에 그의 어머님이 오신다고 했었다. 도윤이 나중에 인사드리자고 했지만, 어차피 다 알고 계시는데, 어른을 기다리게 하는 것도 예의는 아닌 것 같았다.

모른 척하시면 그냥 엄마도 모른 척하시고, 혹시 아는 척하시거든 인사 자리를 마련해 주실 수 있겠느냐는 세영의 물음에 엄마는 그러겠다고 하셨다.

거의 다 오셨다는 전화를 받고, 세영은 호텔 로비로 내려갔다. 미국에서 도윤이 나올 때보다 더 심장이 떨려 오는 것 같았다.

서로에 대해 전혀 모르던 두 여자가 남편, 아들을 통해 만나서 가족이 된다는 것은 쉬운 일이 아닐 것이다. 알고 있던 모습이 아닌 아들의 새로운 모습에 실망을 하실 수도 있고, 자신만 바라보고, 자신만 사랑해 줄 것 같은 남자의 어머니를 향한 애정에 질투를 할지도 모른다.

아들이 많은 집안의 큰며느리였다. 욕심을 부리려면 얼마든지 그 댁에서 욕심을 부릴 수도 있는 자리였다. 세영은 크게 불거져 나오려는 숨을 집어삼키며, 호흡을 고르고, 마음을 골랐다.

세영이 숨을 몰아쉬고 있는데, 어머니의 차가 호텔 입구에 멈춰 섰다. 뒤이어 멈춰 선 차는 도윤의 어머니 차인 듯 보였다.

운전석에서 내린 주경 여사가 먼저 세영에게 고갯짓하자, 세영은 자희 여사의 곁으로 다가갔다.

"안녕하세요? 하세영입니다. 오시는 길 힘드시진 않으셨어요?"

"아, 세영 양, 반가워요. 힘들긴."

인자한 목소리로 인사를 건넨 자희 여사는 세영의 모습을 이리 저리 살폈다. 오밀조밀 예쁘게 생긴 얼굴에 단정하게 빗어 넘긴 머리가 단아해 보였다. 우리 아들 여자 보는 눈은 있네.

"들어가세요. 자리 마련해 두었습니다."

세영의 안내로 세 사람은 계절이 바뀌어 가는 호텔 정원이 내다 보이는 로비라운지 한쪽에 자리를 잡았다.

"먼저 인사드리지 못해 죄송해요."

"아니에요. 아들도 없는데, 내가 주책없게 만나러 왔네."

"제가 엄마한테 부탁드렸어요. 도윤 씨가 미국 가기 전에 말씀 드렸다고 해서……. 기다리실 것 같아서요."

"고마워요. 속이 깊기도 하지."

생글생글 웃는 세영의 얼굴이 맑아 보였다. 상냥하고, 차분한 음성에서 사람 됨됨이가 느껴지기라도 하는 듯 자희 여사는 마음이 편해지는 것 같았다.

"우리 도윤이 야구밖에 몰라. 다른 건 좀 서툴지도 몰라요. 그래도 진심이 그렇지는 않아. 많이 이해해 줘요."

"네."

자희 여사의 말에 세영은 수줍게 대답을 했다.

"내 아들이지만, 가끔 멍청해 보일 때도 있어. 장난쳐먹기 딱 좋은 애야."

긴장한 듯 웃는 입가가 떨리는 세영을 보고 자희 여사는 농담인 듯 진담을 건넸다.

"그래도 자기 사람이라고 생각하면, 끔찍하게 아낄 거예요. 만나면서 힘들거나, 마음 아픈 일 있었다면……. 이해해 줘요."

자희 여사의 말에 세영은 괜히 눈물이 핑 돌았다. 한창 보고 싶을 때, 떨어져 지내는 게 쉬운 일은 아니었다. 유명한 선수인 그의 곁에 있는 게 힘겹지 않은 것도 아니었다. 때로는 그를 통해 듣는 소식보다 매스컴을 통해 듣는 소식이 더 많았고, 그 때문에 마음이 흔들린 적이 없었다고 한다면 거짓일 것이다.

눈물이 핑 돌아 있는 세영의 모습을 보며, 자희 여사는 세영의 손을 끌어다 꼭 붙잡았다. 왜 모를까, 남의 속도 모르고 떠들어 대는 사람들 사이에서 그저 모른 척 버텨 내는 것이 얼마나 고된 것인지. 그래도 애들 아빠는 외국에서 선수 생활을 하지는 않아서, 떨어져 있지는 않았는데, 이리도 떨어져 지내며 고운 감정을 이어 가고 있는 세영이 고맙기까지 했다.

한 잔의 차가 다 비워질 동안 많은 이야기가 오고 갔다. 주로 어른들이 이야기를 나누시기는 했지만, 세영은 자신을 낳아 주신, 가장 사랑하는 엄마와 가장 사랑하는 남자를 낳아주신 분이 나누는 대화에 심장이 떨려 왔다.

두 분의 이야기에 귀를 기울이고 있는데, 세영의 휴대전화가 요란하게 울려댔다.

"올라가 봐야 해요? 너무 오래 붙들고 있었나 보다. 바쁠 텐데……."

"아니에요. 도윤 씨가 전화했네요."

세영은 휴대전화 화면을 내보이며 빙긋이 웃었다. 자희 여사는
아들의 전화라는 말에 괜한 장난기가 발동했다.

"세영 양, 그 전화 내가 받아도 될까?"

자희 여사의 말에 세영은 얼른 전화를 내밀었다. 자희 여사는
목소리를 가다듬고는 통화 쪽으로 손가락을 미끄러뜨렸다. 그와
동시에 허니버터를 덕지덕지 발라 놓은 듯한 도윤의 목소리가 흘
러나왔다.

— 우리 세영이 뭐 하고 있었어? 또 내 생각하느라 일 못 하고
있었어?

"……."

— 뭐야? 회의 중이야? 오늘 특별한 일 없다며?

"……."

— 여보세요? 삐쳤어? 왜 말이 없어? 나 뭐 잘못했어? 여보세
요?

도윤의 다급한 물음에 자희 여사는 목소리를 내리깔고 말했다.

"하세영 씨, 잠깐 휴대전화 두고 자리 비우셨는데요. 누구라고
전해 드릴까요?"

— 아, 네. 다시 전화하겠다고 전해 주세요.

"누구시라고 전해 드릴까요? 전화번호가 저장되어 있지 않네
요?"

—네?

도윤의 목소리가 용수철처럼 단번에 튀어 올랐다.

— 남자 친구라고 전해 주세요. 아, 아니 남편 될 사람이라고.

"이상하네, 하세영 씨, 남자 친구 없다던데?"

키득거리는 자희 여사의 목소리에 전화가 끊긴 듯 아무 말도 없었다.

"한도윤."

— 네? 누구세요?

"엄마 목소리도 몰라?"

— ……어머니? 왜 이 전화를 어머니께서 받으세요?

"잠깐 기다려."

세영에게 전화를 건네는 자희 여사의 표정에 만족스러움이 흘렀다. 그 모습에 세영도 푸시시 웃음이 터져 나왔다. 한도윤? 긴장했겠는데?

"도윤 씨."

— 무슨 일이야? 우리 어머니 만났어?

"네, 좀 이따 전화할게요."

— 알겠어.

전화를 끊는 세영을 보고 자희 여사가 활짝 웃어 보였다.

"그래, 남자는 그렇게 잡아야 해. 지금 이 자리에서 바로 설명해 줬으면, 재미없어질 뻔했는데. 우리 나중에 도윤이랑 같이 봐요."

"네, 조심히 가세요. 엄마 전화할게요."

"그래, 들어가라."

두 분이 호텔을 떠나시고 나서, 세영은 심드렁한 목소리를 내기 위해 노력하며, 도윤에게 전화를 걸었다.

— 여보세요?

"도윤 씨."

울먹이는 세영의 목소리에 도윤은 화들짝 놀란 듯 되물었다.

— 무슨 일이야? 어머니를 어떻게 만났어?

"하아……. 도윤 씨."

— 왜? 어머니가 뭐라고 하셨어? 내가 지금 갈까? 아니, 우리 뭐, 같이 어디 도망이라도 갈까?

한도윤은 참으로 순진하다. 도망을 가자니, 왜 도망을 가.

"어머니 아주 좋은 분이시더라. 고마워요. 그렇게 좋은 분 며느리로 들어갈 수 있게 해 줘서."

그제서야 도윤의 낮은 웃음소리가 들려왔다. 어머니의 강의를 들으러 오신다기에 인사를 드리게 되었다는 세영의 말에 도윤은 안도의 한숨을 내쉬었다.

— 나도 없는데, 같이 있을 때 인사드리지.

"기다리실 것 같아서요."

— 고마워, 세영아. 너무 고마워. 어떻게 이렇게 예쁜 짓만 골라서 해? 나 막 되게 잘해야 할 것 같아.

"알아요. 도윤 씨 마음. 내일부터 경기죠?"

— 응.

"잘해요. 얼른 자요. 피곤하겠다."

— 아, 보고 싶다. 우리 하세영.

"나도 보고 싶다. 내 남자."

세영의 말에 도윤이 피식 웃었다.

— 그거 좋은데?

"뭐요?"

— 내 남자. 내 여자.

"얼른 자요."

— 응. 수고해. 집에 조심해서 들어가고.

"응."

세영은 통화가 끊긴 휴대전화를 물끄러미 바라봤다. 두 분 어머니께서 도윤이 다음에 들어오면 상견례를 하자며 대강의 날짜도 잡으셨다. 누군가에게 온전히 속해서 누군가의 사람이 된다는 것이 가지는 의미와 과정이 이렇게나 크고 복잡한 것에 세영은 새삼 그 사람이 더 귀중하게 느껴지는 것만 같았다.

❈ ✽ ❈

정규 리그에서 서부지구 1위로 포스트 시즌에 진출한 도윤의 팀에서는 그를 붙잡으려는 노력을 하고 있다는 기사가 속속 등장했다. 18승, 방어율 1.81, WHIP(이닝당 출루 허용률):0.93, 삼진 240개, 완봉 3회를 포함한 완투 5회.

최고의 투수가 최전성기에 은퇴를 앞두고 있는 것은 연봉 협상의 우위에 서기 위한 쇼가 아니냐는 악성 기사들도 등장하고 있었다. 기사를 확인하며, 마우스 스크롤을 내리는 세영의 표정이 굳어 갔다.

아깝지. 나도 아까운데……. 팬들은 얼마나 아쉽겠어. 세영은 한숨을 폭 내쉬며, 벽에 걸린 시계를 확인했다.

오늘 도윤이 한국으로 잠시 들어올 예정이다. 정식으로 그의 집에 인사도 드리고, 여러 가지 중요한 결정들을 함께 내리기로 했는데, 그중 그의 거취와 관련한 문제도 다시 이야기를 나누는 게 어떨까 하고 생각했다.

어떻게 이야기를 꺼내는 게 좋을지 고민하고 있는데, 갑자기 울리는 휴대전화 진동에 세영은 화들짝 놀라 전화를 받았다. 늘 촉박하게 움직여야 하는 일정 탓에 그의 집에 인사를 드리는 것도 그가 도착한 오늘로 예정되어 있었다.

"여보세요? 왔어요?"

— 응, 오피스텔로 바로 갈게. 준비는 다 했지?

"응, 벌써 다 하고 있었지."

전화를 끊은 세영은 전신 거울 앞에 서서 한숨을 폭 내쉬었다. 긴장감에 입술에 바싹 마르고, 손에선 땀이 배어 나오는 것 같았다. 지배인으로 일하면서, 처음 고객사를 방문했던 그날보다 백만 배는 더 떨리고, 천만 배는 더 긴장되는 것 같았다.

주차장에서 기다리고 있는 그의 모습도 세영만큼이나 잔뜩 상기되어 있었다. 도윤은 세영이 보조석에 오르자마자 꼭 끌어안았다.

"너무 보고 싶었어."

"나도."

도윤은 커다란 손으로 세영의 얼굴을 감싸고 입을 맞추기 시작했다. 달콤하게 젖어 있는 입술에서는 붉은 장미향이 나는 듯했다. 입맞춤이 깊어지자 세영은 슬쩍 도윤을 밀어냈다.

"화장 지워져. 오늘 얼마나 공들여 했는데."

"좀 지워져도 예뻐."

도윤은 세영을 꼭 끌어안고, 그녀의 머리칼에 얼굴을 묻었다. 익숙한 세영의 체향에 도윤은 가슴이 한껏 부풀어 오르는 것 같았다.

　"얼른 가요. 늦겠다."

　"그래, 가자. 나머지는 이따 해야지."

　도윤은 생긋 웃으며, 세영의 볼을 한 번 쓸어내리고는 차를 출발시켰다.

　"그 때 호윤이랑 기윤이는 봤고, 오늘은 혜윤이도 있을 거고, 막내 지윤이도 있을 거야."

　"아, 서지혁 선수는?"

　"그놈은 왜 찾아?"

　찌릿하는 도윤의 눈짓에 세영은 푸시시 웃음을 흘렸다.

　"이제 다 가족이잖아요."

　"걔가 왜 가족이야? 아직 결혼도 안 했는데?"

　"칫. 그럼 나는? 나도 아직 결혼 안 했는데?"

　"넌 다르지."

　"다르긴 뭐가 달라. 순 엉터리."

　티격태격하는 사이 도윤의 차가 그의 집 지하 주차장에 멈춰 섰다.

　"올라갈까?"

　"응."

　엘리베이터에서 내린 세영은 잠깐만 기다려 달라며, 도윤의 팔을 붙잡았다. 도윤은 고개를 갸웃하며, 세영을 바라봤다. 세영은 작은 손을 가슴 가운데 얹고, 여러 번 숨을 골랐다.

"괜찮아?"

"응, 이제 됐어요."

도윤이 현관문을 열자, 그의 가족들이 현관 중문 앞에 죽 서 있었다. 세영은 수줍게 고개를 숙여 보이며 인사했다.

"안녕하세요?"

"어서 와요. 식사부터 해요."

자희 여사의 안내로 식탁 앞에 자리 잡은 가족들은 서로 눈치를 살피며 세영을 흘끔거렸다.

"와, 엄청 예쁘시다."

먼저 입을 연 혜윤의 말에 세영이 또다시 수줍게 웃었다.

"차린 게 많지 않아요. 많이 먹어요."

"울 엄마 또 누구 초대하고 이렇게 긴장하는 건 처음 보네? 식탁 다리 부러지겠는데?"

혜윤의 말에 자희 여사가 어색한 웃음을 지으며 딸의 옆구리를 쿡 찔렀다. 동수는 세영을 물끄러미 바라보다가 그 앞으로 궁중 갈비가 담긴 접시를 슬쩍 밀어 주었다.

"와, 아빠 딸도 그거 좋아하는데?"

"에헤헴."

동수는 헛기침을 해 보이며, 딸의 시선을 피했다. 도윤은 세영의 손을 슬쩍 잡아 주며, 눈짓을 보냈다. 세영은 자기보다 훨씬 더 긴장한 것 같은 도윤의 모습에 미소가 피어올랐다.

"입맛에 맞아요?"

자희 여사의 물음에 세영은 고개를 끄덕이며 대답했다.

"네, 맛있어요."

"천천히 먹어요. 너무 긴장하지 말고……."

세영은 자희 여사를 향해 고개를 끄덕이고는 빙긋이 웃었다.

"어휴, 새 식구가 온다고 해야 겨우 이렇게 다들 모이네."

자희 여사는 식탁 앞을 꽉 채운 아들, 딸들과 세영을 보고 빙그레 미소 지었다.

"지윤이 언제 제대지?"

도윤의 물음에 심드렁한 표정을 한 지윤이 대답했다.

"벌써 백만 번은 대답한 것 같다. 내년 1월!"

"그럼 바로 복학하면 되겠다?"

둘째 호윤의 물음에 지윤은 밥숟가락을 내려놓고 심각한 표정을 지었다.

"안 할 거야, 복학."

"왜 복학을 바로 안 해. 얼른 졸업하고 프로팀 가려면 빠듯한데."

"저, 아버지."

젓가락을 옮기던 동수는 지윤에게 시선을 옮겼다.

"저 야구 그만하고 싶어요."

지윤의 발언에 그 누구도 뭐, 왜 하는 물음을 하지 않아, 세영은 의문 가득한 얼굴로 식탁 앞에 앉은 이들의 표정을 살폈다.

"이따 이야기하자. 새로 인사 온 사람도 있는데 불편하게……."

동수의 말에 세영이 빙그레 웃음 지으며 대답했다.

"아니에요, 아버님. 이제 가족이 될 건데, 저도 듣고 싶어요. 들어도 될까요?"

세영의 아. 버. 님. 이라는 호칭이 가져온 효과는 기적과 같았다. 야구 그만둔다는 막내 지윤의 말에는 호랑이 같은 표정을 지었던 동수가 마치 천사를 보았다는 표정을 하고는 지윤에게 물었다.

"그래, 이유가 뭐냐?"

"군대 가기 전에 한번 말씀 드렸었죠? 그랬더니 군대 갔다 와서 결정하라고 하셨잖아요. 2년 가까운 시간 동안 생각해 봤는데, 야구는 제 길이 아닌 것 같아요."

"하고 싶은 건 있고?"

호윤의 물음에 지윤은 어깨가 들썩이도록 한숨을 내쉬었다.

"일단은 1년 동안 아무것도 안 하고 여행만 다닐 거야."

"뭐?"

넷째 기윤의 되물음에 지윤은 어깨를 으쓱하며 대답했다.

"어렸을 때부터 야구 잘하는 형들 따라서 야구는 했는데, 난 솔직히 운동에는 소질이 없었잖아요. 나 잘되라고 아버지나, 형들이 나한테 얼마나 많이 신경 써 줬는지는 알지만…… 그래서 죄송하고, 미안하지만…… 제 인생이잖아요. 이제 제가 결정할 수 있게 해 주세요. 혜윤이 누나는 학교 그만두고, 집에서 공부했어도 저렇게 잘됐잖아. 혜윤이 누나 믿어 주신 것처럼, 저도 믿어 주세요."

지윤의 말에 자희 여사는 고개를 끄덕이며, 옆에 앉은 막내아들의 등을 한 번 쓸어내렸다. 칠순이 넘은 자식도 아흔이 된 부모 앞에서는 아이라고 하지만, 막내 지윤은 어느새 어른이 된 것 같은 기분이었다.

"그럼, 나도 한국에 남고 싶은데……."

뒤이어 입을 연 이는 넷째 기윤이었다.

"넌 왜?"

도윤의 물음에 기윤이 멋쩍은 듯 머리를 긁적이며 대답했다.

"난 떼창도 있고, 시끌벅적한 강산구장이 좋아. 형 경기하는 거 보니까, 미국은 완전 조용하더라."

기윤은 그 긴장감을 몸소 표현하려는 듯 몸서리를 쳤다.

"난 계속 여기서 하고 싶어요. 물론 메이저리그 좋지. 하지만…… 내 팬들은 아마 내가 여기서 계속 공 던지는 걸 더 원할 거예요. 국내 리그에서 나만큼 사랑 많이 받은 선수도 없을 텐데……. 팬심에 보답은 해야지."

"난 그냥 일본에 있을게요."

기윤의 머쓱함을 지워 주려 한 것 같은 호윤의 엉뚱한 발언 때문에 튄 불똥은 도윤에게로 향한 것 같았다. 모두의 시선이 이른 은퇴를 앞두고 있는 도윤에게로 향했다.

"이제 큰오빠가 결정할 차례네?"

눈치 빠른 혜윤이 입을 열었다.

"뭘 결정해?"

"오빠가 말은 안 했어도, 동생들 뒤 봐주려고 은퇴 결정한 거잖아, 아니야?"

고개를 갸웃하며 묻는 혜윤의 말에 도윤의 미간이 좁아졌다.

"그것 때문만은 아닌데?"

"그럼?"

혜윤의 물음에 도윤은 입을 꾹 다물어 버렸다. 다들 제 갈 길 척척 찾아가는 동생들 앞에서 외로움이 미치도록 견디기 힘들었다는 약해 빠진 소리를 할 수 없었다. 세상에 홀로 놓인 듯한 외로움.

도윤은 옆에 앉은 세영에게 시선을 옮겼다. 성긋이 미소를 띤 얼굴로 자신을 바라보는 세영의 눈빛에 도윤은 심장이 왈칵 쏟아져 나올 것만 같았다.

지독한 외로움을 달래 줄 누군가가 옆에 있어 준다면……. 도윤이 작게 한숨을 내쉬며 시선을 돌리자, 동수가 입을 열었다.

"다시 생각해도 늦지 않았다. 아무런 희망 없이 무언가에 매달려 있는 것도 어리석은 거지만, 그저 뜻 모를 두려움 때문에 제자리에서 물러나고 미리부터 포기하는 것도 현명한 건 아니다. 국내 리그로 온다는 것도 아니고, 바로 그만둔다는 건……. 애비도 네 뜻이 완고해서 이야기는 못 했다만, 너다운 결정은 아니었던 것 같았다."

도윤의 은퇴 결정에도 내내 입을 꾹 다물고 계셨던 아버지의 말씀에 일순간 공기가 무거워진 기분이었다. 도윤은 한숨을 한 번 내쉬고는 대답했다.

"생각해 볼게요. 쉽게 결정 내렸던 일은 아니었는데……."

고개를 푹 숙이는 도윤의 무릎에 오른 커다란 손에 작고 따스한 기운을 내뿜는 손이 와 닿았다. 도윤은 슬쩍 고개를 돌려 세영을 바라봤다. 아무런 말도 하지 않아도 그녀의 고운 눈짓, 따스한 손길 한 번에 도윤은 무거운 마음이 슬며시 가벼워지는 것 같았다.

식사를 마치고, 세영의 오피스텔로 향하는 길, 세영이 조심스레 입을 열었다.

"도윤 씨."

"응?"

"아니에요."

세영은 하고 싶은 말을 꾹 삼키며 시선을 돌려 보닛 위를 바라봤다. 그는 마음을 바꿀 생각이 없는 걸까?

도윤은 까만 아스팔트 위에 시선을 고정한 채 생각에 잠겼다. 은퇴를 결정하고 나서 마음이 흔들리지 않았다고 하면 거짓일 것이다. 그토록 힘들게 일궈 놓은 자리를 떠나려니 아쉬운 마음도 들기도 했었다.

하지만 그 결정을 만들어 내기까지 겪어야 했던 혹독한 외로움을 다시는 겪고 싶지 않았다. 군중 속의 고독. 어렸을 적 인기 많은 외국 가수나 배우들이 자살을 하거나 약물중독으로 죽는 것을 보고 나약하다 여겼었다.

그런데 그런 자리에 놓이고 보니, 군중에게서 벗어나 홀로 남겨진 시간은 견딜 수 없을 만큼 외롭고, 길었다.

동생들의 뒤를 봐주려 한 것도 사실이기는 했다. 그런데 그 명분조차 사라진 마당에 도윤은 생각이 많아지기 시작했다.

"내일 에이전트 만나러 가야 해. 오후에 볼 수 있을까?"

"그럼요."

세영은 생긋 미소 지으며, 도윤의 차에서 내렸다.

"그럼, 내일 전화해요."

"그래, 들어가."

도윤은 공동현관을 향해 걸어가는 세영의 뒷모습을 물끄러미 바라봤다.

이튿날 오후, 도윤의 에이전트는 이보다 더 좋은 계약 조건은 있을 수 없다며 도윤을 설득했다. 이미 계약 조건에 대한 설명을 귀에 딱지가 앉도록 들은 터였고, 매번 결정을 번복할 수는 없다며 거절했지만, 오늘은 느낌이 달랐다.

도윤은 마지막으로 다시 한 번만 더 생각해 보라는 에이전트의 말을 뒤로한 채, 차에 올랐다. 운전석에 오른 도윤은 자신이 졸업한 강산 중고등학교로 차를 몰았다. 자신이 야구 선수로 처음 주목받기 시작했던 곳, 최고의 야구 선수가 되겠다며, 하루하루를 열심히 뛰었던 곳.

일요일이어서 학교는 텅 비어 있었지만, 야구부 연습장은 언제나처럼 시끌벅적했다.

도윤이 야구부 연습장 입구에 서서 물끄러미 학생들의 연습 게임을 지켜보고 있는데, 누군가 입구를 지나치며 말했다.

"저, 여기 외부인 들어오시면 안 돼요."

변성기가 왔는지 쇳소리 가득한 음성에 도윤은 고개를 돌려 보았다. 도윤의 얼굴을 확인한 이는 뜨악한 표정을 짓더니 소리를 질렀다.

"한도윤 선배다!"

그의 외침에 연습 경기를 치르던 학생들의 시선이 일제히 연습장 입구를 향했다. 학생의 외침을 들었는지, 야구부 감독으로 보이는 사람이 도윤의 곁으로 걸어오는 게 보였다.

"이게 누구야? 한도윤? 정말 한도윤이야?"

"선배. 잘 지내셨어요? 오랜만이네요."

그는 준영의 친구이자, 도윤의 중·고교 선배인 석진이었다.

도윤은 석진의 뒤를 따라, 야구부실로 향했다. 올망졸망한 선수들은 둘의 뒤를 따르려다, 부감독의 불호령을 받고는 운동장을 돌고 있었다.

"무슨 일이야?"

"아, 선배. 근데 애들 집중력이 너무 떨어지는 거 아니에요? 아무리 연습 경기여도 막 한눈을 팔아요."

믹스 커피를 호로록 마시며 농담을 건네는 도윤에게 석진을 눈을 흘기며 대답했다.

"천하의 한도윤이 왔는데, 애들이 흔들릴 만하지. 넌 쟤들 꿈이고, 희망이고, 눈에 보이는 뚜렷한 목표잖아."

석진의 말에 장난기 가득했던 도윤의 표정에 진지함이 어렸다.

"힘드냐?"

"뭐……."

석진은 긴 물음을 하지 않았다. 질풍노도의 시기를 지나는, 소년에서 남자가 되어 가는 선수들을 다루는 이여서 그런지 길게 말하지 않아도 도윤의 마음을 안다는 투였다.

"아까 말했듯이, 넌 쟤들한테 살아 숨 쉬는 꿈이야."

석진이 건넨 짧은 문장이 도윤의 마음에 긴 울림을 가져다주었다.

"나가자."

도윤은 자리에서 일어난 석진을 물끄러미 바라봤다.

"너 여기까지 왔는데, 그냥 가려고?"

도윤은 석진의 뒤를 따라 선수들이 모여 있는 연습장으로 향했다. 크기를 잴 수 없을 만큼 커다란 꿈을 가슴에 품고 있는 아이들의 눈동자는 같은 빛을 내며 반짝이고 있었다. 아이들에게 도움이 될 만한 말을 해 줬으면 좋겠다는 석진의 말에 도윤은 준영이 했던 말을 떠올렸다.

"다른 사람이 하는 말에 귀 기울이지 말고, 자신의 마음이 하는 말에 귀를 기울이세요. 자기 마음을 다스리지 못하면 좋은 투수뿐 아니라 좋은 남자도 되지 못해요. 이룰 수 있다는, 이겨 낼 수 있다는 확신이 있으면, 여러분은 저보다 더 훌륭한 선수가 될 수 있을 겁니다."

학교를 떠나오는 길, 도윤은 확연히 드러난 자신의 심적 변화에 심장이 쿵쿵거렸다. 알고 있던 사실을 입 밖으로 내뱉었을 뿐인데, 제 목소리를 통해 흘러나온 학생들을 향한 충고는 자신을 향하고 있는 듯했다.

도윤은 무언가 결심을 굳히듯 세영에게 전화를 걸었다.

— 여보세요?

"지금 오피스텔로 가도 돼?"

— 그럼요.

폭풍우 치는 언덕 위, 흔들리지 않는 나무 기둥처럼 전화기 속 세영의 목소리에는 흔들림이 없었다. 또 오피스텔 현관문을 열어 주는 그녀의 미소는 언제나처럼 도윤의 마음을 따스하게 했다.

그녀의 오피스텔에 들어서자마자, 도윤은 세영의 어깨를 끌어당겨 품에 꼭 안았다.

"도윤 씨."

"세영아."

"응."

"나 할 말 있는데……."

"뭔데요?"

세영은 도윤을 올려다보며 물었다. 하룻밤 사이 그의 눈동자는 다른 빛을 품고 빛나는 듯했다. 형형한 그의 눈빛에 세영은 심장이 두근거리기도 하고, 뜻 모를 불안감이 몰려오는 것도 같았다. 무슨 말을 하려고 하는 걸까?

"나 계속 야구 할 수 있게…… 네가 내 옆에 있어 줄래?"

도윤의 조심스러운 물음에 세영이 푸시시 웃으며 대답했다.

"당연한 걸 물어요?"

"그런 뜻 아닌 거 알잖아. 여기 있는 모든 걸 다 포기하고 나한테 와 달라는 말인데?"

도윤의 물음에 세영이 손을 뻗어 그의 목을 꼭 끌어안으며 대답했다.

"난 도윤 씨 마운드에 설 때가 제일 멋져요. 그 모습 계속 볼 수 있는 거잖아요. 내가 옆에 있으면, 그렇죠?"

도윤은 대답 없이 고개를 끄덕였다.

"그리고, 결혼할 건데, 당연히 같이 살아야지. 또……."

"또?"

도윤은 자신의 목을 감싸고 있는 세영의 팔을 풀어 내리고는, 그녀를 제 품에 꼭 끌어안으며 되물었다.

"나 도윤 씨 팬들 무서워요. 그만두고 바로 나랑 결혼하면, 아마 나 때문에 그만뒀다고 말 나올 텐데……. 저 여자 때문에 한국에 있으려고, 선수 그만뒀나 보다 하면 어떡해요."

울상을 짓는 세영의 콧잔등에 도윤이 쪽 소리가 나도록 입을 맞쳤다.

"와. 그럼 내가 우리 세영이 백만 안티 양성모드에서 구원해 준 거네?"

긴장이 풀린 듯 농담을 해 대는 도윤에게 세영이 곱게 눈을 흘겼다.

"고마워, 하세영."

"칫. 그 노래가 이런 뜻 아니었어요?"

세영의 물음에 도윤이 고개를 갸웃하며 되물었다.

"무슨 노래?"

세영은 고운 목소리로 그날 어색했던 페라리 안에 울려 퍼졌던 노래를 읊조렸다.

"Cause in my mind you will stay here always in love⋯⋯ you and I."

(왜냐면 내 생각엔 그대는 항상 사랑으로 내 곁에 있어 줄 것 같아요⋯⋯ 그대와 나.)

수줍은 듯 미소 짓는 세영의 입술에 도윤은 자신의 입술을 가져다 댔다.

오랜만에 두 연인은 꼭 맞는 자리를 찾아가듯 서로의 품에 안겼다. 한차례의 폭풍이 지나가고, 도윤은 침대에 엎드린 채로 자신을 바라보고 있는 세영의 맨등을 부드럽게 쓸어내렸다.

"근데."

"응?"

정염에 휩싸인 세영의 눈동자는 머리털이 쭈뼛 서도록 뇌쇄적이었다.

"오늘은 그냥 침대 위에서만 있는 거야?"

수줍은 듯 침대 시트에 얼굴을 묻으며 예쁘게 웃는 세영의 물음에 도윤은 머릿속에 펑 터져 버리는 것만 같았다. 카마수트라 영상을 누가 가지고 있더라? 기윤이었나, 호윤이었나?

12. 시월의 어느 멋진 날

   도윤이 포스트 시즌을 위해 미국으로 날아가기 바로 전날, 기와집 별채에서 상견례가 이루어졌다. 언니를 위한 자리를 직접 만들어 주고 싶다며, 지영이 손수 차린 음식상이었다.

   언니가 시집가는 건데, 여동생이 혹은 딸이 시집가는 것처럼 심장이 떨려 오고 코가 시큰거려서 지영은 계속 얼굴을 찡긋거려야 했다. 주경 여사의 말처럼 우리 언니 기 안 죽었으면 하는 마음에 어찌나 신경을 썼는지, 손가락이 데고 팔다리가 욱신거리는 것도 모르고 부엌을 왔다 갔다 했다.

   오빠가 떠나고, 한참을 아파했던 언니였다. 그러면서도 동생인 지영에게는 그 아픔 내비치지 않고, 본인이 오빠와 언니 몫을 다 해내려 했던 끔찍이도 착한 언니였다.

   어린 나이에 시집가 속상한 일이 생겼을 땐, 쌍둥이 둘을 안고 친정으로는 차마 올 수가 없어서 언니 오피스텔로 달려간 적이 있었다. 그럴 때마다 세영은 애도 낳아서 키워 보지 않은 처녀가 쌍둥이 봐주며, 지영에게 나가서 바람이라도 쐬고 오라고 문밖으로 떠밀곤 했었다.

그때 마셨던 여름밤 공기가 지영에게는 언니만큼이나 따뜻했고, 아련했다. 그런 언니가 결혼해서 몇 년이 될지 모를 타향살이를 한다고 하니, 심장이 시큰해졌다. 언니가 시집가면 애도 같이 봐주고, 도와주려고 했는데…….

괜히 서운한 마음도 들고, 야속한 마음도 들어서 언니의 얼굴을 마주하기가 힘이 들었다. 문밖에서 들어 보니 형부가 될 그는 빨리 언니를 데려가고 싶어 안달이 난 것 같았다. 치, 빨리 보내고 싶지 않은데…….

지영이 발을 동동 구르며 별채 밖에 서 있는데, 세영의 목소리가 들려왔다.

"아가씨 결혼식이 미리 잡혀 있었으니, 그 이후에 하는 게 좋을 것 같아요."

예쁜 말만 골라서 하는 언니, 우리 언니. 형부는 무슨 복이 그리도 많아서 우리 언니랑 결혼하는 걸까? 지영은 한숨을 폭 내쉬며, 후식을 내갈 순서를 기다리고 있었다. 귀를 쫑긋 세우고 있는데, 별채 문이 열리고 언니가 나왔다.

"어? 언니!"

"어, 엄마가 후식 내오라고 하셔서."

"언니."

세영을 마주하자 참고 있던 울음이 터지고 말았다. 지영은 무명

앞치마를 끌어 올려 눈물을 닦아 내며 말했다.

"언니한테 잘해 주고 싶었는데, 언니 시집가서 아기 낳으면, 내가 아기도 같이 봐주고."

울먹이며 겨우 말을 이어 가는 지영의 등을 토닥이며 세영도 눈물을 찍어 냈다.

"후식 언니가 내갈게."

"아니야, 언니. 내가 들어갈게. 들어가 있어."

지영은 한걸음에 부엌으로 달려가 후식상을 들고 나왔다. 율추숙수(栗皺熟水: 밤의 속껍질인 율추를 넣고 끓여 먹는 음료)와 오미자편을 올리는 지영의 손이 파르르 떨렸다. 후식을 올린 자리를 뜨지 못하고 지영이 우물쭈물했다.

"지영아."

안타까워하는 세영의 목소리가 들려오자, 지영은 울음을 꾹 삼켜 보이며 입을 열었다.

"저희 언니, 많이 예뻐해 주세요."

울먹이는 지영의 목소리에 시어머니 자리에 앉아 있는 자희 여사도 눈시울을 붉혔다.

"그럼요. 걱정하지 마요. 많이 예뻐해 주고, 많이 아껴 줄게요."

자희 여사의 말에 지영은 꾸벅 인사를 해 보이고는 별채 밖으로 걸음을 옮겼다.

도윤과 그의 부모님이 댁으로 가시고, 지영과 세영은 대청마루에 누워 서로의 손을 꼭 잡았다.

"언니."

"응."

"형부가 힘들게 하면 그냥 집으로 와. 확 버리고 집으로 와 버려."

지영의 얼토당토않은 말에 세영은 푸시시 웃음이 새어 나왔다.

"어. 확 버리고 여기로 올게."

세영의 대답에 지영도 푸시시 웃음을 터뜨렸다. 둘 사이를 질투하듯 마룻바닥에 놓인 휴대전화가 요란한 진동음을 내며 울렸다.

"형부야?"

"어. 잠깐만."

"치. 미운 짓만 골라서 하네. 언니랑 오붓하게 있는데, 그새 전화하고."

세영은 곱게 눈을 흘기며 휴대전화를 들고 방으로 향했다.

"여보세요?"

— 나 삐쳤어.

"왜요?"

상견례 잘 마치고 가서 삐쳤다고 툴툴거리는 남자를 어찌해야 좋을까?

— 우리가 먼저 결혼한다고 했어야지. 찬물도 위아래가 있는 법인데, 혜윤이보다 내가 먼저 해야지.

"그쪽이 먼저 정해진 거잖아요. 지혁 선수, 아니 이제 시매부죠. 그분 집에서 서운해하세요. 그렇게 결정하면."

— 와, 하세영. 세상에서 네가 제일 착하다.

이건 '네 똥 굵다.' 보다 더 유치하다는 걸 이 남자는 알까? 유치할 땐 유치하게 해 줘야지.

"와, 한도윤은 무슨 복이 터져서 세상에서 제일 착한 여자한테 장가올까?"

— 그래도 빨리하고 싶은데!

징징거리는 도윤에게 세영이 일침을 가하듯 말했다.

"그렇게 서두르면 결혼 준비는 나 혼자 다 하라고요? 뭐 도윤 씨는 '신랑 입장!' 하면 걸어 들어오는 것만 하려고?"

세영의 말에 입이 턱 막혀 버린 도윤은 아무 말도 없었다.

"같이 준비할 시간도 있어야지."

애교스러운 세영의 목소리에 도윤이 낮게 웃었다.

— 그래, 그래야지. 나 내일 아침 일찍 가야 해. 집 앞으로 잠깐 갈게. 얼굴 보고 가야지.

"알겠어요. 아침에 와서 전화해요."

— 응.

아침부터 기와집 앞에서 기다리고 있던 도윤은 세영이 나오기를 기다리고 있었다. 그동안 어설프게만 보였던 것을 만회하고 싶어서 도윤은 안달이 날 지경이었다. 어젯밤 동생 놈들 시켜서 트렁크 가득 풍선을 채워 놓게 했다. 뭐 유치하기는 하지만.

가을 하늘 위로 두둥실 떠오르는 풍선을 바라보며 두근거리는 가슴으로 얼굴을 붉힐 세영의 모습을 상상하는 것만으로도 가슴이 벅차올랐다.

기와집 문이 열리고 세영이 문밖으로 나오는 게 보였다. 도윤은 차창을 빠끔히 열고는 세영에게 트렁크에서 뭣 좀 꺼내 달라며 손짓했다.

"뭘 꺼내요?"

"어, 잠깐만. 내가 트렁크 열게."

도윤이 환한 미소를 지으며 호기롭게 트렁크 문 열림 버튼을 눌렀는데, ……어라? 반응이 없다. 룸미러를 통해 보니 두둥실 떠오르는 풍선도 보이질 않는다. 분명 풍선들이 떠오르고, 거기에 장미 꽃잎이 막 펼쳐져 있고, 그 위에 내게 와 줘서 고맙다는 메시지가 보여야 하는데? 지금쯤 감동의 눈물을 흘려야 하는데?

도윤은 답답한 마음에 차에서 내려 세영이 서 있는 트렁크 앞으로 다가갔다. 웃음을 참으며 손으로 입을 막고 있는 세영의 모습이 눈에 들어왔다. 도윤은 인상을 구기며 트렁크 안을 살폈다.

아뿔싸. 헬륨 가스 풍선은 일정 시간이 지나면 공기보다 가벼운 헬륨 가스는 빠져나가고 시들시들해진다는 거 왜 아무도 나한테 말 안 해 줬지? 응?

도윤의 멍한 반응을 보고 세영은 급기야 박장대소했다.

세영은 너무 웃었는지 눈가에 맺힌 눈물을 닦아 내며 호흡을 고르고는, 울상을 짓고 있는 도윤에게 말했다.

"아, 우리 도윤 씨는 정말 한결같다."

저거 욕이야? 칭찬이야? 그냥 칭찬이라고 생각하고 웃어 버려?

세영이 웃는 모습을 바라보며 도윤이 어색하게 따라 웃었다. 그러자 세영의 표정이 삽시간에 굳어 버렸다. 그녀는 귓속말이라도 하려는 듯 오른손을 까딱하며 이리 가까이 오라고 했다. 도윤은 세영의 입가에 귀를 가져다 댔다. 도윤이 귀, 예쁜 귀!

"월드시리즈 우승하면 내가 다 탕감해 주지."

도윤의 뒤에 후광이 비치고, 마치 드래곤볼 속 초싸이언으로 변신이라도 하려는 듯 불길이 일며 머리가 쭈뼛 서는 것 같았다.

"알았어!"

주먹을 불끈 쥐어 보이며, 의지를 다지는 도윤을 보고 세영은 또다시 웃음이 터지고 말았다.

❋ ❋ ❋

도윤이 미국으로 돌아간 후, 하루하루 피가 말리는 경기가 계속되었다. 세영은 하루는 경기를 보았다가, 다른 하루는 그냥 뉴스만 보았다가 이리저리 가슴을 졸이고 있었는데, 전화 속 도윤의 목소리는 무언가 불끈하는 기대감에 벅차올라 있었다.

— 약속 꼭 지켜.

"무슨 약속이요?"

— 우리 팀 우승하면, 바보짓 탕감해 주겠다고 했던 거.

"헤헤. 이거 바보라고 인정하는 거예요?"

— 뭐야?

발끈해서 되묻는 도윤의 목소리에 세영은 푸시시 웃음을 흘렸다.

"힘든 데는 없어요?"

— 있어.

"어디요?"

— 보고 싶어서 죽을 것 같아.

이젠 닭살이 돋는 말도 제법 잘하는 한도윤이다. 참 바람직하다.

— 내일이 마지막 경기였으면 좋겠다.

"나도."

올해도 도윤의 소속팀은 월드시리즈에 올랐다. 7판 4선승제로 챔피언이 결정되는 자리에서 도윤의 소속팀은 3승 2패, 상대 팀은 2승 3패. 내일 경기를 잘 치러낸다면 도윤은 홈에서 우승컵을 들어 올릴 수 있었다.

— 내일 경기 꼭 봐.

"떨려서 못 보겠는데?"

— 그래도 꼭꼭꼭 봐.

"응, 꼭꼭꼭 볼게요."

— 퇴근 잘하고, 잘 자. 나도 이제 자야겠다.

"응, 도윤 씨 나 내일 휴대전화 꺼져 있을지도 몰라요. 회의가 새벽부터 잡혀 있어. 그래도 경기는 꼭 볼 테니 걱정 마요."

— 알겠어. 고생 많네. 수고해.

"응."

전화를 끊자마자, 세영은 도윤 측 에이전트의 안내를 받으며 비행기에 올랐다.

"언론에 공개되는 거 원치 않으셨다는데, 괜찮으시겠어요?"

에이전트의 물음에 세영은 피식 웃음 지었다.

"어떻게 안 알려질 수가 있겠어요. 도윤 씨가 저렇게 유명한 데……. 그렇게라도 이야기 안 하면, 도윤 씨가 나한테 미안해할 것 같아서 그랬어요."

세영의 말에 에이전트는 고개를 끄덕이며 웃음 지었다. 공항에 도착하면, 바로 경기장으로 향할 거란 에이전트의 설명에 세영은 고개를 끄덕였다.

경기장에 도착하자 우승을 향한 그들의 열기가 온몸으로 느껴지는 듯했다. 경기장 옆 바닷가에는 카약을 타고, 잠자리채 같은 것을 들고는 혹시 넘어올지 모를 홈런 볼을 잡으려는 사람들까지 있었다.

마침내 경기가 시작되었다. 도윤은 선발 투수로 마운드에 올랐다. 세영을 포함한 4만 관중의 눈이 일제히 그에게 향했다.

경기를 지켜보는 내내, 세영은 심장이 후드득 떨어져 나가는 것 같았다. 글러브에 퍽 하고 공이 날아드는 소리가 들려올 때마다 심장이 쿵 하고 뛰었고, 안타깝게 타자의 배트에 맞기라도 할 때면 심장이 녹아내리는 기분이었다.

6이닝까지 어려운 경기가 계속되었다. 양쪽의 수비가 어디 한 곳 흠잡을 데가 없었다. 7이닝까지 공을 던진 도윤은 투수 교체로 마운드에서 내려왔다.

관중석에서는 모두 도윤이 은퇴하는 거로 알고 있어서 그런지 많이 아쉬워하는 것 같았다. 다행히 팀이 7이닝 공격에서 3점을 따낸 덕분에 도윤은 애써 웃음을 지어 보이는 것 같았다.

긴장감에 세영의 손바닥이 축축하게 젖어 들었다. 두 손바닥을 비비며 한숨을 폭 내쉬자, 세영의 옆에 앉아 있던 에이전트는 긴장하지 말라며 어깨를 톡톡 두드려 주었다.

양 팀 다 득점 없이 끝난 8이닝, 그리고 9이닝. 우승이 결정됨과 동시에 선수들이 더그아웃에서 쏟아져 나오기 시작했고, 숨죽여 경기를 지켜보던 관중들은 일제히 자리에서 일어나 함성을 질렀다. 4만 관중의 목소리가 샌프란시스코의 밤하늘에 거대한 메아리가 되어 울려 퍼졌다.

챔피언 컵을 들어 올리고, 공식적인 행사가 모두 끝난 뒤, 관중석과 경기장을 밝히던 조명이 모두 꺼지고, 전광판에 메시지가 나타나기 시작했다.

I love you with all my heart. Do Do.
[진심으로 사랑합니다. 도도.]

도윤의 은퇴식이 진행되는 줄 알고, 관중석에서는 그를 향한 박수가 쏟아져 나왔다. 아쉬운 표정을 감추지 못하고, 오직 그를 위한 박수를 보내고 있는 수많은 사람들의 모습에 세영은 가슴이 벅차올랐다. 곧이어 전광판에 새로운 글자들이 아로새겨지기 시작했다.

I'm coming back again with my wife.
[저는 저의 아내와 함께 다시 돌아오겠습니다.]

홀로 마운드에 서서 환한 미소를 지으며, 손을 흔드는 도윤에게 관중석에 있는 모든 이들이 일어나 환호성을 질러 댔다. 여기까지는 도윤이 팬들을 위해, 그리고 세영을 위해 준비했다는 이벤트였다. 그리고.

구단 관계자로 보이는 사람의 손에 이끌려 어느새 세영은 더그아웃으로 들어서고 있었다. 그는 이제 마운드로 올라가도 좋다는 듯 고개를 끄덕여 보였다. 세영은 떨리는 발걸음을 옮겨 도윤이 홀로 서 있는 마운드로 걸어 나갔다.

컴컴한 구장 안, 마운드에서 홀로 조명을 받고 있는 그의 모습은 눈물이 나올 정도로 멋있었다. 도윤을 비추던 둥그런 조명 안에 세영이 들어서자, 도윤은 그제야 세영을 발견했다는 듯 떡하니 입을 벌려 보이며, 그녀를 품에 안았다.

"이게 어떻게 된 거야? 어떻게 여기 있어?"

세영은 슬쩍 도윤을 밀어내고는 검지로 전광판을 가리켰다.

It's for you. Do Do.
[이건 너를 위한 거야. 도도.]

팀 잔류를 결정해 준 도윤을 위해 구단에서 준비한 이벤트였다. 도윤은 환한 미소를 지으며 세영을 바라보고는 그녀의 입술에 정신이 나가 버릴 정도로 진하게 입을 맞추었다. 세영이 가쁜 숨을 몰아쉴 새도 없이 그녀를 품에 안은 도윤이 낮게 속삭였다.

"내가 멋있는 거 하려고 했는데."

"도윤 씨, 지금 충분히 멋져요. 저 사람들 다 도윤 씨만 보는데, 도윤 씨는 나만 보잖아. 나 되게 행복해."

행복하다는 세영의 말에 도윤은 눈물이 날 것만 같았다.

"평생 행복하게 해 줄게."

"응."

13. Happy wife = Happy life

구단 홈페이지에 도윤의 인터뷰가 담긴 영상물과 인터뷰 전문이 공개되었다. 기사의 제목은 Happy wife = happy life, 행복한 아내가 곧 행복한 인생이라는 다분히 팔불출다운 제목과 함께 도윤이 별로 한 것은 없어 보이는 마운드 위 프러포즈가 화제가 되었다.

"아니, 내가 왜 한 게 없어? 우승까지 열심히 공 던지고, 팀하고 재계약도 하고, 응?"

"그건 선수로서 한 거잖아요."

랩톱 화면을 물끄러미 바라보며 뾰로통하게 대답하는 세영을 보고 도윤은 끙 하는 신음을 내뱉었다.

"인터뷰나 다 봐."

"알겠어요."

세영은 도윤의 두꺼운 팔뚝을 꼭 끌어안으며 랩톱 화면을 응시했다.

―팀에 남게 되어 고맙고, 반갑습니다. 힘들게 내린 결정이라며 은퇴 발표를 어렵게 했던 것으로 기억하는데 결정을 번복하게 된 특별한 이유가 있나요?

―제 옆에 있는 그녀 덕분입니다. 그녀를 만나면서 항상 바보 같은 짓만 했어요. 멋지게 보이고 싶은 일에는 늘 실수뿐이었고, 심혈을 기울인 프러포즈도 두 번이나 망쳤거든요.

도윤이 손가락 두 개를 펴 보이며, 빙긋이 웃자, 리포터가 안타깝다는 표정을 지었다.

―그런데도 그녀는 날 보고 언제나 환하게 웃어 주었죠. 그런 그녀가 말하길 나는 마운드 위에서 공을 던질 때가 제일 멋지다고 하더군요. 그래서 그녀에게 멋진 남자가 되고 싶었습니다. 앞으로 얼마나 오랫동안 공을 던질 수 있을지 모르겠지만, 그녀를 위해서라면 평생 선수 생활을 하고 싶을 정도예요.

―팬 전체가 그녀에게 고마워해야겠네요. 근데, 선수 생활을 하다 보면, 멋지지 않은 모습을 보일 수도 있을 텐데요?

―그녀는 그런 모습도 사랑해 줄 여잡니다.

―좋아 보이네요.

리포터의 말에 화면 속 도윤이 피식 웃었다.

─어떤 사람인지 많은 팬이 궁금해하고 있는데 아주 조금만 이야기해 주실 수 있을까요?

─현명하고, 지혜롭고, 아름답고. 세상에 있는 모든 미사여구를 갖다 붙인다 해도 표현할 수 없을 것 같아요. 그녀에 대해서는…….

─아, 부럽네요. 도도의 사랑을 받는 여자라. 처음엔 그녀가 공개되는 것을 원치 않았다고 하던데요?

─미국에 와서 평범한 생활을 하고 싶어 했어요. 그래서 마운드까지 걸어 나온 그녀를 봤을 때 솔직히 너무 놀랐습니다. 한국에서의 생활을 포기하고 미국으로 와야 하는 상황에 내가 미안해할까봐 그랬다는 그녀의 말에 눈물이 날 정도였죠.

─평소 인터뷰에서 감정을 드러내지 않는 것으로 유명한데, 오늘은 달라 보이네요.

─네, 모든 게 달라졌어요. 그녀로 인해 인생 전체가 달라진 기분이랄까요.

─행복하신가요?

─네, 단연코.

─무엇이 가장 행복한가요?

─내 아내가 될 여자가 행복해하니, 내 인생도 행복합니다.

이후 경기와 관련한 질문, 휴식기와 관련한 질문, 내년도 시즌 예상과 같은 선수에게 던지는 일반적인 질문이 이어졌다. 인터뷰가 끝나고, 팬들과 부인에게 한마디 하라는 리포터의 말에 도윤의 시선이 카메라를 향했다.

―성원해 주신 만큼, 다음 시즌에도 좋은 성적 보여 드리도록 노력하겠습니다. 그리고 당신이 내게 보여 준 사랑보다, 더 많이 사랑하겠습니다.

손가락 끝에 입술을 살짝 댔다가 떼어 내며, 씩 웃는 도윤의 화면 속 모습을 보고 세영이 속삭였다.

"멋지다."

"그 멋진 놈 여기 있다."

능청스러운 도윤의 말에 세영이 푸시시 웃으며 도윤의 볼에 쪽 하고 입을 맞췄다.

크고 작은 행사 여러 개를 마치고, 도윤과 세영은 나란히 인천 공항 입국장에 들어섰다. 일정을 여러 번 변경하고, 마지막에 공항에서 직항이 아닌 상해를 경유하는 비행기로 일정을 바꾼 덕분에 인천 공항에 들어온 둘은 많은 이들의 눈을 피할 수 있었다.

에이전트에서 준비해 놓은 차에 올라탄 세영이 한숨을 폭 내쉬며 물었다.

"맨날 이렇게 살아야 해?"

"그럼 한도윤이 그렇게 쉬운 남자인 줄 알았어?"

"이렇게 어려운 남자인 줄은 몰랐지?"

분홍색으로 달아오른 볼이 예쁘게 솟아오르도록 웃는 세영의 허리를 도윤이 꼭 끌어안았다.

결혼 준비는 같이 해야 하지 않겠느냐며 도윤을 혼낼 때는 언제고, 오늘은 여자들끼리 사야 할 게 있다며 도윤을 따돌린 세영은 여동생 혜윤과 함께 백화점에 간다고 했다. 백화점 문 여는 시각에 만난 둘은 밤이 늦도록 전화 한 통 없었다.

오전에 인터뷰 하나 하고, 오후에 트레이닝 받고 집에 들어와 계속 빈둥거렸더니 좀이 쑤실 지경이었다. 침대 머리맡에 올려 둔 휴대전화를 노려보고 있었는데, 저도 몸이 근질근질했는지 요란하게 진동한다.

에이, 뭐야? 서지혁이야?

"여보세요?"

— 형님.

이놈은 또 목소리가 왜 이래? 얼마 전 결혼한 둘은 아주 잘 어울리는 한 쌍의 잔디인형 같았다.

"왜? 왜 또 울먹여?"

— 우리 혜윤이 어디 있어요?

"너네 혜윤이를 왜 나한테 찾아?"

— 오늘 그 처남댁 되실 분 만나서 뭐 같이 보러 다닌다고 했는데, 아직 연락이 없어요. 전화도 안 받고. 흐잉.

이놈은 이제 '세상에서 제일가는 슈트라이커!'라는 이미지는 개나 주기로 했나 보다. 어딜 울먹여? 게다가 밤 열 시가 넘은 시각, 대체 둘은 어디서 뭘 하고 있는 걸까?

"기다려 봐. 연락해 보고, 전화 줄게."

— 네.

여자들끼리 있을 거니 방해하지 말라고 여우 짓을 하더니, 대체 한혜윤 데리고 뭘 하고 있는 거야? 도윤은 휴대전화 화면에 손가락을 미끄러뜨리며 세영에게 전화를 걸었다.

—엽오세효오?

어라? 혀가 비비 꼬였다.

"여보세요? 어디야? 지금?"

— 어딜까효오?

아, 내일 아침 뉴스에 혹시 한도윤 예비 처랑 서지혁 처가 술 먹고 난동 부렸다고 기사 뜨는 거 아니야?

휴대전화 너머 한혜윤이 까르륵거리는 소리가 들려온다. 너, 서지혁이 혼자 울고 있는 건 아냐?

"술 마셨어? 어디야? 빨리 말해. 가서 집에 데려다줄게."

— 안 뒈려돠 줘도 뒈는뒈.

"대체 어딘데?"

— 집.

"기다려."

도윤은 전화를 끊자마자 서지혁에게 전화를 했다.

그렇게 가르쳐 주지 않던 오피스텔 현관문 비밀번호는 결혼 2주 전이 되어서야 알아낼 수 있었다. 486108. 무슨 뜻이냐고 물어보니 486은 사랑해, 108은 야구공의 솔기 수란다. 참 야구 선수 예비 신부다운 비밀번호다.

현관문을 열고 들어갔는데, 둘이 까르륵거리다 못해 거실 바닥을 데구루루 구르고 있다. 그 앞에는 소주병과 컵라면, 양파링 봉지가 놓여 있었다. 서지혁은 어느새 쪼르르 달려가 혜윤의 옆에 앉아 있다.

"혜윤아, 괜찮아? 술 많이 마셨어?"

"웅! 아니, 아니!"

저게 긍정의 대답일까, 부정의 대답일까? 서지혁은 뭘 알아들은 건지 그래쩌? 하고 되묻는다. 이제 잔디인형 아니고, 혀 짧은 외계인 나부랭이라 불러야겠다.

"어! 한됴윤이다!"

"그래, 나 한도윤이다."

내 얼굴이 웃겨? 세영이 까르륵거리며 웃더니 흐느적거리는 손으로 한혜윤을 가리킨다. 그 손짓에 혜윤이 알겠다며 고개를 끄덕이더니, 서지혁에게 말한다.

"쟈기야! 이것 봐라!"

한혜윤이 1.5L 페트병을 마구 구기더니, 페트병 입구를 오른쪽 콧구멍에 갖다 댄다. 그러더니 흥! 하고 콧바람을 분다. 순식간에 구겨졌던 페트병이 샤샤샥 펴졌다. 우와! 서지혁은 또 저게 신기하다고 반응을 보이고, 하세영은 깔깔거렸다.

"됴윤 씨, 이것 봐라!"

숨이 넘어가도록 웃던 하세영은 양파링을 하나 집어 들더니 자기 검지가 하나 들어갈까 말까 한 공간만큼만 과자를 베어 먹고는 콧방울을 잡은 뒤, 마치 소처럼 그걸 코에다 끼워 넣는다. 너 뭐하냐? 도윤은 잠자코 세영이 하는 짓을 지켜보았다.

세영이 코를 잡고 있던 손을 놓고 콧구멍에 힘을 빡 주자, 코에 걸려 있던 양파링이 산산 조각나며 바닥으로 떨어진다. 그 모습을 보고 이번에는 한혜윤이 숨도 못 쉬게 웃는다. 참 잘 어울리는 올케와 시누다.

"서지혁, 한혜윤 데리고 집에 가라."

"시져! 더 놀다 갈 거야."

이리저리 버둥거리는 한혜윤을 홀랑 들더니, 우쭈쭈거리며 서지혁이 사라졌다. 쟤도 참 내 동생 만나서 고생이 많다. 도윤은 현관으로 향했던 시선을 돌려 세영을 바라봤다.

"괜찮아."

"웅!"

"씻고 자야지, 이제. 결혼 전에 피부 관리 할 거라며, 짠 거, 매운 것도 안 먹더니, 컵라면에 소주가 뭐야?"

"아과씨가 너무 좨있어서."

뭐라 더 떠들려던 입이 새 부리처럼 모이고 볼이 빵빵하게 불어나더니, 욱 하는 소리를 낸다. 아, 논두렁으로 뛰어가던 그 표정이다.

도윤은 세영을 번쩍 들어서 변기 앞에 내려놓았다. 한참 동안 속을 비워 낸 세영이 변기를 끌어안고 이야기를 나눈다. 아, 정말 나 없는 데서 술은 이제 정말 금지다.

"세영아, 일어나야지."

도윤이 세영을 일으키자, 가슴팍에 턱을 기댄 그녀가 말했다.

"뽀뽀하고 싶다."

"뭐?"

"해 줘!"

하세영은 지금 술에 취한 걸까? 안 취한 걸까?

"응? 해 줘?"

도윤의 가슴팍에 딱 붙은 가녀린 몸을 비비적거리며, 불쌍한 표정을 짓는다. 아, 하세영 이런 요망한! 도윤은 슬쩍 입술을 내려 쪽 하는 소리가 나도록 입을 맞췄다. 세영이 씩 하는 미소를 지으며, 몸을 홱 돌리더니 칫솔과 치약을 집어 든다.

치약 뚜껑을 열고 헤매기에, 도윤이 칫솔 위에 치약을 곱게 짜 준 뒤, 입 안에 넣어 주었다. 배시시 웃는 그녀의 모습에 도윤도 피식 웃음이 났다. 칫솔을 이리저리 움직여 양치질을 해 주고, 세수도 시켜 주고 났더니, 샤워가 하고 싶단다.

"응?"

"왜? 샤워는 나 혼자 할까?"

꼬인 혀가 되돌아온 것 같은 느낌이 드는 건 나뿐인가? 도윤은 재빨리 자신의 옷을 벗어서 욕실 밖으로 던진 뒤 세영의 옷을 하나하나 벗겨 내기 시작했다. 간지럽다며 까르륵 웃는 모습이 미치도록 사랑스럽다.

"하세영."

"응?"

농염해진 눈동자를 들어 자신을 쳐다보는 세영의 모습이 너무 예뻐서 도윤은 심장이 터져버릴 것만 같았다.

"사랑해."

"나도."

도윤은 얼굴을 내려 세영의 입에 진하게 입을 맞췄다. 그녀의 입안에선 상큼한 레몬민트맛이 느껴졌다. 도윤은 그 맛을 전부 삼켜 버릴 것처럼 강하게 빨아들였다. 세영은 가녀린 신음을 도윤의 입안에 내뱉으며, 몸을 비틀었다.

뿌옇게 변해 버린 거울 속에 희미하게 비친 두 사람의 모습이 이제는 마치 한 사람처럼 보이기 시작했다.

❉ ✽ ❉

언제쯤이나 올까 했던 결혼식 날이 하루 앞으로 다가왔다. 세영과 도윤은 손을 꼭 붙잡고 준영의 봉안당으로 향했다. 결혼이 결정되고 둘이 함께 방문한 적이 있기는 했지만, 내일 결혼식이 끝나고 나면, 신혼여행과 함께 한국을 떠나는 세영은 오빠에게 한 달에 한 번씩은 꼭 찾아왔던 일을 오랫동안 하지 못할지도 모른다는 말을 전하기 위해 그곳을 찾았다.

준영의 앞에 나란히 선 두 사람은 아무 말 없이 봉안함이 놓여 있는 곳을 바라보았다.

'오빠, 나 잘 살게. 더 열심히, 더 행복하게 살게.'

'형, 이제 세영이는 내가 데려가요. 걱정 마요. 세상에서 제일 행복한 여자로 만들어 줄 거야.'

세영의 뺨 위로 또르르 흘러내리는 눈물을 도윤이 닦아 주었다.

"울지 마."

"응."

봉안당에서 나와 주차장으로 향하는데, 하늘에서 하얀 눈이 흩날리기 시작했다. 고개를 들어 하늘을 올려다보자, 털 뭉치처럼 예쁘게 흩날리는 눈이 세영의 볼에 내려앉았다. 포슬포슬한 눈송이가 세영의 볼에 닿아 사르륵 녹아내렸다.

도윤은 가만히 눈을 감은 채 하늘을 향해 고개를 들고 있는 세영을 꼭 안아 주었다. 희미한 미소를 짓고 있는 볼에 입을 맞추자 세영이 슬쩍 눈을 뜨고 도윤을 바라봤다.

"이제 갈까?"

"응. 가자."

도윤은 손을 뻗어 세영의 손을 꼭 잡아 주었다.

"내가 오빠도 해 주고, 남편도 해 주고, 다 해 줄게. 알았지? 시답잖은 얘기를 해도 깔깔거리며 웃어 주고, 경기 끝나고 집에 와서 맥주 한 캔 하면서 옆집 아줌마 험담도 들어 주고, 쇼핑 가서 세 시간 동안 아무것도 안 사고 돌아다니기도 하고, 갑자기 한밤중에 바다라도 보고 싶다고 하면, 얼른 차에 시동 걸고, 네가 방귀를 뿡 뀌어도 딸기 향 난다며 예쁘다고 해 줄게."

도윤의 말에 세영이 푸시시 웃으며 말했다.

"에이, 딸기가 그런 향이면, 난 이제 딸기 안 먹을래요."

도윤은 세영의 손을 끌어다 손등에 입을 쪽 맞췄다.

"네가 하는 거, 너랑 하는 건. 다 좋아."

허당 짓만 했던 남자가 맞나?

"도윤 씨, 요즘 되게 멋져."

"네가 이제 온전히 내 여자가 된다고 생각하니까, 덜 긴장돼서 그런가 봐."

"그럼, 아직도 내 앞에서 긴장돼?"

"그럼, 멋져 보이고 싶어서 긴장되지."

"헤헤, 충분히 멋져."

두 사람이 꿀물 뚝뚝 떨어지는 대화를 나누는 동안, 봉안당을 출발한 차는 기와집 대문 앞에 멈춰 섰다.

"내일 아침 일찍 호텔 미용실로 가면 되는 거지?"

"응. 늦지 않게 와요."

"그럼, 거길 왜 늦어."

"잘 자. 푹 자. 좋은 꿈꾸고, 알았지?"

"응."

세영이 기와집 대문을 열고 들어간 후, 도윤은 차를 출발시켰다.

집 안에 들어서자 지영이 분주하게 마당과 부엌을 왔다 갔다 하고 있었다.

"어? 언니 벌써 왔어?"

"응, 너 뭐해?"

몰래 한 도둑질을 들키기라도 한 듯 지영은 이리저리 허둥대고 있었다.

"이게 다 뭐야?"

부엌 한가득 자리를 차지하고 있는 음식 재료들이 눈에 들어왔다. 호두, 무화과, 은행, 살구정과, 준시단자, 대추고임……

"……너?"

"에이, 들켰네. 내일 폐백음식……. 내가 호텔에 전화해서 취소했어. 직접 집에서 해 간다고."

"지영아. 언닌 이렇게 못 해 줬는데."

"고마우면, 잘 살아라. 형부 확 버리고 오란 말 취소다."

"언니도 도울게."

"무슨 소리야? 이걸 왜 언니가 해? 내가 다 할 테니까, 걱정 말
고 얼른 들어가서 자."

지영은 부엌 밖으로 세영을 떠밀며 배시시 웃었다.

부엌을 나와 방에 들어온 세영은 자신이 독립할 때보다, 더 깨
끗하게 정리된 방을 보고 괜히 가슴 한구석이 싸해지는 것 같았다.
어렸을 때부터 썼던 낡은 가구들을 매만지며 한숨을 폭 내쉬고 있
는데, 주경 여사가 방 안으로 들어오셨다.

"오늘은 엄마랑 잘래?"

"응."

세영이 고개를 끄덕이자, 주경 여사가 빙그레 웃으시며 방 밖으
로 나가셨다.

샤워를 마치고, 잠옷으로 갈아입은 뒤, 우두커니 침대 위에 앉
아 있는데 엄마가 이불을 들고 방으로 들어오셨다. 세영은 얼른 일
어나 바닥에 이불을 깔았다.

"이제 잘까?"

"응."

차갑고 까슬까슬한 솜이불 안에 몸을 누인 세영은 엄마의 팔을
꼭 끌어안았다. 어릴 적 이후로 엄마 옆에서 이렇게 잔 적이 있었
나 하고 생각해 보았는데, 언제인지 기억도 나지 않을 만큼 아득한
것만 같았다.

"세영아."

"응?"

"엄마는."

"응."

눈물을 한 번 삼키시는 듯 숨을 몰아쉰 엄마가 말씀을 이어 가셨다.

"널 한 서방이랑 결혼시키는 것도 아니고, 한 서방한테 시집을 보내는 것도 아니야."

응? 세영은 상체를 일으켜 모로 누워서 주경 여사를 바라봤다.

"네가 행복해지기 위해 한 서방이랑 결혼하겠다는 결정을 따른 거지. 그러니 행복하게 잘 살아야 한다. 엄마가 널 믿는 만큼 둘이 서로 아껴 주고, 보듬어 주고, 행복하도록 평생 노력해야 한다?"

"응."

짧은 대답을 하는데도 눈물이 왈칵하고 쏟아져 나왔다.

"울지 마, 내일 눈 퉁퉁 부으면 신부화장 어떻게 하려고."

"엄마."

"응?"

"엄마가 우리 엄마여서 참 좋다."

"나도 네가 내 딸이어서 참 좋다."

세영은 주경 여사의 팔뚝을 꼭 끌어안았다.

"한 서방이 속상하게 하면, 언제든지 친정으로 와 버려. 알겠지?"

지영과 꼭 닮은 주경 여사의 말에 세영은 눈물을 닦아 내다가 웃음을 터뜨리고 말았다.

"대신 한 서방이랑 같이 와야 한다?"

"응."

손을 꼭 붙잡고 손등을 가만히 두드려 주시는 주경 여사의 손길을 느끼며 세영은 잠이 들었다.

두 사람의 결혼식은 세영이 일했던 강산 호텔에서 진행되었다. 그동안 열심히 일한 세영을 위한 선물이라는 듯 호텔에서는 결혼식 일체를 모두 지원해 주었다. 도윤은 그에 상응하는 비용을 호텔의 이름으로 어린이 후원단체에 기부했다.

신부 대기실에 앉아 있는데, 선데이 히어로즈 단원들이 대기실 안으로 들어섰다.

"우와, 우리 단원들이 만나자고 할 때는 그렇게 싫다더니, 어떻게 한도윤을 따라가?"

"한도윤 정도 되니까 우리 세영 씨가 따라가지. 근데 이제 우리 팀 매니저는 누가 해?"

울상을 짓은 단원들의 뒤로 동규의 목소리가 들려왔다.

"걱정 마. 그럴 줄 알고 새 매니저 영입했어."

"어? 코치님!"

세영의 부름에 동규는 삑! 하며 눈을 가늘게 떠 보였다.

"이제 큰아버님!"

"네, 큰아버님! 헤헤."

"나한테 술 석 잔 빚졌어. 그 날 도윤이 불러낸 거 나야, 알지?"

"네, 큰아버님."

수줍은 미소를 짓는 세영을 향해 동규는 빙그레 웃었다.

"잘 살아. 도윤이가 좀 서툴러도 이해하고. 운동만 한 놈이라 그래. 그래도 속은 꽉 찬 애야."

"네, 알아요."

"알기는."

동규는 흐뭇한 미소를 지으며, 세영을 바라봤다.

"자, 이제 우리는 들어가야지. 한도윤 넘어지지 말아야 할 텐데."

동규의 너스레에 세영은 피식 웃음이 나며, 긴장이 조금 풀리는 것 같았다.

결혼식 시작 직전 마지막으로 신부 대기실을 찾은 이는 지영이었다. 폐백 음식 챙기랴, 쌍둥이 챙기랴 정신없이 움직였을 텐데, 언니 결혼식에 못나게 보일 수는 없다며 호텔 미용실에서 뒤늦게 머리도 만지고 메이크업도 받느라 늦은 듯했다.

폐백 음식에 들어갈 마른오징어를 오려서 모양을 내느라 그랬는지, 손가락 여기저기에는 밴드가 붙어 있었다. 세영은 손을 뻗어 지영의 손을 꼭 잡았다. 지영은 세영의 옆에 서서, 커다란 카메라를 들고 있는 웨딩 스냅 기사에게 말했다.

"예쁘게 나오게 찍어 주세요."

"네, 두 분 다 예쁘셔서, 예쁘게 나올 거예요."

가로로 한 번, 세로로 한 번 사진을 찍고 난 뒤 지영이 대기실을 나서며 말했다.

"언니. 떨지 말고. 나 먼저 안에 들어가 있을게."

"응."

지영의 미소에 세영은 괜히 눈물이 핑 도는 것 같았다. 벌써부터 울면 안 되는데…….

함께 일했던 직원 중 본식 진행을 맡은 직원이 세영에게 이제 입장해야 한다며 식장으로 이동할 수 있도록 도와주었다.

아버지의 손을 꼭 붙잡고 서 있는데, 서너 걸음 앞에 신랑 입장을 준비 중인 도윤의 뒷모습이 보였다. 아버지의 손을 잡고 들어간 길을 조금 후엔 저 사람의 손을 붙잡고 나오겠구나. 세영은 시선을 돌려 아버지를 바라봤다. 언제나 말수가 적으셨고, 감정 표현이 서투르셨던 아버지의 눈시울도 붉게 물들어 있었다.

"아버지."

"응."

"너무 멀리 떠나서 죄송해요."

"아니다. 잘 살아라."

"네."

신랑 입장을 알리는 사회자의 목소리가 들려오고 도윤이 성큼성큼 버진로드를 걸어 들어갔다. 걸어온 길 쪽으로 몸을 돌려 서니, 세영의 모습이 눈에 들어왔다. 신부 입장을 알리는 소리와 함께 그녀가 한 걸음, 두 걸음 다가왔다.

고맙다, 하세영. 내게 와 줘서.

고마워요, 도윤 씨. 내가 다가갈 수 있게 해 줘서.

에필로그.
도윤의 소원

　달각거리는 소리와 함께 방문이 열리는 것 같았다. 작은 발 여러 개가 대리석 바닥에 붙었다 떨어지는 소리를 내고 있었다. 익숙한 마찰음에 도윤은 슬그머니 눈을 떴다.

　"일어나요. 일어나."

　아이들이 침대 위에 올라와 퐁당퐁당 뛰기 시작했다.

　"쉬이!"

　도윤은 얼른 두 아이를 안아서 침실 밖으로 나왔다.

　"엄마는?"

　다섯 살 난 첫째 아들 재훈의 물음에 도윤은 아이 둘을 부엌 바닥에 내려놓으며 말했다.

　"응, 엄마는 더 주무셔야 해."

　"왜요?"

네 살 난 둘째 아들 재연의 물음에 차마 아빠가 밤새도록 엄마를 괴롭혀서 못 일어난다는 말은 할 수 없었다. 미국에 온 지 얼마 되지 않아, 재훈이 생기고, 한 살 터울의 재연을 낳았지만, 딸에 대한 욕심을 버릴 수 없었다. 우리 세영이 닮은 딸이면 얼마나 예쁠까?

도윤이 아직 생기지도 않은 딸을 생각하며 피식거리고 있는데, 재훈이 말했다.

"아빠, 배고파요."

"응, 응. 아침 먹자."

아이들의 아침 식사가 끝나 갈 무렵, 세영이 기지개를 켜며 식탁 앞에 앉았다.

"잘 잤어?"

도윤의 물음에 우유를 한 모금 들이켠 세영이 찌릿한 눈빛으로 도윤을 노려보았다. 잘 잤겠어? 하는 눈빛이다. 그러니까 딸 낳아 주라 하는 애원의 눈빛을 보내자, 세영이 한숨을 폭 내쉰다. 그게 마음대로 되냐? 하는 무언의 대답이다.

한국에 들어갈 때마다, 서지혁이 얼마나 딸 자랑을 하는지, 도윤은 속이 홀라당 뒤집어져서 미국행 비행기에 오르곤 했었다. 너희는 아들 없잖아! 아들이 얼마나 든든한데! 라고 서지혁을 놀려 먹곤 했는데, 얼마 전 혜윤이 떡하니 서지혁하고 쏙 빼닮은 아들을 낳아 버렸다.

나도 딸이 갖고 싶다. 도윤은 멍한 시선으로 허공을 응시하며 한숨을 내쉬었다.

"당신 오늘 몇 시에 끝나요?"

"오늘은 일찍 끝나, 왜?"

"애들 당신이 픽업해서 집에 와요. 나 오늘 뉴욕에 있는 호텔에 지점 내는 것 때문에 회의가 늦게 끝날 것 같아요."

"그래. 내가 데리고 올게."

세영은 미국에 와서 샌프란시스코 호텔에 한국 궁중 음식 전문 레스토랑을 여는 프로젝트에 참여했고, LA, 시애틀, 시카고에 이어 뉴욕에 입점을 앞두고 있었다. 늘 열심히 살기는 했지만, 도윤을 만나기 전 세영의 삶은 그저 평범하고 안정적인 것을 추구하고 있었다.

그런데 도윤을 따라 미국으로 온 이후, 세영의 삶은 180도 바뀌었다. 마치 그동안 오빠의 죽음과 관련된 그늘에 갇혀 있던 그녀의 인생이 양지바른 곳으로 나온 것만 같았다. 도전적이지 못했던 자신의 지난 삶에 대해 보상하듯 세영은 새로운 일을 시작했고, 그 옆엔 언제나 도윤이 함께했다.

도윤은 프렌치토스트 위에 메이플 시럽을 듬뿍 뿌린 뒤, 시나몬 가루를 얹어서 세영의 앞에 놓아주었다.

"고마워요."

그제야 세영이 예쁜 미소를 보여 주며, 도윤을 바라봤다. 도윤은 그새를 놓칠세라 세영의 턱 끝을 붙잡고 진하게 입을 맞췄다. 그 모습이 별로 놀라울 게 없다는 듯 재훈은 재연의 손을 붙잡고 욕실로 향했다.

"재연아, 가서 치카 하자."

"응, 형아."

겨우 다섯 살과 네 살인데, 세영이 어찌나 교육을 잘 해 두었는지 아침에 일어나서 식사하고, 세수하고, 양치질하는 것은 당연히 스스로 해야 한다고 생각하는 아이들이다. 엄마가 해 주나, 애들이 스스로 하나 걸리는 시간은 거의 비슷하다며, 잘했는지 봐주기만 하면 된다는 세영은 아들들 키우는 데 도사가 다 된 것 같았다.

밥도 스스로 먹고, 양치질도 스스로 하고, 세수도 스스로 하고, 아이들 스스로 할 수 있게 시간의 여유를 두고 지켜봐 주면 된다고, 그게 자기 주도 학습의 기본이라나, 뭐라나. 아이들은 믿어 주는 만큼 보여 준다나 뭐라나. 그러니까, 아들도 잘 키우니까, 딸도 잘 키울 수 있지 않나?

"우리 이제 한국 가려면 3개월 정도 남은 건가요?"

"응."

도윤은 토스트를 베어 물며 입을 오물거리는 세영을 사랑스럽다는 듯 바라보며 고개를 끄덕였다. 미국 생활 6년째, 도윤은 1년 전 선수 생활을 그만두고, 코치 연수를 받고 있는 중이었다. 3개월 후에 연수가 마무리되면, 한국으로 돌아가 코치 생활을 시작할 예정이었다.

"그럼 일을 빨리 진행해야겠네."

세영은 이리저리 머리를 굴리며, 일정을 짜내기 시작했다.

"재훈이 유치원은?"

"혜윤 아가씨가 대신 원서 넣어 주기로 했어요. 재연이는 거기 부속 어린이집 다니기로 했고, 일주일에 한 번 가는 음악교실에는 대기자로 넣어 놨고, 아가씨 딸 아인이는 축구 교실 다닌대. 재훈이는 어떡하지? 아인이랑 같이 있고 싶어 하기는 하는데, 야구 교실 넣어야 하지 않나?"

세영이 늘어놓은 말을 들으며 도윤은 식탁 위에 팔을 올리고 턱을 괴며 물었다.

"그 계획에 우리 딸은 없어?"

"여보!"

세영이 미간을 좁히며 버럭 화를 내자, 도윤은 시무룩한 표정을 지으며 앙탈을 부렸다.

"하나만 더 낳자. 응? 제발."

"또 아들이면?"

"뭐, 그럼 하나 또 낳으면 되지?"

아무리 운동을 하고, 식단을 조절해도 한번 늘어진 뱃살은 원상 복구가 힘들었다. 세영은 티셔츠를 위로 올려 배를 내보였다.

"이건 어떡하라고요!"

"내 눈엔 예쁘고 섹시하기만 한데? 아침부터 나 유혹하려고 보여 주는 거야?"

도윤의 물음에 세영은 끙 하는 신음을 집어삼키며, 티셔츠 자락을 끄집어 내렸다.

"둘만 낳기로 했잖아요."

"그건 아들 하나, 딸 하나의 조합이었을 때고."

"그럼 지금은?"

"아들 둘에 딸 하나 되는 거지."

세영은 팔짱을 끼며 되물었다.

"아들 셋이 되면 어쩔 건데요?"

"아들 셋에 딸 하나의 조합으로 가면 되는 거지."

세영은 눈동자를 한 바퀴 굴리며, 윽 소리를 내고는 머리털을 쥐어뜯었다.

"일단 나 프로젝트 끝나고……. 그리고 한국 가면 지영이랑 강의 일정도 잡아야 해요. 쌍둥이 학교 들어가고 힘들어서, 강의를 많이 못 잡는다고, 나랑 같이 하기로 했는데."

"알아, 알지. 강의하면 되지. 난 능력 있는 마누라가 좋아."

딸도 낳아 주면 더 좋지. 도윤은 환한 미소를 지으며 세영을 바라봤다.

"일단 한국 들어가서 생각해요. 지금은 안 돼."

"오케이, 딜!"

세영은 생글거리는 도윤을 뒤로하고, 한숨을 폭 내쉬며 욕실로 향했다. 양치질하고, 세수도 하고, 나란히 서서 얼굴에 로션을 바르고 있는 두 아들의 모습에 피식 웃음이 났다. 기특한 것들.

"자, 두 아들. 이제 가서 옷 갈아입고 나와."

"네!"

방으로 뛰어가는 아이들을 바라보며 세영은 흐뭇한 미소를 지었다. 여기에 하나를 더 낳는다고? 세영은 한숨을 폭 내쉬며 욕실 거울에 비친 자신의 모습을 물끄러미 바라봤다.

애들이 잠들기 전까지 전쟁을 치르고 나면, 얼굴에 로션 한 번 찍어 바를 힘조차 없어서 그냥 잤더니 눈 밑에 주름이 깊게 잡힌 것 같았다. 관리를 받는다고는 하지만 애 둘을 낳고 탄력을 잃은 피부는 하루가 다르게 늙어 가고 있는 것 같았다.

"뭐 해?"

거울을 물끄러미 바라보고 있는데, 도윤이 욕실에 들어섰다.

"나 많이 늙었다. 그죠?"

"아니."

도윤은 세영의 허리를 끌어안고 그녀의 목덜미에 입을 맞추며 속삭였다.

"여전히 예뻐. 너무 예뻐. 예뻐서 미치겠는데, 난?"

세영의 등 뒤에 단단한 도윤의 몸의 일부가 와 닿았다.

"왜 이래요? 아침부터?"

"이게 뭐, 때와 장소를 가릴 수 있는 일인 줄 알아? 때와 장소를 가리지 않고, 여전히 예쁜 네 탓이지."

능청스럽게 말하며, 계속 몸을 비벼 대는 도윤에게 세영이 눈을 한 번 흘겼다.

"얼른 나가요. 나도 씻고 준비해야지. 이러다 늦겠어요."

"응. 애들 챙기는 건 내가 할게."

도윤은 세영의 볼에 입을 한 번 맞추고는 욕실 밖으로 엉거주춤하게 걸음을 옮겼다. 그 모습에 세영은 풉 하고 웃음을 터트리고 말았다. 참 결혼해서도 한결같은 남자다.

오전부터 시작된 회의는 타협점을 찾지 못하고 이리저리 흔들렸다. 세영이 만든 레스토랑은 미 서부권에서는 이름이 많이 알려진 곳이었지만, 동부권 진입은 처음이었다. 뉴욕의 호텔은 말도 안 되는 잣대를 들이밀며, 트집을 잡았다.

참다못한 세영은 활짝 미소 지으며, 이야기했다.

"그런 조건으로는 한국의 맛을 표현해 낼 수 없습니다. 거래는 없었던 일로 했으면 합니다."

"지금에 와서 계약을 없었던 일로 한다면, 위약금은 어떻게 할 거죠?"

뉴욕 호텔 담당자는 어설픈 한국어 발음으로 되물었다.

"뉴욕 입점 호텔을 검토할 당시, 가장 마지막까지 거론되었던 곳이 있었는데, 계약을 철회할 경우, 철회 위약금까지 물어 줄 수 있다는 제안을 하더군요."

호기롭게 웃는 세영을 보며, 그녀의 앞에 마주 앉아 있던 남자의 얼굴이 일그러졌다. 옆에 앉아 있는 레스토랑 제휴 담당 지배인과 무어라 귓속말을 하더니 입을 열었다.

"그럼, 원하시는 조건을 다시 한 번 정리해서 알려 주시면……"

시간을 끌겠다는 수작이군.

"이미 저희가 원하는 조건은 여러 차례 전달을 드렸는데요."

세영의 말에 담당자는 할 수 없다는 듯 한숨을 내쉬었다.

"그럼, 원하시는 조건으로 진행하도록 하겠습니다. 뉴욕의 다른 호텔에서 한국의 귀한 궁중음식이 팔리는 걸 원하지 않는 거 아시죠?"

세영은 생긋 미소 지으며, 고개를 끄덕였다.

긴 회의가 끝나고, 세영이 주차장으로 향하는데, 세영의 비서인 한나가 뛰어왔다.

"저희 정말 다른 호텔 있어요? 위약금 물어 주겠다는?"

"있을 것 같아, 없을 것 같아?"

"그, 글쎄요."

누가 미쳤다고 그 어마어마한 위약금을 물어 주겠어? 세영의 묘한 표정을 보고 한나는 고개를 갸웃했다.

"조심해서 들어가요. 한나."

"네, 내일 봬요."

세영은 만족스러운 표정을 지으며 고개를 까딱하고는 운전석에 올랐다. 아, 피곤하다. 오늘도 한도윤은 안 피곤하겠지?

밤 9시가 넘은 시각, 현관에 들어섰는데, 온 집 안이 컴컴했다. 뭐야? 이건 또?

"여보, 어디 있어?"

하이힐을 벗어 넣고, 슈트 재킷 단추를 풀며 거실로 향하는데, 누군가 세영의 몸을 홱 돌려서는 품에 안았다.

"깜짝이야!"

"쉬잇."

"애들은?"

"자."

"뭐하는 거예요?"

도윤은 한쪽 팔로 세영의 허리를 단단히 끌어안고는, 다른 한 손으로 세영의 재킷을 벗겨내기 시작했다.

"뭐 하는 것 같은데?"

"나 피곤해요."

"그러니까 가만히 있어. 내가 알아서 할 테니까."

세영이 뭐라 대답을 하기도 전에 도윤이 세영의 입술을 집어삼 키고, 입안을 휘젓고 있었다. 뜨겁게 입안을 채워 오는 익숙한 느 낌에 세영의 목울대에서 야릇한 신음이 울려 나왔다. 고개를 비틀 어 입술을 살짝 떼어 내니, 도윤의 손은 이미 세영의 펜슬스커트를 벗겨 내고 있었다.

"씻고 싶어요."

"알아."

연한 핑크색 실크 블라우스에 팬티만 입은 세영을 도윤이 번쩍 안아 들고는 부부침실 안에 있는 욕실로 향했다. 잘 익은 달걀의 껍데기를 벗겨 놓은 듯 매끈하게 빛나는 커다란 자쿠지 욕조 안에는 시트러스 향을 품은 따뜻한 물이 가득했다.

도윤은 세면대 앞에 놓인 의자에 세영을 앉히고는 블라우스 단추를 풀어내기 시작했다.

"애들 저녁은 많이 먹었어요?"

"응, 엄청 많이."

"목욕은?"

"했어."

"책은 읽어 줬어요?"

"그럼 다섯 권이나."

짧은 대화를 마치는 사이 세영은 실오라기 하나 걸치지 않은 상태가 되어 버렸다. 도윤은 재빨리 트렁크와 티셔츠를 벗어 던지고는 샤워기를 집어 들었다. 따뜻한 물로 두 사람의 몸을 적신 뒤, 손바닥에 바디 클렌저를 짜서 비비고는 세영의 몸에 문지르기 시작했다.

"오늘 왜 이래, 무섭게?"

"풀 서비스라고나 할까?"

고기도 먹어 본 놈이 잘 먹는다고, 운동선수로 살면서 마사지받는 데 이골이 나서 그런지, 도윤의 마사지 솜씨는 수준급이었다. 세영은 도윤의 손길에 또다시 몸이 녹아드는 것 같았다. 목과 어깨를 주무르던 도윤의 손이 등허리를 따라 내려왔다.

도윤이 무릎을 꿇고 앉아, 세영의 허벅지를 쓰다듬고, 종아리를 주무르더니, 자신의 허벅지 위에 세영의 다리를 얹고는 발등과 발바닥을 꾹꾹 누르며 지압을 해 주었다. 도윤의 손길에 세영의 입에선 가쁜 숨이 절로 흘러나왔다.

"음, 도윤 씨."

사랑을 나눌 땐 언제나 여보, 당신이 아닌 이름을 불러 주는 세영의 목소리가 도윤은 미치도록 좋았다.

"응?"

"무슨 꿍꿍이야?"

"꿍꿍이는 무슨."

도윤은 다시 샤워기 물을 틀어 세영의 몸 위를 덮고 있는 몽글몽글한 거품을 씻어 낸 뒤, 머리까지 감긴 후, 번쩍 안아서 욕조 안으로 들어갔다. 도윤은 자신의 앞에 세영을 앉히고는 가슴에 그녀의 등을 기대게 했다.

"세영아."

"응?"

"사랑해."

"나도 사랑해."

도윤은 세영의 허리를 감싸고 있던 손을 옮겨 그녀의 가슴을 두 손으로 움켜잡았다. 몰캉한 가슴에 손이 감기자, 따스한 물로 인해 살갗이 예민해진 세영이 밭은 숨을 내뱉으며 슬쩍 몸을 비틀었다.

세영이 슬쩍 고개를 돌리자 도윤이 어김없이 그녀의 입술을 찾았다. 물에 젖은 입술은 말갛게 부풀어 오른 듯 달콤했다. 허리를

비틀며 도윤의 젖은 머리칼에 손가락을 감아 오는 세영의 움직임
은 이미 한껏 달아오른 것처럼 느껴졌다.

도윤은 그녀의 입술에서 자신의 입술을 떼지 않은 채로 천천히
욕조 밖으로 빠져나왔다. 그러곤 커다란 배스 타월을 집어 들어서
세영의 몸을 감싼 뒤, 바로 침대로 향했다.

"하아, 도윤 씨."

방 안을 울리는 그녀의 목소리는 짙은 색을 띠고 있는 것 같았
다. 도윤은 세영이 자신을 부르는 데도 아랑곳하지 않고, 그녀의
중심으로 입술을 옮겨 갔다. 뜨거운 물에서 바로 나왔는데도, 그녀
의 중심에는 미끌미끌한 애액이 흐르고 있었다.

그녀의 몸 밖으로 흐르는 맑은 물이 아까운 듯 도윤은 입술을
이리저리 옮겨 가며 그녀의 중심을 탐하기 시작했다. 세영의 허리
가 튀어 오르고, 가녀린 손가락이 도윤의 머리칼을 휘감았다.

"하아, 도윤 씨."

도윤은 자신의 머리칼을 붙잡고 있는 세영의 손에 깍지를 끼며
서서히 몸을 일으켜 그녀의 위에 포개어 엎드렸다.

"세영아, 사랑해."

사랑한다는 말과 동시에 도윤은 자신의 몸에 가장 잘 맞는 곳을
찾아 들어갔다. 세영이 미간을 찌푸리며 가쁜 숨을 내뱉었다.

"아, 도윤 씨, 사랑해요."

도윤이 천천히 몸을 움직이자, 세영이 입술을 깨물며 신음을 참
아 냈다. 도윤은 세영의 입술을 혀로 핥아 내어 그녀의 입이 벌어
지도록 했다. 그녀의 목소리가 듣고 싶어서 귓가의 모든 세포가 곤
두선 것 같았다.

"세영아."

턱 끝에 입을 대고 속삭이며, 허리를 움직이는 속도를 높이자, 세영의 입에서 야릇한 소리가 터져 나오기 시작했다.

"흐읏."

"아, 세영아."

절정을 넘기는 그녀의 얼굴은 언제나 아름다웠다. 아름답다는 말로는 부족할 만큼, 이 순간을 멈춰 한없이 그 얼굴을 바라보고 싶을 만큼. 자신의 몸을 익숙하게 잡아당기는 그녀의 몸에 도윤은 뜨거운 액을 쏟아 냈다.

세영의 뺨과 머리를 쓰다듬고, 그녀의 이마에 입을 맞춘 도윤은 잠시 숨을 고르며, 그녀의 얼굴을 가만히 내려다보았다.

"뭔가 당한 것 같은 기분이야. 도윤 씨, 뭔가 되게 열심인데?"

세영의 말에 도윤이 푸시시 웃었다. 그래, 맞아. 난 지금 열심히 태교를 한 거라고. 태교의 시작은 사랑을 나눌 때 남자가 얼마나 정심(正心)했는가, 라며? 내가 얼마나 심혈을 기울였는데.

도윤의 흐뭇한 표정을 바라보며, 세영은 피식 웃었다. 콘돔을 사용하지 않은 것도 그냥 모른 척했는데, 주기를 딱 맞춰서 이렇게 풀 서비스를 하는 것도 순순히 받아 줬는데, 내 남자가 의미심장하게 짓는 흐뭇한 표정도 모른 척해 줘야겠지?

그날 밤, 두 사람의 셋째가 생겼을까, 안 생겼을까? 도윤의 소원은 이뤄졌을까, 안 이뤄졌을까?

— The end

외전 1.

호랑말코의 변

강산 호텔로 향하는 이슬의 발걸음이 무거웠다. 아, 강산시는 진짜 안 온다니까. 얼굴을 잔뜩 구기며 체크인을 하고, 방으로 향했는데, 어김없이 부장의 전화가 걸려온다.

"네, 진이슬입니다."

— 어, 진 주임. 감사일정은 내일부터지?

"네."

— 오늘 거기 회사 쪽에서 저녁을 산다나 봐. 연락이 지금 왔네? 진 주임한테 30분 있다 연락 준대.

"아, 그래요?"

— 우리가 회계 감사를 나간 거기는 하지만, 그쪽이 갑이니까. 식사 잘하고. 김 과장이랑 신 대리는 오늘 저녁에 서울 쪽 일 마무리되는 대로 출발한대.

"네, 알겠습니다."

— 그래, 그럼. 수고해.

"네, 들어가십시오."

전화를 끊은 이슬은 휴대전화를 침대 위에 던지고 벌러덩 누워 버렸다. 하얀 호텔 방 천장을 바라보는데 일 년 전, 평생에 가장 아찔하고 치욕스러웠던 날의 그 방 하얀 천장이 떠올랐다.

✻ ✻ ✻

일본계 투자 기업의 외부 회계 감사 업무를 배정받은 이슬은 4명의 선배를 따라 난생처음 강산시로 향했다. 해당 회사에서 작성한 회계전표, 제계 정원장, 재무제표 등을 이슬이 속한 회계법인 같은 제삼자가 검토하고, 검사하는 일이기는 했지만, 회계법인을 고용한 갑은 그쪽 회사이기에 신경을 바짝 곤두세워야 했다.

분식회계나 불법 자금 운용과 같은 미심쩍은 부분을 밝혀내려면 회계 담당자에게 요청해야 하는 서류도 많았고, 4일의 짧은 기간 동안 많은 양의 서류를 꼼꼼하게 검토해야 하기에 감사가 끝나고 나면, 스트레스가 머리끝까지 차오르곤 했다.

"이슬 씨, 내년에 주임인가?"

"네."

"강산시는 처음이야?"

"네. 계속 서울에 있는 기업에만 배정받았었습니다."

팀장의 물음에 각이 바짝 선 사원 3년 차 이슬은 두 눈을 반짝거리며 대답했다.

"작년까지는 서울에 있는 미국계 투자 기업에만 갔었지?"

"네."

"일어는 좀 하나?"

"네, 영어보다는 일어가 더 편합니다."

"그래. 그쪽 회사 내부규정 다루는 서류 중에 간혹 일어로 된 게 있을 거야. 꼼꼼하게 잘 보고."

"네."

아침 9시에 시작되는 업무는 밤늦도록 이어졌다. 한 달 이상은 묵혀 두었던 종이들이어서 그 속에서 풍겨 나오는 먼지들을 고스란히 들이마시다 보면 목이 칼칼해지기까지 했다.

"여기 비용처리 된 거에 출장 승인 관련 ERP 서류가 첨부되어 있지 않네요."

"아, 회사 규정이 그렇기는 한데, 출장이 잦으면 그거 일일이 받기 힘들거든요."

"그럼 이 항공권 구매 비용이 출장인지 개인 여행인지 알 수 있는 방법이 없어요. 내부 규정을 만들어 놓으셨으면, 지키셔야죠. 해당 출장자에게 프린트해서 달라고 하세요."

"네."

"여기 부가세 신고 내역하고 비교해 보니까, 세금계산서 2건이 없어요. 이것도 찾아 주세요."

"네."

이슬의 꼼꼼한 검토에 회계담당자는 어쩔 줄을 몰라 했다. 숫자와 씨름하고, 규정과 씨름하고, 회계 관련법과 씨름하는 사이 어느새 4일의 회계 감사 기간이 모두 지나갔다.

마지막 날, 회사 측과 간단한 저녁 식사를 마친 뒤, 이슬은 팀장과 선배팀원들을 따라 포장마차로 향했다. 나흘 동안 개고생을 했는데, 호텔 바에서 먹는 와인도 아니고, 포장마차라니! 이슬은 아무 말 없이 쓰디쓴 소주를 입안에 털어 넣었다.

"어우, 우리 이슬 씨. 술도 잘하네. 마셔, 마셔. 고생 많았어."

"에이. 이게 끝이 아니잖아요. 올라가서 감사보고서 써야 하는데."

"그래, 고생 많아. 오늘은 그냥 진탕 마시고, 호텔 들어가서 쉬어."

"넵!"

내가 술을 넘기는지, 술이 나를 넘기는지 소주병은 쌓여 가고, 몇 병을 먹었는지 세기 위해 포장마차 테이블에 연이어 걸어 놓기 시작한 소주병 뚜껑이 바닥에 닿으려고 했다.

"저는 인제 그만 호텔로 들어가 보겠습니다!"

남자들끼리 대체 어딜 가려는지, 계속 눈치를 주는 통에 이슬은 자리를 털고 일어났다.

"어, 이슬 씨, 혼자 갈 수 있지?"

"넵!"

이슬은 아랫입술을 꾹 깨물며 그럴 수 있다고 고개를 끄덕였다. 안 취했다. 안 취했다. 안 취했다. 분명히 안 취했다.

포장마차를 나와 비틀거리며 걷다 보니, 길에 정차해 있는 택시가 한 대 보였다.

이슬은 택시에 올라 강산 호텔이요, 하고 말했다. 기사가 알아들었는지, 차가 출발했다.

어우, 목 타. 목 위를 벅벅 긁으며 눈을 떴는데, 하얀 천장이 눈에 들어왔다. 호텔에 제대로 오긴 왔나 보네. 시원한 오렌지 주스 한 잔 했으면 소원이 없겠다 생각하며 띵한 머리를 일으켜 세워서 침대에 앉았는데, 뭔가 이상하다.

무거운 머리를 겨우 돌려 옆을 보니 웬 남자가 누워 있었다.

"꺅! 누구야? 야, 너 누구야? 누군데 내 방에 있어!"

소리를 버럭 지르니, 인상을 잔뜩 찡그리며 눈을 뜬 남자가 화들짝 놀라 이슬을 쳐다봤다.

"누구세요? 왜 여기 있어요?"

"그러는 댁은 누군데 내 방에 있어요!"

이슬이 빽 소리를 질렀는데, 남자가 주변을 두리번거리더니 고개를 갸웃한다.

"여기 그쪽 방 아닌 것 같은데요?"

"뭐요?"

주변을 둘러보니, 정말 호텔이 아니다. 맙소사! 여기가 어디야, 대체?

열심히 눈동자를 굴리는데, 남자가 빼놓은 지갑이 눈에 들어왔다. 오호라! 네 이놈. 네가 누군지 알아야겠는데? 이슬이 잽싸게 남자의 지갑을 집어 들자 그의 눈이 커다래졌다.

"지금 뭐 해요? 혹시 꽃뱀이에요?"

"꽃뱀은 무슨. 그쪽 신원 확인은 해야겠으니까요."

"이리 줘요."

이슬이 지갑을 뺏기지 않기 위해 등 뒤로 숨기자 남자가 이슬을 끌어안다시피 하며 지갑을 뺏으려 노력했다. 지갑을 놓고 묘하게 얽혀서 옥신각신하고 있던 그때, 갑자기 방문이 활짝 열렸다.

"야! 한호윤!"

또 다른 남자의 우렁찬 목소리가 들려오자, 이슬은 정신이 쏙 나가 버리는 것 같았다. 그 옆에 서 있던 여자는 어머나! 하며 사라졌고, 남자는 무서운 얼굴을 하고 침대 위 요상한 포즈로 얽혀 있는 두 사람을 쏘아보는 듯했다.

"어? 혀, 형! 내일 오는 거 아니었어?"

"집에 가서 얘기해."

소리치는 남자의 얼굴을 보려고 하는데, 눈앞이 뿌연 것 같았다. 빌어먹을. 렌즈는 또 어디다 빼 버렸을까? 이슬이 고개를 갸웃하는 사이 남자는 사라졌고, 침대 위에 있는 또 다른 남자는 죽을상이 되어 있는 것 같았다.

죽을상을 한 남자가 죽어 가는 목소리로 묻는다.

"누구세요?"

스스로 벗었는지, 누가 벗겼는지 모르겠지만 둘은 속옷만 입은 채로 침대 위에서 눈을 떴고 서로를 발견했다. 그리고 사건의 개요를 차근차근 따져 보기도 전에 제삼자에게 걸렸다.

"나 누군지 몰라요?"

"우리 언제 봤어요?"

남자의 물음에 이슬이 대답하자, 그는 기가 막힌다는 듯 헛웃음을 지었다.

"방금 소리친 저 남자는?"

"지금 렌즈 빼서 안 보여요. 솔직히 지금 당신 얼굴도 잘 안 보여요."

남자는 헛웃음을 지으며 고개를 내저었다.

"어제 내가 술을 많이 마시고, 포장마차에서 나와서, 택시에 탔는데?"

토막 난 기억이 조금씩 이어지기 시작했다. 아뿔싸! 언제부터 우리나라 택시에 모자가 사라졌을까? 남자는 보기 좋게 자리 잡은 근육을 그러모으며 팔짱을 꼈다. 그 덕에 팔뚝 근육이 더 도드라지는 것 같았다.

흐릿한 시야에 잡히는 근육을 바라보며, 이슬은 자신도 모르게 침을 꿀꺽 삼키고 말았다. 그 모습을 본 남자가 피식 웃는다. 이것 봐라?

이슬은 보란 듯이 가슴께로 끌어 올렸던 이불을 놔 버리고는 팔짱을 꼈다. 연보라색 브래지어 위로 풍만한 가슴이 볼록하게 솟아올랐다. 남자의 시선이 흔들리는 것처럼 느껴졌다.

"그래서. 우리 어제 아무 일도 없었던 것 같고. 내가 그쪽 차를 잘못 타서 일어난, 일종의 교통사고 같은 거네요. 사고 처리하고, 각자 갈 길 가죠?"

"뭐요? 일이 있었는지, 없었는지 어떻게 알아요?"

"남자는 몰라요? 여자는 아는데?"

이슬의 대찬 반응에 남자는 기가 막힌다는 듯 또다시 헛웃음을 지었다. 제발, 이렇게 물러나라. 앞에 있는 남자가 악한 사람일지도 모르는데, 저 남자가 나쁘게 마음만 먹으면 여기서 험한 꼴 당할지도 모른다는 생각을 하면서, 이슬은 빨리 그곳을 빠져나갈 생각을 하느라 머릿속이 복잡해졌다.

"그래요. 뭐, 각자 갈 길 가요! 나도 당장 아쉬운 건 없으니까."

어휴, 다행이다. 남자는 전신 근육을 드러내며 침대 위에서 내려가 옷을 입기 시작했다. 이슬은 뿌연 시야를 교정하려는 듯 본능적으로 눈을 게슴츠레하게 뜨고 그의 몸에서 시선을 떼지 못하고 있었다.

"그렇게 쳐다보는 것도 사고 처리의 범주에 속해요?"

남자의 말에 이슬은 헛기침을 해 대며 시선을 옮겼다. 침대에서 내려와 옷을 주워 입는 순간, 덥다며 혼자 옷을 벗어젖힌 기억이 나기 시작했다. 내가 미쳤지. 정말 미쳤지. 한숨을 폭폭 내쉬며 옷을 입고 방문을 나서려는데, 남자가 말을 걸었다.

"여기서 나 본 거나, 우리 형 본 거나, 우리 형이 누구와 같이 있는 걸 본 거나 발설하면 가만 안 돼요."

이슬은 알겠다며 고개를 까딱해 보이고는 당당히 두 발로 걸어 나왔다. 방 안을 걸어 나와 현관으로 향하는데, 이곳을 네발짐승이 되어 기어들어온 것 같은 기묘한 기억이 머릿속에 떠올랐다. 나 진이슬. 오늘부터 소주와 안녕이다.

현관을 나서 대문 밖까지 나오기는 했는데, 여기가 어딘지 도무지 감이 잡히질 않았다. 안경 도수로 -4.75의 시력을 가진 이슬은 핸드백에서 휴대전화를 꺼냈다. 택시를 불러야겠는데, 여기가 어디냐?

❋ ❋ ❋

그 날, 남의 집 우편물을 훔쳐보고 알아낸 주소로 택시를 부르고, 여기 강산 호텔로 돌아와 거울을 마주했을 때, 끔찍한 자신의 몰골을 보고 기함했던 모습이 눈앞을 스쳐 갔다.

"아오, 그 인간이랑 다시 마주치면 안 되는데."

한숨을 폭 내쉬고 있는데, 휴대전화가 울렸다.

"네, 진이슬입니다."

— 안녕하세요? 강산 기획 재무팀 박장익입니다. 호텔 1층 로비 라운지에 있는데요.

"네, 곧 내려가겠습니다."

이슬은 전화를 끊고 나서 호텔 옷장 문을 열면 나타나는 전신 거울 앞에 섰다. 검은색 와이드 팬츠에 금색 단추가 달린 흰색 블라우스를 입은 모습은 상당히 만족스러웠다.

핸드백에서 화장품 파우치를 꺼내서, 마스카라로 속눈썹을 한번 덧칠하고, 입술에는 연한 코랄색 립스틱을 톡톡 두드렸다.

자, 이제 가 보자!

호텔 1층에 위치한 로비 라운지에 다다르자 이리저리 두리번거리고 있는 40대 중반의 남자가 눈에 들어왔다.

"박장익 부장님이시죠? 삼진회계법인 진이슬입니다."

"아, 안녕하세요? 작년에 뵀었죠?"

"네."

이슬이 예의 바른 미소를 지으며 명함을 건넸다.

"오, 승진하셨네요?"

"연차 차면 하는걸요."

"식사하러 가시죠."

"네."

"아차, 여기 지금 저희 대표님 와 계신데, 잠깐 인사하시고 가
시겠어요?"

"네, 그러죠."

이슬은 박 부장을 따라 호텔 7층에 있는 레스토랑으로 향했다.
개인 식사실 문을 열고 들어갔는데, 이미 남자 두 명이 자리를 잡
고 있었다.

"대표님, 이쪽은 내일부터 회계 감사 업무를 위해 회사에 방문
해 주실 회계사 진이슬 주임입니다."

"오, 반가워요."

30대 후반쯤 되었으려나? 자리에서 일어나 인사를 건네는 쾌남
에게 이슬은 생긋 미소 지으며 말했다.

"안녕하세요? 진이슬입니다. 잘 부탁드립니다."

"부탁은 제가 해야죠."

대표는 앞에 앉은 남자를 가리키며 말했다.

"우리 고등학교 후밴데, 한호윤이라고 알죠?"

"아, 야구 선수 한호윤 씨요? 반갑습니다. 진이슬입니다."

이슬이 살짝 고개를 숙여 보이며 인사하는데, 그의 얼굴에 묘한
미소가 떠올랐다.

"우리 구면인데?"

목소리를 듣는 순간 이슬의 몸이 돌처럼 굳어 버렸다. 순식간에
머릿속을 스쳐 지나가는 주마등 같은 기억 속에서 저 목소리의 주
인을 찾아냈다. 맙소사! 그때 그 남자가 야구 선수 한호윤이었어?
어머나!

그러나 이슬은 모른 체하며 어설픈 미소를 지어 보였다.

"어머! 그럴 리가요? 한호윤 선수 처음 뵙는 것 같은데요?"

호윤이 피식하고 웃더니, 대표를 향해 말했다.

"형, 저녁 나중에 먹자."

"왜?"

"저 여자랑 사고 처리 좀 해야 해서. 저녁 제가 사도 되죠?"

호윤의 말에 박 부장은 얼떨결에 그러시라며, 옆으로 비켜섰고, 호윤의 선배라는 대표는 재미있다는 표정으로 둘의 얼굴을 번갈아 바라보았다.

"나가죠?"

"네?"

"나가자고요. 못 들었어요?"

이슬이 꿈쩍도 하지 않고, 그 자리에 서 있자, 호윤이 그녀의 손목을 붙잡고 식사실 밖으로 나왔다.

"이거 놓고 가요!"

이슬이 버럭 화를 내자, 호윤이 피식 웃었다.

"버럭 하는 걸 보니, 내가 기억이 났나 보네?"

"솔직히 그날 제가 렌즈를 잃어버려서 얼굴을 잘 못 봤어요."

"뭐 어쨌든. 얘기 좀 하죠?"

"무슨 얘기를 해요?"

"사고 후유증 처리."

"여기서 해요. 그럼."

이슬은 지배인을 불러 비어 있는 개인 식사실이 있는지 물어보았다. 지배인은 고개를 끄덕이며 4인용 식사실 안으로 안내했다. 꽉 막힌 공간에 들어서자, 그날의 기억이 떠올라 머릿속이 복잡하게 얽혀 갔다.

"해 봐요. 무슨 얘긴지."

이슬의 말에 호윤은 또다시 피식 웃고는 물었다.

"그날 우리 봤던 사람 있는 거 기억해요?"

"해요."

"그 사람이 누군지는 알고?"

이슬은 이리저리 눈을 굴리며 생각했다. 저 사람 형이라고 했지? 한호윤 형? 설마 한도윤? 이슬의 눈이 순식간에 커다래졌다.

"그래, 그 사람이요. 우리 형 한도윤."

"그래서요?"

"내가 그날 이후 형한테 아주 험악한 놈 취급을 받고 있거든요."

"근데요?"

"내가 사고 후유증을 격하게 앓고 있으니까, 그거에 대해서 해명을 좀 해 줘야겠는데?"

"뭐요?"

이슬의 미간이 좁아지고, 목소리가 튀어 올랐다.

"로마의 황제 네로 알죠?"

"알죠."

뭔 소리를 하려는데, 고대 로마의 황제 이름까지 들먹이는 걸까?

"그 네로가 난교(亂交)로 유명했던 거 알아요?"

호윤의 물음에 이슬의 얼굴이 새빨갛게 달아올랐다. 이 남자가 뭐라는 거야!

"그럼 혹시 최초의 히피라 불린다는 알레이스터 크로울리는 알아요?"

"몰라요."

"그 사람은 이탈리아의 시실리 섬에 텔레마성이라는 걸 짓고 무한한 성적 쾌락을 추구했다죠."

"그래서요?"

이슬의 물음에 호윤은 이제 본론이 나온다는 듯 손짓하며 말했다.

"그다음으로 우리 형 입에서 나오는 이름이 한호윤이에요. 난봉꾼이라고."

"아, 그래서요?"

"우리 형한테 해명 좀 해 줘야겠는데? 우리 그날 아무 일도 없었고, 당신도 술에 취했었고, 나도 술에 취했었는데. 대리운전 불러 놓고 기다리던 내 차에 당신이 실수로 올라탔고, 그래서 벌어진 교통사고와 같은 일이다, 라고."

"내가 왜요?"

"지금까지 다 이야기했잖아요. 내 입장이 곤란하다고."

"그때 내가 실수한 건 미안하게 됐어요. 그때 누군지도 모르겠고, 상황이 좀 그래서……. 빨리 거길 벗어나야겠단 생각에 사과도 못 했어요. 사과가 늦었네요. 미안해요. 근데, 그래도 내가 그쪽 형님까지 만나야 한다는 건 어불성설이죠."

이슬이 카랑카랑한 목소리로 대꾸하자, 호윤이 눈을 희번덕거리며 휴대전화를 받았다.

"어, 형……. 어, 이 회계사님? 어……. 무슨 사이냐고? 나중에

이야기해 줄게……. 어, 그래."

전화를 끊은 호윤은 호기로운 눈동자를 빛내며 물었다.

"이 회사 중요한 거래처인가 봐요?"

"뭐, 그렇죠."

"근데 여기 대표가 날 아주 좋아하는 내 선배고."

호윤의 말에 이슬의 표정이 파리하게 굳어 버렸다.

"우리 인생은 짧고, 당신 그 머리는 참 작은데……. 너무 길고, 복잡하게 생각하지 마요. 우리 형 만나야겠죠?"

공중에서 두 사람의 눈동자가 부딪혀 스파크가 이는 듯했다. 그 스파크가 핑크빛인지, 푸른빛인지……. 두 사람의 심장이 빠르게 두근거리고 있었다.

외전 2.

오래된 인연, 새로운 연인

[행운의 당첨자 확인하기]

마우스 클릭 한 번을 하지 못하고, 책상 앞에 앉은 공주는 손을
벌벌 떨었다. 아, 못 하겠다.

"저 선생님, 저 이것 좀 클릭해 주시겠어요?"

"뭔데요? 노 쌤?"

승훈은 뜨끈한 믹스 커피가 든 종이컵을 손에 든 채로 공주의
책상 가까이에 다가섰다.

"시구의 주인공은 바로 여러분입니다. 행운의 당첨자 확인하기?
강산 유니콘스? 노 쌤, 이거 응모하셨어요?"

"네."

"와, 이거 경쟁률 어마어마하던데? 제 주변 사람 다 했어요. 이

거 발표가 오늘이에요?"

"네, 그러니까, 이것 좀 대신 눌러 주세요. 저 떨려서 못 하겠어요."

울상을 지으며 손을 바들바들 떨고 있는 공주를 대신해 승훈이 종이컵을 입에 물고는 이게 뭐 그렇게 큰일이냐는 듯 마우스를 움직여 이벤트 당첨자 확인이라 쓰인 버튼을 클릭했다. 딸깍!

"우와!"

"왜, 왜요?"

두 손으로 얼굴을 가리고 있던 공주가 손가락 사이로 모니터를 흘끔 쳐다봤다. 맙소사! 노공주! 저거 내 이름이야? 꺅! 공주는 비명을 질러 대며 승훈의 두 손을 잡고는 폴짝폴짝 뛰었다. 그 덕에 승훈의 입에 물려 있던 종이컵에서 뜨거운 커피가 팔딱팔딱 튀었다.

"아뜨뜨!"

"아, 죄송합니다. 선생님."

공주는 책상에 놓인 물티슈를 얼른 뽑아서 승훈에게 건넸다.

"와, 이거 되는 사람이 내 주변에서 나오다니, 대박! 언제 경기예요?"

"이번 주 토요일요. 꺅!"

날마다 몸매 좋은 여자 연예인이나 그 시절 가장 핫하다는 유명 인사를 불러서 시구를 하던 강산 유니콘스에서 팬들을 상대로 한 시구자 모집 이벤트를 연 것은 딱 한 달 전이었다.

공주는 남자 친구 사진 대신 지갑에 고이고이 꽂아 두었던 연간 회원권들의 사진과 코흘리개 시절부터 야구장을 들락날락하며 찍었던 사진과 신파와 개그를 적절히 섞은 사연을 게시판에 올렸다.

그로부터 한 달 후, 관중석에 갑자기 날아든 홈런 볼을 낚아챈 것마냥, 공주는 시구자가 되어 있었다.

공주는 곱게 다려 놓은 강산 유니콘스의 유니폼과 어울리는 진회색 스키니 진을 입고 구장으로 향했다. 맙소사, 내가 진정한 야빠로 등극하는 날이로구나. 에헤라디야. 경기장 앞에 서 있는데, 공주의 휴대전화가 요란하게 울렸다.

"여보세요?"

— 아, 오늘 시구하러 오시는 분 맞죠?

"네!"

— 오늘 정민규 선수가 투구 폼 잡아 주신다고 했거든요. 경기 시작 2시간 전까지 오시고요. 이 번호로 전화 주시면 제가 나가 있을게요.

"넵!"

세상에, 정민규래! 구장 앞에 도착한 세영은 구단 직원의 안내에 따라 연습실로 이동했다.

"안녕하세요?"

"아, 안녕하세요, 정민규 선수."

고개를 꾸벅 숙여 인사하며 악수를 나누는데, 민규가 예의 바르게 웃으며 말했다.

"한번 던져 볼래요?"

"네!"

공주는 민규가 건네는 공을 잡고는 있는 힘껏 던져 보였다. 포심 패스트볼(four-seam fast ball: 솔기에 손가락 네 개가 걸치도록 공을 잡고 던지는 일종의 직구)을 멋지게 구사한, 공주의 입꼬리가 웃을락 말락 한 모양을 지으며 **뺨**을 오르내렸다.

"오오, 잘 던지시네."

"잘 던지긴. 그렇게 던지다간 어깨 나가요."

등 뒤에서 들려오는 낮고 매력적인 목소리에 공주는 재빨리 고개를 돌려 보았다.

히익! 저게 누구야? 공주는 무릎이 풀린 듯 바닥에 주저앉아 버릴 것만 같아서 두 다리에 잔뜩 힘을 주었다.

연습실 앞을 지나던 기윤은 웬 여자의 목소리와 후배 민규의 목소리가 함께 들려오자 괜한 호기심에 열려 있는 연습실 문을 슬쩍 밀고 들어갔다. 마운드 위치에 서 있는 여자의 뒷모습이 제일 먼저 눈에 들어왔다. 아, 그 이벤트 시구자?

커다란 모양으로 굽실거리는 까만색 머리카락이 여자의 가녀린 어깨와 늘씬한 등허리를 타고 흘러내리고 있었고, 그녀의 몸에 딱 맞는 강산 유니콘스의 유니폼과 회색 스키니진이 둘러진 몸매가 꽤나 볼만했다. 뒷모습이 예쁘면 얼굴이 못생겼다지? 잘 던지긴 뭘 잘 던져. 딱 봐도 공 처음 던져 보는 폼인데?

자신도 모르게 튀어나온 목소리에 여자가 몸을 돌려 깜짝 놀란 표정으로 기윤을 바라봤다. 머리카락을 찰랑이며 뒤를 돌아본 여자는 전생에 나라를 구했다 싶을 정도의 미인은 아니었다.

하얗다 못해 투명하다 싶은 피부, 작은 얼굴, 속 쌍꺼풀이 진 가느다랗고 긴 눈, 오똑한 듯 동그란 콧잔등. 나라는 못 구했어도,

지금 내 심장은 어찌해야겠다. 기윤은 만루 홈런이라도 맞은 것처럼 심장이 쿵 하고 내려앉았다.

생글거리고 웃다가 자신을 발견하고는 깜짝 놀라서 놀란 토끼눈이 된 여자의 얼굴은 깜찍해 보이기까지 했다. 아, 그냥 지켜보다가, 가던 길 갈걸. 왜 나는 여기에 끼어들었을까? 하는 생각을 하면서도, 기윤은 성큼성큼 걸음을 옮겨 마운드로 향하고 있었다.

"어? 선배! 여기 웬일이야?"

"지나가다 보는데, 네가 시구 다 망칠 것 같아서."

한기윤! 그 이름도 유명한 한기윤, 우리 강산 유니콘스 에이스 투수 한기윤! 어머나, 그 귀한 분이 여기까지 어쩐 일로? 아, 여기 이 사람이 몸담은 곳이지.

"안녕하세요? 한기윤 선수?"

"안녕하세요?"

와, 잘생겼다. 너 진짜 훈훈하게 컸구나. 공주는 넋을 놓고 그를 바라보다가 휴대전화를 내밀었다. 기윤은 이게 뭐냐는 눈빛을 보내며 공주를 내려다봤다.

프로필상의 키 186cm. 우와, 정말 기골이 장대하구나, 너! 운동화를 신은 탓에 바닥에 딱 붙어 버린 느낌을 지울 수 없는 163cm의 공주는 기윤을 보기 위해 한참을 올려다봐야 했다. 아이고, 목이야.

"여기 뒤에 사인 좀 해 주세요."

민규는 어이가 없다는 눈빛으로 공주가 하는 행동을 지켜보다가, 잔뜩 뿔이 난 목소리로 물었다.

"내 사인은 안 받았잖아요?"

"하하. 민규 선수한테 제가 사인 안 받았나요? 하하."

공주는 어색한 웃음을 지으며, 기윤에게 시선을 고정했다. 이로 네임펜 뚜껑을 물고 따 보이는 기윤을 바라보며, 공주는 심장이 크게 쿵쾅거리는 것 같았다. 와, 이런 상남자를 보게.

자신의 심장 소리에 귀를 기울이고 있는데, 그 리듬에 블루스를 더하듯 기윤의 낮은 음성이 흘러나왔다. 공주는 그가 묻는 말에는 대답도 하지 않고, 그저 심장 소리와 그의 목소리가 만들어낸 R&B를 즐기고 있었다.

"이름이 뭐냐고요."

네임펜 뚜껑을 입에 문 채로 생긋 웃는 기윤에게 공주는 미안하다는 듯 미소 지으며, 대답했다.

"공주요."

"성은요?"

그래, 한기윤은 성까지 꼭꼭 붙여서 사인해 주기로 유명한 선수였다. 기윤아, 우리 옛정을 생각해서 그냥 이름만, 예쁜 이름 공주만 써 주면 안 될까? 기윤은 대답 없는 공주를 물끄러미 바라봤다.

"노⋯⋯요."

"푸흡."

옆에서 이온음료를 홀짝이던 민규가 입안 가득 물고 있던 짜고 단 물을 뿜으며 웃음을 터뜨렸다. 기윤이 찌릿한 눈으로 민규를 쏘아보자, 민규가 정색하며 사과했다.

"아, 죄송해요."

"괜찮아요. 다들 그래요."

공주가 민규에게 어설프게 미소 짓는 사이, 기윤이 고개를 갸우

뚱하며 물었다.

"노공주?"

"네."

공주의 대답이 개미 소리보다도 작았다.

"혹시 강산초등학교 나왔어요?"

기윤의 물음에 공주의 눈이 동그래졌다.

"저 기억하세요?"

"흔한 이름은 아니잖아. 웬 존대야? 동창끼리."

"어? 어. 그러게."

공주는 어색하게 미소 짓는 사이, 기윤은 성을 뺀 공주라는 이름을 휴대전화 뒷면에 적기 시작했다.

"시구하러 온 거야?"

"응."

공주는 기윤이 사인하는 모습을 물끄러미 바라보며,

기윤은 그녀의 휴대전화에 사인하며,

강산초 4학년 3반이었던 시절을 떠올렸다.

❊ ✱ ❊

강산초 4학년 3반. 강산초 개교 이래로 가장 말썽 많은 아이들이 모여 있는 반이라며 선생님들은 혀를 끌끌 차 댔다. 교무실 바로 옆 교실이어서, 교무회의가 진행되는 동안 조용히 자습을 하고 있어야 하는데도, 아이들은 쉴 새 없이 떠들고 교실을 돌아다니며 말썽을 부렸었다. 그 덕에 반장이었던 공주는 날마다 아이들을 통

솔하지 못한다며 혼나야 했다. 그러던 어느 날,

"내가 도와줄까?"

신발주머니를 뱅그르르 돌리며 학교 계단을 내려가는 공주에게 기윤이 말을 걸어왔다. 아빠가 야구 코치라는 기윤은 학년에서 싸움을 가장 잘하고, 가장 자주 하기로 소문이 난 애였다. 또래보다 덩치가 컸고, 무서운 소문이 무성했던 기윤의 말에 공주는 덜컥 겁을 먹었지만, 애써 당찬 표정을 지으려 노력했다.

"네가 뭘 도와?"

"내가 조용히 하게 해 줄게. 그 대신."

"그 대신?"

"네 숙제 보여 줘."

"뭐?"

"싫으면 아침마다 혼나든가."

모범생이었던 공주는 어른에게 꾸중 듣는 것이 세상에서 가장 싫은 아이였다. 잘한다, 예쁘다, 착하다 소리만 듣고 자랐던 공주는 아이들을 통솔하지 못. 한. 다. 공부 잘하고, 예쁘고, 인기는 많아서 반장은 되었지만, 리더십이 없. 다. 라는 말에 큰 상처를 받았었다.

"그래! 내가 숙제 도와줄게."

"뭐? 보여 주는 게 아니라, 도와줘?"

"내 거 그대로 베끼면 티 나잖아. 내가 숙제 할 수 있게 도와줄게."

"뭐, 그래! 그럼, 오늘부터 당장 도와줘, 오늘 하는 거 봐서, 내가 내일부터 애들 조용히 시키는 거 도울 테니까."

하굣길, 기윤은 공주를 따라 그녀의 집으로 향했다. 내일도 또 숙제를 해 오지 않으면, 어머니를 모시고 와야 할 거라고 했다. 안 그래도 야구 코치인 아버지에 대한 안 좋은 이야기가 흘러나오면, 어김없이 치고받고 싸우는 자신 덕분에 학교에 자주 오시는 어머니를 숙제 때문에 오시게 할 수는 없었다.

아버지가 은행원이라는 공주의 집은 기윤이 살고 있는 집보다 두 배는 더 커 보였다. 여섯 식구가 방 세 개짜리 집에서 살고 있는 기윤은 지금껏 자신의 방은 가져 본 적도, 꿈꿔 본 적도 없었는데, 공주의 방에 들어서자 휘둥그레졌던 눈이 더 커다래졌다.

와! 동화 속 공주님 방에나 있을 법한 하얀색 침대와 하얀색 책상. 창가를 장식한 하얀색 레이스 커튼. 바닥에는 연한 분홍색 꽃 모양 카펫이 깔려 있었다. 공주는 책상 위에 가방을 올려놓으며 말했다.

"밖에서 상 가져올게, 기다려."

"응."

여자애 방에 난생처음 들어와서인지, 좋은 집에 와 있어서인지 자꾸만 심장이 콩닥콩닥 뛰었다. 운동장을 이리저리 맨발로 뛰어다니느라 새까매진 양말이 괜히 부끄러워 기윤은 발가락을 꼼지락거렸다.

문을 퉁퉁 치는 소리가 들려서 기윤은 얼른 방문을 열어 보였다. 공주가 제 덩치보다 더 큰 상을 낑낑거리며 옮기고 있었다. 기윤은 재빨리 상을 받아 들어서 바닥에 펴 보였다.

"국어 숙제부터 하자. 낱말 뜻 찾아 써 오기."

"그래."

공주의 낭랑한 목소리가 조용한 방 안을 울렸다. 1시간쯤 앉아서 공주가 가르쳐 주는 대로 연필을 굴리다 보니, 어느새 숙제를 다 했다.

"와!"

"너 내일부터 나 진짜 도와줘야 한다?"

"응."

기윤은 씩 미소 지으며 고개를 끄덕였다.

이튿날 아침 자습시간, 공주가 서 있는 교탁 앞으로 기윤이 뚜벅뚜벅 걸어 나갔다. 기윤의 움직임을 바라보며, 아이들의 시선이 교탁 앞으로 쏠렸다. 혹시 기윤이 공주를 괴롭히려는 건가? 설마 여자애랑도 싸우나? 하는 눈빛이었다.

"지금부터 떠드는 사람은 나랑 싸울 생각이 있는 사람으로 알 거야. 조용히 해."

기윤의 말에 아이들이 한껏 긴장하는 모습이 눈에 보였다. 와! 한기윤! 공주는 눈을 휘둥그렇게 뜨며 기윤을 바라봤다. 기윤은 공주에게 의기양양한 표정을 지으며 자리로 돌아갔다.

평소와 달리 조용했던 교실을 둘러보며, 선생님은 공주를 처음으로 칭찬해 주었다. 또 국어시간, 수학 시간, 사회 시간에는 숙제를 잘 해 왔다며 기윤이 칭찬을 받았다.

그렇게 숙제를 함께 하고, 조용한 자습시간이 계속되던 어느 날, 함께 숙제를 하고 있는 공주의 방문을 누군가 똑똑 두드렸다.

"우리 딸, 숙제 해?"

"아빠!"

아빠의 품에 안겨서 생긋 미소를 지어 보인 공주는 기윤을 아빠에게 소개했다.

"한기윤, 우리 반이야."

"아. 우리 딸 남자 친구야?"

"아니야!"

남자 친구 아니라는 말에 기윤은 괜히 심통이 났다. 계집애. 그럼 남자인 친구니까 남자 친구지. 내가 여자 친구야?

"안녕하세요? 한기윤입니다."

자리에서 일어나 꾸벅 인사를 해 보이는 기윤의 머리를 공주의 아빠가 쓱쓱 쓰다듬었다.

"아저씨가 맛있는 거 사 줄게. 밥 먹고 갈래?"

"네!"

그러고 보니, 공주네 집에 올 때부터, 공주네 엄마는 본 적이 없었다. 엄마는 더 늦으시나? 짜장면 그릇에 얼굴을 박고 입안 가득 면을 넣고는 오물거리는데, 공주가 입을 열었다. 검은 짜장 양념 하나 묻히지 않고, 공주는 작은 입을 예쁘게 오물거리고 있었다.

"아빠, 기윤이네 아빠 야구 선수셨대, 지금은 코치님이래."

"누구?"

"한, 동 자, 수 자요."

"히익! 정말? 아버지가 한동수 코치야?"

공주 아빠의 물음에 기윤은 그저 고개를 끄덕거렸다.

"우와! 이거 영광인데? 내가 지금 한동수 선수 아들한테 짜장면이랑 탕수육을 사 준 거잖아? 내일 은행 가서 자랑해야겠다!"

"자랑할 게 뭐 있나요."

기윤의 심드렁한 반응에 공주 아빠는 정색을 했다.

"그럼, 너희 아버지께서 얼마나 훌륭한 선수셨는데! 그 집 몇째야?"

"위로 형이 둘, 누나가 하나, 남동생 하나. 제가 넷째요."

기윤은 괜히 우쭐한 기분이 들었다. 아빠의 말을 듣고 오오, 하는 표정을 보이며 자신을 보고 배시시 웃어 주는 공주의 얼굴에 짜장면을 넘기는 목구멍이 꽉 막혀 오는 것 같았다.

공주는 애써 환한 표정을 지으며 하고 싶은 말을 꿀꺽 삼켰다.

가족 많아서 좋겠다. 부럽다.

공주는 아빠의 얼굴을 한 번 바라봤다가 다시 짜장면 그릇으로 얼굴을 옮겼다.

"아까처럼 계속 던지면, 이따 시구할 때 어깨 아파서 던지지도 못해. 또 집에 가면 골반 빠지도록 아플 거야. 자, 봐 봐."

기윤은 공주의 어깨를 자신의 손으로 고정시키고는 던져 보라고 했다. 커다란 손이 공주의 가녀린 어깨를 부여잡았다. 손끝에 힘이 들어가 있는 것 같았지만, 아프지는 않았다. 오히려 찌릿한 열감이 느껴져 심장이 두근거리는 속도가 빨라지고 있었다. 공주는 공을 쥔 손에 생각을 모으며 한숨을 내쉬었다.

"여기 바닥이 마운드랑 비슷하긴 한데, 마운드는 경사가 더 급해서 기우뚱할 수 있어. 왼발 내밀었을 때, 발바닥으로 땅을 움켜잡는다고 생각하고. 허벅지에 더 힘을 줘야 해. 골반이 틀어지면 공이 전혀 다른 곳으로 움직일 거야."

기윤의 설명에 공주는 그저 고개만 끄덕였다.

"자, 와인드업(투구 전 양팔을 머리 위로 들어 올리는 동작)."

공을 던지기 직전 잘못된 방향으로 흐트러치려는 어깨를 기윤이 부드럽게 고정해 주었다.

"와! 아까보다 더 정확하게 들어간다."

"그렇지?"

고개를 돌려 기윤을 올려다봤는데, 얼굴이 너무 가까웠다. 어깨에서 느껴지던 열감이 얼굴까지 타고 올라온 것만 같았다. 기윤은 공주를 내려다보며 싱긋 웃더니, 민규에게 말했다.

"공 두 개만 줘 봐."

"옙."

민규가 건넨 공을 받아 든 기윤은 멋들어진 투구를 보여 주었다. 와! 완벽한 쓰리쿼터(Three—quarter: 손목과 팔꿈치의 각도가 75도로 구부러지는 투구 폼) 투구! 한기윤이 공 던지는 걸 이렇게 가까이서 보다니!

"너도 해 봐."

공주는 기윤이 건넨 공을 쥐고, 그가 가르쳐 준 자세를 기억하며 공을 던졌다.

"오! 잘했어. 역시 똑똑한 애들이 빨리 배운다니까."

기윤의 칭찬에 공주의 얼굴이 새빨갛게 달아올라 버렸다.

"시구 잘하고, 나 간다."

"응, 너도 오늘 경기 잘해."

공주는 멀어지는 기윤의 뒷모습을 물끄러미 바라봤다.

시구를 위해 마운드에 선 공주는 자꾸만 기윤의 얼굴이 떠올라서 심장이 콩닥콩닥거렸다. 5학년 때 반이 나뉘며, 더 이상 숙제를 같이 할 필요도, 기윤이 공주를 도와야 할 이유도 없어져서 둘의 만남은 줄어들었다.

그맘때 아이들이 그런 것처럼 성별이 같은 또래 아이들하고만 어울려 다니느라, 사이는 소원해졌고, 6학년이 되어 사춘기가 오면서부터는 서로 복도에서 마주쳐도 인사조차 않았었다.

서로 다른 중학교와 고등학교에 가면서 야구 선수로 이름을 날리던 기윤의 소식을 간간이 듣기는 했었다. 하지만 한기윤은 초등학교 때 추억을 나눈 친구라기보다, 모든 이가 열광하는 잘생긴 야구 선수라는 이미지에 더 가까웠다. 그런데 자신을 기억하고 생긋 웃어 주는 그의 미소에 심장이 벌렁거렸다. 아, 친한 척할 걸 그랬나?

포수의 사인에 맞추는 척하며 공주는 기윤이 가르쳐 준 대로 멋지게 공을 던져 보였다. 포수의 글러브에 정확히 공이 꽂히며 퍽 하는 소리를 내자, 관중석에서 박수가 쏟아져 나왔다. 오, 잘했어! 하며 환하게 웃었던 기윤의 얼굴이 순간 머릿속을 스치고 지나갔다.

시구가 끝나고 마운드에서 내려온 공주는 구단 관계자의 안내를 받으며 시구자를 위해 마련된 특별석으로 올라가 경기를 관람했다.

경기 결과는 5:1 강산 유니콘스의 승!

시구한 날 경기를 지면 어떡하나, 노심초사하면서 앉아 있었더니 공주는 온몸이 부들부들 떨리는 것 같았다. 안도의 한숨을 내쉬며, 경기장을 빠져나와 버스 정류장으로 향하기 위해 경기장 밖을 걷고 있는데, 공주의 휴대전화가 요란하게 울어댔다.

"여보세요?"

— 아, 노공주 선생님 되십니까?

"네, 맞습니다."

— 여기 강산 하동 파출소인데요. 잠깐 와 주실 수 있나요?

경찰의 설명을 들은 공주는 한숨을 폭 내쉬며, 전화를 끊었다. 그 많던 택시는 왜 내가 잡을 때만 없는 거야? 택시 정류장에서 아무리 기다려도 택시는 오지 않았다. 콜택시를 불러 보았지만, 경기가 끝난 직후라 복잡하다며 구장 근처로는 이동이 어렵다는 대답이 돌아왔다.

"아, 미치겠네, 정말."

공주는 발을 동동 구르며 거리를 두리번거렸다.

전화번호라도 물어볼 걸 그랬나? 오랜만에 만나서 그런지 기윤은 공주가 굉장히 반갑게 느껴졌다. 그냥 단순히 반가운 감정만으로도 심장이 아리랑 볼처럼 너울거릴 수 있는 걸까? 야구팬이셨던 아버지의 영향을 받았는지, 공주도 야구를 무척이나 좋아하는 것 같았다.

어릴 적 함께 숙제를 했던 여자애는 어느덧 여자가 되어 있었다. 공을 던지며 찰랑이던 등허리까지 내려오는 긴 웨이브 머리에서 향긋한 꽃내음이 느껴지자, 열한 살 공주의 방에 처음으로 들어섰을 때 부끄러웠던 그 새까만 양말처럼, 기윤은 혹시 제 몸에서 땀 냄새는 나지 않는지 아주 잠깐 고민했다. 구단에 전화번호 좀 알려 달라고 할까?

경기가 끝난 후, 집으로 곧장 가기 위해 운전대를 잡은 기윤은 꽉 막힌 도로를 보며 한숨을 내쉬었다. 끝 차로를 벗어나지 못하고 답답하게 서 있는데, 택시 정류장 앞에서 근심 어린 얼굴로 서 있는 공주의 모습이 눈에 들어왔다.

한숨을 폭폭 내쉬며, 꽉 막힌 도로를 바라보고 있는 공주 앞으로 검은색 SUV 한 대가 멈춰 섰다.

"여기서 뭐해?"

살짝 열린 보조석 창문으로 들려온 낮은 음성의 주인공은 한기윤이었다.

"어?"

"집에 가려고?"

"어? 어."

"타."

"뭐?"

지금 이 차에 타라는 거야? 공주는 몸을 숙이고 고개를 갸웃한 채로 기윤을 바라봤다.

"타, 태워다 줄게."

"나, 사실 집에 안 가는데……. 가 봐야 할 곳이 있어서……."

"태워다 줄게."

자상한 미소를 지으며, 태워다 주겠다는 기윤의 얼굴에 공주는 괜히 눈물이 왈칵 쏟아질 것만 같았다.

"그래, 그럼 부탁 좀 할게."

공주는 사람들이 볼까 싶어 얼른 보조석에 올라탔다.

"어디 가는데?"

우측 깜빡이를 켜고 차선을 이동하려는지 사이드 미러를 살피던 기윤이 물었다.

"하동 파출소⋯⋯. 근처에서 내려줘."

"파출소? 거긴 왜?"

"나 고등학교 선생이거든⋯⋯. 우린 반 애가 싸우다가⋯⋯."

"아이고. 남고야?"

"어."

"그래, 일단 가 보자."

경기가 끝난 직후라, 극도의 피로감이 몰려와야 하는데, 보조석에서 퍼져 나오는 공주의 은은한 꽃향기 때문인지 기윤은 괜히 기분이 좋아지는 것 같았다.

파출소 근처에 차가 다다르자, 공주가 정색을 하며 말했다.

"여기서 내릴게. 너 이 근처에 온 거 혹시나 누가 보면 어떡해."

"여기 아는 후배 있어서 자주 와. 들어가 봐. 여기서 기다릴게."

"뭐?"

공주의 되물음에 기윤은 차 앞 유리 너머로 주위를 두리번거리며 말했다.

"여기서 택시라도 타고 가게? 태워다 줄게. 일 보고 나와."

"안 그래도 되는데⋯⋯."

"다녀와."

어색한 미소를 지으며 차에서 내리는 공주를 기윤은 물끄러미 바라봤다. 그 옛날 교탁 앞에서 울상을 지었던 꼬마 숙녀의 모습이 떠올라 기윤은 피식 미소 지었다. 아이고, 마음 약해서 애들한테 조용히 하라고 소리도 못 지르던 애가 어떻게 남고 선생이 되었을까? 기윤은 옛 추억을 하나씩 떠올리며 운전대를 만지작거렸다.

언제나처럼 사과를 하고, 다시는 이런 일이 생기지 않도록 주의를 주겠다는 말을 몇 번이고 되풀이한 뒤, 공주는 아이를 데리고 파출소 문을 나설 수 있었다.

파출소를 나서며 흘끔 보니, 그 자리 그대로 기윤의 차가 세워져 있었다. 아직도 안 갔네, 미안하게……. 미안하단 생각이 들면서도 묘하게 심장이 두근거려서 공주는 괜히 헛기침을 했다.

"곧장 집으로 가."

"알겠어요. 쌤은 어떻게 가요?"

"알아서 갈 거니까. 조심해서 가."

"저 차 왜 자꾸 쳐다봐요? 쌤 남친이에요?"

"아니야."

"남친도 아닌데, 여기서 왜 기다리고 있어요?"

삐딱하게 서서 자신을 바라보는 민호의 눈빛에는 세상을 향한 노기가 가득했다.

"어서 집에 가."

민호는 대답 없이 기윤의 차가 있는 곳으로 뚜벅뚜벅 걸어갔다.

"너 어디 가?"

공주의 부름에도 아랑곳하지 않고, 운전석 차창 앞에 선 민호는 차창을 똑똑 두드렸다. 창문 좀 내려 보라는 듯 건방지게 손가락을 까닥하는 모양새를 보고, 공주는 심장이 쿵 하고 바닥으로 내려앉는 것 같았다.

"너 지금 뭐하는 짓이야?"

"무슨 일이죠, 학생?"

스르륵 차창이 열리고, 차 안에서 자상한 음성과 함께 재즈 선율이 들려왔다. 운전석에 앉은 남자의 얼굴을 확인한 민호의 얼굴이 삽시간에 굳어 버렸다.

"한기윤 선수?"

"그 이름이 내 이름은 맞는데, 무슨 일이죠?"

"쌤이랑 무슨 사이예요?"

"친구."

"그냥 친군데, 여기서 한 시간을 넘게 기다려요?"

"네가 상관할 일 아니야. 윤민호!"

"쌤은 그럼 왜 내 일에 상관하는데요?"

공주에게 소리를 버럭 지르는 민호의 모습에 기윤은 운전석에서 내려 둘 앞에 섰다. 공주와 비슷한 키의 남자애는 기윤의 분위기에 압도된 듯했으나, 눈빛을 죽이지는 않았다.

"일단 타, 둘 다."

"뭐?"

"왜요?"

두 사람의 반응에 웃음이 터진 기윤은 고개를 한 번 내젓고는 말했다.

"파출소 앞에서 이러고 있는 거 웃기니까, 일단 타. 태워다 줄게."

"그러죠, 뭐."

호기롭게 대답해 보인 민호는 보조석 문 앞에 섰다.

"넌 거기 말고, 뒤에 타."

"치."

민호가 뒷좌석 문을 열고 올라타자, 공주는 멍한 눈빛으로 그 모습을 바라봤다.

"너도 타, 얼른."

기윤은 멍하게 서 있는 공주에게 보조석 문을 열어 보였다.

"고마워."

기윤은 어깨를 으쓱해 보이며, 생긋 웃고는 보닛을 돌아 운전석에 앉았다.

"문제 학생, 집이 어디야?"

기윤의 물음에 민호는 순순히 집 주소를 부르고는, 덧붙였다.

"쌤이랑 무슨 사이예요?"

"친구."

"거짓말."

민호는 최대한 건방지게 보이려는 듯 팔짱을 끼며, 룸미러를 통해 기윤을 쏘아봤다.

"내가 먼저 쌤 좋아했으니까, 아저씨는 포기해요."

"너 조용히 안 해?"

보조석에서 몸을 돌려 민호를 바라보는 공주의 반응에 기윤은 피식 웃음을 터뜨렸다.

"학생, 언제부터 좋아했는데?"

"쌤 처음 고등학교로 왔을 때니까, 저 중2 때요."

"그럼 몇 년 전이야?"

기윤의 물음에 민호는 숨도 쉬지 않고 대답했다.

"4년 전이요."

"어떡하지?"

기윤은 능청스러운 목소리로 대답했다.

"나 초등학교 4학년 때부터 공주 좋아했는데?"

기윤의 대답에 공주는 화들짝 놀란 얼굴로 그를 바라봤다.

"선생님을 좋아하면, 선생님이 좋아할 만한 행동을 해야지. 이렇게 사고나 쳐서 선생님이 좋아하겠어?"

기윤의 물음에 민호는 입술을 씰룩거리며 그를 쏘아보았다.

"둘이 사귀는 건 아니죠? 쌤, 남친이랑 헤어진 지 1년밖에 안 됐는데?"

"윤민호, 너 진짜!"

"아직 사귀는 건 아닌데?"

"그럼, 내가 어른 될 때까지 둘이 사귀지 마요. 아무것도 하지 마요. 1년 후에 남자 대 남자로 봐요. 우리."

민호의 물음에 기윤은 호탕한 웃음을 지으며 대답했다.

"이름이 민호야?"

"네."

"노력은 해 볼게. 자, 집에 다 왔다. 좋은 데 사네. 잘 가라."

"약속했어요!"

"네가 사고 안 친다고 하면. 네가 사고 치면, 나도 칠 거다, 너네 쌤이랑?"

기윤의 대답에 민호는 주먹을 불끈 쥐며 고개를 끄덕였고, 공주의 얼굴은 새빨갛게 달아올랐다.

"오늘 쌤 바로 집에 데려다줘요. 허튼짓 말고!"

민호의 외침에 기윤은 아랑곳하지 않고, 차를 출발시켰다.

옅은 미소를 띤 채 도로를 응시하고 있는 기윤의 옆모습을 바라보며, 공주가 슬쩍 입을 열었다.

"나쁜 애는 아니야."

"나쁜 학생인데? 선생을 여자로 보는?"

장난스러운 기윤의 말투에 공주는 피식하고 웃음이 터졌다.

"맥주나 한잔할까?"

"너랑 어디서 맥주를 마셔? 강산시에 너 모르는 사람이 어디 있다고."

"그럴 만한 데가 있지."

기윤은 강산시 외곽 전원주택 단지로 차를 몰았다.

"너 여기 살아? 혼자?"

"아니."

"그럼?"

검은색 대문 앞에 멈춰 선 차를 주차 인식 시스템이 알아봤는지, 스르륵 문이 열렸다. 지하차고로 보이는 곳에 차를 세운 기윤은 공주에게 내리라며 턱짓했다.

"여기가 어딘데?"

"비밀 아지트."

"뭐?"

초등학교 4학년 때 그 개구진 얼굴이 그대로 남아 있는 듯, 기윤은 생긋 미소 지으며, 공주를 이끌고는 현관문 앞으로 향했다.

"우리 형제들이 쓰는 아지트야. 원래 목적은 그게 아니긴 했지만, 어쨌든. 어머니가 워낙 눈치가 빠르셔서…… . 편하게 쉬려고 만들어 놓은 곳이야."

"아."

안으로 들어서니, 1층 거실에는 디근자로 생긴 커다란 카우치 소파와 테이블이 놓여 있었고, 벽에는 책이 가득한 책장이 들어차 있었다. 와, 책도 많네. 부엌으로 보이는 곳에는 두 개의 쿡 탑이 있는 조리대와 싱크대, 아일랜드 식탁이 놓여 있었다.

"앉아라."

"응."

아무리 둘러봐도 야구와 관련된 물건이나 흔적은 보이질 않았다.

"야구랑 관련된 건 하나도 없네?"

"어."

"왜?"

"야구 때문에 상처받았을 때 오는 경우가 많으니까."

"아."

치익, 퉁 하는 소리를 내며 맥주 캔을 하나 따고는 기윤이 공주에게 캔을 건넸다. 미처 깨닫지 못한 순간에 둘은 드넓은 카우치 소파 한가운데 너무 가까이 앉아 있었다.

"고마워."

"너 오늘 그것만 고마워하면 안 된다?"

푸시시 웃어 보이며 맥주를 들이켜는 공주를 기윤이 물끄러미 바라봤다. 오늘 하루 동안 벌어진 일이라고 생각하기엔 공주가 너무 가깝게 느껴졌다. 이런 감정이 무엇인지 재어 보고, 고민하고,

마음 끓일 어리숙한 남자가 아니기에, 기윤은 공주에게서 시선을 떼지 않았다.

아까부터 자신을 뚫어져라 바라보고 있는 기윤의 눈빛에 공주는 묘한 긴장감이 느껴졌다. 뭐, 처음 본 사이는 아니었다지만, 생판 몰랐던 사이는 아니었다지만, 그에 버금가는 남남인 두 사람인데, 아무도 없는 공간에 둘이 마주한 순간 어딘지 모를 익숙함과 동시에 찌릿한 두근거림과 설렘이 몰려왔다.

"나 여기 오는 몇 번째 여자 손님이야?"

"글쎄, 세 번째?"

두 눈을 휘둥그렇게 뜨고 자신을 바라보는 공주를 보고, 기윤은 푸시시 웃음을 터뜨렸다.

"우리 큰형수, 둘째 형수, 그리고 너. 내가 데려온 여자는 네가 처음인데?"

연애를 안 해 본 것도 아니고 처음이라는 단어가 주는 기묘한 콩닥거림에 스물여덟 공주는 고개를 갸웃해 보였다.

"네가 그걸 어떻게 알아? 다른 형제들이 누구 더 데리고 왔는지?"

미간을 좁히며 심각한 목소리로 물어 오는 공주의 질문에 기윤은 웃음을 터뜨렸다.

"그건 그러네. 암튼 난 처음이야."

또다시 처음. 어깨를 으쓱해 보이며 맥주를 들이켜는 기윤의 얼굴이 반짝 빛나는 것처럼 느껴졌다. 햇볕에 그을린 구릿빛 피부, 남자치고는 작은 얼굴을 받치고 있는 굵직한 목, 다부진 어깨와 반팔 티셔츠 사이로 보이는 우람한 팔 근육에 잠시 시선이 머물렀다.

저 팔이 내 등을 감싸 온다면? 저 단단한 가슴에 안긴다면? 공주는 엉뚱한 곳으로 흐르는 생각을 부여잡기 위해 입술을 지그시 깨물며 눈을 꾹 감았다가 떴다. 아, 내가 연애를 쉬어도 너무 쉬었구나.

"웬 선생님? 너 선생님 되고 싶었어?"

"뭐, 어떻게 하다 보니까."

"무슨 과목이야?"

"뭘 것 같아?"

맥주를 홀짝이며 묻는 공주의 눈빛이 예쁘게 빛났다.

"음. 수학?"

"땡."

"그럼, 영어?"

"땡."

"그럼…… 국어?"

"어. 고등학교 때 논술대회 나가서 상도 타고 그랬거든. 워낙 취업이 어렵다고들 해서……. 사범대 가서, 임용고시 보고 선생님 되면, 좋을 것 같다고 아빠가 그러셔서……. 나 아빠 말 잘 듣는 착한 딸이잖아?"

어깨를 으쓱해 보이는 공주의 얼굴이 너무 예뻐서 기윤은 심장이 쿵쾅거리는 것 같았다.

자신을 바라보는 기윤의 눈빛에 공주는 슬쩍 시선을 돌렸다. 누군가 자신을 애틋하게 바라보는 감정을 느끼는 건 참으로 오랜만이었다. 그 덕에 두근거리는 심장을 잠재우려, 작게 한숨을 내쉬는 동안 바라본 책장에서 익숙한 제목의 책이 눈에 들어왔다.

"어?"

공주는 소파에서 일어나 책장이 있는 곳으로 걸어갔다. 가장 높은 곳에 꽂혀 있는 책에 손이 닿질 않았다. 어느새 기윤이 다가와 공주의 뒤에 서 있는지, 은은한 무스크 향이 온몸을 휘감는 기분이었다.

"왜?"

"저기 저거."

"뭔데?"

"우리 문집."

"이거?"

기윤이 팔을 뻗어 문집을 꺼내 들었다. 그의 단단한 가슴이 공주의 뒤통수에 닿았고, 문집을 꺼내려 왼손은 책장을 짚고, 오른손을 쭉 뻗은 덕에 공주는 기윤의 품에 갇혀 버린 것 같은 기분이었다. 그런 그의 움직임에 공주의 심장이 크게 쿵쾅거렸다.

기윤은 책에 묻은 먼지를 털어 내며 말했다.

"이게 여기 있었네? 집에 있는 책 가져오면서 같이 왔나 보다."

담임선생님의 주도하에 만들었던 강산초 4학년 3반 문집의 제목은 꿈의 기록이었다. 열한 살의 꿈과 마주하게 된 공주의 심장이 더 세차게 뛰었다. 빛바랜 문집 속 나의 꿈은 뭐였을까? 기윤도 같은 감정을 느끼는 듯 문집을 바라보는 시선이 아련했다.

"네 꿈 내가 찾아 줄까?"

공주를 내려다보며 상냥하게 묻는 기윤의 말에 고개가 저절로 끄덕여졌다. 한참을 뒤적이던 그가 어느 페이지에서 시선을 떼지 못하고, 피식 웃음을 흘렸다.

"왜?"

낮은 웃음을 흘리며 열한 살 공주가 써 놓은 글을 읽어 가는 기윤의 얼굴이 환하게 빛났다. 심장이 두근거리는 건 잊고 있던 꿈을 마주해서일까, 아니면 남자로 다가오는 어릴 적 친구 때문일까?

기윤은 공주가 볼 수 있게 빛바랜 작은 책을 내밀었다. 자신의 꿈과 마주한 공주의 얼굴에 묘한 미소가 떠올랐다. '저의 꿈은 선생님입니다.' 결국 이거였네.

공주는 이리저리 문집을 뒤적이며, 기윤의 꿈이 담긴 페이지를 찾고 있었다. 좀 전에 기윤이 공주의 꿈을 마주하며 미소를 흘렸던 것처럼, 그녀도 비슷한 미소를 흘려 보였다. 기윤은 미소 짓고 있는 공주의 얼굴을 내려다보며 묘한 충동에 휩싸였다.

공주가 기윤의 꿈에 대한 페이지를 그에게 내밀려고 고개를 들자, 심각한 눈빛으로 자신을 내려다보고 있는 기윤의 눈동자와 마주쳤다. 눈도 깜빡일 수 없을 것 같은 긴장감이 몰려왔다.

한 발짝 거리에 서 있던 기윤이 공주의 곁으로 바짝 다가서며 손에 들린 문집을 제 손으로 옮겨 갔다.

"네 꿈 뭐였는지 안 궁금해?"

평정심을 잃은 공주의 목소리가 미세하게 떨렸다.

"아까 네 거 찾다가 지나가면서 봤어."

기윤의 코끝에서 풍겨 나오는 수컷의 숨 내에 공주의 심장이 갈 길을 잃고 덜컹거렸다.

"기자더라."

"어. 그때 아버지 기사가 안 좋은 게 많이 나올 때라…… 그런 생각 했을 거야."

"아."

세차게 부딪히는 시선을 피하려 고개를 내리려는데, 기윤이 공주의 턱 끝을 부드럽게 잡았다.

"공주야."

"응?"

이렇듯 떨리는 기분을 마주했던 게 대체 언제였더라? 이런 설렘을 가졌던 게 언제였더라?

"너도 그래?"

기윤의 물음에 공주는 숨이 턱 막히는 것만 같았다. 뭘 묻는 걸까?

"뭐가?"

"지금 나만 이렇게 느끼는 거야?"

두 사람의 떨리는 심장이 쿵쿵 울리고, 열기 어린 눈동자가 부딪히고, 주변의 공기는 묘한 핑크빛으로 물들고 있었다.

작가 후기.

사랑, 하세영!

날마다 멋진 장소에 데려가 주고, 근사한 레스토랑은 줄줄이 외고 있고, 여자가 뭘 좋아하는지 단번에 알아차리고, 밀당에 능해서 여자의 눈물을 쏙 빼며, 마음 졸이게 하는 연애 선수. 한도윤은 그런 선수가 아니었어요.

　운동만 한 탓에 아는 레스토랑은 한 군데밖에 없는 남자였고, 밀당이라고는 몰라서 이리저리 밀어붙이다가 세영에게 혼나기도 하고, 멋들어진 프러포즈를(뭐 경기장에서 만회하기는 했지만!) 말아먹은 아주 평범하고, 평범한 남자였어요.

　정신이 쏙 빠질 정도로 여자를 이리저리 뒤흔드는 선수는 아니었다지만, 진실된 사랑을 보여 줄 수 있는, 사랑에 빠진 평범한 남자를 그리고 싶었어요.

　(물 흐르듯 흘러간 평범한 사랑 이야기에 조금 심심하셨나요?

다음엔 좀 더 드라마틱한 이야기를 쓰기 위해 노력하겠습니다.)

주변 이야기를 들어 보면, 정말 눈이 튀어나오고, 턱이 빠질 정도로 멋들어진 프러포즈를 받아서 결혼했다고 하는 사람은 거의 없더라고요. 로맨스 영화나 소설에 나오는 멋진 프러포즈가 아니었는데도, 결혼하게 된 이유가 뭘까요?

'이 사람이다.' 하는 확신과 믿음 때문이겠지요? 빅토르 위고가 그랬대요. '인생에 있어서 행복은 우리가 사랑받고 있다는 확신이다.' 라고.

누군가에게 사랑을 주고, 누군가에게 사랑을 받는 행복한 삶을 위해, 사랑하세영!

—2014년 늦가을
유아나 드림

덧붙이는 이야기:

첫 책 『너에게 달려가고 있어』의 여주인공 한혜윤을 시작으로 한씨 남매 이야기가 만들어졌어요. 혜윤이는 이 집 셋째였고요.

두 번째 책인 『내게 와 준다면』의 남주인공은 혜윤의 큰오빠인 한도윤의 이야기죠. 여기에 외전으로 둘째와, 넷째의 이야기를 아주 짧게 들려 드렸고요.

첫째부터 넷째까지의 이야기가 다 나왔는데, 다섯째, 막내인 지윤이, 야구를 그만두고 대체 뭘 하려는 걸까요? 그 이야기는 다음에 들려 드리겠습니다. 행복하세영!

초판 1쇄 찍음 2014년 11월 20일
초판 1쇄 펴냄 2014년 11월 26일

지은이 | 유아나
펴낸이 | 정　필
펴낸곳 | 도서출판 **뿔미디어**

편집장 | 이재권
기획 · 편집 | 정시연

출판등록 | 2002년 9월 11일 (제1081-1-132호)
주소 | 경기도 부천시 원미구 상동로 117번길 49(상동) 503호
전화 | 032)651-6513 / 팩스 | 032)651-6094
E-mail | dahyangs@naver.com
블로그 | http://blog.naver.com/dahyangs
홈페이지 | http://bbulmedia.com

값 9,000원

ISBN 979-11-315-3697-1 03810

www.bbulmedia.com